René Freund

Wilde Jagd

Roman

Paul Zsolnay Verlag

Mit freundlicher Unterstützung der Kulturabteilung der Stadt Wien,
des Landes Oberösterreich und des Bundesministeriums für Kunst
(Projektstipendium für Literatur)

Stadt Wien

KULTUR LAND OBERÖSTERREICH

Bundesministerium
Kunst, Kultur,
öffentlicher Dienst und Sport

1. Auflage 2023
ISBN 978-3-552-07367-8

Satz: Nadine Clemens, München
Autorenfoto: © privat
Umschlag: Anzinger und Rasp, München
Motiv: © Lukas Millinger
Druck und Bindung: CPI books GmbH, Leck
Printed in Germany

FSC www.fsc.org
MIX
Papier | Fördert gute Waldnutzung
FSC® C083411

Seht ihr den Mond dort stehen? –
Er ist nur halb zu sehen,
Und ist doch rund und schön!
So sind wohl manche Sachen,
Die wir getrost belachen,
Weil unsre Augen sie nicht sehn.

MATTHIAS CLAUDIUS

Prolog

Mein Name ist Quintus Erlach. Ich bin dreiundfünfzig Jahre alt. Meine Frau hat mich verlassen, meine Tochter redet nicht mehr mit mir. Ich lebe im verfallenden Haus meiner verstorbenen Eltern, und mein Hund, der gar nicht mein Hund ist, schnarcht.

So etwas oder so etwas Ähnliches hätte ich in der Vorstellungsrunde gesagt. Allerdings gibt es keine Vorstellungsrunde, denn hier bin nur ich. Vor mir stehen eine Tasse Tee und ein Laptop, zu meinen Füßen liegt ein mittelgroßer Mischlingshund.

Meine Sehnsucht nach Erkenntnis zwingt mich dazu, die Geschehnisse der vergangenen zwölf Tage aufzuzeichnen. Vielleicht hilft mir das dabei, mehr Klarheit zu erlangen, denn von meinem einst so gefestigten Weltbild ist nicht viel übrig geblieben.

Das meiste habe ich selbst erlebt, weshalb ich so unmittelbar, nahe und objektiv wie möglich davon berichten werde, auch wenn sich bereits mein Deutschlehrer auf dem Stiftsgymnasium über meine gelegentlich überbordende Phantasie lustig gemacht hat. Manches habe ich erst später erfahren, gemutmaßt, rekonstruiert, aber auch das soll in diesen Bericht einfließen.

Mittwoch, 4. Juli 2018

1

Bei unserer ersten Begegnung hatte ich nur einen Gedanken: Das muss eine Verrückte sein. Sie steht zwischen Farnen auf der Lichtung, breitbeinig, wie mit dem Boden verwurzelt, aber gleichzeitig strahlt sie etwas Schwereloses aus. Ihr kurzes, kastanienbraunes Haar bewegt sich wie von Geisterhand, mal eine Locke hier, mal eine da, obwohl es eigentlich windstill ist.

Die Frau lächelt und starrt gleichzeitig vor sich hin. Sie hält ein Stofftier in der Hand, dessen Art ich nicht bestimmen kann. Ist das ein Bär? Ein Hund? Ein Hase? Ich bin nicht in der Lage, ihr Alter zu schätzen. Die Frau kann ebenso Ende dreißig sein wie Anfang zwanzig. Weggetreten wirkt sie jedenfalls, ja, ver-rückt. Wobei ich zugeben muss, dass weggetreten oder verrückt keine Wörter sind, die ein Wissenschaftler verwenden sollte. Aber es sind die einzigen Wörter, die mir dazu einfallen.

Mein Weg führt direkt an ihr vorbei. Ich zögere. Bleibe stehen. Zu merkwürdig erscheint diese Szenerie, fast unheimlich. Hinter mir knackst und raschelt es im Dickicht. Ein Schauer läuft mir über den Rücken. Ich versuche zu schmunzeln. Zum Glück bin ich ein rationaler Mensch. Ich weiß, was Realität ist und was Phantasie, ich weiß, was Einbildung ist, was Traum und was Wirklichkeit, ich weiß, was handfest und beweisbar ist und was ein Hirngespinst. Ich kann untersuchen, ich kann analysieren, ich kann auseinanderhalten. Ich weiß, wo die Trennlinien verlaufen. Ich lasse mich nicht in die Irre führen. Schon gar nicht von einem Rascheln im Gebüsch, von wehenden Haaren, einem entrückten Blick und einem undefinierbaren Stofftier.

Als ich mich, dem Waldweg folgend, nähere, öffnet sich eine kleine Lücke in der Wolkendecke, und ein Sonnenstrahl fällt direkt auf diese merkwürdige menschliche Erscheinung. Es sieht aus wie auf einem dieser barocken Heiligengemälde, dunkler Himmel und dann: dieser eine Lichtstrahl, der die Begnadete erleuchtet. Als ich an ihr vorbeigehen will, nicke ich ihr so freundlich und unauffällig wie möglich zu, woraufhin sie die Arme in die Höhe reißt, als wollte sie die Sonne begrüßen. Ich zucke zusammen, und ein noch heftigerer Schauer läuft mir den Rücken hinunter. Ich ärgere mich. Ich bin Wissenschaftler. Ich fürchte mich nicht.

»Ein Engel«, haucht die Frau und sieht mich an. Sie hat fast runde und unglaublich helle Augen, deren Farbe schwer zu definieren ist, zwischen Türkis, Grau, Blau und Grün.

»Wie?«, frage ich und tue so, als würde ich mein Ohr näher halten, nicht ohne einen gewissen Sicherheitsabstand zu wahren. »Was haben Sie gesagt?«

»Ein Engel«, wiederholt sie mit einer Stimme, die keinerlei Emotion ausdrückt. »Und dann einfach weggeworfen.«

»Machtnix!«, rufe ich aus.

Die Frau lässt die Arme sinken und sieht mich an.

»Ein wertloses Ding«, sagt sie kopfschüttelnd.

»Machtnix!«, schreie ich. »Machtnix!«

Ich gebe zu, dass nun ich es bin, der möglicherweise wie ein Verrückter wirkt. Die junge Frau sieht mich verstört an. Die Spannung in ihrem Körper scheint plötzlich verschwunden. Sie lässt die Hand, in der sie das Stofftier hält, sinken. Ohren hängen herab. Ein Hase, denke ich. Das muss ein Hase sein. Ich räuspere mich und erkläre: »Machtnix, das ist mein … Hund.«

Da kommt der Köter auch schon gelaufen, doch statt meine Nähe zu suchen, begrüßt er die junge Frau mit einer ungewohnten Überschwänglichkeit. Sie geht in die Knie, um Machtnix zu streicheln und zu liebkosen. Er schleckt ihr ungestüm über das Gesicht. Sie lacht aus vollem Hals. Jetzt scheint sie ganz normal.

»So ein Süßer«, sagt sie.

»Er gehört eigentlich Michaela«, antworte ich. »Meiner Tochter.«

»Sie mögen keine Hunde, Herr Professor?«, fragt die Frau. Hat sie einen Akzent? Eine weiche Melodie in der Sprache? Ich kann es ebenso wenig bestimmen wie ihre Augenfarbe.

»Woher wissen Sie das?«, frage ich.

»Das merkt man sofort«, antwortet sie und richtet sich auf. »Deshalb kommt er zu mir und nicht zu Ihnen. Machtnix.« Sie lacht.

»Schon«, sage ich, »aber: Woher wissen Sie ... Warum sagen Sie Professor zu mir?«

»Sie sind doch der Professor?«

»Ja, aber ...«

»Brauchen Sie Hilfe?«, fragt die junge Frau. Ich sehe sie verdutzt an. Wieso um alles in der Welt sollte ich die Hilfe einer Verrückten brauchen?

»Ich liebe Hunde«, sagt die Frau. »Ich habe zu Hause auch einen. Er fehlt mir so. Wenn Sie wollen, kann ich in meiner Mittagspause spazieren gehen. Mit Machtnix.«

Wieder geht sie in die Knie, um den Hund zu liebkosen.

»Mir tut die Bewegung gut«, sage ich.

»Sind Sie sicher?«, fragt sie.

»Warum nicht?«, frage ich zurück.

»Sie haben Schmerzen«, sagt die Frau.

Kann man sehen, dass ich hinke? Eigentlich hat das noch niemand bemerkt. Ich will weiter. Diese unheimliche Erscheinung abschütteln, mich beuteln wie ein Hund, wenn er Stress loswerden muss.

»Wir müssen uns erst aneinander gewöhnen«, sage ich. »Ich meine, Machtnix und ich.«

»Wir beide auch.« Die junge Frau zeigt auf mich und nickt mir aufmunternd zu. Sie wirkt jetzt gar nicht mehr zerbrechlich, sondern sehr bestimmt. »Und wir werden uns aneinander gewöhnen. Sie werden mir helfen, Professor. Ich weiß es. Sie haben ein gutes Herz.«

Besonders an der letzten Bemerkung habe ich begründete Zweifel, und langsam wird mir diese Begegnung zu schräg.

»Machtnix!«, rufe ich. »Komm, wir gehen!«

Die Frau streichelt noch einmal über den Kopf des Hundes und sieht mir ebenso selbstbewusst wie eindringlich in die Augen. Ich nicke ihr kurz zu und gehe los.

Sie haucht mir einen Satz nach. »Wir sehen uns wieder, Professor.«

2

Ich folge dem Weg oder vielmehr dem vorauslaufenden Hund, bis ich den Schwarzenbach erreiche. Der Schwarzenbach war das Paradies meiner Kindheit, und es ist noch heute so, dass ich an sein türkis schimmerndes Wasser, an die tiefen Gumpen, die überspülten, mit Moos bewachsenen Felsen und die kleinen Wasserfälle denke, wenn ich mir etwas Schönes vorstellen will. Manchmal zaubere ich mir in Gedanken auch den Schwarzensee herbei, der unbewegt inmitten des Talkessels zwischen hoch aufragenden Felsen und uralten Wäldern liegt. Wandert man den Pyramidenstein an der Ostseite des Sees hinauf, kann man auf der einen Seite ins Bayerische sehen, auf der anderen Seite die Silhouette der Stadt Salzburg. Doch der See war als Kind für mich nicht erreichbar, liegt er doch gute zehn Kilometer südlich im Talschluss. Ich spiele mein Kindheitsspiel: Ich muss mindestens eine der rotgepunkteten Forellen sehen, die im Kehrwasser auf ihre spärliche Beute lauern, bevor ich weitergehen darf.

Obwohl die Schmerzen in meinem Fuß mich in der Wirklichkeit verankern sollten, habe ich den Eindruck, noch nicht wirklich wach zu sein. Und das, obwohl Mittag längst vorbei ist. Ich schwebe, wie in Watte gepackt. Wie ein Fremder in meinem Leben. Ein Besucher, der die anderen Teilnehmer dieser merkwürdigen Veranstaltung aus innerer Ferne bestaunt. Ein Kinogeher, der sich im Vorführsaal geirrt hat und nun verwundert einen Film sieht, den er sich eigentlich nicht anschauen wollte.

Seit ich mich im Haus meiner Eltern befinde, verfolgen mich nachts merkwürdige Träume. Verfaultes Wasser und verschimmelte, träge, sterbende Riesenfische kommen darin vor. Ich weiß in der Früh nicht mehr, worum es sich handelt. Es sind eher Bilder, die sich mir zeigen, die aber verschwinden, sobald ich die Augen öffne. Warum träume ich von trägen, verschimmelnden Fischen? Oder bin es gar nicht ich, der träumt? »Mir hat geträumt«: Mit dieser altmodischen Redewendung hat mein Vater einst seine Traumerzählungen begonnen, und das scheint mir viel zutreffender. Der Mensch träumt nicht, er wird geträumt.

Der Hund watet lautstark durch das Wasser, taucht unter, trinkt. Da ist sie, meine Forelle: Machtnix hat sie aufgescheucht, eine kleine, flinke, rotgepunktete und höchst vitale Bachforelle. Alles ist gut. Natürlich stellt sich der Köter neben mich, als er sich beutelt, und ich seufze. Er sieht mich fröhlich an. »Musste das sein?«, frage ich. Er senkt den Kopf und blickt nach oben. Ich glaube, dass er das Weiße seiner Kulleraugen sehr gezielt einsetzt, weil er sich mit dem Aussehen eines Kuscheltiers für unwiderstehlich hält. Meine Frau sagt immer, er sei bei der Verteilung der Inkarnationen nur ganz knapp am Menschen vorbeigeschrammt, beim nächsten Mal würde es sicher klappen. Ich weiß allerdings nicht, welche Vorteile der Hund daraus ziehen sollte, als Mensch wiederzukehren.

Als wir zu Hause ankommen, beginnt es zu regnen. Ich finde, es ist eine Art Herbstregen. Gut, wir schreiben Anfang Juli, und ich habe Lou immer damit genervt, dass ich bereits im Mai erste Anzeichen für den kommenden Herbst, sprich für den Niedergang, entdeckt habe. Die Rosen an der Schuppenwand sind teilweise schon verblüht. Der Garten sieht, das muss ich zugeben, nicht nur verwildert, sondern sogar ein klein wenig verwahrlost aus. Aber ich bin ja erst vor drei Tagen, zu Beginn der Sommerferien, nach Stein am Gebirge gekommen, und im Juli braucht man gar nicht mehr zu beginnen, die Natur zähmen zu wollen. Noch dazu allein. Immerhin haben die Blumen und Blüten und Moose und Gräser und Flechten den Freiraum gehabt, sich ungehindert auszubreiten, und mir reicht der kleine Steinplatten-Pfad, der vom chronisch klemmenden Gartentor zu dem zweistöckigen Forsthaus aus dem 19. Jahrhundert führt.

Mein Elternhaus. Mein Kindheitshaus. Mein Lebenshaus.

Meine Füße kochen. Auf der Veranda lasse ich mich in einen der Korbstühle fallen und ziehe mir die Wanderschuhe aus. Die linke Socke lässt sich kaum ausziehen, sie haftet an der Fußsohle. Aber ich hinke doch nicht! So schlimm ist es nicht! Nun ja. Als ich die Socke endlich vom Fuß bekomme, kleben verkrustete Wollfasern an den Wunden. Machtnix hebt den Kopf und schnüffelt besorgt.

»Schau nicht so blöd«, sage ich. »Das ist gar nichts.«

Ich habe Hunger. Oder vielleicht eher Durst. Das Schöne an diesen kleinen Flaschen der Privatbrauerei: Eine ist keine. Und eine zweite ist immer noch eine kleine. Die leeren Flaschen versuche ich in den Karton auf der Veranda zu schlichten, der allerdings dermaßen überquillt, dass es höchste Geschicklichkeit erfordert, noch zwei Exemplare darauf zu stapeln. Es gelingt. Ich hinke zum Sofa in der Zirbenholzstube. Eine Staubwolke hüllt mich ein, als ich darauf niedersinke.

Ich wache davon auf, dass Machtnix über meine Fußsohle schleckt.

»Hey, was soll das?« Ich ziehe den Fuß ein. »Schon was von Wundhygiene gehört?« Er hält den Kopf schief, winselt leise und zeigt mir sein Augenweiß. Als ich aufstehe, um zur Toilette unter der Holztreppe zu gehen, merke ich, dass ich jetzt tatsächlich hinke. Auf dem Klo sitzend sehe ich, dass der linke Fuß unzweifelhaft geschwollen ist. Außerdem fühlt er sich heiß an.

Ich habe jetzt wirklich Hunger, oder zumindest einen leeren Magen. Der Weg ins Gasthaus scheint mir aber zu beschwerlich, und noch mehr die Vorstellung, Schuhe anzuziehen. Außerdem ist es zu spät. Am Nachmittag bekomme ich dort allenfalls Gulaschsuppe aus der Dose. Den Inhalt einer Dose kann ich mir dank der Vorräte meiner

Mutter, die sich schon Jahrzehnte vor ihrem Tod auf den Dritten Weltkrieg oder sonst einen Untergang vorbereitet hat, selbst wärmen. Ich entscheide mich für Ravioli und dafür, sie wie einst in der Studentenzeit beim Heimkommen nach durchzechten Nächten kalt zu verspeisen. Machtnix ist begeistert, als ich die Dose aus dem Schrank hole. Er springt im Stand, wedelt, gibt kleine Singgeräusche von sich und niest. Das ist wohl das wertvollste Kunststück, das Lou ihm beigebracht hat: Er kann auf Befehl niesen. Nun macht er es auch ohne Befehl, um sich eine Belohnung zu verdienen. Meine Ravioli-Dose sieht aus wie Hundefutter. Als ich sie öffne, riecht sie wie Hundefutter. Nach zwei, drei Bissen kann ich mich des Gedankens nicht erwehren, dass sie wie Hundefutter schmeckt. Ich kontrolliere das Ablaufdatum. Nun ja, das war vor zwölf Jahren, aber Dosen können doch eigentlich nicht schlecht werden.

»Machtnix, niesen!«, rufe ich, und Machtnix simuliert einen Niesanfall ungeahnten Ausmaßes. Er bekommt die restliche Dose. Ich selbst spüle mit einem Bierchen nach und werfe den Computer an. Keine Nachricht von Lou. Ein paar Mails von Studierenden mit überwiegend stupiden Fragen. In meinem linken Fuß beginnt es zu pochen. Machtnix hat alles aufgefressen und stupst mich mit seiner feuchten Schnauze an.

»Ach lass mich doch in Ruhe«, schnauze ich zurück.

Der Hund möchte etwas unternehmen. Im Grunde hat er ja recht, ich sollte etwas unternehmen. Meine Frau ist Ärztin, und ich habe genügend von ihr gelernt, um zu wissen, dass es höchste Zeit ist.

3

»Herr Herwig! Essen ist fertig! Hören Sie mich? Bitte kommen Sie zum Essen!«

Evelina läuft durch die riesige, aber sehr veraltete Küche, in der einst zwei Köchinnen und zahlreiche Dienstmädchen gewerkt haben. Auf der Kochfläche mit den sechs Gasflammen stehen zwei Töpfe und eine Pfanne. Julia hat ihr zwar aufgetragen, sie solle frisches Gemüse und frischen Fisch kochen, aber Evelina hat sich für die fertige Tiefkühlgemüsemischung entschieden. Die ist nämlich auch sehr gut und vitaminreich. Frischen Fisch greift sie nicht gerne an, deshalb hat sie Filetblöcke gewählt, die haben noch am wenigsten mit einem Tier zu tun. Evelina selbst isst gar keine Tiere. Sie kann es nicht. Kaum nimmt sie einen Bissen, sieht sie, wie das Tier getötet wurde, spürt seine Angst, seine Schmerzen. Sieht das Blut fließen. Die Augen brechen. Die Eingeweide heraushängen. Die Angst und das Entsetzen der anderen Tiere in der Schlachtungs-Warteschlange. Wenn man das alles sieht, schmeckt einem kein Fleisch. Bei Fisch fließt weniger Blut. Aber sie spürt sein Gezappel auf dem Deck eines riesigen Schiffs. Das Japsen nach Luft. Die verzweifelte Sehnsucht nach dem Meer, nach seinem Element. Der Erstickungs-Todeskampf dauert oft Stunden, wenn nicht vorher irgendein Rohling mit Netzhandschuhen aus Metall ihn bei lebendigem Leib filetiert.

Evelina hält sich lieber an Gemüse. Außerdem hat sie Naturreis gekocht, der schmeckt ihr. Herwig bevorzugt zwar weißen Reis, aber für die Verdauung von alten Leuten sind Ballaststoffe sehr wichtig. Das hat Evelina allerdings schon gewusst, bevor sie es in Bratislava auf der Pflegeschule gelernt hat. Sie nimmt eines der Silbertabletts, richtet einen Teller an, stellt ein Glas kalten Kräutertee dazu und geht durch das Wohnzimmer. Pardon, es ist der »Salon«, so heißt der Raum bei Julia. Sie spricht es französisch aus, der Salon mit dem offenen Kamin, den Hirsch- und Gams-Trophäen, den Ohrenfauteuils, dem Ledersofa, der Bücherwand, dem Bärenfell und den vier Perserteppichen, die trotz ihrer unterschiedlichen Farben und Muster zusammenpassen. Nach dem Salon kommt das Speisezimmer mit dem Erker, der einen Blick in den Garten eröffnet, pardon, es ist ein Park, so nennt Julia ihn.

»Herr Herwig, wo sind Sie?«, fragt Evelina, während sie das Tablett auf den Tisch stellt und die Stoffserviette aus der Kommode mit den Ebenholz-Intarsien holt. Für jeden Tag eine neue Serviette. H. Z. ist mit rotem Garn in das elfenbeinfarbene Leinen gestickt. »Herr Herwig«, das kann Evelina immer noch schwer aussprechen. Sie findet, es klingt auch nicht besonders gut.

»Herr Zillner? Das Essen wird kalt!«

Evelina geht durch einen langen Flur ins Fernsehzimmer. »Herr Zillner?«

Herwig Zillner sitzt in seinem Rollstuhl vor dem Fernsehgerät und kaut. Ertappt lässt er etwas in der Tasche seiner verschlissenen, übergroßen Wolljacke verschwinden, doch die Packung auf dem Beistelltischchen verrät ihn. Unter der Wolljacke trägt er ein Flanellhemd, darunter Unterwäsche aus Merino, außerdem eine Wollhose, darunter braune Wollstrümpfe und zwei paar dicke Socken.

»Ich habe keinen Hunger.« Herwigs Stimme klingt wie immer dünn und schwach, aber auch ein bisschen verschleimt.

»Das wundert mich nicht, Sie haben eine ganze Packung Mon Chéri gegessen!«

»Es war eine kleine Packung«, sagt Herwig und lächelt verschmitzt. Auf der Pflegeschule hat Evelina gelernt, man solle nie sagen, dass alte Leute wie Kinder werden. Das sei respektlos. Aber es stimmt. Sie werden wie kleine Kinder. Sie schiebt den Rollstuhl durch den Flur ins Speisezimmer und platziert Herrn Zillner vor seinem Teller. Umständlich drapiert der alte Mann die Serviette auf seinem Schoß und beginnt, im Reis herumzustochern.

»Soll ich Ihnen helfen?«, fragt Evelina.

»Wann bekomme ich wieder einmal Blutwurst? Oder Leberwurst? Mit Kraut! Früher habe ich immer normale Sachen gekriegt. Bei der Angelika war es am besten.«

»Aber Angelika ist nicht mehr da.«

Herwig Zillner sieht von seinem Teller auf. »Leider«, sagt er, seufzt und mustert Evelina. »Blonde Frauen können nicht kochen, hat man früher gesagt. Hübsche Frauen können nicht kochen, hat man früher gesagt. Sie war blond und hübsch. Sehr hübsch. Diese langen, blonden Haare! Und kochen konnte sie auch.«

»Wo ist sie jetzt?«, fragt Evelina. »Kommt sie wieder? Viele kommen doch wieder?«

Herr Herwig nickt und schüttelt den Kopf und nickt.

Ich muss das Foto machen, denkt sie. Jeden Tag soll Evelina per WhatsApp Fotos an Julia schicken, und sie versucht, möglichst positive Motive zu wählen: Herwig im Park, ein seltenes Motiv, weil Herwig große Angst davor hat, sich zu verkühlen, und draußen ist es entweder zu heiß, zu kalt oder zu windig; Herwig beim Nickerchen; Herwig beim Zeitunglesen; Herwig beim Telefonieren; Herwig beim Kaffee mit Forstmeister Moser, dem Verwalter; oder eben Herwig beim Essen. »Ein bisschen lächeln bitte.« Herwig lächelt brav, denn er weiß, wenn er unzufrieden wirkt, würde seine Schwiegertochter kommen und nach dem Rechten sehen, und das ist meistens sehr anstrengend, weil Julia eine besondere Gabe hat, innerhalb kürzester Zeit alles durcheinanderzubringen.

Evelina macht das Foto. Wie fast alle Fotos von Herwig sieht auch dieses sehr düster aus, was vor allem daran liegt, dass tagsüber die waldgrün gestrichenen Fensterläden des herrschaftlichen Anwesens halb geschlossen sein müssen, bevor sie nachts ganz geschlossen werden. Die alten Augen vertrügen die Sonne nicht, hat Adrian erklärt, Herwigs einziger Sohn. Anfangs hat sie auch ihm Fotos von seinem Vater geschickt, aber er hat in einer kurzen Nachricht zurückgeschrieben, er beziehungsweise sein Büro wären für das Bezahlen der Rechnungen zuständig, Fotos solle sie bitte ausschließlich an seine Frau schicken. Daran hält sich Evelina natürlich, denn Adrian Zillner ist zwar sehr charmant, aber er kann auch sehr bestimmt sein. Julia schickt manchmal auch Fotos zurück, die sie dann Herwig zeigen soll: Adrian, Julia, die Kinder Charlotte und Philipp auf der Terrasse des Hauses am Starnberger See, oder nur Charlotte und Philipp beim Baden oder beim Segelkurs oder nur Adrian und Julia als schönes Paar.

»Ich habe Bauchweh«, sagt Herwig, »ich kann das nicht aufessen.«

»Essen Sie wenigstens den Fisch«, sagt Evelina.

»Den Fisch kannst du der Katze geben.«

»Frau Julia sagt aber, wir sollen die Katze nicht anfüttern.«

»Aber wir können ja unser kleines Geheimnis haben, Frau Evelina, nicht wahr?« Herwig zwinkert ihr verschmitzt zu.

»Haben Sie mit Angelika auch kleine Geheimnisse gehabt?«, fragt Evelina. Herwig schiebt den Teller von sich. »Ilona, Darina, Sorana, Jitka ... Ich kann mich doch nicht an alle erinnern. Die Nachrichten beginnen gleich.«

»Angelika war lange hier.«

»Und dann hat sie mich im Stich gelassen. Von heute auf morgen im Stich gelassen. Bringen Sie mich ins Fernsehzimmer, bitte.«

Evelina schiebt Herwigs Rollstuhl durch den Flur in das Zimmer und schaltet das Fernsehgerät ein. Während Herwig, meist kopfschüttelnd und missbilligend murmelnd, Nachrichten schaut, wird sie das Tablett abräumen, in der Küche ein paar Bissen Gemüsereis essen, abwaschen, die Fensterläden schließen, den Fisch für die Katze hinauslegen und alles für die Nachtruhe vorbereiten. Sie ist erst seit zwei Wochen hier, sie darf nicht zu viel fragen, das spürt sie. Schön langsam Vertrauen fassen. Die Sache umkreisen. Evelina geht in ihre Schlafkammer, Dienstbotenzimmer sagt Herwig dazu. Sie schlägt die Bettdecke zurück und holt Bruno hervor. »Du wirst mir helfen, nicht wahr, zlatko moje?« Er hilft ihr schon lange, ihr kleiner Schatz, aber sie hat gelernt, dass sie ihn nicht drängen darf. Sie legt den inzwischen ziemlich ramponiert aussehenden Stoffhund mit den Schlappohren auf den Kopfpolster. Vielleicht würde sie ja später auch Nachrichten sehen. Aber andere. Die seltsamen Nachrichten, die sie empfängt, kann sie nicht nach Belieben an- oder abschalten.

4

Ich scheue den Weg zum »Doktor«, wie er hier im Ort genannt wird, nicht nur wegen meines allgemeinen Misstrauens gegen Ärzte, das mir vor allem meine Frau, die Ärztin, eingeimpft hat, sondern auch, weil ich keine Lust habe, meine ehemaligen Schulkameraden wiederzusehen. Denn erstens macht es mich fassungslos, wie alt sie geworden sind; zweitens deprimiert mich die Art, wie sie mich fassungslos ansehen, weil ich so alt geworden bin; drittens bin ich fassungslos angesichts der Tatsache, dass die alten Rollenverteilungen, die Rangordnungen in der Klasse, die einschlägigen Witze und Schmähs in der Sekunde wieder auferstehen, als wäre nicht fast ein halbes Jahrhundert vergangen.

Naturgemäß habe ich mit ganz Stein am Gebirge die Volkschule besucht. Dr. Friedrich Wehner ist sogar in meine Klasse gegangen, er ist aus meinem Jahrgang, also heute ebenfalls dreiundfünfzig Jahre alt. Er hat nach der Volksschule dasselbe Internat im Stift am Rand der Stadt Salzburg besucht, und danach haben wir beide in Innsbruck studiert, bevor sich unsere Wege trennten.

Dr. Friedrich Wehner wurde in der Volksschule von allen »Wehni« genannt. Nach seinem Medizinstudium rief man ihn immer noch so, schrieb allerdings nun lateinisch »Veni«, wie es sich für einen Akademiker gehört. Er empfängt mich in der Tür seines Hauses, in dessen Erdgeschoss sich die Ordination befindet, die allerdings nur vormittags geöffnet hat.

»Quint!«, ruft er mir freundlich zu, »Veni!«, rufe ich, und dann umarmen wir uns mit herzhafter Distanziertheit. Er bittet mich ins Haus, sperrt seine Praxis auf und führt mich in eines seiner drei Behandlungszimmer.

»Riesig ... und ganz schön modern, die Praxis«, stelle ich fest.

»Ja, da staunst du, was? ... Ich hab jetzt sogar ein Ultraschallgerät.«

»Das wirst du für mich nicht brauchen.«

»Welcher Notfall führt dich zu mir?«

»Ich hoffe, ich störe dich nicht … Sonst komme ich morgen wieder!«

»Ich habe nur mit den Enkeln gespielt.«

»Du hast Enkelkinder?«

»Zwei Stück. Du weißt, am Land sind wir mit allem früher dran.«

»Mit allem nicht«, wende ich ein, »aber mit dem Kinderkriegen ist man schnell.«

Dr. Wehner sieht gut aus. Eigentlich sieht er genauso aus wie als Volkschulkind, nur größer, etwas drahtiger und grauhaarig.

»Für einen Großvater siehst du jung aus. Eigentlich siehst du aus wie damals, bei Frau Professor Schiefhuber.«

Veni lacht. »Ein verbreitetes Phänomen … Unser Gehirn lässt uns die Menschen, die wir schon lange kennen, als die gleichen wahrnehmen, die sie schon immer waren. Das führt auch dazu, dass wir uns selbst so sehen, als wären wir viel jünger. Wir verändern unsere Wahrnehmung, wir haben einen Jungbrunnen-Filter in unserer Psyche. Nach einer kurzen Schrecksekunde erscheint uns auch die Jugendliebe, die kurz vor der Rente steht, als dasselbe begehrenswerte Mädchen, das es einst war. A propos, wie geht es Lou?«

»Gut«, antworte ich. Ich habe meine Frau durch Veni kennengelernt. Eigentlich habe ich sie sozusagen von ihm geerbt. Louise, damals schon von allen Lou genannt, hat mit ihm Medizin studiert, die beiden hatten ein paar Wochen oder Monate lang eine Beziehung, bevor Lou bei einem Studentenfest aus mir bis heute unerklärlichen Gründen meinen schmachtenden Blicken nachgegeben hat.

»Macht sie noch immer diese Ethno-Medizin-Sache?«, fragt er etwas abschätzig.

»Sie arbeitet an einem neuen Buch. Das letzte war sehr erfolgreich.«

»Ich hab's mitbekommen.«

»Jetzt ist sie gerade für zwei Monate in Südamerika und forscht über Schamanismus.«

»Während ich hier Antibiotika und Rheumamittel verschreiben darf. Und zwar weil du vor deiner Bestimmung geflüchtet bist.«

»Ich bin nicht vor meiner Bestimmung geflüchtet, sondern vor der Bestimmung, die mein Vater für mich bestimmt hat.«

»Die Leute trauern ihm immer noch nach.«

»Ich bin mir sicher, dass du ein sehr beliebter Arzt bist.«

»Ein Dorfarzt eben. Es gibt keinen anderen. Macht ja keiner mehr, dass er rund um die Uhr verfügbar ist …«

»Es tut mir leid, ich kann gerne morgen …«

»Also, was fehlt dir?«

»Mir fehlt nichts, aber ich habe was«, antworte ich und ziehe Schuh und Socke aus. Veni sieht sich die Fußsohle an, verzieht das Gesicht und zieht die Luft zwischen den Zähnen ein.

»Das sieht überhaupt nicht gut aus.« Er nimmt Tupfer und Desinfektionsmittel und beginnt, die Wunden zu reinigen.

»Echinoidea?«, fragt er, den Blick nicht vom Fuß wendend.

»Erraten.«

»Na immerhin warst du Glücklicher schon im Urlaub.«

»Es war nur ein verlängertes Wochenende. Ich habe mir eingebildet, ich muss ans Meer fahren, ganz allein, um mich zu erholen. Dann hab ich mir beim ersten Kontakt mit dem Wasser die Stacheln geholt und beim ersten Essen eine Muschelvergiftung. Waren tolle Tage.«

Veni schmunzelte. »Kann ich mir denken … Warst du unten beim Arzt?«

»Dazu war ich nicht in der Lage. Ein paar Stacheln hab ich mir selbst gezogen, aber alle konnte ich nicht erwischen.«

»Zugsalbe, irgendwas versucht?«

»Nein, ich …«

»Hör mal, Quint, der Fuß ist heiß wie ein Ofenrohr, da ist alles entzündet. Ich werde dir das jetzt noch mal reinigen und verbinden, und du musst vorsichtshalber Antibiotika nehmen.«

»Aber davon kommen die Stacheln nicht raus.«

»Nein. Seeigelstacheln haben einen Widerhaken und zerfallen gerne in ihre Einzelteile. Also ich kann dich nicht operieren. Ich mach so was nicht gern, sonst wäre ich Chirurg geworden.«

»Ich muss ins Krankenhaus?«

»Nein, zu Sabine. Die macht das öfter als die Kollegen, glaub mir. Vor allem wird dein Fuß am Ende noch dran sein.«

»Wer ist Sabine?«

»Du kennst Sabine nicht?«

»Nein.«

»Sie ist älter als wir. Uhl Sabine, kennst du nicht? Vom Tischler die Exfrau!«

»Und deshalb kann sie mir helfen? Kann sie mir einen günstigen Sarg beschaffen?«

»Hast du den Laden nicht gesehen? Am Ende der Hauptstraße. Richtung Salzburg. Sabine's Fußpflege.«

Er malt einen Haken in die Luft.

»Sabine's mit Idioten-Apostroph?«, frage ich. Er nickt und wir brechen in schallendes Gelächter aus. Der Idioten-Apostroph, von unserem Deutschlehrer Professor Lechensemmler so getauft, war unser beliebtestes Feindbild in der Gymnasialzeit, mit dessen Verspottung wir uns gerne über die anderen erhoben. Sonja's Würstelstand. Leo's Backstube. Conny's Massagen. Beispiele gab es genügend.

»Sie ist vielleicht ein bisschen … wie soll ich sagen … anstrengend. Aber sie ist gut. Versprich mir, dass du hingehst.«

»Jaaa.«

»Nicht jaaa. Jawohllll!« Wieder lachen wir. Eine Anspielung auf Professor Wurzler, unseren Turnlehrer, dessen Vergangenheit als Offizier den Unterricht nicht unwesentlich beeinflusste.

»Bisschen Ruhe geben, mit dem Bein«, sagt Veni, als wir in den Empfangsraum der Ordination gehen, wo sich auch die Hausapotheke befindet. Er verschreibt mir ein Antibiotikum und drückt es mir mit den Worten in die Hand: »Eine morgens und abends, fünf Tage lang. Ich rufe morgen bei Sabine an und sage ihr, dass du ein Notfall bist, sonst bekommst du keinen Termin.«

»Ich war noch nie bei der Fußpflege«, sage ich, während ich bezahle.

»Das sieht man«, meint Veni und lacht.

»Darf man Alkohol trinken zu dem Antibiotikum?«, frage ich, als wir vor der Tür stehen. Der Regen hat zugelegt.

»Du bist wohl immer noch der alte Epikureer?«, fragt der Arzt.

»Weißt du, was Epikur wollte?«, frage ich zurück. »Was der Inhalt seiner Philosophie ist?«

»Soviel ich weiß: das Leben genießen! Essen, trinken ...«, antwortet er.

Ich schüttle den Kopf. »Er wollte vor allem eins: Schmerz vermeiden.«

»Dann vermeide den Alkohol«, sagt Dr. Wehner und fügt hinzu: »Aber ein Bierchen zum Essen wird dich nicht umbringen.«

»Okay. Danke dir. Man sieht sich.«

»Man sieht sich«, sagt er. »Vor allem, wenn du Fieber bekommen solltest oder es nach den fünf Tagen nicht besser ist.«

»Jawohlll!«

Ich hinke zurück zu meinem Haus. Zum Glück liegt auch die Ordination des Arztes etwas außerhalb, sodass ich nicht durch den Ortskern gehen muss. Ich habe keine Lust auf Begegnungen, auf Fragen nach meinem Fuß, nach meiner Frau und nach den letzten fünf Jahren, in denen ich mich – abgesehen von Kurzbesuchen zu Weihnachten oder im Sommer – nicht in Stein am Gebirge habe blicken lassen.

Machtnix liegt auf dem Zufahrtsweg und blickt sehnsüchtig Richtung Gartentor. Als er mich erspäht, beginnt er überschwänglich zu wedeln, zu bellen und herumzuhüpfen, wobei Tropfen aus seinem nassen Fell spritzen. Ich habe Angst um meinen Fuß. »Geh Platz, lass mich in Ruhe.« Doch Machtnix denkt nicht daran, sich seine Freude verderben zu lassen, und begleitet mich hüpfend und bellend bis zur Haustür.

Ich habe Hunger. Ich öffne eine Dose Sardinen, altes Brot habe ich auch noch. Ein Bier, das hat er erlaubt. Ich schlucke mein Antibiotikum damit runter. Veni weiß ja nicht, dass es kleine Flaschen sind. Eine zweite wird kein Problem sein. Keine Mail von Lou. Nutz die Zeit, hat sie gesagt, bevor sie nach Brasilien geflogen ist. Die Abgeschiedenheit wird dir guttun. Überleg dir, was du willst. Sauf weniger. Oder am besten gar nicht. Komm zu dir.

Wobei von Saufen keine Rede sein kann. Ich fange normalerweise nie vor dem Abend an. Ich trinke keinen Schnaps. Prinzipiell lege ich Wert darauf, keinen Alkohol zu trinken. Nein, ich trinke Sauvignon blanc, Grünen Veltliner, Riesling, Burgunder und Chianti. Ab und zu ein Bierchen. Mich hat das Trinken am nächsten Tag noch nie am Arbeiten gehindert. Ich habe immer funktioniert. Aber ich merke auch, ich kann ohne Wein nicht mehr einschlafen und habe schlechte Laune … vor allem hier, in diesem Haus, in diesem Haus meiner Eltern, mit all seinen Geschichten.

»Also, wo ist das Problem?«, sage ich zu Machtnix und schenke ihm den Korken der Flasche Chianti, die ich gerade geöffnet habe. Er kaut gerne an Korken herum. »Rotwein ist antiseptisch, stimmt's, Machtnix? Ein Gläschen hat noch keinem geschadet.«

Ich entfache ein Feuer im Kamin, das passt wunderbar zu dem verregneten, kühlen Abend und zum Rotwein. Ich setze mich in den lederbezogenen Ohrenfauteuil, den schon mein Vater so geliebt hat, und greife zu dem Buch, das auf dem Beistelltischchen liegt. Schopenhauer … der alte Miesepeter. Passt auch gut zum Wetter. »Die ersten vierzig Jahre unseres Lebens liefern den Text, die folgenden dreißig den Kommentar dazu, der uns den wahren Sinn und Zusammenhang des Textes, nebst der Moral und allen Feinheiten desselben, erst recht verstehen lehrt.« Was aber natürlich bedeuten würde, dass ein Plan hinter einem Leben steht, wenn der Text einen Sinn und einen Zusammenhang erkennen lässt. Ich lege das Buch in meinen Schoß. Machtnix räkelt sich wohlig zu meinen Füßen. Liegt ein Plan in den vierzig Jahren? Was heißt vierzig, es werden bald vierundfünfzig Jahre. Volksschule, Internat, Zivildienst, weg von zu Hause, Studium … wissenschaftliche Arbeiten, Hochzeit, Dozentenstelle, Geburt von Michaela.

Professur … der Tod meiner Mutter … der Tod meines Vaters … Ich erinnere mich daran, dass ich vor ein paar Jahren mit Lou über den Umbau unserer Wohnung in Salzburg gesprochen habe. Ich war damals neunundvierzig Jahre alt und habe ihr gesagt, wir hätten noch zwanzig Jahre Zeit mit dem Umbau. In zwanzig Jahren bin ich sechzig, dann verdiene ich noch fünf Jahre gut bis zur Rente, dann können wir umbauen. Lou hat genickt, sie weiß ja, dass ich Veränderungen nicht besonders schätze. Aber sie hat mich dennoch darauf hingewiesen, dass ich in zwanzig Jahren nicht sechzig, sondern siebzig sein werde, was natürlich stimmte. Seitdem fühle ich mich alt. Ich stehe in der ersten Reihe, was das Sterben anbelangt. Und dann? Ich klappe den Schopenhauer wieder auf. »Wenn, was uns den Tod so schrecklich erscheinen lässt, der Gedanke des Nichtseins wäre, so müssten wir mit dem gleichen Schauder der Zeit gedenken, da wir noch nicht waren. Denn es ist unumstößlich gewiss, dass das Nichtsein nach dem Tode nicht verschieden sein kann von dem vor der Geburt, folglich auch nicht beklagenswerter.« Eine große Auslöschung im Nichts, vor der Geburt, nach dem Tod, das kurze Leben dazwischen nichts als eine Verknüpfung von Zellen, Synapsen und Proteinstrukturen mit dem seltsamen Willen zur Fortpflanzung … Wo soll da ein Zusammenhang liegen? Und vor allem ein Sinn?

Ich nehme einen großen Schluck Rotwein, wobei ich nicht gerade lautlos schlürfe. Machtnix sieht mich aus seinen Kulleraugen an, als wollte er sagen: Das hat aber auch keinen Sinn.

»Eh, Machtnix. Aber es tröstet.«

Der Hund rollt sich mit einem Seufzer auf dem Teppich ein. Kurz darauf beginnt er mit geschlossenem Mund kleine Bellgeräusche von sich zu geben. Die Pfoten strampeln ins Leere, und die Hundeseele träumt einen unergründlichen Traum.

Ich schließe die Augen, und ein Urlaub mit Lou fällt mir wieder ein, war es unsere erste gemeinsame Reise? Wir wohnten in einem kleinen Dorf auf der griechischen Insel Patmos und genossen die unglaubliche Ruhe der Vorsaison im Frühling. In der einzigen Taverne des Ortes saß jeden Abend ein lässig, aber gleichzeitig elegant gekleideter Mann, der das Menü aß und sich dann mit Ouzo betrank. Dabei wurde er keinesfalls laut, er betrank sich sehr gepflegt und durchaus systematisch. Eines Abends – ich hatte selbst schon ein bisschen getankt – sprach ich ihn an. Er war Engländer, fein und zurückhaltend. Ich fragte ihn, ob er auch Urlaub mache. Nein, antwortete er. »What else?«, fragte ich mit jugendlicher Unverschämtheit nach. Der Mann sah mich mit melancholischem Spott an und antwortete: »I'm learning to be an old man.« Ich habe gelacht damals, mit meinen zwanzig Jahren, verständnisvoll gelacht, aber ich habe gar nichts verstanden. Der Mann war – schätze ich heute – Anfang, Mitte fünfzig ... so alt wie ich jetzt.

Ich nehme einen Schluck Rotwein, sehe ins Kaminfeuer und denke daran, wie wir damals jeden Tag zu unserer einsamen Bucht hinunterwanderten, im noch ziemlich kalten Meer herumplantschten und schnorchelten, uns in der Sonne räkelten, gescheite Bücher lasen, Oliven und Käse aßen, Sex hatten: und das Leben vor uns.

Am nächsten Tag erwache ich von einem merkwürdigen Geräusch.

Donnerstag, 5. Juli 2018

5

Machtnix hat seinen Kopf unter meine Hand gelegt und streichelt sich selbst, indem er den Kopf genüsslich hin- und herbewegt. Offensichtlich habe ich mich aus dem Fauteuil auf das Sofa sinken lassen und dort weitergeschlafen, ohne etwas davon bemerkt zu haben. Es regnet immer noch. Die Tropfen klatschen auf das Dach, als würde der Himmel Wasserbomben werfen. Beunruhigend. Ich rapple mich auf, vergesse meinen Fuß, der sich beim Auftreten mit stechenden Schmerzen in Erinnerung ruft. Ich hantle mich ächzend die Holztreppe hinauf und hinke zunächst ins Badezimmer. Alles in Ordnung bei den Wasserhähnen. Gästezimmer … Kinderzimmer … Schlafzimmer. Als ich die Tür öffne, kommt mir das Wasser entgegen. Ich blicke entsetzt auf den überschwemmten Boden, das triefnasse Bett, richte den Blick nach oben: Neben dem Dachschrägenfenster laufen auf beiden Seiten Bäche herab und ergießen sich tropfend ins Haus. Machtnix sieht sich die Bescherung ebenfalls an, dreht schnüffelnd eine Ehrenrunde im Zimmer, tappst mit nassen Pfoten in den Flur zurück, wedelt, sieht mich erwartungsvoll an und bellt. Ich seufze und mache mich auf die Suche nach Eimern, was allerdings nicht ganz leicht ist, weil ich mich zuletzt vor gut dreißig Jahren in diesem Haus ausgekannt habe.

Ich hinke wieder hinunter, finde mehrere Eimer, Wischtücher, einen großen Einmachtopf. Ich trage alles nach oben. Die Tropfen hallen bedrohlich in den leeren Gefäßen. So beginnen meine Lieblingstage: Überschwemmungen eindämmen und Termine mit Handwerkern ausmachen. Und mit einer Fußpflegerin.

Ich bewege mich ins Erdgeschoss, Machtnix heftet sich an meine kaputte Ferse und leckt im Vorbeigehen meine Hand ab.

»Herrgott, was willst du denn? Hör doch mal auf, Druck zu machen!« Der Hund läuft zur Tür und wedelt frenetisch. »Nein, wir können heute nicht spazieren gehen.« Beim Wort »spazieren« beginnt Machtnix mit freudigen Luftsprüngen. »Ich bin verletzt! Ich kann nicht gehen!« Ich beschließe, ihn zu ignorieren, und stelle Wasser auf. Jetzt brauche ich zuerst mal meinen Tee. Ich öffne die Tür, Machtnix fixiert mich und geht im Rückwärtsgang voraus. Ich hätte ihn vielleicht nicht so sehr an die täglichen Runden gewöhnen sollen. Aber was soll man tun, wenn man den Auftrag seiner Tochter hat?! Ich stelle die leere Rotweinflasche neben den Karton auf den Holzboden der Terrasse, denn im Karton hätte sie beim besten Willen keinen Platz mehr gefunden.

Als ich mich aufrichte und umdrehe, steht sie plötzlich vor mir auf der Veranda. Die Irre. Die Verrückte aus dem Wald. Sie hat nasse Haare und lächelt. Machtnix ist ganz wahnsinnig vor Freude, sie wiederzusehen, was man von mir nicht behaupten kann.

»Guten Tag«, sagt sie.

»Hallo.«

»Ich möchte mein Angebot erneuern, mit Ihrem Hund zu gehen«, sagt sie. Das Angebot erneuern ... Sie spricht ein seltsames, aber schönes Deutsch.

»Aber ich kenne Sie doch gar nicht«, sage ich, »ich kann Ihnen doch nicht einfach meinen Hund anhängen.«

»Wenn Sie wollen, kann ich den Hund anhängen. Aber ich denke, er wird mir nicht davonlaufen. Ich bin Evelina. Hallo.« Sie streckt mir die Hand hin, die ich artig schüttle.

»Erlach. Quintus Erlach. Ich ... ich muss zu meinem Teewasser.« Weil das aber doch zu unhöflich wäre, frage ich: »Wollen Sie auch eine Tasse?«

»Ein schöner Name, Quintus«, sagt sie. »Gerne eine Tasse Tee.« Das habe ich davon.

Ich gieße den Assam auf. In der Früh muss es Assam sein, nachmittags Darjeeling. Oder ausnahmsweise auch einmal Riesling. Der erdige Duft, der mir in die Nase steigt, erfüllt mich sogleich mit der Gewissheit, dass es mir bald besser gehen wird.

»Und … wohin gehen Sie spazieren?«, frage ich. Machtnix hält den Kopf schief, als er das Zauberwort hört.

»Den Bach entlang, auf dem Wanderweg«, sagt sie. »In den Wald möchte ich nicht mehr gehen, zu dieser Lichtung. Dort ist etwas Schreckliches passiert.«

»Ach so?«, sage ich, während ich den Tee abseihe und in zwei Gläser gieße.

»Ja«, antwortet sie und fügt ganz selbstverständlich hinzu: »Dort sind zwei Menschen ermordet worden.«

»Aha«, sage ich. »Wollen Sie Milch? Zucker?«

»Ein bisschen Milch, bitte.«

Ich sehe dem Wachsen der Stratocumulus-Milchwolke im Teeglas zu, der schönste Augenblick des Morgens. Nur heute kann ich ihn nicht so richtig genießen. Es regnet durch mein Dach. Mein Fuß tut höllisch weh. Und mein Hund ist drauf und dran, von einer Irren entführt zu werden. Der erste Eindruck hat mich nicht getäuscht. Wenn man mit ihr redet, wird ganz klar, dass sie ein Rad abhat.

»Und … wo sind die Menschen, die dort ermordet wurden?«

»Ihre Seelen sind dort. Die Körper wahrscheinlich auch, irgendwo verscharrt.« Sie nimmt einen Schluck Tee, sieht mich aus ihren riesigen blauen Augen an und lacht. »Schauen Sie nicht so drein! Das Ganze ist schon lange her, denke ich. Wissen Sie nichts darüber?«

»Nein«, antworte ich.

»Macht nichts.« Bei den Worten beginnt der Hund begeistert zu bellen. Evelina trinkt ihren Tee aus, steht auf und nimmt mit großer Selbstverständlichkeit die Leine von der Kommode. Jetzt gibt es bei Machtnix kein Halten mehr. »Spatzenhirn geht spazieren«, sage ich, denn nun gibt es ohnehin kein Zurück mehr. Soll sie eben mit ihm gehen. Sie hat zwar nicht alle Tassen im Schrank, aber für den Hund scheint sie ein gutes Händchen zu haben.

»Wann kommen Sie zurück?«

»In spätestens einer Stunde. Ich muss wieder arbeiten.«

»Darf ich fragen, wo Sie arbeiten?«

»Bei Herrn Zillner. Ich bin seine Pflegerin.«

»Der Zillner? Der im Rollstuhl sitzt? In dem riesigen Haus?«

»Ja.«

»Gehört ihm immer noch alles hier? Der Wald, der See, der Steinbruch, die Jagd, das Holz, die Schottergrube ...«

Evelina hebt ratlos die Schultern. »Ich weiß es nicht. Aber arme Leute sind die sicher nicht. Komm, Machtnix.«

Mit diesen Worten und der allergrößten Selbstverständlichkeit verschwindet sie mit dem Hund im Nieselregen. Und ich muss jetzt Rainy anrufen. Auch er hat natürlich mit mir die Volksschule besucht, allerdings eine oder zwei Klassen unter mir. Rainy, wie das englische Wort für regnerisch ausgesprochen, heißt eigentlich Rainer. Schon sein Vater war Dachdecker, und der Vater seines Vaters, und für einen, dem es sozusagen in die Wiege gelegt ist, selbst Dachdecker zu werden, ist Rainy kein schlechter Name. Nicht zu ahnen war damals, dass Rainer eine Sonja heiraten würde, eine aus dem Nachbarort, und dass er mit ihr ein Gesangsduo bilden würde, das an Samstagen bei Zeltfesten Angst und Schrecken verbreitete, da weder Rainer noch Sonja singen können, geschweige denn ein Instrument beherrschen, was sie nicht davon abhält, unter dem Namen »Sunny & Rainy« selbstgedichtete Songs aus dem bäuerlichen Schlager-Segment darzubieten. Der einzige Grund dafür, dass sie auftreten dürfen beziehungsweise nicht von der Bühne geprügelt werden, liegt darin, dass niemand es sich mit dem einzigen Dachdecker der Umgebung verscherzen will.

Als Dachdecker singt Rainy zum Glück nicht. Er verspricht, am Nachmittag vorbeizukommen. So, und jetzt die Fußpflegerin, Doktor Veni hat mir ihre Nummer aufgeschrieben. Ihre Stimme klingt aufgeweckt und lustig. Der Doktor habe sie schon vorgewarnt. Sie könne am Abend einen Termin anhängen, sagt sie, wenn es denn ein Notfall sei. Aber ich solle ja pünktlich kommen, sie wolle dann auch mal Feierabend machen.

Ich humple hinauf, um die Eimer auszuleeren, bevor sie zu schwer werden. Ich untersuche die Matratze meines Betts, die sich mit Wasser vollgesogen hat, so wie die Kissen und die Decke. Trocknen ist wahrscheinlich sinnlos. Das werde ich alles zum Abfallentsorgungszentrum bringen müssen, einer vielbesuchten Attraktion in Stein am Gebirge. Immerhin werde ich nicht nur Leerflaschen zu entsorgen haben.

Ich bin gerade dabei, E-Mails zu beantworten, als es an der Tür klopft. Machtix mit hängender Zunge und Evelina mit einem Strahlen im Gesicht kommen herein. »Er ist so ein Braver«, sagt Evelina. »Haben Sie vielleicht etwas für ihn? Eine kleine Belohnung?« Ich deute auf die untere Lade der Kommode. Evelina nimmt ein Hundekeks heraus, Machtnix niest, sie lacht und gibt es ihm.

»Danke«, sage ich. »Für das Spazierengehen.«

»Gerne. Ich komme morgen wieder, wenn Sie wollen.«

»Warum machen Sie das?«

»Weil ich Hunde mag. Und weil Ihr Fuß nicht so schnell heilen wird.«

Woher will sie das wissen, denke ich mir, frage aber nicht nach.

»Wie kann ich mich erkenntlich zeigen?«

»Das weiß ich noch nicht«, antwortet Evelina. »Aber ich bin mir sicher, dass Sie mir bald helfen werden.«

»Aha. Also momentan bin ich nicht so gut zu Fuß, und mein Haus ist leck, und ich bin ganz allein, aber …«

»So allein sind Sie nicht«, sagt Evelina und lacht. »Sie haben ganz schön viele Mitbewohner.«

»Ach so? Machtnix und … Flöhe? Wanzen?«

Evelina wirft mir einen merkwürdigen Blick zu und sagt mit einer plötzlich veränderten, ausdruckslosen Stimme: »Einige Kinder sind hier. Und zwei alte Leute … ein Mann und eine Frau. Wahrscheinlich Ihre Eltern.«

»Sehen Sie Geister?«

»Der Mann trägt eine Brille mit runden Gläsern. Das sieht freundlich aus. Auf Wiedersehen, Herr Professor!«

Sie streichelt dem Hund über den Kopf und schwebt hinaus. Ich hinke zurück zum Schreibtisch, öffne die Lade und nehme die Brille meines Vaters heraus. Die Nickelbrille mit den runden Gläsern, aus denen er so freundlich in die Welt geblickt hat.

6

Ich schrecke aus dem Nachmittagsschläfchen auf, als Machtnix zu knurren beginnt.

Zuerst ist es ein brummendes Knurren, das sich zu einem bedrohlichen Bellen steigert, als Machtnix bemerkt, dass ich zu Tode erschrocken bin: Oben an der Treppe steht ein fremder Mann. Er sieht ziemlich athletisch aus, sein Kopf berührt fast den Plafond. Er trägt die langen, braun-grauen Haare zu einem Zopf gebunden. Sein Blaumann ist nass, und der große Schraubenzieher in seiner Hand wirkt alles andere als beruhigend.

»Tut der eh nichts?«, fragt der Mann.

»Kommt drauf an«, antworte ich, setze mich auf und tu so, als würde ich Machtnix zurückhalten. In Wahrheit halte ich ihn natürlich nur zurück, damit er den Eindringling nicht freudig begrüßt.

»Bin gleich von oben rein, damit ich mir die Sache ansehen kann. Du solltest die Balkontür und das Dachfenster ordentlich schließen, Quint.«

»Rainy?«, frage ich dümmlich, während ich mühsam aufstehe. Ja klar, das ist er. Auch an diesen ländlichen Schönlingen geht die Zeit nicht spurlos vorüber. Der Dachdecker kommt die Treppe herunter. Ich kann Machtnix nicht mehr zurückhalten. Er stürzt sich auf ihn, um ihm wedelnd die Hände abzulecken. Rainy schüttelt mir mit eisernem Griff die Hand.

»Ein Bier vielleicht?«, frage ich in der Hoffnung, einen Grund zu haben, aus Höflichkeit eines mitzutrinken, aber er lehnt dankend ab. Die Zeiten seien vorbei, wo man als Dachdecker seine Kiste Bier am Tag hatte, Versicherungshaftungen und der ganze Schmarren, aber vernünftiger wäre es ohnehin.

»Jaja, die Zeit … jaja, das Alter«, murmle ich.

»Geht an keinem spurlos vorüber«, meint Rainy jovial und klopft mir lachend auf die Schulter. »Auch an deinem Dach nicht, übrigens.«

Klein bin ich nicht, aber Rainy ist einen guten Kopf größer als ich. Er sieht mich an und nickt teilnahmsvoll, wie ein Arzt, der einem soeben eine üble Diagnose mitgeteilt hat.

»Du meinst, ich habe einen Dachschaden?«

»Ob du einen Dachschaden hast, kann ich nicht beurteilen, aber dein Dach hat einen … Zuerst hab ich ja geglaubt, es sind nur die Bleche. Außen am Fenster. Wer hat denn die gemacht? Ich sicher nicht. Die haben das so gefalzt, dass die Innenkante …«

»Bitte erspar mir die Details, ich verstehe sie eh nicht.«

Rainy seufzt: »Die Bleche um die Fenster sind das geringste Problem, ich hab das mal provisorisch erledigt. Hab mir erlaubt, gleich auf den Dachboden … der First und die meisten Sparren …«

»Bitte sag einfach, was los ist«, unterbreche ich ihn. Ich beherrsche zwar den wissenschaftlichen Jargon. Die Geheimsprache der Handwerker aber war mir immer schon ein Buch mit sieben Siegeln.

»Auf gut Deutsch?«, fragt er nach. Ich nicke. »Im Arsch«, sagt er. »Dein Dachstuhl ist im Arsch.« Mein Blick dürfte eine gewisse Fassungslosigkeit verraten haben, weshalb Rainy nachsetzt, als müsse er es einem Idioten erklären: »Dein Dach ist kaputt.«

»Was kostet die Reparatur?«

Jetzt lacht Rainy: »Das kannst du vergessen. Da ist nichts zu reparieren. Du brauchst ein neues Dach. Ein komplett neues Dach. Dachstuhl, Ziegel, Fenster, Bleche, Dachrinnen, das volle Programm.«

»Alles kaputt?«

»Alles nicht. Aber mit Reparieren kommst du nicht weit. Du musst das neu aufsetzen.«

»Was kostet das?«

»Viel.«

»Zahlt sich das aus? Lohnt es sich? Ich meine, außer für dich.«

Jetzt lacht Rainy schon wieder. Er dürfte ein zutiefst heiterer Mensch sein.

»Lohnt es sich? Ja, wenn dir alles wurscht ist, dann lass es, wie es ist. Ich kann dir nur sagen – auf gut Deutsch –, dein Haus ist auch bald im Arsch, wenn du nichts machst.«

Ich gehe im Kopf meine Kontostände und Ersparnisse durch. Was kann so etwas kosten? Ein bisschen etwas ist da. Nun ja, wird auch von Lou abhängen, wie viel dann wirklich noch da ist. Wie sie sich letztendlich entscheiden wird. Was soll ich mit dem Haus machen? Was ist es mir wert? Momentan nicht viel. Rainy geht zur Kommode und nimmt das gerahmte Foto meiner Eltern in die Hand, das darauf steht. »Es war ihr ganzer Stolz«, sagt er und seufzt. »Und der Garten ... das war einmal der schönste Garten im Ort!« Er stellt den Fotorahmen wieder auf die Kommode. »Aber es ist natürlich deine Sache. Ich schick dir einmal einen Kostenvoranschlag, dann kannst du ja immer noch überlegen.« Er reicht mir seine Eisenhand, geht hinaus, schnappt sich die Leiter, die an der Dachrinne lehnt, und geht zu seinem Auto. Es schüttet immer noch. Ich schließe die Tür und sehe Machtnix an. Er hat eine Pfote über die andere gelegt, seinen Kopf darauf, er beobachtet mich.

»Jetzt brauchen wir mal ein Bier«, erkläre ich ihm, hole es aus dem Kühlschrank, öffne es und nehme einen tiefen ersten Schluck. Ich gehe zur Kommode, lehne mich an die Holzplatte und betrachte das Foto: meine Mutter, etwa vierzigjährig, die Haare streng nach hinten frisiert, der Ausdruck in ihrem Gesicht gütig und weich. Mein Vater mit Trachtenanzug und Krawatte ... Ein wenig schalkhaft wirkt er, was vielleicht auch an der Brille mit den runden Gläsern liegt.

7

Die Schmerzen im Fuß sind so groß, dass ich beschließe, das Auto zu nehmen. Mein Auto habe ich seit zwanzig Jahren. Es hat mich noch nie enttäuscht. Was fast noch schwieriger ist: Im Gegensatz zu einigen Menschen habe auch ich das Auto noch nie enttäuscht. Kein lautes Wort, kein Beleidigtsein, einfach pure Harmonie. Dabei mache ich mir nichts aus Autos. Und welches Auto besitzen Menschen, die sich nichts aus Autos machen? Oder zumindest vorgeben, sich nichts aus Autos zu machen? Einen Saab. In meinem Fall ist es ein Saab 900, klassisch in Saabbraun gehalten. Früher hatte ich auch ein Nokia-Handy, das ich leider nicht ewig behalten konnte. Ach ja, die Weisheit von den alten Griechen, die Technik von den alten Schweden. Der Saab 900 ist mittlerweile ein Klassiker vor der Zeit. Tatsächlich bekomme ich laufend Angebote für den Wagen, aber ich denke nicht daran, ihn herzugeben, denn im Prinzip bin ich ein treuer Mensch.

Wie es der Doktor versprochen hat, liegt der Pediküre-Laden am Ende der Hauptstraße: Sabine's Fußpflege.

»Ja, wen haben wir denn da?«, ruft die Fußpflegerin aus, »den Professor!«

Ich kann mich nur darüber wundern, wie bekannt ich im gesamten Ort zu sein scheine. Ich selbst fühlte mich fremd, anonym. Offensichtlich eine Fehleinschätzung. Dabei wäre ich mir ganz gern selbst entkommen. Professor Doktor Quintus Erlach. Wahrscheinlich das einzige Einzelkind weltweit, das Quintus, der Fünfte, heißt. Dennoch: ein Name, der in eingeweihten Kreisen Ehrfurcht erweckt. Eine Kapazität. Ein Philosoph der alten Schule, der mit Kolleginnen und Kollegen, Studierenden, Behörden und Fachjournalen umgehen kann. Der auf der Uni Vorlesungen hält, zwei Stunden freie Rede, ohne einen Zettel, ohne Power-Point-Verstärkung. Ein Mann, der alles gelesen zu haben scheint, nicht nur die einschlägige Fachliteratur, sondern nebenbei wohl auch die gesamte Weltliteratur. Jetzt hat er einen Dachschaden, eine Hundesitterin mit Dachschaden, und seine Füße sind auch kaputt.

Obwohl sie sich in weiterer Folge als nicht unanstrengend erwies, war sie mir gleich sympathisch. Sabine von Sabine's Fußpflege. Mit Wortspiel auf dem Geschäftsschild: »Ich steh auf Füße«. Während ich mich ächzend in den Behandlungsstuhl fallen lasse, zieht Sabine meine Hosenbeine hoch und streift meine Socken ab. »O weh, o weh, o weh, ja was haben wir denn da?«, gibt sie von sich, als sie meine linke Fußsohle sieht. Nach dem kleinen Ausruf des Entsetzens hört sie nicht mehr auf zu reden.

»Der Herr Papa war hier ja der Arzt früher«, erklärt sie mir, als ob ich das nicht wüsste, »das war noch so ein richtiger Arzt, wie früher Ärzte waren. Landärzte halt! Ich kann mich noch erinnern, dass von meinem Onkel der Bruder, also die Kinder, einmal dort waren, die Kinder vom Bruder vom Onkel ... Fieber hat es gehabt, das Baby, und dann macht man sich Sorgen natürlich, wenn das erste Kind so hohes Fieber hat und ... Wollen Sie lieber ein Latschenkiefer-Fußbad oder das ganz normale, Herr Professor? Ich hab beides, Latschenkiefer mache ich selber, das muss ich Ihnen dann noch erzählen, kostet allerdings zwei Euro mehr. Wenn ich mir Ihre Füße so ansehe, die haben eine Pediküre schon ziemlich nötig.«

Ich entscheide mich für das normale Fußbad, obwohl Latschenkiefer mich eigentlich interessiert hätte. Doch ich fürchte die ganze Geschichte, die sie mir rund um dieses selbst gemachte Fußbad erzählen würde. Sie stellt die Füße in einen mit warmem Wasser gefüllten Holzbottich. Sabine ist um die sechzig Jahre alt. Sie ist nicht besonders groß, etwas stämmig, und ihre kurz geschnittenen, dichten grauen Haare wirken kräftig und entschlossen.

Jetzt heißt es, ein paar Minuten warten. Ich schlage meine Zeitung auf. Ich gebe zu, dass das nicht besonders höflich ist, aber ich bin sehr schlecht in Konversation. Wenn ich nichts zu sagen habe, sage ich eben nichts. Sabine ist das aber egal. Ihre Tageswortration dürfte im Gegensatz zu meiner unbegrenzt sein. Seufzend lege ich die Zeitung auf meinen Schoß.

»Ja und natürlich macht man sich große Sorgen, wenn das erste

Kind Fieber hat, 39 hat es gehabt oder sogar mehr als 39, und dann ist er zu Ihrem Herrn Papa gegangen, vom Onkel also der Bruder mit dem Kind ... und er hat's angeschaut, Ihr Herr Papa, ein Dorfarzt wie früher, aber angeschaut hat er es natürlich schon, das Kind. Und Fieber gemessen. Heute sind wir ja gleich da mit Antibiotika und Krankenhaus und alles, aber Ihr Herr Papa hat zum Sohn vom Onkel vom Bruder, dem Franzl, dem hat er nur gesagt, mit dem Fieber, hat er nur gesagt, legt's ihn halt nicht auf den Ofen! Legt's ihn halt nicht auf den Ofen! So einer war das, Ihr Herr Papa.«

Ich nicke. Ich weiß nicht, was ich sagen soll, und entscheide mich für ein hilfloses »Ja, das waren noch Zeiten«. Wieso bloß hat mich der Landdoktor Veni hierhergeschickt? Ich nehme mir fest vor, nach dieser Sitzung zu ihm zu gehen und ihn zu bitten, die Stacheln aus dem Fuß zu operieren, auch wenn er das nicht gern macht.

»So, einen Tee oder einen Kaffee, Professor?«

Bier, hätte ich am liebsten geantwortet. Ja, ich kann mir die Welt schöntrinken! Aber ob es im Fall der Fußpflegerin Sabine auch wirken würde? Runterschlucken? Ja, das wäre gut, Alkohol lähmt und besänftigt. Aber was muss eigentlich besänftigt werden? Lou? Oder gar Michaela? Im Prinzip geht es mir gut.

Sabine holt meine Füße aus dem Bottich und mich aus meinen Gedanken.

»Fürchterlich, wie ist denn das passiert?«

»Kroatien«, sage ich. »Ich hasse Gummischuhe, so einfach ist das. Ich bin ins Meer gesprungen und direkt auf den Seeigel. Bei der ersten Gelegenheit, die sich geboten hat.«

»Das ist der zerstreute Professor, wie er im Bilderbuch steht«, antwortet Sabine und lacht. »Zum Glück haben Sie keinen Kopfsprung gemacht.«

Sie beginnt, mit einem Skalpell und einer Pinzette meine Fußsohle zu bearbeiten. Ich hätte vielleicht doch ein Gläschen Schnaps trinken sollen.

»Mehr als einen werde ich nicht bekommen, ohne den Fuß zu sehr zu verletzen«, erklärt Sabine. »Es sind fünf Stacheln, soviel ich sehen kann, und mehr als einen kann ich nicht herausholen, weil wir sonst riskieren, dass sich die gesamte Fußsohle entzündet. Also immer eins nach dem anderen und dann schön sauber halten und Pflaster drauf und Ruhe geben.«

Jetzt ist Sabine endlich still, weil sie sich konzentriert. Nach ein paar Minuten holt sie einen kleinen schwarzen Stachel heraus. Triumphierend hält sie die Pinzette hoch und zeigt ihn mir. Immerhin, sie scheint ihr Geschäft zu verstehen.

»Nun ja«, sagt sie, »und jetzt machen wir noch den Rest von den lieben Füßen. Sie wissen aber schon, dass der Stachel genau auf dem Herz war?«

»Was für ein Herz?«, will ich wissen.

»Fußreflexzonen«, antwortet sie, »schon einmal davon gehört?«

Auch das noch, denke ich. Aber Esoteriker soll man nie kritisieren, das macht alles nur schlimmer. Ignorieren ist die bessere Taktik.

»Haben Sie vielleicht Ihr Herz verschlossen, Herr Professor? Oder mit Dornen versehen, damit keiner rankann?«

»Nicht, dass ich wüsste«, lüge ich.

Während sie an den Zehen schabt und feilt, redet sie unaufhörlich weiter.

»Es ist der linke Fuß, Sie müssen schon entschuldigen ... Der linke Fuß steht für die weibliche Seite des Körpers, also für die weiblichen Anteile Ihrer Seele.«

»Aha.«

»Ich möchte nicht indiskret sein, aber könnte es sein, dass Sie Schwierigkeiten mit Ihrer Frau haben? Oder vielleicht mit Ihrer Tochter? Haben Sie überhaupt eine Tochter?«

»Nun ja ...«

»Irgendwie dürften Sie sie beleidigt haben, kann das sein? Die große Zehe ist auch blockiert. Eine Kopfgeschichte.«

»Können Sie hellsehen?«, frage ich sie. Und mich frage ich, ob alle hier plötzlich hellsehen können.

Sabine lacht herzlich auf.

»Nein, Gott sei Dank nicht! Aber ich kann in Ihren Füßen lesen. Das hat mit Hellsehen gar nichts zu tun!« Flüsternd, fast verschwörerisch fügt sie hinzu: »Aber ich habe eine Frau kennengelernt, die hellsehen kann. Gruselig, Herr Professor, das kann ich Ihnen sagen.«

»Und wie sieht diese Frau aus?«, will ich wissen.

»Sehr hübsch«, antwortet Sabine, »so kurzes Haar mit süßen Locken ... zerbrechlich ... Man weiß nicht, ist sie zwanzig oder vierzig Jahre alt. Sie liegt so dazwischen und ist sehr ... ätherisch ... Kann man das so sagen? Sie ist Pflegerin beim Herwig, darum war sie hier, weil sie ihn begleitet hat. Den Herwig kennen Sie noch von früher, oder, den Zillner Herwig, mit dem Wald? Ein höflicher Mann ist das, ein Herr, wie man früher gesagt hat. Im Rollstuhl sitzt er ja schon lange, 24-Stunden-Pflege seit zwei Jahren, die Evelina ist jetzt bei ihm ... die kann wirklich hellsehen! Sie hat mir das erzählt, als sie einmal selbst bei mir in Behandlung war wegen einer Dornwarze. Die Dornwarze, die hat sie allerdings am rechten Fuß gehabt, was wiederum ein bisschen etwas anderes bedeutet, in der Nähe des Ballens, Lunge, das bedeutet großen Kummer, das verstehen Sie sicher, Herr Professor?«

»Und warum hat sie großen Kummer?«, frage ich, obwohl ich es eigentlich nicht so genau wissen will.

»Weil ihre Vorgängerin verschwunden ist. Hier im Ort. Vor ein paar Monaten.«

»Aha.«

»Ja, von einem Tag auf den anderen. Wie vom Erdboden verschluckt.«

Abgehauen wahrscheinlich, denke ich. »Es verschwinden so viele Leute jedes Jahr«, erkläre ich, »das kann schon mal passieren. Sie wird schon wieder auftauchen.«

»Im Prinzip haben Sie schon recht, Professor«, meint Sabine, »aber Evelina sieht etwas anderes.«

»Wenn sie hellsehen kann, wird sie ja wissen, wo ihre Vorgängerin steckt.«

»Das ist das Problem, ihre Wahrnehmungen sind manchmal sehr klar und manchmal weniger. Sie kann das nicht beeinflussen. Sie sieht nur, dass diese Frau im Stein ist. Im Stein. Was das bedeutet, weiß sie nicht. Aber sie hat kein gutes Gefühl dazu.«

»Und das hat Sie Ihnen alles erzählt?«

»Mir erzählen die Leute immer alles. Im Stein ... sagt sie ... Im Stein, das kann nur heißen, im Gebirge oben, oder? Und verschwunden ist sie im tiefen Winter ... Ich weiß schon, Professor, Sie glauben wahrscheinlich nicht an so was ... Aber kennen Sie die Wilde Jagd?«

»Ist das nicht in den Raunächten? Wenn die Perchten und Hexen kommen, zwischen Weihnachten und dem Dreikönigstag?«

Sabine lacht. Doch dann erstirbt ihr Lachen, und sie sieht mich todernst an: »Hexen und Perchten, Professor, das ist etwas für kleine Kinder. Aber wenn die Wilde Jagd über das Gebirge zieht, dann gibt das ein Ächzen und Heulen und Johlen, und gestandene Männer, die das Pech hatten, zur falschen Zeit oben am Grat zu sein, wo sich die Grenze zwischen dieser und jener Welt befindet, sind des Verstandes beraubt ins Tal zurückgekehrt.« Ich wundere mich, wie gewählt sich Sabine plötzlich ausdrückt. Vielleicht hat sie die Sage von ihrer Großmutter gehört, und die hat möglicherweise ein schöneres Deutsch gesprochen. »Es ist ein Sturm in der Luft, ein Grollen, aber es kommt nicht nur von den ächzenden Bäumen und von den Felsen, die wie von Geisterhand bewegt über das Gebirge rollen, es stammt von den Geistern.« Als wollte sie mir drohen, zeigt sie mir einen blutgetränkten Tupfer, bevor sie ihn wegwirft und weitererzählt. »Es ist ein Jammern, ein Schreien und Heulen, und das rührt von den Seelen der Toten her, die vor der Zeit gegangen sind, die einen grauenvollen, unglücklichen Tod hatten. Kinder, nach der Geburt ertränkt oder erschlagen ... Gehenkte und Ermordete ... Frauen, Männer und Kinder, die der Teufel geholt hat. Und Tiere, gequälte und gefolterte Tiere sind auch dabei, verrückt gewordene Bären und wilde Hähne und riesige Wildschweine und geschundene Pferde und heulende Hunde und kreischende Katzen, es ist ein großes Klagen, Professor, da kann man schon irr werden, glauben Sie mir das. Und wer nicht auf der Hut ist und sich versteckt oder niederkniet und betet, den reißt sie mit, die Wilde Jagd, auf ihrem Weg über den Grat, und der wird mitheulen und klagen, und wenn er noch bei den Lebenden ist und es sich ausgespukt hat, werden ihn seine Frau und Kinder und Freunde nicht mehr erkennen, denn er ist verrückt geworden. Oder sie ist verrückt geworden, das ist auch schon passiert, ich habe es gehört, hier im Tal, eine junge Sennerin hat die Wilde Jagd verspottet, hat gesagt, ich glaube nicht an eure Ammenmärchen, und hat noch die Kühe gemolken, während der Sturm über sie gezogen ist, aber die Milch ist schon sauer aus dem Euter gekommen, und die Sennerin hat man später gefunden, zerschmettert und zerschunden.«

»Entsetzlich«, sage ich.

»Also rate ich Ihnen, aufzupassen, sollten Sie einmal auf die Idee kommen, da oben herumzuklettern! Die Wilde Jagd kann auch im Sommer ihr Unwesen treiben, denn niemand Geringer ist ihr Anführer.«

»Das ist die Perchte, oder?«, frage ich. »Oder Odin, das glauben die Skandinavier, nicht wahr?«, füge ich etwas desinteressiert hinzu.

»Glauben?« Fast wie ein Kreischen hat Sabines Frage geklungen. »Was heißt glauben? Wenn Sie die Wilde Jagd einmal erlebt haben, oder ein Opfer der Wilden Jagd gesehen haben, dann werden Sie nicht mehr von Glauben reden, denn das, lieber Professor, ist die Wirklichkeit, auch wenn viele es vergessen und verdrängt haben. Und egal, wie Sie den Anführer der Wilden Jagd nennen, oder die Anführerin, ob es Frau Perchta ist oder Frau Holle oder Odin oder Elbel oder Schimmelreiter oder Hassjäger, Tolljäger, Helljäger, es ist niemand Geringerer als …« Sie senkt die Stimme, damit niemand sie hören kann, und raunt mir ins Ohr: »Der Teufel.«

»Hören Sie auf!«, rufe ich, halb scherzhaft, halb von echtem Grauen ergriffen. »Was Sie für Geschichten erzählen!«

»Was aber keine Geschichte ist: dass wir uns wiedersehen, Professor. Und zwar oft.«

»Um Gottes willen«, entfährt es mir. Sabine lacht.

»Wir gönnen dem Fuß eine kleine Pause, aber am Montag sind Sie wieder hier«, sagt sie.

Ich will jetzt nur eines: ins Gasthaus gehen und ein Bier trinken, um die Schmerzen zu betäuben. Die im Fuß und all die anderen.

Als hätte sie meine Gedanken erraten, ruft mir Sabine nach, als ich mich Richtung Auto bewege: »Und ernähren Sie sich anständig, Professor. Kochen Sie sich etwas Frisches. Mit Gemüse. Seien Sie gut zu sich. Es darf auch einmal ein gemütlicher Abend mit Kräutertee sein.« Ich winke, halb zum Gruß, halb zur Abwehr dieses merkwürdigen Gedankens. Tatsächlich wurde der Abend alles andere als gemütlich.

8

Beim Zähneputzen und Waschen fällt Herwig tatsächlich in eine Art Kleinkindalter zurück, sodass Evelina all ihre Professionalität – die sie eigentlich nicht hat, aber dazu später – aufbringen muss, um nicht die Geduld zu verlieren. Herwig lässt die Zahnbürste immer wieder ins Waschbecken fallen, als wäre er nicht in der Lage, sie zu halten. Die Hände wäscht er sich ganz ordentlich, doch das Gesicht benetzt er mit ein paar Tropfen Wasser, das muss reichen.

»Herr Herwig, ich weiß, Sie können das besser«, sagt Evelina und reicht ihm einen frischen Waschlappen.

»Gar nichts weißt du, Puppilein«, gibt Herwig Zillner zurück, aber er klingt nicht streng dabei, eher verklärt. In seiner Stimme schwingt stets ein Anklang von Leid mit, als müsste dieser wohlhabende und gut versorgte Mann den Schmerz der ganzen Welt auf seinen alten Schultern tragen. Herwig sieht den Waschlappen an, als hätte er so etwas noch nie gesehen, und wirft Evelina einen Blick zu, hinter dessen Ratlosigkeit freilich das Vergnügen an der Verstellung durchblitzt, was Evelina nicht entgeht. Sie muss lachen. Dieser alte Herr ist wirklich außerordentlich originell. Evelina nimmt den Waschlappen, befeuchtet ihn mit lauwarmem Wasser und beginnt, ganz sanft Herwig Zillners Gesicht damit abzutupfen. Herwig verfällt in hohe, singende Klagelaute, die Evelina zwar auch originell findet, die ihre Nerven allerdings ordentlich strapazieren. Am schlimmsten ist es beim Duschen! Bis man den alten Mann aus dem Rollstuhl und aus seinen zahlreichen Kleidungsschichten geschält hat, vergeht eine gute halbe Stunde. Das Duschen selbst würde zwar nicht so schlecht funktionieren, weil das speziell für ihn adaptierte Badezimmer mit elektrischem Sitz samt Hebefunktion sich auf dem neuesten Stand befindet, doch Herwigs Klagelaute steigern sich zu kleinen Schreien, die immer lauter werden, »Hilfe, Hiilfe, Hiiiilfe!«, sodass Evelina sich am Ende vorkommt wie ein Folterknecht in einem düsteren Keller.

Evelina hat am Beginn ihrer Dienstzeit Adrian Zillner davon berichtet. Der hat gelacht und so etwas Ähnliches gemurmelt wie »der Papa, das ist einer ...«, um Evelina dann relativ schroff an seine Frau zu verweisen, da er selbst sich um Wichtigeres zu kümmern habe. Julia Zillner hat Verständnis für Evelinas Unbehagen zu erkennen gegeben und ihr vorgeschlagen, für die »große Wäsche« zweimal pro Woche einen männlichen Pfleger als Hilfe vorbeizuschicken, was Evelina dankbar angenommen hat. Geld gab es ja zur Genüge. Der Mitarbeiter des Roten Kreuzes kam zuverlässig und pünktlich, er war stark und beherrschte die notwendigen Griffe mit einer für Evelina bewundernswerten Sicherheit. Angesichts seiner Chancenlosigkeit gegen die professionelle Übermacht stellte Herwig irgendwann das Jammern ein und fügte sich in sein Schicksal.

Die abendliche Katzenwäsche geht ohnehin schnell vorüber, und wie man Herrn Herwig an sein Bett rollen lässt, um ihn anschließend umzukleiden, hat Evelina nun schon verinnerlicht. Diese Schnittstellen des Tages, aus dem Rollstuhl heraus, in den Rollstuhl zurück, ins Bett legen, umziehen, haben Evelina am Anfang ihrer Tätigkeit große Angst gemacht. Zwar liegt ihre Ausbildung an der Pflegerinnenschule in Bratislava noch keine zwei Monate zurück, doch Evelina ist durchaus bewusst, dass diese Ausbildung viel zu kurz und zu oberflächlich war, um für diese anspruchsvolle Arbeit geeignet zu sein. Viele in ihren Augen recht grobschlächtige Leute aus allen Teilen der Slowakei hatten die »Schule« mit ihr besucht, die eher ein Kurs von ein paar Wochen war. Doch das Geld lockte. Als Pfleger oder Pflegerin konntest du in zwei Wochen mehr verdienen als ein Arbeiter in der Slowakei in einem Monat.

»Gute Nacht, Herr Herwig«, sagt Evelina. Er antwortet mit einer Art Grunzen, das durchaus Zufriedenheit ausdrückt. Immerhin, Evelina hat Glück, Herwig schläft mehr oder weniger durch. Alle Türen müssen offen stehen, denn Adrian Zillner hat die Verwendung eines Funk-Geräuschmelders untersagt, ein »Babyphone« kam für ihn wegen der Strahlenbelastung nicht in Frage, dieser Punkt war ihm sehr, sehr wichtig. Gelegentlich also hört Evelina Herwig im Schlaf seufzen oder sprechen, aber zum Glück wacht der alte Herr nie wirklich auf. Dennoch, Evelinas Schlaf in der großen, alten Villa inmitten des riesigen Parks bleibt flach. Ob Bäume im Wind knarzen, ein Käuzchen ruft, Herwig stöhnt oder der Regen gegen Fensterverschläge prasselt: Stets wacht sie auf, schleicht barfuß in das Zimmer des alten Herrn hinüber und sieht nach, ob noch alles in Ordnung ist.

»Gute Nacht, Bruno«, sagt Evelina, als sie sich in ihr eigenes Bett gelegt hat. Brunos Schlappohren liegen auf ihren Brüsten. Manchmal spürt sie, wie sie mit jedem Atemzug mehr mit ihrem Stoffhund verschmilzt. »Zlatko moje«, haucht sie, ihr kleiner Schatz, mit dem sie schon so viel erlebt hat. An jenem Abend aber ist Bruno nichts als ein etwas ramponiert aussehendes Plüschtier. Evelina fühlt Ungeduld in sich aufsteigen, Ungeduld mit der ganzen Situation, Ungeduld mit sich selbst. Jetzt ist sie schon zwei Wochen hier, und ja, sie macht ihre Arbeit gut, niemandem ist etwas aufgefallen, bald würde sie selbst daran zu glauben beginnen, dass sie als Pflegerin für Zillner arbeitet! Ungeduld bereitet ihr auch die Trägheit des Professors. Dieser angebliche Helfer wirkt selbst hilfsbedürftig und macht keinerlei Anstalten, sich auch nur ein wenig für sie zu interessieren. Allerdings muss Evelina sich eingestehen, dass sie nichts in der Hand hat. Buchstäblich nichts. Eine verschwundene Frau. Das ist alles.

Sie spürt, wie Bruno langsam warm wird auf ihrem Körper, ein untrügliches Zeichen, dass etwas passieren wird, Bruno scheint zu atmen, sie hört ihn hecheln, er ist heiß und ebenfalls ungeduldig. Evelinas Atem vertieft sich, das geschieht ganz unwillkürlich, sie kann es nicht beeinflussen, sie beginnt zu beten, ihre Art von Gebet, sie fürchtet sich nicht, sie will etwas wissen, von drüben, von der anderen Welt. »Angelika, hilf mir. Bitte hilf, Angelika ...« Evelinas Brust hebt und senkt sich, als würde sie ein Kind gebären, und mit einem kleinen Aufschrei ist alles plötzlich vorbei. »Danke«, sagt Evelina und erhebt sich aus dem Bett. Die alten Holzdielen knarren unter ihren Schritten. Ihr weißes Nachthemd umweht ihren Körper, als sie barfuß zu Herwig ins Zimmer schleicht. Sie lauscht. Gleichmäßiger Atem ... wie ein leichtes Schnurren. Alles in Ordnung.

Drei und sieben, sagt sie sich vor. Drei und sieben. Evelina schleicht ins Wohnzimmer, in den »Salon«. Sie macht das Licht einer Stehleuchte an und erschrickt über das Bärenfell, das samt Kopf und weit aufgerissenem Maul inmitten des Raums seine letzte Ruhe gefunden hat. Wie kann man sich nur so einen Teppich ins Haus legen? Evelina muss die Tränen unterdrücken. Sie steuert auf das Bücherregal zu. Es füllt eine ganze Wand, hunderte, vielleicht tausende Bücher, die meisten sehen sehr alt aus, mit Ledereinband, von Generation zu Generation vererbt und großteils wohl nie gelesen.

Drittes Regal von unten. Siebtes Buch von links. Drei und sieben, das waren ihre magischen Zahlen gewesen. Drittes Regal von unten. Siebtes Buch von links. Friedrich Gottlieb Klopstock, Gedichte. Evelina sieht sich um, als würde sie etwas Verbotenes machen, und holt das Buch aus dem Regal. Sie lässt die Seiten über ihren Daumen gleiten. Nichts. Noch einmal, nicht so schnell. Nichts. Sie muss niesen, weil sie einiges an Staub in die Nase bekommen hat.

»Was ... was?« Eine Stimme aus dem Hintergrund lässt Evelina zusammenzucken. Sie tappt in Herwigs Zimmer. Der Arm des Alten zuckt. Er hat im Schlaf geredet. Evelina streicht mit ihrer Hand über den Arm. »Ruhig«, sagt sie, »ruhig.« Sie schleicht in den Salon und schiebt das Buch zurück, sodass es ordentlich mit den anderen in einer Reihe steht. Sie tritt einen Schritt zurück, stolpert über den Bärenkopf, stößt einen slowakischen Fluch aus und sieht die Bücherwand an. Drittes Regal von unten. Siebtes Buch von links. Plötzlich weiß sie, was falsch war: Sie hat beim anderen Links nachgeschaut! Sie verwechselt notorisch rechts und links, was sie fast um den Erfolg bei der Führerscheinprüfung gebracht hätte, wenn die Prüferin sich nicht so köstlich darüber amüsiert hätte, dass Evelina jedes Mal in die falsche Richtung abgebogen war.

Das andere Links also. Drittes Regal von unten. Siebtes Buch. Mit der Sicherheit einer Hypnotisierten geht Evelina die zwei Schritte nach vorn und nimmt ein dickes, in braunes Leder gebundenes Buch heraus: *The Other World or Glimpses of the Supernatural* steht darauf. Evelina muss schmunzeln, denn dieses Buch hat ganz sicher Angelika an diese Stelle geschlichtet. Der Titel kann kein Zufall sein. Und obwohl sie sicher ist, etwas zu finden, spürt sie doch ihr Herz gegen ihre Rippen pochen, als sie dem Buch zwei gefaltete Seiten entnimmt. Angelikas Schrift.

Mit zitternden Händen schiebt Evelina das Buch zurück, macht das Licht aus und schleicht in ihre Stube. Sie setzt sich auf ihr Bett und liest. Einmal, zweimal, dreimal. Danach bekommt sie es mit der Angst zu tun, zieht sich hastig an und verlässt auf Zehenspitzen das Haus. Im Park scheucht sie einen Fuchs auf, der sich geschmeidig und lautlos von einem Busch verschlucken lässt. Evelina bemerkt ihn nicht, weil ihre Wahrnehmung vor Angst eingeengt ist.

So jedenfalls habe ich mir diesen Abend im Haus der Zillners vorgestellt.

9

Lou hat Schweiß auf der Stirn und dunkle Ringe unter den Augen.

»Endlich meldest du dich!«, sage ich erleichtert.

»Wir haben hier nur zwei Stunden am Tag Strom. Wenn überhaupt. Von Internet ganz zu schweigen. Ich werde dir doch nicht etwa fehlen?«, fragt Lou.

»Du siehst müde aus«, stelle ich fest.

»Das ist das Scheißlicht hier. Neonröhren, furchtbar.«

»Und sonst?«

»Bin ich müde.«

»Also doch.«

»Es ist zwar nicht so heiß, aber die Luftfeuchtigkeit ist entsetzlich. Und der Schamane hat sich noch immer nicht blicken lassen. Weißt du, die mögen uns nicht so besonders hier.«

»Kann ich mir gut vorstellen.«

»Ein Weißer ist für sie ein Goldgräber oder ein Holzfäller oder ein Soldat. Der Schamane lässt mir ausrichten, die Zeit sei noch nicht reif für unsere Begegnung.«

»Was machst du dann den ganzen Tag?«

»Was man als Ärztin so machen kann. Wunden versorgen. Obwohl sie es nicht schlecht machen. Die haben so einen Blätterbrei, schmeckt wahnsinnig bitter, das Zeug kauen sie und legen es auf. Dürfte antiseptisch wirken. Aber immer hilft es nicht … Ich durfte auch bei einer Geburt dabei sein. Und die Augen! Sie haben alle entzündete Augen.«

»Du bist eine tolle Frau.«

Lou lacht. Sie lacht ihr Jungmädchenlachen, laut, glucksend, mit weit aufgerissenem Mund, sodass man ihre wunderschönen, ebenmäßigen Zähne sieht. Je älter sie wird, desto mehr liebe ich sie. Weil ich sie besser kenne als mich selbst, was insofern leicht ist, als sie direkt ist, schnörkellos, im besten Sinne unkompliziert, was man von mir nicht behaupten kann. Ihr Frauengesicht finde ich noch schöner als ihr Mädchengesicht, ihr Lachen hat fröhliche Falten hinterlassen, sichtbare Spuren ihres Wesens. Ich kenne jede Wölbung ihres Körpers, jedes Muttermal auf ihrem Rücken, jede Farbschattierung ihrer Iris, jede kleine Falte auf ihrem Bauch. Der Wille zur Perfektion in der Jugend erzeugt Druck. Ich finde es wunderbar, sich gemeinsam ins langsame Vergehen fallen zu lassen, zu verschmelzen. Es sind die kleinen Fehler und Mängel, die Lous Schönheit für mich noch begehrenswerter machen. Warum nur bin ich so wahnsinnig gewesen, das alles zu riskieren? Aber sie hasst mich nicht. Sie hat sich gemeldet.

»Und du? Was machst du?«, fragt sie.

»Das Haus ist im Arsch«, wiederhole ich die Worte des Dachdeckers. »Wir müssen das Dach neu machen lassen. Also … Ich muss das Dach neu machen lassen.«

»Oh, das klingt nicht gut. Alles morsch da oben?«

»Scheint so. Aber es wird mir nichts anderes übrigbleiben, wenn ich das Haus behalten will.«

»Sicher willst du das Haus behalten! Und Machtnix? Wie geht es Machtnix?«

Ich drehe den Bildschirm meines Laptops so, dass sie ihn sehen kann. Machtnix hat den Wollteppich hinter meinem Schreibtisch in ein Knäuel verwandelt, in das er sich hineingelegt hat.

»Oh wie süß! Er hat sich ein Nest gebaut!«

»Und ich hab ein Mädchen gefunden, das mit ihm spazieren geht.«

»Du hast ein Mädchen gefunden? Na das sieht dir ähnlich.«

»Eigentlich ist es eine Frau.«

»Macht es das besser?«

»Für Machtnix schon. Ich kann nicht weit gehen mit ihm. Die Seeigelstacheln werden herausoperiert, einer nach dem anderen. Vielleicht kann mir dein Schamane helfen? Tut nämlich verdammt weh.«

Tatsächlich habe ich noch nie an die Wunderheiler, Schamanen, Gurus und Voodoo-Priester geglaubt, denen Lou zunächst für ihre Habilitationsarbeit in Ethnomedizin und dann für ihre Bücher über den gesamten Globus nachreist, aber manche Ansätze finde ich interessant. Lou hat in der Mongolei oder in Burkina Faso spannende Dinge erlebt: unerklärliche Trancezustände; rätselhafte Visionen; Messer, die sich ohne äußeres Zutun verbiegen; Gegenstände, die plötzlich Feuer fangen. Und sie hat mit ihrem bei einem Skiunfall verstorbenen Bruder geredet, oder jedenfalls kommuniziert, so genau konnte sie es nicht erklären. Zu Hause an der Uniklinik hat sie vieles neurobiologisch erklärt, Gehirnströme gemessen und Hirnteile gescannt, aber als Schatten über all ihren Forschungen lag immer die Tatsache, dass es ihr nicht gelang, alles zu erklären, was sie ganz ohne Zweifel gesehen, erlebt und notiert hatte.

»Hältst du es für möglich, dass jemand in Mitteleuropa hellsehen kann?«, will ich wissen.

»Wie kommst du jetzt darauf?«

»Nun ja, dieses Mädchen … diese Frau …«

»Hat sie auf den ersten Blick erraten, dass du ein armer, einsamer Mann bist, um den man sich kümmern muss?«

»Nein, sie ist … seltsam. Der Wald oberhalb vom Moor, beim Bach, du weißt, welchen ich meine?«

»Wo wir immer die Pilze gefunden haben?«

»Genau der. Weißt du irgendetwas … Habe ich da etwas nicht mitbekommen, ist dort ein Verbrechen geschehen?«

»Ein Verbrechen?« Lou lacht. »In Stein am Gebirge ist noch nie ein Verbrechen geschehen! Oh ja, doch, warte … 2007 wurden im Skiverleih drei nagelneue Snowboards gestohlen.« Ich lache auch, an die Geschichte kann ich mich erinnern. Damals herrschte allgemeines Entsetzen darüber, dass die Schwerkriminalität nun sogar schon in unserem winzigen Ort am Rande der Alpen angekommen sei.

»Hast recht, ist wohl Unsinn.«

»Das Phänomen der Hellsichtigkeit ist zu fünfundneunzig Prozent auf Betrug zurückzuführen«, erklärt Lou. »Taschenspielertricks, Zauberer, gute Beobachter, als Intuition getarnter Zufall …«

»Und die anderen fünf Prozent?«, frage ich.

Lou seufzt. »Die anderen fünf Prozent lassen sich nicht erklären. Noch nicht. Aber ich bin mir sicher, irgendwann schaffen wir das.«

Sie erzählte mir noch von Michaela. Unsere Tochter redet ja nur noch das Nötigste mit mir, sie ist da strenger als ihre Mutter und weniger versöhnlich. Hat sie wahrscheinlich von mir. Immerhin, ihren Hund darf ich hüten, danke! Nach Kanada konnte sie ihn natürlich schlecht mitnehmen. Warum sie ausgerechnet Wirtschaft studiert, können wir Eltern uns nicht erklären. Michaela hat es einmal so zusammengefasst: Medizin und Philosophie hätten sie zwar mehr interessiert, aber die Felder waren von zwei starken Persönlichkeiten besetzt, und sie wollte ihr eigenes Ding machen. Lou erzählt, dass es ihr gut geht, sie habe schon Anschluss gefunden, und ihr Englisch sei jetzt noch besser, als es ohnehin schon war. Trotz der beträchtlichen geografischen und zivilisatorischen Distanz findet Lou es tröstlich, dass sich Mutter und Tochter zumindest auf demselben Kontinent befinden.

Die Leitung beginnt instabil zu werden. Stromschwankungen kündigen das Ende der elektrischen Versorgung an, erklärt Lou, und damit verabschiedet sie sich und verspricht, sich in den nächsten Tagen wieder zu melden, aus den Tiefen des Amazonas.

Ich stelle betrübt fest, dass kein Bier mehr im Haus ist. Also werde ich mich wohl oder übel aus dem Haus bewegen müssen, auch wenn ich das nicht sehr gern mache, nachts, in Stein am Gebirge.

10

Das Fernglas gehört zu seinen wichtigsten Arbeitsutensilien. Deshalb wundert sich niemand, dass Ferdinand Moser an einem Lederriemen stets ein kleines Exemplar um den Hals hängen hat. Den »Gucker«, wie er ihn nennt, hat er von seinem Vater Ferdinand Moser geerbt. Er stammt aus der legendären Manufaktur Zeiss aus Jena und aus einer Zeit, da man dort mit dem ausgestreckten rechten Arm grüßte. Im VW-Pick-up, seinem zweiten wichtigen Arbeitsgerät, hat Ferdinand Moser zwei weitere Ferngläser, eines von Zeiss, nicht ganz so alt und bereits von Genossen produziert, aber immer noch gut, und ein ganz modernes von Swarovski. Mit dem kann man auch in tiefster Dämmerung noch gut sehen, außerdem die Entfernung messen, Luftdruck und Temperatur ablesen sowie GPS-Daten senden.

Ferdinand Moser, ein großer, blonder Mann um die vierzig, ist allein, obwohl er so ein »fescher Kerl« ist, wie man im Ort sagt. Früher, vor dem Ersten Weltkrieg, war seine Familie wohlhabend gewesen und hatte Wald besessen. Nicht so viel wie die Zillners, aber doch. Ferdinands Urgroßvater hieß – wenig überraschend – Ferdinand Moser. Er hatte beim alten Zillner gearbeitet, Gutsverwalter hatte man den Posten damals noch genannt, das klang nach guter, alter Zeit. Die Zeit war aber nicht gut, ganz im Gegenteil. Denn während die Zillners im ersten großen Krieg zu den Gewinnern gehörten – die Truppen brauchten jede Menge Bauholz, und die Zillners hatten Wald, Pferde, Knechte und ein Sägewerk –, kamen die Schergen des Kaisers und nahmen den Mosers ihre zwei Arbeitspferde weg. Beschlagnahmt für das Militär. Den Zillners passierte das nicht. Die hatten als Großgrundbesitzer seit jeher bessere Verbindungen nach Salzburg, nach München und nach Wien, einmal hatte sogar ein Erzherzog bei ihnen gejagt, und so wurden ihre Pferde als unabkömmlich eingestuft. Ohne Pferde war damals an Holztransport nicht zu denken, weshalb es nicht lange dauerte, bis Ferdinand Moser nicht mehr in der Lage war, für seine Frau, die drei Kinder, die Mägde und Knechte zu sorgen. Wer kein Holz bringen konnte, konnte kein Holz verkaufen. Und was machte sein Nachbar, der Zillner Franz senior? Half er ihm? Lieh er ihm etwa eines seiner vielen Pferde? Nein, er bot um den Wald der Mosers mit. Mehr als das Stift, das die Armut und die Verzweiflung der Bauern ausnutzte, um den eigenen Reichtum zu mehren, bot er zwar auch nicht – aber immerhin eine Stelle als Verwalter, als der Verkauf ohne Murren und Klagen über die Bühne gegangen war. So war Ferdinand Moser zähneknirschend Verwalter eines Waldes geworden, der ihm einst gehört hatte.

Ferdinand II., geboren 1910, war mehr oder weniger im Wald neben seinem Vater aufgewachsen und dann in diesem Wald geblieben, sieht man von ein paar »Auslandsaufenthalten« an diversen Fronten in den vierziger Jahren ab. Sein Titel lautete ebenfalls Verwalter, und sein Chef war der Sohn von Franz Zillner, der – wenig überraschend – Franz Zillner hieß und sich als Nazi-Bürgermeister mit den besten Verbindungen zu den Parteibonzen aus der Stadt, die allesamt zur Hirschjagd in sein Revier kamen, im Sinne der NSDAP Verdienste um das politische Gleichschalten von Stein am Gebirge erwarb.

Verwalter nannte sich auch Ferdinand III., der Vater von Ferdinand IV., dem heutigen Ferdinand Moser, der die Berufsbezeichnung »Forstmeister« trägt. Das ist eine Art Betriebsleiter, der ab einer gewissen Waldgröße gesetzlich vorgeschrieben ist. Keiner kennt die Zillner-Güter so gut wie er, jeden Waldstrich, jede Lichtung, jeden Felsen des Steinbruchs, jede Zirbe auf dem Bergrücken, jeden kapitalen Hirsch, jeden Kilometer Forststraße, jeden Jäger, jeden Holzdieb und jeden Wilderer.

Ferdinand IV. arbeitet freilich nicht mehr für den alten Zillner, sondern für Adrian Zillner, dem sein Vater Herwig natürlich längst alle Besitztümer überschrieben hat. Da Adrian sich aber weder für den Wald noch für die Jagd, sondern nur für das daraus resultierende Geld interessiert, klärt Ferdinand forstliche Fragen weiter mit Herwig ab, der als einziges Kind von Franz Zillner bereits früh mit dem Wald und der Jagd zu tun gehabt hat. Insofern erweist es sich als praktisch, dass Ferdinand in dem schönen Forsthaus wohnt, das aus einer Zeit stammt, als die Leute noch auf »Sommerfrische« fuhren. Denn das Forsthaus, unten aus Stein, oben aus Holz, steht in unmittelbarer Nähe zum Zillner'schen Anwesen. Das heißt, er kann, wann immer er am Fenster steht, und wenn er zu Hause ist, steht er eigentlich immer am Fenster, auf Herwig Zillner aufpassen. Und auf die anderen Leute, die dort aus und ein gehen. Ferdinand Moser hat früh gelernt, Verantwortung zu übernehmen. Seine ganz eigene Art von Verantwortung.

11

Früher hat es in Stein am Gebirge fünf Gasthäuser gegeben, das ist nicht wenig für einen Ort mit knapp tausend Seelen. Aber das Saufen ist aus der Mode gekommen, und die Frauen bestehen immer öfter darauf, dass die Männer heimkommen und sich auch mal um die Kinder kümmern. Deshalb ist die Zahl der Gasthäuser in Stein am Gebirge auf zwei geschrumpft. Der »Auerhahn« hält, was er verspricht, nämlich eine »gutbürgerliche Küche«, worunter sich jeder etwas vorstellen kann, obwohl das Wort »gutbürgerlich« eigentlich nichts bedeutet, oder sollte es das Gegenteil von »schlechtbürgerlich« sein? Der »Auerhahn« ist das Gasthaus für das Familien-Sonntagsessen, für Hochzeiten und Begräbnisse, das Gasthaus für die Wochenendausflügler, die erst um den See spazieren und sich dann ein Schnitzel oder einen Braten gönnen, ein Gasthaus, das fast ein Restaurant ist, aber eben nicht ganz. Der »Auerhahn« liegt am anderen Ende des Dorfes, und der Fußmarsch dorthin scheint mir so beschwerlich, dass ich es vorziehe, in der »Dorfschenke« einzukehren, die an der Straße gegenüber dem Gemeindeamt liegt. Ich hätte auch mit dem Auto fahren können, aber ich habe das unbestimmte Gefühl, dass ich zwei, drei Halbe Bier trinken würde, und auch wenn auf den Straßen von Stein am Gebirge nach 22 Uhr sicher niemand mit weniger als einem Promille herumfährt: Ich hatte mir vorgenommen, nicht mehr betrunken Auto zu fahren.

»Na, Spatzenhirn?« Machtnix erwacht aus dem Tiefschlaf und ist mit einem Satz auf den Beinen. Er wedelt fröhlich, streckt sich und gähnt aufgeregt. Spazieren, das Zauberwort wirkt immer. Wir trotten Richtung Gemeindeamt, der Hund und ich. Es hat zu regnen aufgehört. Milchig weißer Nebel taucht die Hauptstraße in ein unwirkliches Licht, und kurz kommt es mir vor, als würde ich durch einen Traum spazieren. Die Nadelstiche in meiner Fußsohle allerdings, die fühlen sich sehr real an.

In die »Dorfschenke« geht man in erster Linie, um zu saufen. Dabei ist die Küche eigentlich nicht schlecht, denn Karli, der Wirt, bemüht sich sehr, allen zu zeigen, dass er am Herd auch etwas draufhat und dass es gar nichts ausmacht, dass ihm seine Frau davongelaufen ist. Allerdings gehört Karlis Klientel nicht zur wohlhabenden Schicht des Ortes, deshalb bestellt dort fast nie jemand etwas anderes als Bier.

Als ich eintrete, verstummen die Gespräche. An der Schank sitzen drei Männer, die obligatorische Halbe vor sich, in der höhlenartigen Gaststube weitere vier Männer. Die einen tragen die blauen Arbeitsjacken mit dem Logo der örtlichen Baufirma, dem einzigen nennenswerten Arbeitgeber in der Gegend, die anderen haben die schwere Kluft der Waldarbeiter an. Ihre Augen liegen müde in den unrasierten Gesichtern, und ihre Hände sind mit einer dunkelbraunen, wahrscheinlich unauflöslichen Mischung von Harz und Kettenöl überzogen.

»Griaß eich«, versuche ich es mit dem im Tal populärsten Gruß. »Griaß di«, antwortet Karli freundlich, kommt hinter der Schank hervor und weist mir einen Platz an einem Ecktisch zu. Machtnix verkriecht sich unter der Sitzbank, und ich bestelle ein Bier, das Karli alsbald vor mich auf den Tisch stellt, bernsteinfarben und mit einer Schaumkrone wie aus dem Bilderbuch.

»Wieder mal im Tal?«, fragt er, beziehungsweise er stellt es fest, und um nicht nur »ja« zu sagen, antworte ich: »Ich bleib ein bisschen länger diesmal.« Karli quittiert es mit einem wohlgefälligen Nicken. Mehr haben wir uns nicht zu sagen. Mehr will ich auch nicht sagen, denn ich habe es mir abgewöhnt, den Dialekt dieses Landstrichs, den ich als Kind fließend beherrschte, zu sprechen, es klingt einfach falsch, wenn ich in den Jargon von früher zurückfalle, ein wenig so, wie wenn Fußballspieler im Interview krampfhaft versuchen, Hochdeutsch zu reden. Überhaupt besteht meine Schwierigkeit mit den Gasthäusern des Ortes darin, dass ich dort auf sogenannte »Leute aus dem Volk« treffe. Ich habe nichts gegen »Leute aus dem Volk«, aber ich glaube, dass sie etwas gegen mich haben. Ich spreche anders, ich bin anders gekleidet, ich habe einen anderen familiären Hintergrund, ich habe eine andere Bildung. Durst habe ich freilich genauso wie sie, und deshalb bestelle ich sehr schnell mein nächstes Bier. Leutselig, wie es so schön heißt, kann ich ohne Alkohol eigentlich gar nicht sein. Möglicherweise hat auch das Programm meiner Mutter bei mir durchgeschlagen. Sie ließ keine Gelegenheit aus, die Menschen in »bessere« und »einfache« Leute zu selektionieren, wobei das »einfache« nur ein Euphemismus war. Gemeint waren natürlich »schlechtere«. Leider funktioniert diese Einteilung überall. Bei uns entscheidet immer noch die Volksschuldirektorin, auf welche weiterführende Schule die Kinder gehen dürfen. Letztendlich bestimmt sie, welche Zehnjährigen einmal »bessere« und welche »einfache« Menschen werden, und auch wenn ich mich immer dafür eingesetzt habe, mit dieser Trennung in Herrenkaste und Sklavenkaste aufzuhören, sie scheint unauflöslich.

Nach dem dritten Bier gehe ich aufs Klo und schnappe im Vorbeigehen am Tisch der Holzfäller auf, dass sie sich bei Tagesanbruch im Wald beim Schwarzenbach treffen wollen. Auf der Toilette überlege ich, ob ich mich trauen soll, und da das Bier bereits seine Wirkung getan hat, traue ich mich und frage die Holzfäller auf dem Rückweg zu meinem Tisch, ob in diesem Wald beim Schwarzenbach einmal ein Verbrechen geschehen sei. Die beiden jungen Kerle lachen auf, ein Verbrechen, hier im Ort, hier gäbe es keine Verbrechen. Ihr Kollege schüttelt den Kopf, vielleicht jetzt, wo es immer mehr Ausländer gibt, könnte das schon passieren, aber dort oben im Wald? Der Älteste der vier, der einen gewaltigen geschwungenen Schnurrbart trägt, wie die Männer auf den alten Schwarzweißfotos, sieht mich an. Er hat freundliche Augen, in denen der Schalk blitzt. Warum ich das wissen wolle, fragt er mich, und ich antworte wahrheitsgemäß, dass ich gehört hätte, dass dort vor langer Zeit ein Verbrechen geschehen sei. Der Mann nimmt einen kräftigen Schluck von seinem Bier, starrt auf die Tischplatte und sagt: »Sicher ist dort ein Verbrechen geschehen.« Seine Kameraden verstummen. »Ist aber schon lange her. Keine Ahnung, wer das war, man erzählt sich verschiedene Geschichten darüber … Ich werd' mich hüten! Jedenfalls sind dort zwei Menschen erschossen worden. Russen, glaub ich. Irgend so was. Zwangsarbeiter, so hat man gesagt. Wie dann die Amis gekommen sind, 1945, hat das natürlich schlecht ausgeschaut, wenn du Zwangsarbeiter gehabt hast. Die haben wegmüssen.« Der Mann legt ein imaginäres Gewehr an und macht: »Peng. Peng.«

»Schreckliche Geschichte«, sage ich, setze mich an meinen Tisch und bestelle Schnaps, die gute Hausbirne, eine Runde auch für die Holzfäller. Noch ein Bier, mit dem ich mein Antibiotikum runterschlucke, noch zwei Schnäpse, obwohl ich ja eigentlich nichts Hochprozentiges trinke, dann zahle ich und mache mich auf den Heimweg. Es hat wieder zu regnen begonnen. Als ich das Gartentor aufstoße, sehe ich, dass im Haus Licht brennt.

12

»Wieso hast du das gewusst, wieso?«

Evelina sitzt auf einem Küchenschemel und wischt sich die Tränen aus dem Gesicht. Sie entschuldigt sich, sie wäre gerade gekommen, sie habe mich überall im Haus gesucht. Ich hatte die Tür nicht zugesperrt. Ich habe die Tür noch nie zugesperrt, denn in Stein am Gebirge gibt es keine Verbrechen.

»Wieso?«, wiederhole ich und merke, wie die frische Luft die Wirkung des Alkohols verstärkt hat. Ich stütze mich an der Wand ab. »Wieso hast du gewusst, was im Wald passiert ist?«

»Ich kann es nicht erklären«, antwortet Evelina. »Ich spüre etwas … Es ist dann, wie soll ich sagen … Du kennst das Gefühl, wenn du in der Früh aufwachst, und dein Traum ist noch ganz nah und ganz real? Schon beim Zähneputzen wird der Traum blasser und blasser, und die Farben verschwinden im Nebel, und beim Frühstück hast du ihn vergessen und sagst, da war nichts. Manchmal sehe ich auch alles ganz klar vor mir … Ich weiß nicht, es ist immer anders. Ich kann es nicht beeinflussen.«

»Seit wann hast du das?«, frage ich.

»Du tust so, als wäre es eine Krankheit.«

»Ist das nicht wie eine Krankheit?«

»Eher wie ein Fluch. Früher war es ganz normal. Als kleines Mädchen habe ich mit meinem Stofftier geredet. Dass das Stofftier geantwortet hat, fand ich selbstverständlich. Als ich älter wurde, begann ich zu verstehen, dass diese Stimmen und Bilder im Kopf nicht normal sind ... Es war ein Fluch für mich, dass ich sie nicht ausschalten konnte. Jetzt habe ich mich daran gewöhnt, wie man sich an ein krummes Bein oder an eine Warze gewöhnt.«

»Aber meinen Vater hast du auf dem Foto gesehen.«

»Deinen Vater?«

»Den Mann mit den runden Brillen.« Ich mache zwei vorsichtige Schritte, nehme den Bilderrahmen mit dem Foto und halte ihn Evelina unter die Nase. »Du hast behauptet, du hättest ihn gesehen, im Geiste, aber du hast ihn hier auf dem Foto gesehen.«

»Kann sein.« Evelina hebt und senkt die Schultern. »Für mich ist das eine so real wie das andere, und ob du mir glaubst oder nicht, ist mir egal. Wo ist eigentlich Machtnix?«

Ich erschrecke heftig, und meine ganze schöne Trunkenheit ist mit einem Schlag dahin. Ich hinke zur Tür und reiße sie auf. Vor der Tür sitzt Machtnix und sieht mich unverkennbar vorwurfsvoll an.

»Er ist eh da«, sage ich lässig zu Evelina und streichle dem Hund dankbar über den Kopf. Die Trunkenheit ist plötzlich wieder da.

»Ich habe Angst«, sagt Evelina.

»Warum hast du Angst?«

»Angelika ist verschwunden.«

»Angelika?«

»Die Frau, die vor mir bei Herrn Zillner gearbeitet hat.«

»Das hast du sozusagen ... *gesehen*?«

»Ich sehe sie nicht, das ist das Problem. Oder ich sehe immer Stein, wenn ich sie sehen will.«

»Stein?«

»Stein. Felsen. Ich habe einen Brief gefunden.«

Sie holt ein dicht beschriebenes Blatt Papier aus ihrer Hosentasche und zeigt es mir. Ich versuche zu lesen, doch ich kann es nicht.

»Ist das Slowakisch?«

»Ja.«

»Sie bittet um Hilfe.«

»Angelika?«

»Ja.« Sie nimmt das Blatt und liest, etwas umständlich ins Deutsche übersetzend: »Wenn du das findest, bist du auf dem Weg, und ich bin nicht mehr da. Es tut mir leid, alles, was zwischen uns war. Ich habe es nie geschafft zu sagen, du hast recht. Ich werde hier weiterkämpfen, aber es ist schwer. Auch wenn viele nett sein wollen, wir sind keine Menschen für sie, sondern Roboter, die auf ihre Alten aufpassen sollen. Du darfst niemandem vertrauen. Mein Handy haben sie mir weggenommen. Geh nicht zur Polizei. Alles steht in den Briefen, die ich dir geschickt habe. Ich liebe dich, und ich hoffe, du kannst mir verzeihen.«

Evelina beginnt zu weinen, und ich weiß nicht, wie ich damit umgehen soll. Da ich selbst nicht weinen kann, habe ich mir mit weinenden Menschen mein Leben lang schwergetan. Eines aber habe ich gelernt: Man darf nicht zu früh trösten. Weinen ist gut. Also warte ich einmal ab und frage dann: »Wieso schreibt dir deine Vorgängerin einen Brief?«

Evelina sieht mich verblüfft an und wischt sich die Tränen ab. Sie wirkt jetzt ganz gefasst. Ich hätte gerne noch gewusst, was in den Briefen steht, die sie bekommen hat. Was heißt »es steht alles in den Briefen«? Ich will Evelina nicht überfordern, und so stelle ich nur eine einzige Frage: »Warum interessiert dich diese Frau so?«

»Sie ist meine Schwester.«

13

Ich begleite Evelina nach Hause. Eine große Stütze bin ich ihr zwar nicht, weil ich hinke und wanke, aber ich versuche mich unter Kontrolle zu halten und mir nichts anmerken zu lassen. Nun ja, man muss kein Hellseher sein, um zu bemerken, dass ich einen über den Durst getrunken habe. Oder zwei. Aber Evelinas Angst hat mich gerührt, und da sie schlecht bei mir schlafen konnte (schließlich habe nicht einmal ich selbst mehr ein Bett in meinem Haus, und sie muss zu Herwig zurück), habe ich ihr meine Begleitung angeboten.

Evelina ist schweigsam. Sie hat sich bei mir eingehängt, und ich weiß nicht genau, wer nun wen behütet. Aber sie scheint zufrieden zu sein, gemeinsam durch den Nieselregen zu stapfen. Und Machtnix freut sich sowieso. Die Laternen sind wahrscheinlich das Beste an Stein am Gebirge. Ihr warmes, gelbes Licht spiegelt sich auf der nassen Nebenstraße, der wir Richtung Waldrand folgen.

Erschossene Zwangsarbeiter, die sie »gespürt« hat. Die runde Brille meines Vaters, die sie als Vision oder aber im Fotorahmen gesehen hat. Eine verschwundene Pflegerin, ihre Schwester. Ihr Brief mit der Empfehlung, niemandem zu vertrauen. Das alles ergibt für mich keinen Sinn. Vielleicht ist die Frau ganz einfach nur durch den Wind. Ich frage mich insgeheim, und das ist wahrscheinlich meiner Trunkenheit geschuldet, ob an dem viel zitierten »Resonanzgesetz« der Esoteriker etwas dran ist. Warum werde gerade ich mit einer »Hellseherin« konfrontiert? Ich, Professor Doktor Quintus Erlach, der seine Habilitation einst zum Thema »Einflüsse des Okkultismus auf die Genese der nationalsozialistischen Weltanschauung« geschrieben hat, aus dem in der Weiterverwertung als populäres Sachbuch der Bestseller »Pentagramm und Hakenkreuz« geworden ist, ein Buch, in dem ich es mit Nazis ebenso aufnahm wie mit Spiritisten, Esoterikern und selbst ernannten Quantentheoretikern. Mit dem Thema wollte ich mich schon seit Jahren nicht mehr beschäftigen, zumal die Recherchen durch die Ausbreitung der Szene im Internet nicht leichter geworden sind. Ich habe damals beim Schreiben dieser Texte auch bemerkt, dass man selbst zu spinnen beginnt, wenn man sich dauernd mit Spinnern beschäftigt. Und jetzt sollte mich das Thema Spiritismus plötzlich in Form einer merkwürdigen slowakischen Pflegerin einholen?

Es ist nicht weit bis zu den Zillners. Vor dem Eingangsportal sieht mir Evelina in die Augen und sagt: »Ich musste zum Glück nicht viel machen, um meiner Schwester nicht ähnlich zu sehen. Wir waren uns nie besonders ähnlich, außer vielleicht der Mund, das Lachen. Aber da muss man schon genauer hinsehen. Sie immer die langen blonden Haare … meine kürzer und dunkler. Ihre Brüste riesig! Die Männer wussten in ihrer Anwesenheit nicht, wohin sie schauen sollten. Und meine … na ja. Außerdem heißt sie anders. Weil sie einen Arsch geheiratet hat, vor dem ich sie natürlich gewarnt habe, aber sie hat nicht auf mich gehört. Immerhin, sie hat dadurch einen schönen Namen: Angelika Kiss.«

»Klingt fast wie ein Künstlername.«

»Ist ungarisch. Slowakei und Ungarn, wir haben viel gemeinsame Geschichte.«

»Ich weiß. Auch mit Österreich.«

»Professor, eines ist sehr wichtig: Dass sie meine Schwester ist – es muss unser Geheimnis bleiben«, sagt Evelina nachdrücklich. »Sonst bin ich vielleicht die Nächste, die verschwindet.«

»Warum vertraust du ausgerechnet mir?«, frage ich.

»Ich weiß es nicht«, antwortet Evelina und drückt mir einen schnellen Kuss auf die Wange. »Danke, Professor«, sagt sie und verschwindet im Garten. Ich sehe ihr nach. Der Bewegungsmelder zeigt an, dass sie bei der Haustür angekommen ist. Ich drehe mich um. Am Fenster des Nachbarhauses bemerke ich die Silhouette eines Mannes, der aus dem Fenster sieht.

14

Wie immer, wenn ich ein bisschen zu viel getankt habe, denke ich vor dem Einschlafen an Katia. An ihre ungezähmten braunen Locken, an ihre markanten Backenknochen, an ihre hohe Stirn und ihre Lippen. An ihre braunen Augen, die je nach Licht und Laune die unterschiedlichsten Farbvariationen von Kaffee aufweisen können, und die unterschiedlichsten Ausdrucksformen, wach, beobachtend, verliebt, aber immer mit leisem, freundlichem Spott. An ihren Körper, der meinem verwelkenden mit nicht versiegender Kraft neues Leben einhauchte.

»Katia Kopf, was für ein Name«, hatte Lou gespottet, »der passt gut zu ihrer wuchtigen Erscheinung.«

Ja, ich gebe zu, Katia hat etwas Archaisches. Sie trägt immer Jeans und schlabbrige Pullover, je nach Jahreszeit aus Wolle oder Baumwolle, dazu klobige Schuhe mit martialischem Profil. Sie lehnt es ab, BHs zu verwenden und sich zu schminken. Niemand käme auf die Idee, sie als »hübsch« oder gar als »klassische Schönheit« zu beschreiben. Ihr Aussehen hängt von ihrer Stimmung ab.

An manchen Tagen sieht sie aus wie die junge Simone de Beauvoir, an anderen wie die alte Hannah Arendt.

Katia Kopf hatte mich schon bei unserem ersten Zusammentreffen elektrisiert. Sie war in der Schlussphase ihres Studiums von Heidelberg nach Salzburg gekommen, tatsächlich wegen der Liebe zu einem Skilehrer, was wieder einmal beweist, dass besonders gescheite Menschen auch besonders dumm sein können. Sie hatte sich entschlossen, trotz der Nichtswürdigkeit des Skilehrers in Österreich zu bleiben. Nun saß sie im Auditorium, hellwach, ließ mich keine Sekunde aus den Augen, ein Tiger, zum Sprung bereit. Zwischen den anderen, brav mitschreibenden oder vor sich hindämmernden Studierenden leuchtete sie auf, als hätte sie die Energie aus dem Mittelpunkt der Erde angezapft. Nach der Vorlesung – es war um die Philosophie der Zwischenkriegszeit gegangen – kam sie an mein Pult und fragte: »Karl Popper bis ans Ende des Semesters, das meinen Sie aber nicht ernst?«

Solche Fragen war ich von meinen artigen österreichischen Studierenden nicht gewohnt. Ich musste lachen. Im Hinausgehen fragte ich sie, was sie denn gegen Popper hätte, woraufhin sie begann, sich über Poppers Kritik an Platons Staatsphilosophie lustig zu machen. Vieles von dem, was sie sagte, fand ich zwar nicht richtig. Aber ich hatte an der Universität endlich jemanden gefunden, mit dem ich überhaupt reden konnte. Sie war meine begabteste Studentin, und ich habe sie gefördert, wo immer es ging, Dissertantinnenseminar, Privatissimum.

Katia Kopf wurde mit der Zeit zu einer Marke. Ich habe sie miterfunden. Mittlerweile hat mich die Marke Katia Kopf überflügelt. Wenn heute etwas Philosophisches für eine Talk-Runde gebraucht wird – wir können ja zu jedem Thema etwas sagen –, laden sie nicht mehr Professor Quintus Erlach ein, sondern Doktor Katia Kopf. Ihr Charisma überträgt sich in Podcasts, im Radio, im Fernsehen. Ja, ihre Auftritte waren gut, ich habe ihr oft begeistert zugehört und zugesehen, und Lou sagte: »Die hat dir wohl ganz schön den Kopf verdreht!«

Sie habe immer schon alles gewusst, hat Lou beteuert, aber im Nachhinein kann man das leicht behaupten. Am Anfang war natürlich gar nichts, ich würde nie etwas mit einer Studentin anfangen, auch wenn sie immer wieder provozierte, indem sie ihren Liebling Platon strapazierte und meinte, ohne Eros könne es gar keine Philosophie geben. Natürlich, sagte ich, aber alles im Rahmen der Vorschriften (jetzt provozierte ich ein bisschen). Sie habe erwartet, dass Österreicher existentiell gesehen ein wenig lockerer wären, meinte sie. Es sei doch ein so wunderbarer und moderner Gedanke von Platon, dass Eros die Energie unseres Lebens sei, der Sog, der uns Richtung Vollendung unseres Wesens führe, der Treibstoff aller Formen von *paideía*. Ohne Eros keine Erziehung, keine Bildung, keine Philosophie, rief sie aus, und ich nickte beschwichtigend, packte meine Manuskripte, in die ich ohnehin nie einen Blick warf, ließ Katia stehen und dachte abends beim Wein, wie recht sie doch hatte.

Ja, vielleicht hätte ich Katia gerne so geliebt wie Sokrates seinen Schüler Phaidon, wobei die Sache mit der platonischen Liebe … Nun ja, die war wohl damals vor 2400 Jahren auch nicht ganz das, was wir heute unter platonisch verstehen. Ich hätte gewarnt sein sollen. Katia brachte es schnell zur Lektorin, sie war nun meine gleichberechtigte Kollegin, und weiterhin bewunderte ich all das an ihr, was ich selbst nicht besaß: die Unbefangenheit; die Lässigkeit, mit der sie dachte, sprach, Vorträge hielt; die offensichtlich angeborene Brillanz, die ich mein Leben lang den anderen angestrengt vorgaukeln musste; die Furchtlosigkeit, die Selbstverständlichkeit; ihre Jugend.

Und da sind wir natürlich wieder bei Platon: der Mensch als Mangelwesen, als Teil einer Kugel, die lebenslang den anderen Teil sucht, wobei ich aus seinen Texten stets diese kleine Ironie herausgelesen habe, denn wenn eine Kugel ganz ist, was kann sie dann? Herumkugeln. Das ist einerseits schön, andererseits nicht gerade elegant, aber wäre mein Bett nicht wegen meines kapitalen Dachschadens einer kalten Dusche zum Opfer gefallen, ich hätte mir ein Kissen geschnappt, um in einer Kugel-Kuschel-Illusion zu schwelgen.

Das schmale Sofa, auf dem ich mich zusammengekrümmt habe, erinnert mich an die Wirklichkeit. Die verschwundene Pflegerin taucht kurz auf, ich frage mich, was ich damit zu schaffen habe, und dann schlafe ich einen kurzen, tiefen Schlaf, aus dem ich in der Dämmerung erschöpft und mit trockener Kehle erwache. Und so wie mir vor dem Einschlafen Katia in den Sinn gekommen ist, so denke ich beim Erwachen an Lou und an Michaela, meine Frau, die am anderen Ende der Welt sitzt, und meine Tochter, die nicht mehr mit mir redet.

Freitag, 6. Juli 2018

15

Als die Harfe erklang, dämmerte ein nebeliger Morgen heran. Evelina tastete nach ihrem Handy und drückte auf das Display, in der Hoffnung, die Schlummer-Taste erwischt zu haben. Dann blieben ihr noch zehn Minuten, um ihren Träumen nachzuhängen. Sie drückte Bruno an ihre Brust, in der Hoffnung, der Stoffhund könne ihr dabei helfen, die schemenhaften Nachtgespinste ein wenig festzuhalten ... Angelika war da gewesen, aber sie hatte nicht mit ihr geredet. Sie hatte den Wasserhahn im Bad laufen lassen, und nun stand alles unter Wasser, und sie – Evelina – musste die ganze Überschwemmung aufwischen ... Machtnix hatte in ihrem Bett geschlafen, aber er war plötzlich zu einem riesigen Wolf geworden, und obwohl der Wolf ihr nichts getan hatte, hatte sie sich gefürchtet. Soldaten, verwahrlost aussehende Soldaten waren aufgetaucht, in einem Wald. Evelina spürte, wie ihr Herzschlag beschleunigte. Sie setzte sich im Bett auf, griff nach dem Handy und stellte den Wecker ab. 6.10 Uhr. Sie stand auf, schlich hinüber zu Herwig Zillners Schlafzimmer, stieß die Tür auf. Herwig atmete. Herwig schlief. Das war gut, so konnte sie noch in Ruhe Zähne putzen, bevor es losging.

Während Evelina ihr Gesicht mit kaltem Wasser benetzte, verblassten allmählich die Gesichte der Nacht, wurden durchsichtig, lösten sich auf. Als sie mit ihrer kleinen Morgenwäsche fertig war, war bereits alles verschwunden, die Überschwemmung, die ihre Schwester verursacht hatte, der Wolf, die Soldaten ... verschwunden ... Da draußen im Nebel schwebten die Bilder nun herum oder im Nebel ihres Kopfes, einerlei. Irgendwo waren sie. Das kannten doch alle Menschen? Träume sind so plastisch, so reell, man lebt darin ein wirkliches Leben, begehrt, hat Angst, ärgert sich, fliegt, bleibt im Schlamm stecken, trifft geliebte Menschen wieder ... und wie die Sonne hinter einem Berg verschwindet oder der Mond hinter einer Wolke oder ein Film am Handy, wenn der Empfang schlechter wird, so verschwindet diese Realität. Aber sie sind ja noch da, die Sonne, der Mond oder der Film, jenseits des Berges oder hinter der Wolke oder auf irgendeinem Server. Nichts löst sich auf. Nichts verschwindet tatsächlich. Wirklichkeit ist doch nur eine Frage der Wahrnehmung?

Evelina rubbelte mit dem steifen Frotteehandtuch über ihr Gesicht und nahm sich vor, mit dem Professor darüber zu reden. Wenn der Professor nicht plötzlich kniff. Aus ihrem Leben verschwand. Sie hatte da so ein ungutes Gefühl. Vielleicht konnte er ihr erklären, was sie noch immer nicht verstand: warum es für die meisten Menschen so rätselhaft war, dass Evelina auf vergangene Wirklichkeiten zugreifen konnte oder auf scheinbar unsichtbare oder auf welche, die sich an einem anderen Ort abspielten.

Ein zartes, sehr zerbrechlich klingendes »Hallo« erklang aus Herrn Herwigs Zimmer. Evelina schlüpfte schnell in ihre Jeans und ihr T-Shirt und eilte zu ihm. Zum Glück hatte der alte Herr durchgeschlafen. Denn in den Nächten, da Herwig von den Anderswelten bedrängt wurde, fand auch Evelina keine Ruhe. Kleine Kinder und alte Menschen sind den Anderswelten stärker ausgeliefert, das hatte sie sogar auf der Pflegeschule gelernt, nur dass die Vortragende diese Tatsache mit dem noch nicht ausgebildeten beziehungsweise dem langsam nachlassenden Gehirn begründet hatte.

Herwig Zillner redete in der Früh nicht gerne, und das kam Evelina sehr entgegen. So konnten die beiden ihrer täglichen Routine in stiller Eintracht nachgehen. Zuerst einmal galt es, Herwig in den Rollstuhl zu hieven. Das war mit Sicherheit das Wertvollste, was Evelina auf der Pflegeschule gelernt hatte: die Techniken, mit denen es möglich wurde, unbewegliche Menschen zu heben, zu stützen, zu legen, zu setzen, zu waschen, ohne ihnen dabei wehzutun und ohne sich selbst den Rücken oder die Schultern zu ruinieren. Den Rollstuhl parallel zum Bett stellen. Bremsen festmachen! Ein Griff unter die Arme, einen Arm unter die Kniekehlen. Herwigs Arme über die Schultern von Evelina, Herwig im Bett aufsetzen. Ihm die Hausschuhe mit der rutschfesten Sohle anziehen. In die Knie gehen, Rücken gerade, eine Hand auf die Taille, eine Hand auf den Hintern.

»Auf den Hintern hat mir schon lange niemand mehr gegriffen«, sagte Herwig. Das sagte er jeden Tag. Lachen, Evelina! Zurücklehnen. Herwigs Hand auf die Lehne des Rollstuhls legen, Herwig hochziehen, Richtung Rollstuhl blicken, drehen, ihn in den Rollstuhl setzen. Aufrichten. Strecken. Zur Toilette rollen. Dort wiederholt sich das Ganze. Einmal aufs Klo. Einmal wieder zurück in den Rollstuhl. Ab ins Badezimmer. Heute reichte Evelina Herwig nur einen feuchten Waschlappen für die kleine Wäsche. Später würde Markus kommen, Markus vom Roten Kreuz, denn heute war Duschtag. Das verriet Evelina Herwig aber noch nicht. Unter der Dusche begann Herwig zu schreien, sehr melodiös zu schreien, es erinnerte Evelina an diese moderne Oper, die sie einmal in Bratislava gesehen hatte. Evelina war froh, Zillner nicht allein duschen zu müssen, nicht nur, weil es gefährlich war, wenn er sich wehrte, sondern auch, weil man sehr schnell in einen Missbrauchsverdacht kommen konnte. Oder selbst Opfer eines Missbrauchsversuchs werden. Bei Herwig Zillner regte sich immerhin nichts Geschlechtliches mehr. Jedenfalls wurde nichts dergleichen sichtbar, das machte es für Evelina und ihren Helfer weniger peinlich. An der Pflegeschule hatte man ihnen eingetrichtert: Kein Sex! Niemals! Riskiert nichts! Sichert euch ab! Versucht, euch Unterstützung zu holen.

Nun ja, gestern Nacht hatte Evelina etwas riskiert. Aber sie war nicht lange außer Haus gewesen, eine gute halbe Stunde, genau in der Zeit, in der Herwig üblicherweise am verlässlichsten schlief. Und ja, sie hatte sich Unterstützung geholt. Zumindest hatte sie es versucht.

Ihre innere Stimme oder ihre Intuition oder die Geister oder Bruno oder wer auch immer hatte sie geradezu gedrängt, den Professor anzusprechen und ihn um Hilfe zu bitten. Evelina wusste zwar, dass diese innere Stimme sich noch nie geirrt hatte, was aber nicht hieß, dass Evelina ihr blind vertraute. Im Fall des Professors fand sie ganz im Gegenteil, dass die innere Stimme sie in die Irre geführt haben musste. Diesen Menschen fand sie zwar sympathisch. Er hatte gute Augen und war sicher nicht böse, aber er hatte selbst genügend Probleme, wie sollte er da ihr helfen? Außerdem war er Alkoholiker. Dafür hatte sie einen unbestechlichen Blick, denn ihr Onkel, der Bruder ihrer Mutter, war Alkoholiker gewesen und letztendlich an seiner Sucht gestorben. Es wäre schade, wenn dem Professor ein ähnliches Schicksal blühte.

16

Bedauerlicherweise vertrage ich das Trinken nicht mehr so wie früher. Das muss ich mir eingestehen. Brauchte ich früher zwei Stunden, um mich am Vormittag des nächsten Tages von zwei Flaschen Wein zu erholen, so brauche ich heute zwei Tage. Das heißt, ich erhole mich eigentlich nicht mehr davon, denn die einzige Möglichkeit, den schlappen Kreislauf wieder in Schwung zu bringen und den dummen Kopf ein wenig zu klären, besteht in einem kleinen Bierchen. Manchmal darf es auch ein Glas Prosecco sein oder ein Gin Tonic. Den aber erst abends, denn wie bereits erwähnt, ich trinke keinen Schnaps. Eigentlich. Was mich allerdings unangenehm berührt, sind die schwarzen Löcher. Ich muss nicht einmal schwer betrunken gewesen sein, und doch weiß ich am nächsten Tag ganze Teile des Vorabends nicht mehr. Anfangs habe ich versucht, das zu verbergen, an Erinnerungsfetzen anzuknüpfen und Lou gegenüber die schemenhaften Reste einer Unterhaltung anzusprechen, was sie allerdings gleich durchschaut und mit der Frage »Was, das weißt du nicht mehr?« quittiert hat. Danach habe ich einfach zugegeben, dass ich mich an das Ende des Abends nicht mehr erinnere. Lou kann ich ohnehin nichts vormachen. Ich sage das nicht leichtfertig: Sie kennt mich tatsächlich besser als ich mich selbst.

Den Vorabend hatte ich diesmal allerdings nicht vergessen: die seltsame junge Frau, der Brief, davor die Geschichte mit den Russen, der Hund. Der Hund! Dabei habe ich eigentlich immer funktioniert! Ich habe immer, wenn ich nach Hause wollte, nach Hause gefunden, auch wenn ich manchmal nicht mehr gewusst habe, wie. Ich habe stets die Tür versperrt, die Kerze gelöscht, den Käse in den Kühlschrank gestellt, die Zähne geputzt. Nie wieder durfte ich den Hund vergessen, denn wenn ihm etwas zustieße, würde mir das Michaela nie verzeihen. Vor allem würde ich mir selbst es nicht verzeihen können. Bei der Sache mit Katia hatte ich die Hoffnung, dass sowohl Michaela als auch Lou als auch ich selbst sie mir eines Tages verzeihen könnte.

Ich räumte die Weinflasche weg, denn ein letztes Achtel hatte ich mir beim Heimkommen schon noch gegönnt, wie mir jetzt wieder einfiel. Was soll man schon sagen, die Griechen und die Römer haben auch getrunken beim Philosophieren. Im Mittelalter haben sie überhaupt nur Alkohol konsumiert, denn dem Wasser konnte man nicht trauen. Goethe hat zwei Liter Wein am Tag getrunken, und es ist ihm wohl bekommen. Also! Allerdings hat Goethe fleißiger geschrieben als ich, vor allem die gesamten naturwissenschaftlichen Werke, Farbenlehre bändeweise, und das unter Alkoholeinfluss? Kaum vorstellbar. Und ebenfalls kaum vorstellbar, dass mein Verlag hoffnungsfroh auf mein Manuskript wartete, das ich im September (in zwei Monaten!) abgeben sollte: »Der Wiener Kreis und sein Fortwirken in der Diaspora des Denkens«. Ja klar. Aber wozu? Wozu sollte ich es schreiben? Katia – sie war zuerst nach Wien und dann nach Berlin gegangen – würde ein nettes philosophisch verbrämtes Selbsthilfebuch schreiben, über die diversen Talkshows und Feuilletons in die Bestsellerlisten finden und von dort wieder zurück in andere Talkshows und Feuilletons, während ich mit dem Wiener Kreis in Stein am Gebirge festsitzen und Mitleid mit allen haben würde, vor allem mit mir selbst. Vielleicht hatte das gewisse Unwohlsein aber auch mit den Zigaretten zu tun, denn eines muss ich zugeben, Goethe hatte zeitlebens eine starke Abneigung gegen das Tabakrauchen, und natürlich hatte ich zum letzten Glas Wein auch noch eine letzte geraucht, draußen, auf der Veranda. Die Rauchwölkchen – sie sind der Geist, die Verbindung zwischen Himmel und Erde. Rauchen verleiht den Gedanken etwas Ätherisches, und gleichzeitig erdet es, das hat jedenfalls John Lennon behauptet – oder war es Thomas Mann?

Früher war ich ein ziemlicher Hypochonder. Ich hatte in meinem Leben schon unzählige Herzinfarkte und alle Formen von Krebs, ohne jemals ernsthaft krank gewesen zu sein. In einem meiner ersten Bücher – ich denke, es war jenes mit dem typischen Achtziger-Jahre-Titel »Ansichts-Sache« – habe ich über mein Leben als Hypochonder geschrieben. Das Buch hat sich recht gut verkauft und mich noch dazu geheilt, das heißt, mein Verleger hat mich geheilt. Eines Tages hatte er gesagt, seiner Ansicht nach würden Rauchen und Hypochondersein nicht zusammenpassen. Ich musste nicht sehr lange überlegen, um ihm recht zu geben. Ich musste mich entscheiden. Ein paar Tage später habe ich aufgehört – mit der Hypochondrie.

Das alles fiel mir wieder ein, als ich auf der Veranda in meinem Tee rührte und meine erste Zigarette anzündete. Ich blies den Rauch in den Nebel hinaus, und siehe da, als würde sich der Leitsatz der Homöopathen, Gleiches mit Gleichem zu behandeln, sofort bewahrheiten, begann der Nebel zu weichen. Er zog nicht weiter, er verwandelte sich nicht in Wolken, er löste sich einfach auf und wich der vom tiefblauen Himmel leuchtenden Morgensonne. Nun ja, Morgen. Machtnix erinnerte mich daran, dass längst Vormittag war, denn er hatte Hunger. Zweimal am Tag füttern, hatte Michaela gesagt, so viel redete sie dann doch noch mit mir, oder hatte sie es mir geschrieben?

»Ist schon gut, Machtnix«, sagte ich. Der Hund zappelte um mich herum, wedelte wie wild, leckte sich das Maul, gab spielerische Winselgeräusche von sich und präsentierte sein bestes Kunststück, das Niesen. Ich mag es nicht besonders, wenn mir jemand Druck macht. Ich weiß genau, was Lou jetzt sagen würde: »Er macht dir keinen Druck, er hat Hunger. Hör doch endlich auf damit, alles immer auf dich zu beziehen!« Ja, ich neige dazu, alles auf mich selbst zu beziehen, selbst die Lebensgewohnheiten der alten Griechen, des alten Goethe und des jungen Hundes. Ich richtete also für Machtnix einen Napf mit Hundeflocken, »parfümiert« (so Michaela) mit einem Hauch von Nassfutter, und beschloss, noch etwas anderes Nützliches zu machen: die wasserdurchtränkte Matratze in die Sonne zu tragen. Vielleicht würde sie ja doch noch trocknen? Ich konnte mir zwar eine neue Matratze leisten, aber allein bei dem Gedanken, mich für ein Modell entscheiden zu müssen, wurde mir schwindlig.

Ich begab mich also in das obere Stockwerk, wobei ich beim Stiegensteigen bemerkte, dass die Schmerzen in meinem Fuß nicht besser geworden waren. Eher im Gegenteil. Ich war dennoch entschlossen, es zu schaffen, und als ich die Matratze ein paar Meter weggezogen hatte, sah ich, dass meine Idee gut gewesen war, denn der Holzboden unter dem nassen Ungetüm hatte sich bereits gefährlich gewellt. Die steile, schmale Treppe stellte ein gewisses Hindernis dar, aber unter dem Motto *mit Gewalt geht alles* schickte ich die Matratze mit einem schmerzhaften Fußtritt auf die Reise, die sie allerdings so spontan antrat, dass ich das Gleichgewicht verlor und hinterherfiel. Ich hörte etwas krachen, brechen, bersten. Kurz muss ich die Besinnung verloren haben. Ich kam wieder zu mir, als mir der Hund über das Gesicht leckte. Die Matratze lag am Ende der Treppe und ich auf ihr. Ich streckte vorsichtig die Hand aus, ich konnte sie bewegen. Ein Bein – ja … das zweite – auch. Ich rappelte mich auf und betastete meine Knochen. Dann erst sah ich, was ich brechen gehört hatte. Das hölzerne Treppengeländer war abgestürzt und lag nun wie eine etwas eigenwillige Installation moderner Kunst kopfüber auf dem Wohnzimmerboden.

Mit der Kraft zunehmenden Ärgers schleppte ich die Matratze bis zur Sonnenseite des Schuppens und lehnte sie daran. Das Treppengeländer erwies sich als wesentlich leichter, das lehnte ich gleich dazu. Ich atmete durch.

Als ich – etwas außer Atem, aber recht zufrieden mit mir – zum Haus zurückhinkte, hörte ich ein seltsames Geräusch. Ich drehte mich um und sah, dass Machtnix auf die Klinke der Gartentür sprang, sie solcherart öffnete, obwohl sie meistens klemmte, und ohne Eile davonspazierte.

»Machtnix!«

Der Hund ignorierte mich gnadenlos. Ich rief ihm noch einige Male hinterher, ohne die geringste Reaktion von seiner Seite. Die Nase auf dem Gehweg, schien er einer Spur zu folgen.

»Machtnix!«

Dieser eigensinnige, sture Sauhund! Ich schleppte mich zum Gartentor, sah ihm nach, rief noch einmal. Unbeirrt folgte er seinem Weg. War er spontan ertaubt, oder kümmerte er sich wirklich einen Dreck um meinen Willen? Wie hatte es Arthur Schopenhauer geschafft, »Die Welt als Wille und Vorstellung« zu schreiben, wo er doch seit Studentenjahren selbst einen Hund besessen hatte, der zweifellos auch über einen Willen verfügt hatte, der eventuell den Vorstellungen des Philosophen nicht entsprochen hatte? Schopenhauer werden Zitate nachgesagt wie »Wenn es keine Hunde gäbe, wollte ich nicht leben«, aber nirgends in seinem Werk findet sich eine Antwort darauf, wie ich *mit* einem Hund leben sollte!

Ich wollte oder konnte es unmöglich riskieren, dass Machtnix überfahren wurde oder einfach verschwand, also humpelte ich ihm hinterher. Das Schreien gab ich auf. Meine neue Taktik bestand vielmehr darin, dass ich Machtnix nachschleichen und ihn bei der ersten Gelegenheit am Halsband packen und wieder heimbringen würde. Das schien mir hundepädagogisch wertvoller. Obwohl Machtnix nicht besonders schnell vor sich hin trabte, blieb die Distanz zwischen uns interessanterweise gleich, als ob der Hund nach hinten sehen könnte. Als ich es bemerkte, begann ich wieder zu rufen, allerdings vergeblich, und so begann ich mich in mein Schicksal zu fügen. Ich folgte dem Hund, wie die Kompassnadel dem Norden folgt, und tatsächlich marschierten wir Richtung Norden, durchquerten eine kleine Siedlung, wanderten auf einer kaum befahrenen Nebenstraße in östlicher Richtung weiter und näherten uns bereits dem Ortsrand, als ich erriet, wohin die Reise ging. Schon sah ich das rote Dach des Hauses hinter den Wipfeln des Tannenhains auftauchen.

»Machtnix! Sie ist nicht da! Sie hat zu tun!«

Das war ihm aber egal, und so bog er unverdrossen in die Einfahrt ein, passierte das schmiedeeiserne Tor und wanderte die Allee entlang, die zu Herwig Zillners Anwesen führte. Ich stieß ein paar Flüche aus, da senkte Machtnix die Ohren, begann heftig zu wedeln und stürmte auf Evelina zu, die mit einem mir unbekannten Mann vor dem Portal stand. Der Mann mochte etwa Mitte vierzig sein, trug Socken mit Sandalen, hatte ein kleines Bäuchlein, eine beginnende Glatze und einen zerzausten Haarkranz, der ihn einerseits wie einen Clown aussehen ließ, ihm andererseits neben seiner gewaltigen Nase etwas Animalisches verlieh.

Evelina begrüßte Machtnix so enthusiastisch wie er sie. Mir nickte sie zu.

»Das ist Herr Friedl«, stellte sie mir den Mann vor, »unser Taxiunternehmer.«

»Bobby«, sagte Robert Friedl, schüttelte mir die Hand und wandte sich wieder Evelina zu.

»Also, bis später! In zwei, drei Stunden sind wir wieder da.«

Bobby stieg in seinen schwarzen Van. Jetzt erst bemerkte ich, dass Herwig auf dem Nebensitz saß. Ich hatte ihn ewig nicht gesehen und fand, er war schmäler geworden, wodurch er älter wirkte, als er ohnehin war. Er musterte mich misstrauisch, doch als ich ihm freundlich zuwinkte, erhob er seine knochige Hand zum Gruß.

»Sie fahren ins Kaffeehaus«, erklärte Evelina und winkte dem Auto nach. »Da findet zweimal in der Woche die Kartenrunde mit den übrig gebliebenen Freunden statt. Für Herwig ist es ein Festtag und für Bobby auch.«

»Wieso für Bobby?«

»Die Taxiuhr läuft mit.«

Ich lachte. Machtnix bellte.

»Auf dich bin ich eigentlich böse«, sagte ich und zeigte auf den Hund. »Er ist einfach davongelaufen und direkt hierher. Und das, wo ich doch kaum gehen kann.«

Ich bemerkte, dass Evelina den seltsamen Blick hatte. Denselben Blick wie bei unserer ersten Begegnung im Wald, entrückt, verrückt, in weiter Ferne oder doch ganz nah? Ich weiß nicht, wie ich diesen Ausdruck in den Augen, um den Mund, in der gesamten Körperhaltung beschreiben soll. *Enterisch,* so sagt man hier in Stein am Gebirge, das heißt so viel wie unheimlich, ungeheuer, mit einer Note von Fremdheit und Grauen.

»Und jetzt darf ich alles wieder zurückhumpeln«, fügte ich hinzu, um zu überspielen, dass mir selbst auch ganz *enterisch* zumute geworden war.

»Halswirbel. Brustwirbel«, sagte Evelina. Da war sie wieder, diese dünne, jenseitige Stimme.

»Wie bitte?«, fragte ich nach.

Plötzlich entspannte sich Evelina, als hätte ein unsichtbarer Hypnotiseur mit dem Finger geschnippt, um dem Spuk ein Ende zu bereiten. Oder war sie vorher richtig entspannt, wie in Trance, und jetzt kehrte sozusagen das Leben in ihren Körper zurück? Sie lachte.

»Seien Sie froh, Professor, dass Sie heimhumpeln können und nicht mit dem Rollstuhl fahren.«

»Mit dem Rollstuhl, ich?«

»Sie sind knapp daran – vorbeigestürzt?«

Und wieder lachte sie, wohl deshalb, weil ich so bestürzt dreinschaute. Woher in aller Welt konnte sie etwas von meinem Kampf mit der nassen Matratze und meinem Sturz über die Treppe gewusst haben?

»Seien Sie einfach dankbar, Professor«, sagte sie, und plötzlich überkam mich, überflutete mich geradezu ein tiefes Gefühl der Dankbarkeit dafür, dass ich zwar verärgert, leicht verkatert und ziemlich hilflos hier herumstand, aber immerhin stand. Und mir nicht den Hals gebrochen hatte.

»Waren wir gestern nicht per du?«, fragte ich, denn plötzlich stand der Abend wieder in deutlicheren Farben vor mir. Die Geschichte mit den Kriegsgefangenen. Evelinas Besuch. Ihr Hilferuf. Aber was, was um Himmels willen sollte ich denn für sie tun?

»Du denkst: Wie soll ich ihr denn helfen?«, sagte Evelina. »Du denkst: Was werden die Leute im Ort sagen, wenn ich mich zu viel mit dieser jungen Frau blicken lasse? In Wahrheit denkst du nur eines: Wann kann ich endlich die erste Flasche Wein öffnen?«

»Das stimmt nicht«, protestierte ich. »Also jedenfalls, das mit dem Wein stimmt nicht. Das andere … Evelina, ich möchte dir sehr gerne helfen, deine Schwester zu finden, aber wie soll das gehen? Wir haben nichts in der Hand, gar nichts, außer einen Brief, der besagt, dass wir niemandem vertrauen sollen. Wir können also niemanden fragen, niemanden um Hilfe bitten, nicht zur Polizei gehen. Was sollen wir machen, deiner Meinung nach? Wir können doch nicht einfach herumgehen und hoffen, dass wir zufällig auf einen Hinweis stoßen?!«

»Vielleicht sollten wir genau das tun«, sagte Evelina. »Möchtest du einen Kaffee? Ich mach mir jetzt einen.« Machtnix folgte ihr ins Vorzimmer. Ich drehte mich in der Tür noch einmal um und sah hinüber zum Haus des Forstmeisters, wo sich an einem Fenster die Gardinen bewegten.

17

Von außen glich Herwig Zillners Anwesen einem Schloss: eine zweistöckige Villa mit großzügigem Dachgeschoss, die Fassade in einem erdigen Gelb gestrichen, mit einem freundlich geschwungenen roten Dach, das wie eine Frisur aussah. An der Südostseite ein runder Anbau, behütet von einem Turm. Dieses Erkerzimmer mit dem Panoramablick machte wohl das Prächtige, Schlossartige aus. Das Innere des Hauses kannte ich nicht, wie ich auch Herwig nur kannte, weil jeder hier im Ort wusste, wem der Großteil des Waldes, der Steinbruch, die Schottergrube und der Schwarzensee gehörten. Auch früher hatte man Herwig nicht oft im Ort gesehen, selbst als er noch mobil war, selbst als seine Frau noch gelebt hatte. Die Einkäufe hatte die Haushälterin erledigt. Ansonsten gab man sich zurückhaltend und tauchte allenfalls bei Begräbnissen irgendwelcher entfernten Tanten oder Cousins auf, von denen es einige gab, gehörten die Zillners doch zu den alteingesessenen Familien von Stein am Gebirge. Von meinem Vater weiß ich nur, dass er Frau Zillner medizinisch betreut hatte, als diese in sehr jungen Jahren – Adrian war noch keine zehn Jahre alt – eine sehr aggressive Form von Brustkrebs bekommen hatte, an der sie wenige Monate später verstorben war. Viel hat mir mein Vater nie erzählt, auch meiner Mutter nicht. Er nahm das Arztgeheimnis sehr ernst und wusste um dessen Wichtigkeit, gerade in einem kleinen Ort wie Stein am Gebirge. Aber naturgemäß weiß ein Arzt sehr viel über die Einwohner einer Gemeinde: von unheilbaren Krankheiten, von versteckten Behinderungen, von Süchten und Lastern, von häuslicher Gewalt, von psychischen Störungen.

Ich trat über die Schwelle ins Vorzimmer, folgte Evelina durch den Flur in die Küche und fühlte mich befangen. Sie sah mir in die Augen.

»Spürst du es auch?«, fragte sie.

»Was?«, fragte ich zurück.

»Dass hier etwas nicht stimmt.«

Zum Glück gelang es mir in diesem Augenblick, aus meinem Dämmerzustand herauszufinden. Es war höchste Zeit, die *enterische* Atmosphäre ins helle Licht der Wissenschaft zu setzen und mit deren Tugenden das Dunkle zu vertreiben: Aufklärung, Erkenntnistheorie, Wissenschaftsphilosophie, Logik, praktische Vernunft, all das lehrte ich seit Jahrzehnten an der Universität, und nun sollte ich mich von einer etwas sonderbaren Altenpflegerin in Angst und Schrecken versetzen lassen?

»Hier stimmt einiges nicht«, bestätigte ich. »Es hat ungefähr dreißig Grad in diesen Räumen …«

»Herr Herwig mag das so.«

»Außerdem stinkt es. Es stinkt nach altem Menschen. Du solltest lüften.«

»Herr Herwig mag das Lüften nicht. Er sagt, in der kalten Luft lauert der Tod.«

»Draußen scheint die Sonne, und es ist warm. Außerdem ist Herwig jetzt bei seiner Kartenrunde im Kaffeehaus. Besser könnten wir es nicht treffen.«

Und während Evelina die Filterkaffeemaschine anwarf, ging ich von Raum zu Raum, riss die Fenster auf und öffnete, wo es noch nicht geschehen war, die grün gestrichenen Fensterläden. Das winzige, düstere Schlafzimmer von Herrn Zillner. Das Wohnzimmer mit dem offenen Kamin, den Bücherwänden, dem Bärenfell und den Trophäen, das Speisezimmer im charmanten Erkerraum, der wirkte wie ein Wintergarten. Und das … musste Evelinas Refugium sein, klein, aber immerhin, ein eigener Raum. Der Stoffhund, den sie bei unserer ersten Begegnung im Wald bei sich getragen hatte, lag auf dem ordentlich gemachten Bett. Ein frischer Wind vertrieb die abgestandene Luft aus dem alten Haus. Zufrieden kehrte ich in die Küche zurück und nahm eine Tasse Kaffee von Evelina entgegen. Ich kann Filterkaffee nicht ausstehen.

»Machtnix hat sich unter dem Tisch verkrochen. Was meinst du, spürt er auch etwas?«, fragte Evelina.

»Ja, er spürt die Zugluft. Und ich denke, er mag das ebenso wenig wie der alte Herr.«

Die Turmuhr unserer Pfarrkirche schlug zwölf Uhr. Fast schien es, als stünde die Kirche, die in Wahrheit einen guten Kilometer entfernt war, neben der Villa. Die Sonne hatte die Luft im Tal erwärmt. Nun fiel die kalte Luft aus den Bergen herab, und mit den Schallwellen der Kirchenglocke erfüllte plötzlich ein Eishauch die Räume. Es folgte ein gewaltiger Windstoß, Warmes mischte sich mit Kaltem, die Läden hämmerten gegen die Fassade, Fenster fielen klirrend zu, Türen knallten, und irgendwo polterte etwas zu Boden.

»Ach, do prdele«, sagte Evelina, »wenn das Herr Herwig wüsste!«

Sie lief aufgescheucht von Zimmer zu Zimmer, schloss die Läden und die Fenster. Ich half ihr, und wir besahen gemeinsam den Schaden, der sich zum Glück in Grenzen hielt. Der Windstoß hatte lediglich ein gerahmtes Foto von der massiven Eichenkommode im Wohnzimmer gefegt. Ich stellte es auf die Kommode zurück, neben den Engel aus Stein.

Dem massiven Marmor dieser wuchtigen Skulptur hatte der Windstoß nichts anhaben können. Würde es auffallen, dass das Bild beschädigt war? Und wenn schon. Das Foto zeigte ein schönes Paar, nun ja, das, was man gemeinhin ein schönes Paar nennt: einen schmalen Mann Ende vierzig, mit Trachtenweste und weißem Hemd, und eine blonde, etwas jüngere Frau, deren Brüste von ihrem Dirndlkleid recht offensiv in Szene gesetzt wurden. Wie alt war die Frau? War das Blond echt? Ich gebe zu, ich habe echte von gefärbten Haaren noch nie unterscheiden können, überhaupt all die Frauen-Tricks, Strähnchen und Fingernägel und Augenbrauen und Wimpern und Zauber-BHs, ich habe das nie durchschaut. Meine Frau macht sich darüber lustig, wie man so naiv sein kann. Früher jedenfalls hat sie sich darüber lustig gemacht. Als noch alles gut war.

Ich kann nicht erklären, warum, aber das Foto sah nach Geld aus. Wahrscheinlich handelte es sich um Maßkleidung, und vielleicht bemerkt man so etwas selbst dann, wenn es einen nicht interessiert. Was ich noch bemerkte: Er betrügt sie, ganz sicher, und sie liebt ihn schon lange nicht mehr. Ich erschrak, weil der Gedanke so klar dastand. Ich werde jetzt doch nicht auch noch mit dem Hellsehen anfangen? Das kann doch nicht ansteckend sein? Ich sah noch einmal genauer auf das Bild und fand einen Grund für meine vorgebliche Intuition: Das Glas hatte einen Sprung, der zwischen dem Paar verlief, daher der Gedanke, die Beziehung wäre nicht in Ordnung. Der Sprung mündete im Hintergrund in einen See, in dem Yachten keine Mangelware zu sein schienen – daher die Assoziation mit Reichtum. Es war doch alles erklärbar, wenn man sich nur bemühte!

»Wer ist das?«, fragte ich.

»Frau Julia und Herr Adrian«, antwortete Evelina. »Der Sohn von Herrn Herwig und seine Frau.«

»Und wo wohnen die?«

»In München oder am Starnberger See, ich hab es nicht genau verstanden.«

»Vielleicht beides. Da wären sie nicht die Einzigen.«

»Und wenn sie hier sind, oben im ersten Stockwerk. Das ist ihr Reich, und das habe ich nicht zu betreten.«

Machtnix kam ins Zimmer getrottet, mit eingezogenem Schwanz. So hatte ich ihn noch nie gesehen. Er legte sich auf den Boden und sah abwechselnd auf Evelina und mich, wobei er wieder einmal sein Augenweiß ins Spiel brachte. Evelina lachte. Machtnix schnupperte am Boden, kroch unter die Kommode. Er wedelte stolz, denn er hatte etwas gefunden, das er jetzt im Maul trug. Als Evelina es sah, stieß sie einen Schrei aus, der das ganze Haus mit ihrem Entsetzen erfüllte.

18

Wir wischten gemeinsam den Boden auf. Evelina weinte und stotterte Satzfragmente in ihrer Muttersprache vor sich hin. Sie hatte sich übergeben, als Machtnix vor Schreck über ihren Schrei seine Beute ausgespuckt hatte: ein Büschel Haare, lang und blond. Es wurde von einem kleinen Stück Kopfhaut, schwarz von getrocknetem Blut, zusammengehalten. Evelina zitterte am ganzen Leib. Als sie sich ein wenig beruhigt hatte, holte sie ihr Handy hervor und zeigte mir ein Bild der verschwundenen Pflegerin. Ein Bild ihrer Schwester Angelika. Angelika hatte lange, hellblonde Haare, die ihr hübsches Gesicht und ihren Oberkörper umrahmten.

Während wir weiterwischten, musste ich mir eingestehen, dass ich von dieser Situation völlig überfordert war. Natürlich tat mir Evelina leid, aber ich kannte sie ja nur flüchtig, und ihre Schwester gar nicht. Ich fühlte mich ratlos, von meinen Emotionen abgeschnitten, deshalb wischte ich einfach weiter, wobei mir allerdings einfiel, dass das vielleicht nicht besonders klug war.

»Evelina, hör mir zu. Evelina, ruhig … Wir müssen ruhig bleiben! Wenn hier etwas … passiert ist, dann sollten wir vielleicht aufhören, sauberzumachen.«

Evelina sah mich an. Sie zitterte immer noch, aber sie schien zu verstehen, was ich meinte.

»Wir sollten vielleicht dieses Haarbüschel … einpacken und zur Polizei bringen.«

»Geh nicht zur Polizei, hat Angelika geschrieben.«

»Aber was sollen wir denn sonst machen?«

Evelina erhob sich mit einem Seufzer, öffnete das Fenster und räumte das Putzzeug weg. Sie wirkte jetzt ruhiger, fast entschlossen.

»Wir müssen sie suchen, Professor. Sie ist tot. Wir müssen sie finden.«

»Wo sollen wir sie denn suchen? Und warum soll sie tot sein?«

Evelina deutete mir mit dem Kopf, ihr zu folgen. Ich stand zögernd da. Bevor ich ihr hinterherging, bückte ich mich, hob das Haarbüschel auf, das noch immer auf dem Boden lag, und steckte es in meine Jackentasche.

Evelina holte in der Küche Suppengemüse aus dem Kühlschrank und begann es zu waschen und fein zu schneiden. Wie konnte sie plötzlich so ruhig sein? Sie sah mich an.

»Suppe«, sagte sie, »Herr Herwig möchte zu Mittag immer Suppe haben.«

»Kann ich helfen?«, fragte ich.

»Ja«, antwortete sie, »setz dich hier an den kleinen Marmortisch und hör mir zu. Ich werde dir jetzt meine Geschichte erzählen. Dann wirst du auch verstehen, warum ich gelernt habe, meine Emotionen zu kontrollieren.«

»Ich …«

»Nein, wir haben kein Bier im Haus. Auch keinen Wein.«

Waren meine Gedanken wirklich so leicht zu lesen? Ich fand, ich hatte mir nach dem Matratzenunfall und dem grauenvollen Fund eine kleine Stärkung verdient, aber …

»Du möchtest mir helfen, und ich weiß, dass du ab heute besser auf dich aufpassen wirst.« Sie sah mir in die Augen. »Ab heute. Ich brauche wirklich deine Hilfe, Quintus.« Das war das erste Mal, dass sie mich beim Namen nannte, und das wirkte, denn wenn es ernst war, nannte mich auch Lou Quintus, und nicht Quint.

»Du fragst dich wahrscheinlich, was ich hier will. Ob ich eine Verrückte bin oder eine Pflegerin, die einfach nur Geld braucht, oder vielleicht beides. Egal. Ich habe nur ein Ziel: Ich möchte den Mörder meiner Schwester finden.«

»Aber wir wissen ja gar nicht, ob sie …«

»Sie ist tot. Ich habe das heute empfangen. Sie lebt nicht mehr.«

»Empfangen?«

Evelina sah mich an. Sie hatte Tränen in den Augen.

»Das kommt von … das ist … die Zwiebel.«

Sie hielt mir die Zwiebel vor die Nase, die sie halbiert hatte. Eine Hälfte hatte sie bereits in feine Stücke geschnitten, der anderen nahm sie nun vor meinen Augen die braune Haut ab.

»Die Zwiebel hat verschiedene Ebenen«, sagte sie. »Wir sehen alle, dass die Zwiebel eine äußere Schicht hat und dann viele weitere, wenn man tiefer geht. Bis man zum Zentrum kommt, das aber – schau genau, Professor – letztendlich wieder aus verschiedenen Schichten besteht, die allerdings feiner sind. Das Ganze wird immer kleiner, feiner, unsichtbarer.« Sie sah mich an. »Verstehst du?«

Diese Frage hatte mir, dem Universitätsprofessor, schon lange niemand mehr gestellt. Ich dürfte ziemlich dämlich dreingeschaut haben, was zweifellos daran lag, dass mir diese Evelina immer rätselhafter wurde. Sie stammte angeblich aus der Slowakei. Warum sprach sie dann so gut Deutsch? Mit perfektem Vokabular und makelloser Grammatik. Wenn man sich konzentrierte, konnte man so etwas wie einen slawischen Akzent, etwas Weiches, Singendes durchhören. Sie arbeitete als Altenpflegerin, und nun hielt sie mir einen Vortrag über das

Zwiebelschalenmodell des Universums, das man in den Planetenläufen ebenso erkennen konnte wie in der Struktur der Elektronen in der Atomhülle. Sie hob das Ganze nun auf eine metaphysische Ebene.

»Natürlich verstehst du«, antwortete sie sich selbst, »aber was du auch verstehen musst, ist, dass ich selbst das gar nicht erst verstehen musste. Für mich war es immer selbstverständlich, dass alles, was ich sehen und wahrnehmen kann, eine Hülle ist. Und dahinter versteckt sich eine nächste Welt und dahinter noch eine …«

»Eines musst du mir erklären, Evelina. Weißt du, wenn meine Studenten etwas so gut auf Deutsch ausdrücken konnten, dann hab ich mich wahnsinnig gefreut! Wieso kannst du das?«

Evelina lachte. »Du meinst, eine Altenpflegerin aus dem Osten muss zwangsläufig ungebildet sein?«

»Nun ja …«

»Natürlich, Professor, du hast recht. Es sind nicht viele Universitätsprofessorinnen dabei. Was nicht heißt, dass sie schlechte Pflegerinnen sind.«

»Das hab ich nicht behauptet!«

»Ich bin eine schlechte Pflegerin, Professor. Ich habe die Altenpflegeschule in Bratislava nur aus einem einzigen Grund besucht: um diese Stelle hier zu bekommen. Damit ich meine Schwester suchen kann.«

»Und das war so einfach?«

»Einfacher, als ich dachte. Die Schule ist schnell erledigt, und ich kannte die Vermittlerin der Agentur, bei der meine Schwester angemeldet war. Die suchen dringend Leute, das ist nicht so, dass die wählerisch sind. Also habe ich mich für ein halbes Jahr karenzieren lassen …«

»Und im echten Beruf bist du Deutschlehrerin?«, fragte ich.

»Siehst du«, antwortete Evelina, »du kannst ja doch hellsehen!«

Sie beförderte die geschnittene Zwiebel in einen Topf und ließ sie in Öl glasig werden, während sie Karotten und Zucchini schnitt.

»Und deine Eltern waren Universitätsprofessoren …«, versuchte ich es mit meiner neu erlangten Gabe weiter. Evelina lachte.

»Fast richtig. Mein Vater war Deutschlehrer am Gymnasium in Trnava, so wie ich jetzt, und meine Mutter hat an der Fakultät für Pädagogik gelehrt. Jedenfalls, bevor sie krank wurde.«

»Ich kann zwar fast hellsehen«, bemerkte ich mit einem Seufzer, »aber von Trnava habe ich noch nie gehört.«

Während sie weiter an ihrer Suppe arbeitete, hielt mir Evelina einen kleinen Vortrag über die Geschichte von Trnava, im Kaiserreich Tyrnau genannt, eine Kleinstadt im Norden von Bratislava, Bischofssitz mit bewegter ungarisch-österreichischer Vergangenheit, einem hübschen Hauptplatz mit Jugendstil-Kaffeehäusern, Fragmenten einer mittelalterlichen Stadtmauer und den unvermeidlichen Plattenbauten in den Vororten. Eine nette Kleinstadt, aus der alle Jungen, die nicht zufällig dort studieren, sofort flüchten, zuerst nach Bratislava, dann in den Westen. Ihre Familie sei für slowakische Verhältnisse wohlhabend gewesen, aber das bedeute nicht viel. Als Altenpflegerin in Österreich verdiene sie mehr denn als Lehrerin in der Slowakei, aber sie würde gerne in ihre Schule und nach Trnava zurückkehren. Ich fragte nach, ob ihr das nicht langweilig sei. Sie schlug vor, ins Freie zu gehen, solange die Suppe am Köcheln war. Ich stimmte gerne zu, und auch Machtnix war glücklich, die stickige (und für ihn ziemlich langweilige) Küche zu verlassen.

Wir setzten uns auf die Bank vor dem Haus. Von hier hatte man einen guten Blick auf den Park und die Einfahrt, und so würden wir die Rückkehr von Herwig Zillner nicht verpassen. Die Sonne wärmte unsere Gesichter. Ich zündete mir eine Zigarette an.

»Darf ich auch eine haben?«, fragte Evelina. Erstaunt holte ich die Packung wieder aus meiner Jackentasche und hielt sie ihr hin.

»Ich dachte nicht, dass so jemand wie du raucht.«

»Wie ist so jemand wie ich?«

»Nun ja, so … ätherisch. Wie die Mitte der Zwiebel.«

Ich gab Evelina Feuer. Sie sah mich, höflich nickend, mit ihren großen Augen an.

»Ich bin ganz normal«, sagte sie. »Also ich habe immer gefunden, dass ich ganz normal bin. Die Zwiebel … Es gibt diese äußere, sichtbare Schicht, die ist wenig durchlässig. Spröde. Es ist die Oberfläche. Und dahinter beginnt es erst! Das war für mich als Kind ganz klar.«

»Weil du eine Philosophin bist.«

Sie zog an ihrer Zigarette und blies den Rauch kraftvoll aus.

»Gar nicht. Ich habe die Welt dahinter gesehen. Bei mir hat es mit sieben Jahren begonnen. Ich weiß das noch genau. Das war kein Schock-Erlebnis oder so. Vielleicht konnte ich es auch immer und habe erst mit sieben bewusst bemerkt, dass ich Dinge sehe, die andere nicht sehen. Und dass ich Gedanken lesen kann. Aber ich glaubte nicht, dass es etwas Besonderes ist. Ich dachte, alle können Gedanken lesen.«

»Aber wie hat es begonnen? Gab es einen Auslöser dafür?«

Evelina zog an ihrer Zigarette und sah ins Leere. Da war sie wieder, ihre Stimme, die nicht so klang, als ob es ihre eigene wäre.

»Als ich sieben war, haben sich meine Eltern getrennt. Es war schon vorher … diese Krankheit meiner Mutter, sie hat schleichend begonnen. Wie sagt man? Schizophrenie. Sie begann, Stimmen zu hören, lebte in ihrer eigenen Welt, wurde aggressiv, wollte mit niemandem etwas zu tun haben. Meine Mutter war immer öfter … nicht sie selbst. Sie hat begonnen, seltsame Dinge zu sagen, wirres Zeug geredet. Sie hat sich verfolgt gefühlt, von allen, von jedem. Auch von Angelika und mir. Sie hat begonnen, uns zu schlagen, einfach so. Hat uns an den Haaren gerissen und verwünscht. Diese Anfälle kamen ganz plötzlich, und wenn mein Vater nicht da war, waren wir ihnen hilflos ausgeliefert. Ich war sieben, Angelika war fünf … Aber meine Großmutter, sie hat mich gewarnt. Vor den Anfällen.«

»Deine Großmutter?«

»Die Mutter meines Vaters. Wir haben sie sehr geliebt. Sie hat in der Nachbarschaft gewohnt und war immer für uns da, wenn wir krank waren und die Eltern arbeiteten, wenn wir vom Kindergarten heimkamen, sie war immer da, und sie hat immer eine gute Suppe gekocht.«

»Und sie hat euch beschützt?«

»Ja. Selbst dann noch, als sie schon tot war. Sie war ein Jahr, bevor das Unglück mit meiner Mutter begann, an einem Schlaganfall gestorben, aber ich habe nie aufgehört, mit ihr zu reden. Das war für mich normal. Ich habe ihr auch Briefe geschrieben. Kinder machen so was. Was wahrscheinlich nicht normal war, ist, dass ich ihre Stimme gehört habe, sehr deutlich. Sie hat durch den Hund zu mir gesprochen.«

»Welchen Hund?«, fragte ich und streichelte Machtnix, der sich zu unseren Füßen eingerollt hatte.

»Bruno«, antwortete Evelina. »Mein Stoffhund. Du kennst ihn.«

»Der ist schon so alt?«

Evelina lachte. »Den hat mir meine Oma geschenkt. Er hat einiges mitgemacht. Und er ist meine Antenne für guten Empfang aus der anderen Welt.« Und wieder lacht Evelina, als ob es irgendetwas zu lachen gäbe. Ich fand das alles einfach nur unheimlich, und obwohl wir in der warmen Sommersonne saßen, fröstelte es mich.

»Und der Hund … also der Stoffhund … der hat dann zu dir … gesprochen? Oder hat er gebellt?«

»Nein, nein … Wie soll ich dir das erklären? Das geht nicht über die Ohren, keine Schallwellen, die das Trommelfell zum Vibrieren bringen und Informationen an das Gehirn weitergeben. Es sind andere Schallwellen. Ich glaube, sie senden immer, aber ich kann sie nicht immer empfangen. Oder Bruno kann sie nicht immer empfangen. Wie soll ich es erklären? Es ist, wie wenn du dein Radio irrtümlich von FM auf AM stellst. Da hörst du am Anfang nur Rauschen … Aber mit der Zeit tauchen Sender auf …«

»Na gut«, sagte ich, obwohl ich nichts gut fand, »aber das sind Radiowellen. Ultrakurzwellen oder Langwellen, aber die sind etwas Physisches, etwas …« Mir fehlten die Worte, und genau darauf wollte Evelina hinaus. »Ja«, sagte sie, »etwas Physisches. Aber siehst du es?«

»Nein.«

»Verstehst du es?«

»Nein, aber ich bin ja auch kein Physiker, ich bin Philosoph.«

»Dann nimm es einfach als Bild«, sagte Evelina. »Ich muss nach der Suppe schauen.«

Mit den Worten stand sie auf und machte sich auf den Weg Richtung Küche. Machtnix und ich trotteten ihr hinterher. Evelina rührte in dem Topf um, nahm einen Löffel aus einer Lade, kostete, fügte zwei Prisen Salz und etwas Majoran hinzu.

Ich stand noch unter dem Bann der merkwürdigen Dinge, die ich gehört hatte. »Okay«, sagte ich, »also du hörst diese Schallwellen. Oder Bruno hört sie? Ich kenne mich nicht aus.«

»Ist egal«, antwortete sie. »Es ist eine andere Welt, ich kann sie nicht erklären.«

»Aber wenn du Gedanken lesen kannst, warum weißt du dann nicht, wo deine Schwester steckt? Vielleicht weiß es ja Herr Zillner? Oder der Taxifahrer? Was liest du in denen?«

»Ganz interessante Frage«, meinte Evelina. »Also bei Herwig funktioniert es gar nicht. Vielleicht hat er einen Störsender eingebaut?« Evelina lachte. Wie konnte sie, die gerade noch zitternd am Boden gekauert hatte, nun plötzlich so fröhlich sein? Die Unbefangenheit und Selbstverständlichkeit, mit der sie über diese für mich völlig rätselhaften Phänomene sprach, verblüfften mich. »Aber tatsächlich, es gibt Menschen, bei denen kann ich gar nichts sehen. Bobby? Der denkt gerne an sein Geschäft, wenn er Torten holt und Herrn Herwig ins Kaffeehaus zu seiner Tarockrunde bringt. Wenn er mich sieht, hat er Angst. Nein, Angst ist zu viel, aber Unruhe. Und er hat Liebeskummer.«

»Bobby Friedl?«

Evelina nickte, und ich verkniff mir die Bemerkung, dass der Liebeskummer wahrscheinlich nicht seiner Frau galt.

»Erzähl mir noch von deiner Kindheit«, sagte ich. »Was ist mit den anderen Großeltern, den Eltern deiner Mutter?«

»Sie sind lange vor meiner Geburt gestorben. Meine Mutter ist bei Verwandten und dann in Heimen aufgewachsen. Das erklärt vielleicht auch einiges ...«

»Und die andere Großmutter hat dich also … gewarnt?«

»Ich weiß, dass ich es nicht erklären kann, aber ich kann dir sagen, meine Großmutter hat mich gewarnt, wenn Mama einen Anfall bekommen hat. Sie wusste es immer ein paar Minuten früher, sie hat es Bruno gesagt, und so wusste ich es auch und konnte Angelika und mich in Sicherheit bringen. Wir haben uns oft im Badezimmer eingesperrt. Dort hatten wir Spielsachen versteckt und haben gewartet, bis es vorbei war. Oder bis Papa endlich heimgekommen ist.«

»Aber so kann man doch nicht leben! Als Kind!«

»Nein. Es kam dann die Scheidung, und Mama ist in eine armselige Wohnung an den Stadtrand übersiedelt. Sie konnte nicht mehr arbeiten und hat von der Sozialhilfe gelebt.«

»Und es gab keine Therapie?«

»Nein. Nur irgendwelche Medikamente, die sie nicht genommen hat. Dafür hat sie zu trinken begonnen. Wie ihr Bruder. Ein Wochenende im Monat mussten wir bei ihr verbringen, das war die Hölle. Sie hat sich bemüht, sie war freundlich, sie ging mit uns auf den Spielplatz und hat für uns gekocht … und dann, plötzlich … ein anderer Mensch. Unsere Verwandten haben gesagt, sie ist besessen. So hat man damals gedacht, bei uns in der Gegend. Ich konnte das Wort Besessenheit als Kind besser verstehen als das Wort Schizophrenie. Da saß jemand anderer, in Mama. Und es war nicht immer dieselbe, die in ihr saß. Manchmal waren es auch mehrere. Mama hat uns manchmal aufgelauert, auf der Straße. Aber ich war immer gewarnt. Von meiner Großmutter.«

»Das klingt entsetzlich«, sagte ich.

»Wenn man damit aufwächst, ist es normal. Na ja, nicht ganz, aber man gewöhnt sich an vieles, als Kind. Papa konnte dann bei Gericht erreichen, dass sie uns nicht mehr sehen darf. Sie wurde in einer psychiatrischen Klinik in einem Kaff in der Ostslowakei untergebracht. Vor drei Jahren ist sie gestorben.«

»Und die Stimmen sind dir geblieben? Ich meine, die Stimmen, die du … wahrgenommen hast?«

»Ja. Es hat auch seine guten Seiten. Bei mündlichen Prüfungen in der Schule war ich zum Beispiel immer sehr gut, weil ich mich direkt an das Gehirn des Lehrers andocken konnte. Das ist sehr leicht. Es gab nur ein Problem.«

Ich stellte mir gerade vor, dass Katia sich in ihrer Studentenzeit an mein Gehirn angedockt hatte, um Informationen abzusaugen, verwarf den Gedanken aber wieder. Objektiv betrachtet ist Katia wesentlich cleverer und schneller im Kopf als ich. Sich an mein Gehirn anzudocken hätte sie wahrscheinlich nur gelähmt.

»Ja«, sagte ich gedankenverloren. »Und zwar?«

Evelina lachte. Sie hatte jetzt wieder ihre normale Stimme. »Es funktionierte nicht immer«, sagte sie. »Das heißt, ich musste sicherheitshalber lernen. Hat mir aber nicht geschadet.«

»Und Angelika? Hatte sie auch ... diese Gabe?«

»Nein, überhaupt nicht. Aber es war für sie normal. Sie ist zwei Jahre jünger als ich, aber sie hat das immer verstanden, schon als Kind. Und später hat sie das immer wieder mal ausgenutzt und mich mitgenommen, wenn sie mit Jungs ausgegangen ist, und ich musste ihr nachher sagen, was die so über sie gedacht haben.«

»Und?«, fragte ich neugierig.

Evelina machte die Gasflamme aus und bedeckte den Suppentopf mit einem Deckel. Sie sah mir mit einem geheimnisvollen Blick in die Augen, und ich wartete gespannt auf ihre Offenbarungen. Sie stupste mir mit dem Zeigefinger auf die Nase und sagte: »Man muss keine große Hellseherin sein, um zu wissen, was Jungs denken, wenn sie ein hübsches junges Mädchen sehen.«

Damit wandte sie sich von mir ab. Ich folgte ihr vor die Tür. Soeben hatte der schwarze Mercedes Vito vor dem Haus gehalten. Machtnix bellte, und ich erklärte ihm vergebens, dass dies nicht sein Haus wäre, er es also auch nicht verteidigen müsse. Bobby stieg aus und strich seinen zerzausten Haarkranz zurecht.

»Immer noch da?« Er zwinkerte mir jovial zu, und es war klar, was er mit der Bemerkung meinte: Ja klar, dass man gerne bei so einer attraktiven jungen Frau bleibt. Er hielt sich aber nicht lange mit mir auf, sondern eilte zur Beifahrertür, um sie zu öffnen. Fast gleichzeitig riss er die Schiebetür im Fond auf, um den Rollstuhl herauszuholen, den er mit geübten Bewegungen auseinanderklappte. Mit Evelinas Hilfe hievte er Herwig hinein. Der behielt dabei seine würdevolle Haltung, als hätte sein Leben daraus bestanden, wie ein echter Sir aus einem Wagen in einen Rollstuhl zu steigen. Seine Haare schienen sich vermehrt zu haben und schmiegten sich wie ein Helm um sein zierliches Gesicht. Er musterte mich misstrauisch.

»Sie sehen aus, als ob Sie gewonnen hätten«, sagte ich mit einer kleinen Verbeugung. Ein Lächeln erhellte sein Gesicht. Er sah abgeklärt und gütig aus. Aber was heißt schon gütig, was heißt schon gut? Die moralischen Werte, die ein Mensch hat, hängen immer auch von den moralischen Werten ab, die die Gesellschaft hat, in der er lebt, und diese wiederum hängen von politischen und religiösen Einflüssen und vor allem von der Epoche ab. In vorchristlichen Stammesgesellschaften galt es als moralisch einwandfrei, seinem Feind den Schädel einzuschlagen. Im antiken Griechenland wurde ein Kult um Pädophilie betrieben. Heute nennt man das Kindesmissbrauch und geht dafür zu Recht ins Gefängnis. Im Frühchristentum galt es als moralisch hochwertig, seine Feinde zu lieben und sein Hab und Gut zu teilen. Ein paar hundert Jahre später wurden im Namen des Christentums Hexen und Ketzer auf Scheiterhaufen verbrannt und Muslimen die Schädel abgeschlagen. Sogenannte Indianer und Schwarze galten nicht als Menschen, mit denen durfte man machen, was man wollte. Später wiederum galt es als gut, Feinde der deutschen Rasse zu bekämpfen oder Feinde des Kommunismus in Sibirien verhungern zu lassen. Dabei hatte Immanuel Kant schon im Jahr 1785 mit seinem Kategorischen Imperativ die Fragen der Moral ein für alle Mal geklärt. Nun ja, versucht hat er es zumindest.

Evelina stellte mich vor: »Das ist Professor Doktor Quintus Erlach. Er ist Dekan der philosophischen Fakultät der Universität Salzburg.« Ich deutete Evelina mit den Händen, aber ich weiß selbst nicht, was genau ich ihr mitteilen wollte. Vielleicht, nicht so mit Titeln um sich zu werfen. Aber sie hatte gut recherchiert.

Herwig sah mich tadelnd an: »Erlach, der Bub vom Doktor?«

Ich nickte wie ein Bub.

»Und Sie waren noch nie hier bei mir, um sich vorzustellen?«

Ich wusste nicht genau, was ich sagen sollte. Ich bekam den Eindruck vermittelt, als Untergebener in der Pflicht gewesen zu sein, untertänigst beim Herrn vorstellig zu werden, aber diese Zeiten waren doch eigentlich vorbei? Nun ja, in Stein am Gebirge offensichtlich nicht.

»Es tut mir leid, aber ich weile selten hier, stehe aber natürlich jederzeit sehr gerne zu Ihrer Verfügung.«

»Was ist Ihr Spezialgebiet?«

»Logischer Empirismus«, antwortete ich. »Wiener Kreis, Wittgenstein, Schlick, Mach und so weiter ...«

Bobby Friedl sah mich mit hochgezogenen Augenbrauen an, während Herwig mit einer gönnerhaften Bewegung abwinkte. »Wie langweilig«, seufzte er. »Metaphysik ist doch das einzig Interessante an der Philosophie, finden Sie nicht? Das, was wir nicht sehen und messen können, darum geht es doch im Leben, oder nicht?«

»Nun ja, Metaphysik ist natürlich im höchsten Maße spekulativ, und sie ...«

»Ach hören Sie mir auf«, unterbrach mich der alte Herr energisch. »Ich brauche jetzt einmal einen Teller Suppe.« Der Taxifahrer wollte sich gerade mit dem Rollstuhl in Bewegung setzen, da gebot er ihm mit einer lässigen Handbewegung Einhalt. »Und welche ist Ihre Lieblingsformulierung des Kategorischen Imperativs?«

Ich wollte gerade antworten, dass ich die Selbstzweckformel am schönsten fände, wonach man andere niemals bloß als Mittel, sondern jederzeit als Zweck an sich behandeln solle, da gab er sich bereits selbst die Antwort. Herwig schien glücklich zu sein, endlich eine Bühne für seine Bildung gefunden zu haben, eine Bildung, die er wie so viele auf dem Stiftsgymnasium erworben hatte. Er hatte keinerlei Interesse daran, eine Diskussion zu führen, er wollte nichts als Bewunderung, und die sollte er bekommen. »Handle so, dass die Maxime deines Willens jederzeit zugleich als Prinzip einer allgemeinen Gesetzgebung gelten könne«, sprach Herwig Zillner.

»In absoluter Perfektion wiedergegeben«, sagte ich und fügte scherzhaft hinzu: »Und kennen Sie jemanden, der stets so gehandelt hat, dass seine Handlungen ein allgemeines Gesetz werden könnten?«

Herwig schaute nachdenklich. »Darüber lässt sich trefflich bei einer Tasse Tee plaudern«, sagte er. »Und jetzt entschuldigen Sie mich bitte, junger Mann. Ich muss mich von den Anstrengungen des Vormittags erholen, und die Sonne tut mir nicht gut. Ich bin ein Dreißiger-Jahrgang, müssen Sie wissen. Ich bin achtundachtzig Jahre alt!« Ein stolzes Glänzen in den Augen, ein kleiner Wink, und der Taxifahrer setzte sich mit dem Rollstuhl in Bewegung, nachdem er mir zugenickt hatte. Evelina sah mich an.

»Er hat dich eingeladen, das ist gut«, sagte sie. »Du wirst kommen und mit ihm Konversation machen.« Ich seufzte. »Vielleicht erzählt er dir etwas über Angelika. Du musst sein Vertrauen gewinnen. Wir müssen Schritt für Schritt vorgehen, verstehst du? Puzzlesteine sammeln. Eine andere Chance haben wir nicht.«

Ich griff instinktiv in die Tasche meiner Jacke und fühlte mit Schaudern das Haarbüschel in meiner Hand. Evelina muss es meinem Gesichtsausdruck angesehen haben. »Behalte es«, sagte sie. »Vielleicht brauchen wir es noch.«

»Warum bist du so ruhig?«, fragte ich.

»Wie gesagt, ich kann meine Emotionen kontrollieren«, antwortete sie. »Zumindest meistens. Hab ich von klein auf gelernt.«

Bobby Friedl kam aus dem Haus und holte eine Papiertasche mit der Aufschrift der Konditorei Mitterhummer, beliebt in ganz Stein am Gebirge, hervor. Evelina drückte ihm hundertfünfzig Euro in die Hand und übernahm die Tasche. Alles schien einem gut einstudierten Ritual zu folgen. »Übermorgen Fußpflege«, sagte Herr Friedl, und Evelina nickte. Auch mir nickte sie ironisch zu. »Wir sehen uns, *junger Mann.*«

Und damit verschwand sie im Haus. Bobby Friedl fischte eine Zigarettenpackung aus seinem Sakko und zündete sich eine an, nicht ohne mir auch eine anzubieten, was ich allerdings ablehnte. Als Ersatz drückte er mir eine Visitenkarte seines Taxiunternehmens in die Hand. »Falls du mal was brauchst, ich bin rund um die Uhr erreichbar.«

Ich bedankte mich, ließ die Karte in die Tasche zum Haarschopf gleiten und sah Machtnix an. »Na?« Er setzte sich Richtung heimwärts in Bewegung, ich verabschiedete mich und folgte ihm. Als ich das Eingangsportal passiert hatte, fühlte ich, wie ein Druck von meinen Schultern abfiel. Und wenn meine Fußsohle nicht so wehgetan hätte, fast wäre ich Machtnix übermütig nachgelaufen.

19

Der Heimweg zog sich dann doch ein wenig, und ich spürte jetzt, dass ich noch nichts gegessen hatte. Innerhalb weniger Minuten waren dunkle Wolken am Himmel aufgezogen, und aus den Bergen ertönte Donnergrollen. Es dauerte nicht lange, bis erste dicke Regentropfen auf dem Straßenpflaster detonierten. Machtnix sah mich sorgenvoll an, aber ich konnte nicht schneller. Der Platzregen setzte ein, bevor ich mein Gartentor erreicht hatte. Machtnix verschwand in der Ferne, und ich fand mich damit ab, dass ich bis auf die Haut nass wurde. Hinkend und meine Jacke sinnloserweise über den Kopf ziehend lief ich nach Hause, so schnell ich eben konnte. Als ich beim Gartentor angekommen war, sah ich, dass Machtnix vor der Haustür saß. Und dass die Matratze, die ich zum Trocknen in die Sonne geschleppt hatte, sich wie ein Schwamm mit Wasser vollgesogen hatte.

Ich öffnete die Haustür, und ich weiß nicht, wer lauter ächzte, die Tür oder ich. Instinktiv ging ich zum Kühlschrank, aber es war kein Bier mehr eingekühlt. Bei näherer Betrachtung war die Kiste mit den netten, kleinen Flaschen immer noch leer. Offensichtlich hatte ich mir zu oft »ein Allerletztes« gegönnt. Okay, Wein hatte ich noch, aber

Wein zum Frühstück? Und ich hatte Hunger. Oder zumindest einen leeren Magen. Ich goss eine Tasse Tee auf und zog mich um. Mit dem Tee und zwei Stück Zwieback aus den Vorräten meiner Mutter setzte ich mich unter das Dach auf die Terrasse und sah dem Wasser dabei zu, wie es aus dem Himmel auf die Erde fiel. Der Zwieback schmeckte ranzig. Ich fischte meine Brille aus der Wolljacke, die ich übergezogen hatte, und las nach, dass er vor vierundzwanzig Jahren abgelaufen war. 1994, damals war Michaela auf die Welt gekommen, vielleicht hatte meine Mutter die Notvorräte für sie angelegt? 1994, das klang für mich gar nicht so weit entfernt, aber vierundzwanzig Jahre … das ist eine lange Zeit. Damals war ich knapp dreißig, Lou achtundzwanzig, wir versuchten gerade, in unseren Berufen als Assistenzärztin und Assistenzprofessor Fuß zu fassen, was uns nur gelang, weil Lous Eltern uns hingebungsvoll mit dem Baby unterstützten. Angesichts ihrer Baby- und Kinderfotos, auf denen hauptsächlich die Großeltern zu sehen waren, hat die pubertierende Michaela uns einmal gefragt, ob wir sie eigentlich nur als Aufputz für die Familie bekommen hatten, weil sich von ihren Eltern offensichtlich keiner um sie geschert hatte. Wir hatten sie zufällig bekommen, aber das sagten wir ihr nicht, weil wir fanden, dass die Verhütungsmethoden der Eltern die Kinder eigentlich nichts angingen. Ansonsten konnten wir als Erklärung nur vorbringen, dass die Zeit von beruflicher Herausforderung, finanziellem Stress und dem Schaffen gemeinsamen Wohnraums auch bei fast allen anderen mit dem Zeitpunkt des Kinderkriegens zusammenfalle. Im Grunde sollte man in Rente gehen, wenn man Kinder bekommt, und später, wenn es etwas ruhiger wird im Leben, wieder arbeiten, aber so ist das System nun mal nicht. Gepriesen seien also die Großeltern. Aus unseren gemeinsamen Psychologiekursen wussten Lou und ich außerdem, dass ein größeres Spektrum an Bezugspersonen, zu denen eine feste Bindung aufgebaut werden kann, für ein Kind ohnehin von Vorteil ist, aber das kann man natürlich einer wütenden Pubertierenden nicht auf die Nase binden.

Im oberen Stockwerk rumpelte es. Toll, dachte ich, jetzt beginnt es hier auch noch zu spuken. Kaum hat man mit einem Medium oder mit einer Verrückten zu tun, geht alles den Bach runter. Ich quälte mich die Stufen hinauf und bemerkte, dass meine Intuition, wonach alles den Bach runterginge, nicht so falsch war. Die Nordwand im Schlafzimmer sah aus wie eine dieser wunderschönen Wasserwände in den Toiletten von modernen Einkaufszentren. In pulsierenden Strömen rann der Regen daran herab, als würde eine Wasserarterie langsam ausbluten. Durch die Feuchtigkeit in der Wand hatte sich ein Haken gelöst, und ein uralter Ölschinken, der den Schwarzensee im Vordergrund eines unsagbar kitschigen Alpenglühens in Babyrosa zeigte, war zu Boden gestürzt. Jetzt lief das Wasser über das Bild, das dadurch keineswegs schöner wurde. Schade war es nicht darum. Hatte Rainy nicht gesagt, er habe etwas provisorisch repariert? Wo blieb er bloß mit seinem Kostenvoranschlag? Wäre er jetzt bei der Tür hereingekommen, ich hätte ihm alles unterschrieben, ohne auch nur einen Blick darauf zu werfen.

Ich schleppte mich die Treppe hinunter und ging zu meiner Jacke, um mein Handy zu suchen. Ich griff in die Tasche mit dem Haarschopf. Was für eine grauenvolle Geschichte! Aber was um alles in der Welt hatte ich damit zu tun?! Neben dem Haarschopf fand ich die Visitenkarte, in der anderen Tasche mein Telefon. Zum Glück war es nur mäßig nass geworden. Ich ging auf die Terrasse, warf die Packung mit dem Zwieback in einen der überquellenden Kartons mit Leerflaschen und versuchte, meine Situation zu analysieren. Irgendwie kam ich zu dem Entschluss, dass es Zeit wäre, zu handeln. Ich wählte die Nummer von Rainy, und überraschenderweise ging er gleich ran.

»Rainy. Hier Quint. Ich sauf ab.«

Rainy lachte. »Ist nur ein Gewitter, ist bald vorbei. Ich hab dir schon eine schöne Partie zusammengestellt. Wir haben am Wochenende zwei Dächer, aber ich versuch, dich einzuschieben, wenn das Wetter hält.« Ich wollte noch irgendetwas Launiges antworten, aber der Dachdecker hatte bereits aufgelegt. Immerhin, fleißige Leute, die arbeiten immer, wenn es irgendwie möglich ist. Meine Hoffnung war, dass es am Samstag kein Zeltfest geben würde, wo Sunny & Rainy auftreten und dann am nächsten Tag – wie ihr Publikum – arbeitsunfähig sein würden.

Als Nächstes tippte ich die Nummer von Bobby Friedl in mein Display. Er hob sofort ab, und ich sagte ihm, dass ich Hilfe brauchen würde, einige Dinge zu entsorgen. Zum Beispiel eine alte, nasse Matratze.

»In zehn Minuten ist wer bei dir«, sagte er. Waren wir per Du gewesen? Ich wusste es nicht mehr. Immerhin, ein gutes Zeichen für mich.

Es dauerte keine zehn Minuten, bis ein ziemlich ramponiert aussehender Pick-up mit einer riesigen Ladefläche vor dem Gartentor hielt. Der Regen hatte nachgelassen. Ich humpelte zum Gartentor und öffnete beide Flügel, worauf in blindem Verständnis das Auto rückwärts durch die Einfahrt fuhr. Allerdings stieg nicht Bobby aus dem riesigen Gefährt, sondern eine kleine Frau mit dicken Brillen. In einer Hand hielt sie einen Pappbecher, dem Kaffeeduft entströmte, in der anderen eine Zigarette. Wie sie gelenkt hatte? Ich weiß es nicht.

»Was hat's?«, fragte sie anstatt einer Begrüßung.

»Viel«, antwortete ich.

So viel war es dann gar nicht. Oft wirken die Dinge – bevor man sie angeht – übermächtig. Ein Haufen Holz, den es zu schlichten gilt. Eine Wanderung über zwanzig Kilometer. Oder eine leere Seite, wenn man ein Buch beginnen will. Das Schwierigste ist der Anfang, aber wenn man sich einmal entschlossen hat, zu beginnen, dann macht man einfach Schritt um Schritt und versteht plötzlich den Spruch, wonach auch Rom nicht an einem Tag erbaut wurde. Meine Aufgabe war im Nu erledigt, und Frau Friedl – Herta, wie sie sich vorstellte – konnte gar nicht verstehen, weshalb ich gejammert hatte. In weniger als zwanzig Minuten hatten wir die Matratze auf der Ladefläche verstaut, zudem sieben Kartons mit Leerflaschen, ein abgebrochenes Treppengeländer, drei Säcke mit Hausmüll, die sich angesammelt hatten, weil ich den Mülleimertag versäumt hatte, sowie drei Kisten mit leeren Bierflaschen.

»Du hast Glück«, sagte sie, »heute ist Freitag. Asi-Tag.«

»Asi-Tag?«, fragte ich, ein wenig verwirrt.

»Heute hat die Altstoff-Sammel-Insel geöffnet«, antwortete sie.

»Umso besser«, sagte ich und wollte nach meiner Geldbörse greifen, um sie zu bezahlen, aber sie sagte: »Können wir später machen. Vorher müssen wir das entsorgen.« Wobei sie das »wir« so sehr betonte, dass ich wusste, es würde mir nichts anderes übrigbleiben, als mitzufahren und ihr zu helfen.

Als sie sich ans Steuer setzte, zündete sie sich eine weitere Zigarette an.

»Sauwetter«, sagte sie. »Da kann man eigentlich nur saufen, was?« Sie ließ ein heiseres Lachen folgen.

»Na ja«, log ich, »es waren ziemlich viele Gäste da.« In Wahrheit hatte die beschämende Strecke ich allein zu verantworten, und als ich in einer Kurve die Leerflaschen hinter mir klirren hörte, wunderte ich mich schon, dass ein einzelner Mensch so viel trinken kann.

»Ist schon gut«, sagte sie, »wir haben alle unsere kleinen Laster. Die neue Kleine vom Zillner sieht ja auch wieder ganz gut aus.«

»Nun ja ... Hat die alte Kleine auch so gut ausgesehen?« Immerhin, eine fast schon detektivische Frage, fand ich, und tatsächlich bekam ich auch eine Antwort darauf, die mich etwas stutzig machte.

»Die hat noch viel besser ausgesehen mit ihren Riesentitten«, sagte Herta Friedl, ziemlich postfeministisch, und zog abfällig an ihrer Zigarette.

»Und dann ist sie verschwunden«, warf ich ein.

»Ich mag nicht sagen, dass mir das besonders leidtut«, sagte die Taxifahrerin. »Ich bin eine ehrliche Haut. Sie hat so manchem den Kopf verdreht, wenn du verstehst, was ich meine.«

»Sie war beliebt?«

Wieder lachte Herta Friedl auf. »Bei manchen Männern – ja! Bei meinem zum Beispiel. Und du – hast sie nie gesehen? Als du zu Weihnachten hier warst?«

»Ich weiß nicht.«

»Wenn ja, du könntest dich an sie erinnern. Aber egal, Professor.

Du hast ohnehin genug Probleme. Wollte nur sagen, dass man sich mit dieser Art Frauen noch mehr einhandelt. Und wie man weiß, hast du es mit deiner Frau ohnehin nicht ganz leicht.«

Darauf fiel mir nichts ein. Sollte ich eines Tages die volle Wahrheit über mein Leben wissen wollen, ich müsste wohl nur durch die Straßen von Stein am Gebirge wandern und die Leute fragen, die wüssten bestimmt alles darüber.

Bei der Altstoff-Sammel-Insel wurden wir von einem Typen begrüßt, dessen Schnauzbart mit der Zigarette verwachsen zu sein schien, die aus seinem Mundwinkel hing. Herta begrüßte er wie seinesgleichen, mir nickte er misstrauisch zu. Ich half der Taxifahrerin die Matratze, das Treppengeländer und die Flaschen unter genauen Anweisungen des Platzwarts zu entsorgen. Als ich die Bierkisten ebenfalls entsorgen wollte, sah mich Herta entgeistert an. »Das sind Pfandflaschen«, sagte sie. »Wenn du willst, können wir Nachschub kaufen und sie eintauschen.« Ich dachte kurz nach. Kein Bier mehr, der Gedanke war der erste. Und ich blieb dabei.

»Schenk ich dir«, sagte ich. Sie sah mich verblüfft an und brachte mich heim. Um das Geld, das sie verlangte, wäre ich in einer Großstadt gerade einmal einen Kilometer mit dem Taxi gefahren. Ich rundete den Betrag ordentlich auf. Sie bedankte sich. »Jederzeit für dich da. Und nichts für ungut, wegen dem, was ich gesagt habe. Aber diese jungen Dinger können einen Mann ganz schön verrückt machen.«

Ich nickte und dachte, dass mich Herta Friedl auch ganz schön verrückt machen würde, und ging zum Haus, wo mich Machtnix freudig begrüßte.

Obwohl ich weder etwas Nennenswertes gegessen noch getrunken hatte (vielleicht aber auch gerade deshalb), fühlte ich mich energiegeladen wie schon lange nicht. Ich musste meine Vorräte aufstocken. Auch das Hundefutter ging zur Neige. Also setzte ich mich in den Saab und fuhr zum großen Supermarkt an der Ausfahrtsstraße. Eigentlich finde ich es ja falsch, in Supermärkten einzukaufen, jedenfalls, solange es richtige Märkte und Bauern und Nahversorger in der Gegend gibt.

Aber Bauern, die Gemüse pflanzen, gibt es bei uns in den Bergen nicht, und das Gemüse beim Nahversorger sieht schon welk aus, wenn es ihm geliefert wird. Tu dir etwas Gutes, hörte ich es in mir sprechen. Koch dir mal etwas Frisches, mit Gemüse. Mangold, ich liebe Mangold. Mit Knoblauch und Olivenöl als Salat oder mit Kartoffeln und Knoblauch, wie in Kroatien. Außerdem grüne Bohnen und Karotten und Mais. Lauch und Frühlingszwiebeln. Zitronen. Ein Hühnerfilet, vielleicht für morgen. Natives Olivenöl. Bio-Dosen für Machtnix. Zwei Packungen Teebeutel: *Bergkräuter* und *Fühl dich wohl*. Bio-Holunderblütensaft.

Zu Hause angekommen, verstaute ich alles. Dann machte ich mich an die Arbeit, schnitt die allzu weit überhängenden Sträucher zurecht, ging einmal mit dem Staubsauger durchs Haus, kehrte mit einem wunderbar altmodischen Reisig-Besen die Veranda, ging duschen, drehte die Waschmaschine auf und zog mir etwas Frisches an. Die Lust auf das »wohlverdiente« Bier verging mir bereits, als ich über das Wort »wohlverdient« nachdachte. Und wenn man wie ich ohnehin zu Gicht, Übergewicht und Saufen neigt, dann hat es sich der Körper wohl verdient, nicht weiter vergiftet zu werden. Holunderblütensaft mit Zitrone und eiskaltem Wasser aus den Bergen: Das schmeckt richtig gut!

Als ich Knoblauch schnitt, Mangold blanchierte und Kartoffeln kochte, dachte ich an den Vormittag. »Du möchtest mir helfen, und ich weiß, dass du ab heute besser auf dich aufpassen wirst.« Dann dieser Blick in meine Augen. »Ab heute. Ich brauche wirklich deine Hilfe, Quintus.«

Hatte mich Evelina hypnotisiert? Ich habe mich im Zuge meines Studiums der Schriften von Sigmund Freud eine Zeitlang mit Hypnose beschäftigt, die Freud ja ursprünglich als einen fruchtbaren Weg zur Behandlung psychischer Störungen gesehen hatte. Allerdings hypnotisierte er nicht so gut und erfolgreich wie sein Lehrer Jean-Martin Charcot in Paris. Das war wohl der Hauptgrund, warum er die Hypnose aufgab, auch wenn Freud selbst behauptete, es läge daran, dass er um diese Zeit die Bedeutung der Sexualität für die Psyche erkannt hatte.

Wie auch immer: Hypnose funktioniert. Das ist eine spannende und eigentlich unerklärliche Tatsache. Wobei nicht alle das Talent haben, zu hypnotisieren, und nicht alle sind gleichermaßen empfänglich dafür, hypnotisiert zu werden. Der Trancezustand unterscheidet sich in Tiefe und Dauer erheblich, was man auch an medizinischen Parametern wie Blutdruck, Puls und Gehirnströmen messen kann. Ich habe immer wieder mit Lou über Hypnose gesprochen, da sie sich ja bei ihren schamanistischen Forschungen viel mit Trancezuständen befasst. Tatsächlich passieren bei der Reise des Schamanen und bei der klinischen Hypnose ganz ähnliche messbare Phänomene: Die Hirnregionen, die für Außenwahrnehmung zuständig sind, werden heruntergefahren, die Bereiche für Gefühl und Phantasie sind aktiviert. Die Areale, in denen Angst und Schmerz verspürt werden, sind während der Hypnose praktisch ausgeschaltet. Lou hatte mir erklärt, dass das Thema unter Neurowissenschaftlern ein wenig verpönt wäre, da es in Richtung Esoterik und Spiritualität ginge. Sie meinte aber, es wäre vor allem deshalb schief angesehen, weil es nach wie vor nicht wirklich erklärbar sei. Denn nicht nur die Hirnregionen selbst verändern ihre Aktivität, auch die Verknüpfung der einzelnen Regionen verändert sich. Gespeicherte Schmerzempfindungen und traumatische Erlebnisse können mithilfe der Hypnose gelöscht werden – was nichts anderes heißt, als dass mithilfe von tranceartigen Zuständen die Vergangenheit manipuliert und die Zukunft verändert werden kann. Betonung auf kann. Lou erläuterte, es wäre ein weiteres Problem der Hypnose, dass sie bei manchen Menschen toll funktioniert, bei anderen recht gut und bei wieder anderen überhaupt nicht.

Ob es bei mir gut funktioniert, weiß ich nicht. Aber ich habe als Jugendlicher eine erstaunliche Hypnosesitzung miterlebt. Es war bei einem Schulskikurs in Hinterstoder, ich war fünfzehn oder sechzehn Jahre alt. Wir hatten einen sogenannten »bunten Abend« mit verschiedenen Programmpunkten. Einer bestand darin, dass unser Mathematiklehrer behauptete, hypnotisieren zu können. Als Opfer wählte er unseren Turnlehrer Professor Wurzler, allgemein beliebt wegen seiner Vergangenheit als Offizier und seiner Sprüche wie »ihr seid keine Männer«, »ihr habt keine Eier« oder »ihr seid ein Haufen Memmen«. Niemand im Saal glaubte weniger an Hypnose als Professor Wurzler. Lachend kam er auf die Bühne, sagte, das wäre doch alles Humbug, und wünschte dem Mathelehrer viel Glück. Dieser sah ihm kurz in die Augen, machte ein paar Bewegungen mit dem Zeigefinger und flüsterte etwas. Dann sagte er: »Wurzler ist hypnotisiert. Es ging leichter, als gedacht.« Er sah ins Publikum. An die hundert Schüler saßen zwar gebannt, aber nun etwas enttäuscht da. Okay, dachten wir, und das ist alles?

»Dein Körper wird jetzt wie ein Brett«, sagte er zum Turnlehrer. Wir merkten nichts davon und wollten schon leise zu buhen beginnen, als er zwei Assistenten auf die Bühne bat. Sie sollten in etwa anderthalb Meter Abstand zwei Sessel auf die Bühne stellen. Und dann passierte das Wunder. Mithilfe der Assistenten hob unser Mathelehrer den Turnlehrer in die Höhe und legte ihn auf die Stuhllehnen: Die Achillesferse auf einer Lehne, das Genick an der anderen. Diese Stellung können selbst trainierte Akrobaten nicht lange durchhalten, ein normaler Mensch ohnehin nicht. Und vor unser aller Augen lag Professor »ihr habt keine Eier« Wurzler steif wie ein Brett zwischen den Stühlen und rührte sich nicht. Eine Minute, zwei Minuten, dann wurde Unruhe im Publikum und vor allem bei den anderen Lehrern spürbar, und der Hypnotiseur stellte Wurzler mithilfe seiner Assistenten wieder auf die Beine. Er flüsterte ein paar Worte. Wurzler erwachte aus der Trance. Er sah etwas gelangweilt drein und konnte sich an nichts erinnern. Unseren Beteuerungen glaubte er nicht, er sagte, es wäre unmöglich, so zwischen zwei Stühlen zu liegen. Am Ende war er ziemlich sauer, weil sich alle – wirklich alle – gegen ihn verschworen hatten. Ein paar Leute hatten Fotos geknipst, die man damals im Zeitalter der Filme noch ausarbeiten lassen musste und die ihm später zugespielt wurden. Er hat sich allerdings nie dazu geäußert. Hypnotisiert zu werden passte natürlich nicht in seine aus Tatkraft und Willen bestehende Lebensanschauung.

Ich wählte Lou per Skype an, und zu meiner Überraschung erschien sie kurz darauf auf dem Bildschirm meines Laptops.

»Bist du krank?«, fragte sie mich anstatt einer Begrüßung.

»Nein, wieso?«

»Weil du eine Tasse Tee vor dir stehen hast.«

Ich erklärte ihr, dass ich Gutes für mich tun wolle, oder so ähnlich, und dass Evelina zu mir gesagt hatte, ich würde ab heute besser auf mich aufpassen. Weil sie meine Hilfe brauche. Klarerweise kannte sich Lou überhaupt nicht aus, weshalb ich ausholte, von Evelinas Ängsten, dem abendlichen Besuch und schließlich dem Auffinden des blonden Haarbüschels, das vermutlich von ihrer Schwester stammte.

»Das ist ja um einiges gruseliger als das, was ich von den Ritualen meiner Schamanen hier höre«, bemerkte Lou, und ich spürte, dass sie sich Sorgen um mich machte. Das wertete ich als gutes Zeichen, denn es hieß, dass ich ihr nicht egal war.

»Glaubst du, dass Evelina mich hypnotisiert hat?«, fragte ich. Lou lachte.

»Also dass du Tee trinkst und Gemüse isst, klingt sehr außergewöhnlich, aber vielleicht war es einfach mal Zeit dafür.«

Ich erzählte ihr von Evelinas Kindheit, von der psychisch kranken Mutter und von den Visionen, in welchen die verstorbene Großmutter sie vor den Anfällen der Mutter warnte.

»Lou, ich bin ziemlich durcheinander«, sagte ich. »Ich weiß, du arbeitest daran – aber so etwas wie Hellsehen gibt es nicht.«

»Eigentlich nicht«, meinte sie, »und doch passiert es. Es passiert sogar ziemlich oft, und man hat es im Lauf der Jahrhunderte als göttliche Manifestation bezeichnet, als Teufels- und Hexenblendwerk, als Synchronizität des Zufalls, als Hysterie und schließlich als Psychose.«

Ich fragte sie, ob ihrer Meinung nach Evelina eine psychische Störung habe – vielleicht sogar, genetisch bedingt, dieselbe wie ihre Mutter. Bipolarität? Schizophrenie? Lou sagte, weder sei sie Psychiaterin, noch könne sie eine Ferndiagnose abgeben. Und es gäbe Abstufungen und Überschneidungen zwischen Bipolarität, multipler Persönlichkeit, dissoziativer Identitätsstörung und Schizophrenie, das alles sei für sie nicht wirklich geklärt und auch bei ihren Kolleginnen und Kollegen von der Neurologie und Psychiatrie ein durchaus kontroverses Thema.

»Es ist so«, sagte sie, »dass die Grenze zwischen Normalität und Wahnsinn sich je nach geschichtlicher Epoche und Kultur verändert. Heute haben wir Kategorien dafür, die sich aber ebenfalls laufend ändern. Fast alle Menschen haben im Laufe ihres Lebens eine psychische Störung, das ist eigentlich die Normalität. Und wenn Evelina – wie du sagst – anerkennt, dass sie nicht normal ist, dann sagt das zumindest aus, dass sie so weit stabil ist, ihre Andersartigkeit anzuerkennen. Das ist viel. Sehr viel sogar.«

»Na toll«, sagte ich. »Dann habe ich es mit einer Verrückten zu tun, die weiß, dass sie verrückt ist.«

»Ich würde an deiner Stelle aufhören, sie klassifizieren zu wollen. Als gesund oder verrückt oder normal ... weißt du, wenn ich das hier mit meinen Schamanen und ihrer Weltsicht und ihren Trancezuständen machen würde, ich käme nicht weit. Als Wissenschaftler muss man sich Dinge einfach einmal anschauen, ohne sie sofort zu beurteilen.«

»Das fällt mir nicht ganz leicht.«

»Mittlerweile glaubt man, dass es so etwas wie paranormale Gehirne gibt«, erläuterte Lou. »Wobei die Gehirne bei besonders abergläubischen und besonders genial veranlagten Personen ähnliche Strukturen aufweisen können.«

»Kurt Gödel war wahrscheinlich so einer«, sagte ich.

»Wer?« Endlich wusste ich einmal etwas!

»Kurt Gödel ... einer der einflussreichsten und genialsten Logiker und Mathematiker der Welt. Er glaubte sein Leben lang an Gespenster. Ärger noch, er lebte mit Gespenstern zusammen. Denn was theoretisch nicht auszuschließen ist, war für ihn real ... und da kommt natürlich einiges zusammen.«

»Es gibt überdurchschnittlich viele abergläubische Wissenschaftler«, fügte Lou hinzu. »Viele von ihnen hatten außerdem eine besondere sprachliche Begabung … Über die dürfte, nach allem, was du erzählt hast, deine kleine Freundin auch verfügen …«

»Du bist eine wahre Fundgrube des Wissens, Schatz«, sagte ich, wobei mir auffiel, dass ich schon lange nicht mehr Schatz zu ihr gesagt hatte.

Samstag, 7. Juli 2018

20

Ich hatte lange gebraucht, um einzuschlafen, und war mit Kopfweh aufgewacht. Na toll, dachte ich, wenn ich trinke, habe ich nie Kopfweh. Kaum bin ich abstinent, fühle ich mich, als hätte ich die ganze Nacht durchgesoffen. Vielleicht waren das Entzugserscheinungen? Ich habe einmal gelesen, dass sich Entzugserscheinungen anfühlen wie ein Kater. Andererseits, so viel trinke ich auch wieder nicht. Meine Kopfschmerzen waren wohl vor allem dem alten Sofa zu verdanken, das keine entspannte Liegesituation zuließ. Machtnix zeigte mir durch wiederholtes frenetisches Niesen, dass er wahnsinnigen Hunger hatte.

Nach dem Tee ging es mir besser. Ich hatte gerade meinen Laptop aufgeklappt, die Mails durchgesehen und eine neue Datei geöffnet, der ich den Titel »Wiener Kreis« gab. Ich atmete durch und wollte mit der Arbeit an meinem Buch beginnen, als Rainy bei der Tür hereinkam. In der Hand hielt er einige Blätter Papier, die er mir überreichte.

»Tut mir leid«, sagte er, »dieses Wochenende wird es nichts werden, meine Leute arbeiten schon bis zum Umfallen. Aber ich habe dir einen Kostenvoranschlag zusammengestellt.«

Ich überblätterte die Seiten mit den zahlreichen Begriffen aus der Arbeitswelt der Dachdecker, weil sie mir ohnehin nichts sagten, und warf einen Blick auf das alles Entscheidende, die Endsumme. Euro 57.763,20 stand da. Ich schluckte und sah ihn an.

»Bei Häusern ist es umgekehrt wie bei Bäumen«, sagte er. »Bei Bäumen ist die Basis die Wurzel. Bei Häusern ist das Dach zwar oben, aber es ist die Basis des Hauses. Ist das Dach kaputt, ist das Haus kaputt.«

»Früher hat man um das Geld ein halbes Haus bekommen«, jammerte ich.

»Das ist der offizielle Preis«, flüsterte er, während er mir vertraulich eine Hand auf die Schulter legte. »Ich hab aus einer Lieferung Tonziegel übrig, die kann ich dir billiger geben, wenn es dich nicht stört, dass sie nicht ganz neu aussehen.«

»Das stört mich nicht«, sagte ich. »Im Gegenteil.«

»Und wenn wir einiges über Nachbarschaftshilfe verrechnen, wird es um etwa zwanzig Prozent billiger.«

»Aber ich kenne meine Nachbarn nicht«, rief ich aus. Er sah mich an, wie man ein Kind ansieht, das gerade gesagt hat, dass ein mal eins zwei ergibt. Da erinnerte ich mich plötzlich daran, dass »Nachbarschaftshilfe« der landläufige Code für Schwarzarbeit war, also fügte ich schnell hinzu: »Na klar, kein Problem!«

Rainer lachte und drückte mir einen bunten Flyer in die Hand: »Wenn du heute Abend kommst, gibt es noch ein paar Prozente zusätzlich.« Er klopfte mir auf die Schulter und verließ eiligen Schrittes das Haus.

Der Flyer war in Orange und Pink gehalten, darauf stand in riesigen Lettern: »Sunny & Rainy – Rainbow of Love« und darunter, neben dem Datum: »Neunkirchen, Zeltfest Freiwillige Feuerwehr, 20 Uhr, Eintritt 12 Euro, 1 Getränk gratis«. Neunkirchen war eine für ihre etwas verschrobenen Einwohner bekannte Nachbargemeinde. Ich habe in meinem Leben noch nie ein Zeltfest besucht, auch als Jugendlicher nicht, und Rainer hätte mir fünfzig Prozent bieten können – das wäre noch zu wenig Schmerzensgeld gewesen, um die allerbesten Lieder von Sunny & Rainy über mich ergehen zu lassen. Ich gebe zwar zu, ich hatte sie noch nie gehört, aber was der Flyer versprach und was man sich über sie erzählte, klang grauenvoll.

57.763,20 – die Zahl hatte sich mir eingeprägt. Allerhöchste Zeit, dass ich versuchte, mein Einkommen ein wenig aufzubessern. Ich widmete mich wieder meiner Datei. Die erste, erschreckend leere Seite starrte mich an und machte mir ein schlechtes Gewissen. Jedes nicht beschriebene Blatt Papier ist ein nicht gedachter Gedanke.

Ich schrieb: »Der Wiener Kreis und sein Fortwirken in der Diaspora des Denkens«, als mein Telefon läutete. Eine ausländische Nummer. Glücklich über die Ablenkung hob ich ab. Es war Evelina, die mich für vierzehn Uhr zu Kaffee und Kuchen einlud, Herwig und sie würden sich sehr freuen. Meine Telefonnummer, erklärte sie, habe sie von Frau Friedl, der Taxifahrerin, bekommen. Ich speicherte mir Evelinas Nummer ein. So ist es also in Stein am Gebirge um den Datenschutz bestellt, dachte ich, sagte aber sofort zu, denn um ein Konzept für mein Buch zu entwickeln, fühlte ich mich ohnehin zu schwach. Außerdem war Herwig ein origineller Alter, und Evelina hatte einen bittenden Unterton in ihrer Stimme, dem ich schwer widerstehen konnte. Ich richtete mir also ein kleines Frühstück, duschte, zog ein frisches Hemd an und las passenderweise ein paar Seiten von Kants »Träume eines Geistersehers«.

Immanuel Kant aus Königsberg hatte sich in den 1760er Jahren ein aufsehenerregendes Match mit Emanuel Swedenborg aus Stockholm geliefert. Letzterer hatte sein Leben als Naturwissenschaftler und Mathematiker begonnen. Später widmete er sich vor allem dem Übersinnlichen und stilisierte sich selbst zu einem der größten Hellseher und Mystiker seiner Zeit. So soll er zum Beispiel am 19. Juli 1759 in Göteborg Visionen von einem Brand im fast 500 Kilometer entfernten Stockholm empfangen haben. Später behauptete man, er habe die Informationen tatsächlich empfangen, allerdings in Form eines Briefs, der erst zehn Tage später einlangte. Der große Kant, der sich nichts Geringeres vorgenommen hatte, als die Philosophie auf die Beine der Aufklärung und der Vernunft zu stellen, hat sich am »Geisterseher« Swedenborg, der in seiner Zeit ungeheuer populär war, richtig abgearbeitet. Ich genoss bereits die ersten Sätze, in denen Kant wieder einmal unter Beweis stellte, was für ein großartiger Autor er war. »Das Schattenreich ist das Paradies der Phantasten. Hier finden sie ein unbegrenztes Land, wo sie sich nach Belieben anbauen können.« Oder, anderes Beispiel: »Torheit und Verstand haben so unkenntlich bezeichnete Grenzen, dass man schwerlich in dem einen Gebiete lange fortgeht, ohne bisweilen einen kleinen Streif in das andere zu tun.« Und lag nicht genau hier mein Problem? Dass ich begonnen hatte, die Ebene des Verstandes zu verlassen, und im Begriff war, in das unbegrenzte Land der Torheit einzutreten? Ich nahm einen Schluck Tee und blätterte weiter in dem Buch. Hier! Was ich immer sage! Kant, der seine Vorlesung zum Entsetzen seiner Studenten von sieben bis neun Uhr früh hielt und nach dessen Spaziergang um Punkt neunzehn Uhr die Königsberger angeblich ihre Uhren stellten, dieser Kant hatte auch Humor. »Wenn ein hypochondrischer Wind in den Eingeweiden tobet, so kommt es darauf an, welche Richtung er nimmt, geht er abwärts, so wird daraus ein F—, steigt er aber aufwärts, so ist es eine Erscheinung oder eine heilige Eingebung.«

Ich räumte das Geschirr weg und setzte mich – mit Machtnix auf dem Beifahrersitz – Swedenborg zum Trotz in mein schwedisches Auto, um zum Anwesen von Herwig Zillner zu fahren. Später konnte ich dann immer noch mit meinem Buch beginnen, das wäre sowieso die bessere Zeit dafür, denn laut Hegel beginnt die Eule der Minerva erst in der einbrechenden Dämmerung ihren Flug. In ein paar Stunden würde ich wieder zurückkommen und arbeiten.

Dachte ich jedenfalls.

21

Der Tisch im Erker-Esszimmer war prächtig gedeckt, mit weißem Leinentischtuch, gestärkten Servietten (dass es so etwas überhaupt noch gab!), zierlichem Silberbesteck und altem Porzellangeschirr. Herwig Zillner thronte in seinem Rollstuhl. Er trug ein weiß-rot kariertes Hemd und ein jagdliches Leinensakko.

»Professor!«, rief er freudig aus, als er mich sah.

»Ein herzliches Grüß Gott!«, antwortete ich förmlich.

Evelina servierte Kaffee und eine Variation von Kuchen und Torten, die Machtnix aus der Ferne beschnüffelte und für uninteressant befand. Er umkreiste respektvoll das Bärenfell und legte sich, vor Langeweile seufzend, unter den Tisch. Evelina setzte sich zu uns und sah mich dankbar an. Wir plauderten über Musik, wobei Herwig Zillner sich als äußerst versiert erwies, hatte er doch in den vergangenen Jahrzehnten zahlreiche Opernaufführungen bei den Salzburger Festspielen und in Bayreuth gesehen. Sein Musikgeschmack lag meinem diametral entgegen, denn während meine Lieblinge Mozart und Verdi waren, bewunderte er die Richards, Strauss und Wagner. Um ihm ein wenig gehobene Konversation zu bieten, erzählte ich ein paar Anekdoten von Nietzsche und Wagner, wobei ich verschwieg, dass Nietzsches späterer Schwenk von Richard Wagner zu Georges Bizet wahrscheinlich deshalb stattgefunden hatte, weil Cosima Wagner ihn beim Onanieren erwischt und das ihrem Mann gepetzt hatte. Der wiederum hatte Nietzsche sein Vergehen vorgehalten, woraufhin der Philosoph Wagners Musik als »Ruin« und »Wasserdampf« bezeichnete und den fröhlichen-sinnlichen Bizet in den Himmel hob. Immerhin, ich konnte ein paar kritische Worte zum Konzept des Gesamtkunstwerks anbringen, das in den politischen Inszenierungen des Faschismus als Totalitarismus fortgeführt wurde, wonach mich Herr Herwig, wie ich nun sagen durfte, rügte. Es wäre wirklich zu banal, bei den Namen Nietzsche und Wagner gleich Nazi zu schreien, er habe mehr von mir erwartet.

Ich bemerkte eine leichte Ungeduld bei Evelina, weshalb ich – sehr diskret – begann, das Gespräch auf die 24-Stunden-Pflege zu lenken. Ob er mit der Vermittlungs-Agentur zufrieden sei, aus welchen Ländern die Pflegekräfte kämen, an wen er sich besonders gut erinnern könne. Bemerkenswerterweise kippte Herwig bei diesem Gespräch fast in eine Art Demenz, er schien sich an niemanden erinnern zu können, und das Thema interessierte ihn offensichtlich überhaupt nicht.

Ich versuchte, die Sache von einer anderen Seite einzukreisen, erzählte von meinem Missgeschick mit dem Seeigel und schwärmte von der reizenden Fußpflegerin namens Sabine, die Herwig wegen seiner Hühneraugen und eingewachsenen Nägel regelmäßig besuchen musste. In unserer Begeisterung für die Fähigkeiten von Sabine trafen wir uns wieder, also wagte ich einen Vorstoß.

»Sabine hat mir erzählt, dass eine von Ihren Pflegerinnen hier verschwunden ist … Können Sie sich an ihren Namen erinnern? Ist Ihnen irgendetwas Seltsames an ihr aufgefallen?«

Genau in diesem Augenblick ertönte vor dem Fenster ein infernalisches Röhren. Während ich zusammenzuckte, erhellten sich die Gesichtszüge von Herrn Zillner. Ich entschuldigte mich, stand auf und ging zum Fenster. Ein roter Sportwagen, flach wie eine Flunder, war gerade gelandet. Zweimal noch das Gaspedal durchdrücken, damit jeder das Röhren hört. Mit diesem Auto ist das ganze Jahr über Brunftzeit. Die Fahrertür öffnete sich nach oben, und heraus stieg ein eher kleiner, drahtiger und sportlich-elegant gekleideter Mann mit graumelierten Haaren, den ich sofort als Herwig Zillners Sohn Adrian erkannte.

»Der Gauner«, sagte Herwig, »hat sich wieder nicht angemeldet.«

»Vielleicht möchte er uns kontrollieren«, meinte Evelina scherzhaft, aber an ihrem Tonfall hörte ich, dass sie nicht scherzte. Auch ich fühlte mich irgendwie ertappt.

»Papa«, rief Adrian Zillner aus, als er das Zimmer betrat, »hast dich ja fein herausgeputzt!« Machtnix war aus dem Tiefschlaf aufgesprungen und verbellte den Neuankömmling, der ihn vollkommen ignorierte. Adrian drückte seinem Vater die Hand. »Das ist Professor Doktor Quintus Erlach«, präsentierte Herwig mich als seinen Stargast. »Servus«, sagte Adrian unbeeindruckt und schüttelte mir die Hand, »ich bin der Adrian … Erlach … Bist du der Sohn vom alten Doktor?«

»Genau der«, antwortete ich.

»Und wie bist du Armer in die Klauen meines Vaters geraten?«, fragte er, woraufhin dieser ein rügendes »Adrian!« ausstieß.

»Wir haben uns durch Evelina kennengelernt.«

»So?« Adrian sah sie missbilligend an.

»Eigentlich haben wir uns durch Machtnix kennengelernt«, korrigierte ich mich, um die Aufmerksamkeit von Evelina abzuziehen. »Mein Hund. Der Kerl ist mir einfach weggelaufen und schnurstracks hierher.«

»Der weiß eben, wo es gut ist«, sagte Adrian und versuchte Machtnix zu streicheln, was der allerdings durch lautes Knurren zu verhindern wusste.

»Das hat er noch nie gemacht«, sagte ich entschuldigend.

Gelassen rieb sich Adrian die Hände. »Ich hoffe, ihr habt nicht zu viel gegessen. Gleich kommen Julia und die Kinder. Sie haben ein paar Leckerlis vom Käfer mitgebracht. Quintus, du trinkst doch ein Glas Wein mit?«

»Danke, ich wollte gerade gehen und möchte keinesfalls die familiäre …«

»Du trinkst ein Glas Wein mit!«, beschloss Adrian, und obwohl er einen Kopf kleiner und ein paar Jahre jünger war als ich, musste ich einsehen, dass es hoffnungslos sein würde, ihm zu widersprechen. Evelina begann, den Tisch abzudecken, und zum großen Entsetzen von Herwig half ich ihr dabei. In der Küche raunte ich ihr zu: »Wahrscheinlich hätte er uns nichts erzählt von Angelika.«

»Leise«, sagte Evelina.

»Und dieser Adrian? Was denkt der?«

»Ich habe Stress, wenn er im Raum ist«, antwortete Evelina. »Ich sehe eine Schlange. Wie soll ich das sagen? Das sind Bilder, die für Zehntelsekunden aufblitzen. Und diese Schlange wird dann sein Schwanz.«

»Interessant«, sagte ich.

»Was meinst du, soll ich wirklich bleiben?«, fragte ich.

»Es schadet nicht, wenn du alle kennenlernst«, antwortete Evelina.

»Aber wenn du nach Angelika fragst, dann ein bisschen unauffälliger!«

»Ich werde mich bemühen …«

»Bringen Sie bitte Gläser«, trug Adrian, der plötzlich hinter uns aufgetaucht war, Evelina auf. »Schau«, sagte er zu mir und hielt mir eine kellerkalte Flasche Sancerre vor die Nase, »das wird uns doch schmecken?«

»Ganz sicher«, bestätigte ich.

»Mein Gott, hier stinkt's, Papa«, sagte Adrian Zillner, »können wir nicht lüften?«

»Auf keinen Fall«, sagte Herwig, »die Zugluft, die bringt mich noch um.« Dieser Dialog schien schon öfter geführt worden zu sein, und ohne weiteren Widerspruch von Adrian setzten wir uns zu Herwig, der nur zum Anstoßen einen Zentimeter Wein in sein Glas füllen ließ, das in weiterer Folge unberührt blieb. Evelina hielt sich im Hintergrund, verschwand manchmal in der Küche, kehrte wieder zurück, um nach dem Rechten zu sehen. Wir prosteten einander zu. Mit seinen hellblauen Augen, den graumelierten Haaren und dem roten Sportwagen wirkte Adrian Zillner wie ein italienischer Lebemann und nicht wie ein Sprößling aus Stein am Gebirge.

»Warst du hier in der Schule?«, begann ich ein Gespräch und merkte, dass ich lieber per Sie mit ihm geblieben wäre, aber was soll man machen: Sie sagt man bei uns hier nur zu Arschlöchern, heißt es immer. Vielleicht wäre es mir gerade deshalb lieber gewesen.

»Ach, die Schule und ich, das ist ein eigenes Kapitel, nicht wahr, Papa?« Adrian lachte dröhnend. Sein Vater winkte ab.

»Also die Reife für das Gymnasium habe ich nur bekommen, weil meine Mama der Volksschuldirektorin vier Jahre lang auf die Nerven gegangen ist. Dann wurde sie sehr krank, meine Mama, und, Mitleidsbonus, ihr Tod hat mir auch geholfen, ins Gymnasium aufzusteigen. Dann wurde ich durch halb Österreich von Privatschule zu Privatschule und von Internat zu Internat weitergereicht, bis ich endlich den Abschluss hatte«, erzählte er offenherzig. »Nicht wahr, Papa?«

»Es ging nicht anders«, meinte Herr Zillner, »er wollte einfach nicht lernen. Und was hätte ich allein mit dem Kind …«

»Jaja«, sagte Adrian, und darin schwang mit, dass er es seinem Vater nie verziehen hatte, ihn abgeschoben zu haben, das Thema für ihn allerdings erledigt war. Er trank sein Glas aus, gab einen wohlgefälligen Laut von sich und schenkte uns beiden nach, obwohl ich noch gar nicht ausgetrunken hatte.

»Aber okay, Ende gut, alles gut. Du warst sicher am Stiftsgymnasium?«

»Wie fast alle, die nicht in der Hauptschule gelandet sind«, bestätigte ich.

»Und dann wurdest du Professor, und jetzt im Sommer sitzt du im Haus deiner Eltern, das, sagen wir mal vorsichtig, renovierungsbedürftig ist.«

»Woher weißt du das?«

»Immobilien sind mein Geschäft. Da fallen leerstehende Häuser auf.«

»Es ist nicht leerstehend!«, widersprach ich. »Ich bin jeden Sommer und zu Weihnachten hier!«

»Das ist zu selten … Es ist nicht gut für Häuser, so lange leer zu stehen. Aber egal, es geht mich nichts an. Ich würde es an deiner Stelle herrichten lassen. Ist zwar kein riesiges Haus, und der Grund ist klein, aber du wirst sehen, Landhäuser boomen in ein paar Jahren. Die werden so wertvoll wie Diamanten.«

»Glaubst du wirklich?«, fragte ich.

»Wirst sehen, früher oder später kommen die Grünen überall an die Macht, und dann wird es verboten sein, Einfamilienhäuser zu bauen.«

»Warum denn das?«

»Klimaschädling. Das Einfamilienhaus ist der größte Klimaschädling überhaupt, beim Bau und erst in der Erhaltung. Wenn es verboten wird, neue zu bauen, werden die alten im Wert steigen, und zwar immens. Aber keine Sorge, das betrifft dich wahrscheinlich nicht mehr, sondern eher deine Tochter.« Aha, dachte ich, über meine Familienverhältnisse ist er also auch bestens informiert. »Ich wollte nur sagen«, fuhr er im freundlichsten Ton fort, »falls du das Ding loswerden willst, du weißt, wie du mich findest.« Er lachte und klopfte mir jovial auf die Schulter.

»Da ist er gut«, warf Herr Herwig ein, »da kennt er sich aus, der Adrian.«

»Und wie lernt man das?«, fragte ich. »Immobilien?«

»Wie man alles lernt«, erklärte er fröhlich. »Durch Irren. Noch mehr Irren. Durch Weitermachen.«

»Und du bist jetzt in München?«, fragte ich.

»Das hat sich durch Julia so ergeben. Ihr Vater hatte die Immobilienfirma. Nach seinem Tod habe ich die Geschäfte übernommen. Sein Tod war eigentlich die beste Investition in die Firma. Der Umsatz hat sich seitdem verzehnfacht.«

Ich nickte und wunderte mich, dass manche Menschen so monströse Dinge von sich geben konnten, was wahrscheinlich daran lag, dass sie sie nicht monströs fanden, sondern normal oder sogar clever. Jetzt war ich es, der den Wein ausgetrunken hatte, aber Adrian sorgte rasch für Nachschub.

Ein weiteres Auto hielt mit gurgelndem Motor vor der Villa der Zillners.

»Die Kinder kommen«, sagte Herwig Zillner, und ich wunderte mich darüber, wie wenig Begeisterung in seinen Worten lag.

»Fahrt ihr immer mit zwei Autos von München her?«, fragte ich, wobei der kritische Unterton (von wegen Klimaschädling) nicht zu überhören war. Der Wein tat schon seine Wirkung, ich sollte jetzt aufhören und gehen. Adrian lachte. »Ich komme aus München, mache später einen Abstecher nach Salzburg und muss leider wieder nach München. Einer muss ja das Geld verdienen«, sagte Adrian und lachte. Bei den Worten »Abstecher nach Salzburg« sah ich eine Schlange, die zu seinem Penis wurde, aber das lag am Wein und daran, dass Evelina es mir eingeredet hatte. »Und Julia hat den Audi genommen, weil sie vom Starnberger See kommt«, fuhr Adrian fort. »Da ist sie am Wochenende mit den Kindern.«

»Ihr habt da ein Haus?«

»Direkt am See. Ein Traum, sage ich dir. Und sicher eines der letzten, das damals noch halbwegs bezahlbar war. Musst mich mal besuchen kommen, ist wirklich schön dort. Unser Nachbar ist der beste Wirt am See. Seine Hummerlasagne ist Legende!« Gut, dachte ich, immerhin scheint dieser Typ jetzt auch den Wein zu spüren, sonst hätte er mich nicht eingeladen. Hummer an einem Alpensee, das brauche ich wie Seeigelstacheln in der Fußsohle.

Evelina hatte die stets sorgfältig versperrte Tür geöffnet, um Julia und die Kinder hereinzulassen. Eine schöne Familie, das muss man schon sagen. Julia telefonierte, und ich hörte Wörter wie »neue Persenning«, »Segelboot« und »so schnell wie möglich«. Die Kinder – sie mochte zwölf Jahre alt sein, er vierzehn – liefen zu ihrem Opa und gaben ihm artig die Hand. Herwig gehörte der Generation an, die sich nicht küssen ließ, auch nicht von Kindern. Er hielt förmlich seine Hand hin, das alles wirkte wie hundertmal geübt. Nachdem sie ihren Vater begrüßt hatten, kamen sie zu mir. Das Mädchen gab mir die Hand, machte einen Knicks und sagte: »Hallo, ich bin die Charlotte, und ich mag es nicht, wenn man Charlie zu mir sagt.«

»Würde ich niemals tun«, versicherte ich ihr.

»Ich bin Philipp Adrian«, sagte Philipp Adrian mit einer Verbeugung. Meine Mutter hätte wohl »gute Kinderstube« oder »bessere Leute« dazu gesagt.

»Hallo, Entschuldigung, Julia«, schloss sich Julia an, nachdem sie aufgehört hatte, zu telefonieren. Evelina stellte kleine weiße Kartons mit Brotschnitten, belegt mit Kaviar, Lachs und Garnelen, sowie Petits Fours auf den Tisch.

»Bitte richten Sie das auf einer Platte an«, sagte Julia, aber Adrian widersprach und beharrte darauf, dass es stilvoller wäre, die Happen gleich aus der Verpackung zu essen. Immerhin, es waren ja Kartons von Feinkost Käfer.

»Soll ich noch eine Flasche Wein holen?«, fragte Evelina.

»In den Keller gehe nur ich«, antwortete Adrian und sprang auf. »Derselbe noch einmal, Professor?«

»Ich sollte dann gehen, und keinesfalls möchte ich die Familienidylle stören«, sagte ich, weil ich auf diese Familienidylle überhaupt keine Lust hatte, aber ich fing Evelinas Blick auf, der mir bedeutete, zu bleiben, und Adrian schien ohnehin einen Saufkumpan zu brauchen, also fügte ich mich.

Julia erzählte von ihrem Stress, weil die Persenning des Segelboots gerissen und Wasser eingetreten war, die Kinder berichteten von Segelkursen und einem Golfcamp, und dass sie, wenn sie groß wären, auf einer Yacht anheuern würden, auf so einer richtigen Luxusyacht mit Hubschrauber und allem, weil man da auch als Crewmitglied megaviel verdient. Später legten sie ihre Handys nicht mehr aus der Hand. Ich kann nicht leugnen, dass Adrian und ich in der knappen Stunde, in der wir die folgenden zwei Flaschen Wein austranken, ziemlich viel Spaß hatten. Er war ein smarter Typ, nicht besonders gebildet, aber aufmerksam und intelligent. Gleichzeitig aber wurde ich den Eindruck nicht los, von ihm beobachtet zu werden. Alle Fäden der Familie liefen bei ihm zusammen. Er erklärte seiner Frau, worauf sie beim Auftrag für die Persenning zu achten hatte, Evelina, wann genau sie die Fensterläden schließen musste, seinen Kindern, dass sie beim Golfcamp nichts von ihrem Haus direkt am See und von seinem Lamborghini erzählen durften, seinem Vater, dass er die halbjährliche Abrechnung über die Erträge der Besitztümer ohne ihn keinesfalls absegnen dürfe, denn Forstmeister Moser wäre zwar ein verlässlicher Typ, aber man könne nie wissen. Mir wiederum riet er, mich vor den Leuten im Ort zu hüten, denn ich sei ein netter Kerl, und das würden die Menschen hier immer ausnutzen. Ich nickte, weil mir nichts dazu einfiel, weil alle nickten, wenn Adrian Zillner sprach, und offensichtlich hatte er mich in seinen Bann gezogen.

So plötzlich, wie er gekommen war, sprang Adrian Zillner auf und sagte, er müsse jetzt fahren, er habe einen Termin in Salzburg. Philipp

Adrian bettelte, er wolle mitfahren, wobei es ihm, denke ich, nicht um seinen Vater ging, sondern um den Lamborghini, aber Adrian sagte, der Termin in Salzburg wäre sehr wichtig und würde länger dauern. Ich stand ebenfalls auf und wunderte mich, wie man in Zeiten der Klimakrise in ein Auto mit 800 PS steigen konnte. Und nach drei Flaschen Wein.

Wir verabschiedeten uns. Ich zwinkerte Evelina zu und deutete ihr, ich würde mich später melden. Machtnix war ziemlich glücklich, endlich in den Garten zu dürfen. Vor dem Haus drückte mir Adrian eine Visitenkarte mit seiner Handynummer in die Hand, tätschelte meine Schulter und sagte: »War nett, hat mich sehr gefreut. Und wenn du was brauchst, einfach melden!« Als er sich in seinen Wagen zwängte und sich dabei den Kopf anstieß, merkte ich, dass der Wein auch bei ihm Wirkung zeigte.

Ich hatte Lust, eine zu rauchen, was ich allerdings nicht hier vor den Augen aller machen wollte. Außerdem hatte ich Lust weiterzutrinken, was mir leider immer passiert, wenn ich einmal mit dem Trinken begonnen habe. Ich hatte Durst. Diese Familie beengte mich. Ich finde – und das kann ich sagen, ohne den geringsten Neid zu empfinden – diese Art von Reichtum abstoßend. Eines war klar: Mein Haus würde er nie bekommen. Da würde ich dem alten Ding lieber beim Verfallen zusehen.

Ich brauchte ganz dringend einen Tapetenwechsel. Eine Zigarette. Ein Bier. So ein Zeltfest schien mir genau das richtige Kontrastprogramm zu sein.

22

Du bist der Sonnschein meines Lebens.
Mit dir ist niemals nichts vergebens.
Mit dir ist immer schon die Sonn' da.
Ich liebe dich so sehr, oh Sonja …

Er sang gar nicht so schlecht, für einen Dachdecker jedenfalls. Rainer alias Rainy tanzte in einem enganliegenden, silberglänzenden Ganzkörperanzug auf der Bühne herum, umklammerte das Mikrofon und verschluckte es vor lauter Leidenschaft fast beim Singen. Neben ihm wackelte Sonja alias Sunny in einem gewagten Paillettenkostüm mit der Hüfte. Sie schien sich auf der Bühne nicht so wohlzufühlen wie ihr Mann. Warum das so war, verstand ich, als sie zu singen begann. Mit dieser Stimme würde sich kein Mensch auf einer Bühne wohlfühlen. Das hinderte Rainer freilich nicht daran, sie dermaßen verliebt anzusehen, als hätten sie gerade eben den ersten allumfassend-kosmischen Sex ihres Lebens gehabt. Sein Blick änderte sich auch nicht, als Sunny weitersang:

Du bist der Lichtblick meiner Tage.
Ich will nur dich, was für 'ne Frage.
Denn so wie du ist wahrlich keiner.
Ich liebe dich so sehr, oh Rainer …

Und in dieser Tonart ging es weiter. Die Darbietung war so unerträglich, dass der Kuriositätswert sie zu etwas Besonderem machte. Tatsächlich wurde mir bald klar, dass die Leute hier nicht so blöd waren, dem Gesangsduo zuzujubeln, weil es so gut war. Nein, sie jubelten, weil dieser musikalische Albtraum Kultcharakter hatte. Ich denke, Sunny & Rainy verstanden ebenfalls, aus welchem Grund ihnen zugejubelt wurde, und dachten: Hauptsache, Jubel.

Zweifellos befanden sich unter den applaudierenden Fans auch zahlreiche Leute, die einfach nur ein neues Dach über dem Kopf brauchten, also Menschen wie ich. Insofern bereute ich es nicht, gekommen zu sein, obwohl ich normalerweise natürlich nicht mit dem Auto gefahren wäre. Ich wollte es aber nicht bei den Zillners stehen lassen. Und da ich nun schon mal am Steuer saß, war ich die paar Kilometer weitergefahren. Als ich das Zelt gesehen hatte, hatte ich zwar meinen Entschluss bereut, aber Machtnix hatte es lustig gefunden, vielleicht, weil es so gut nach Bratwürsten und Grillhühnern roch.

Ich hatte bei den Zillners nur zwei von den feinen Brotschnitten genommen, also gönnte ich mir nun Bratwürste mit Sauerkraut. Ein wohltuendes Kontrastprogramm zur Welt von Reich & Schön. Auch an der Schlange bei der Bierausschank stellte ich mich an. Ganz ehrlich, Sunny & Rainy waren ohne Alkohol nicht auszuhalten. Aber nach dem dritten Bier jubelte ich ihnen zu wie alle anderen. Machtnix bellte begeistert und fand unter den Tischen ein reichliches Abendessen. Ich kannte viele Leute hier vom Sehen, wusste aber nicht genau, wer sie waren, also setzte ich mich zu Titsch. Titsch stammt aus derselben Volksschulklasse wie ich. Er heißt eigentlich Christian. Bei unseren Anfänger-Englischstunden hatte er vor etwa fünfundvierzig Jahren auf die Frage, wie man »Tisch« auf Englisch sage, wie aus der Pistole geschossen »Titsch« geantwortet, und dieses Missgeschick war ihm als Spitzname noch geblieben, als er längst Direktor der örtlichen Bankfiliale war. Es handelte sich um eine der größten österreichischen Banken. In buchstäblich jedem Dorf gab es eine Filiale, und natürlich hatte auch ich meinen Notgroschen dort angelegt. Wie viel auf dem Sparbuch lag, wollte ich in den nächsten Tagen erkunden, es gab einen Dauerauftrag von meinem Konto, aber für die Sanierung des Daches würde es wohl nicht reichen.

»Hallo Titsch.«

»Servus Quint.«

Wir stießen an. Titsch prostete auch einem jüngeren Mann zu, der uns gegenübersaß, sehr gepflegt aussah und einen grünen Jägerhut mit Gamsbart aufhatte. »Das ist der Ferdi«, erklärte Titsch.

»Ferdinand Moser«, stellte sich der Mann vor.

»Quintus Erlach.«

»Ich habe Sie schon einmal gesehen«, sagte Moser, ortsunüblich das »Sie« verwendend. Ich hatte ihn auch schon ein paarmal gesehen, früher. Nun versteckte er sich anscheinend gerne hinter den Gardinen seiner Fenster.

Er sah mich aus wachen Augen an. »Ich wohne gegenüber von Herwig Zillner.«

Was du nicht sagst, dachte ich, aber ich fragte: »In dem schönen alten Forsthaus?«

»Ich bin der Forstmeister«, gab er zur Antwort.

»Seid's nicht so förmlich«, meinte Titsch. »Was macht dein Dach?«

»Was soll mit meinem Dach sein?«

Titsch lachte und klopfte mir auf die Schulter. »Falls du einen Kredit brauchst oder so, du weißt, wohin du gehen kannst.« Ich lachte über diese unverhohlene Schlitzohrigkeit, und wieder einmal war ich fassungslos, dass es in diesem Ort keine Geheimnisse zu geben schien. Außer eines: Wohin war Angelika Kiss verschwunden? Das schien niemanden zu interessieren.

Titsch holte noch eine Runde Bier, und ich nutzte die Chance, mit Forstmeister Moser zu sprechen.

»Ich war heute drüben beim alten Herrn«, erzählte ich. »Er freut sich über Gesellschaft, denke ich.«

»Ich schätze ihn sehr«, bestätigte Moser. Es irritierte mich, wie bemüht er *nach der Schrift* sprach.

»Ich hab die Familie kennengelernt«, erzählte ich. »Feine Leute, wie es scheint.« Ferdinand Moser nickte und fixierte mich.

»Die Pflegerin ist auch nett«, fuhr ich fort. »Sie kennen sie ja sicher, die Evelina.«

»Da ich für Adrian arbeite, kenne ich die Verhältnisse ziemlich gut.«

»Dann wissen Sie sicher auch, dass eine der Vorgängerinnen von Evelina spurlos verschwunden ist.«

Mosers Mund lächelte. Seine Augen aber zeigten nichts Freundliches. »Viele von diesen Pflegerinnen hauen einfach ab, wenn es sie nicht mehr freut. Das passiert dauernd.«

»Aber so spurlos? Sie muss doch irgendwo hingegangen sein! Zu Hause ist sie jedenfalls nie wieder aufgetaucht.«

»Was Sie alles wissen«, sagte Moser und musterte mich.

»Das kann doch nicht allen hier egal sein. Wurde sie nicht gesucht?«

»Warum sollte man jemanden suchen, der niemandem fehlt?«, antwortete Ferdinand Moser, und seine Stimme hatte einen bitteren Beiklang.

»Es wurde nie eine Vermisstenanzeige gemacht?«

»Soviel ich weiß, nein.«

»Können Sie sich persönlich an Angelika Kiss erinnern?«, fragte ich.

Statt einer Antwort beugte sich Ferdinand Moser über den Tisch. Seine Augen glänzten. »Sie war wunderschön. Nein, sie war nicht nur wunderschön, sie hatte auch – so eine Ausstrahlung. Bezaubernd.«

»Kann es sein, dass ich sie zu Weihnachten gesehen habe? Ich war über die Feiertage in Stein am Gebirge.«

»Wenn Sie sie gesehen hätten«, sagte der Forstmeister, »dann hätten Sie das nicht vergessen.«

Damit war unser Gespräch beendet, denn Titsch knallte die Biergläser auf den Tisch. Die Menge johlte einen Refrain von Sunny & Rainy:

Wie am Tag die Sonne lacht.
Wie die Sterne in der Nacht.
So bist du für mich das Licht.
Nichts als Liebe ist in Sicht …

Ungefähr zu dieser Zeit begannen sich meine Wahrnehmungen zu trüben und meine Erinnerungen vage zu werden. Fix weiß ich noch, dass ich mich am Ende des Konzerts ganz vorne an die Bühne drängte, wo sich keine jungen Menschen befanden, sondern ausschließlich Frauen und Männer meiner Altersgruppe – wahrscheinlich alles Verzweifelte, die ein neues Dach oder eine wichtige Reparatur brauchten. Ich klatschte und jubelte jedenfalls so laut, bis ich mir sicher sein konnte, dass Rainer mich gesehen hatte. Dass er mir tatsächlich Prozente geben würde, glaubte ich nicht, aber meinen guten Willen hatte ich gezeigt, das schien mir wichtig.

Als ich mich durch die Menge drängte, um zu meinem Tisch zurückzukehren, hörte ich plötzlich: »Sundberg-Höhle. Schaut euch die Höhle an.« Jemand hatte mir das ins Ohr geflüstert. Ich drehte mich um, so abrupt es mein Zustand zuließ, doch von den vielen Gesichtern, die ich sah, erkannte ich nur die von Titsch, Forstmeister Moser und Bobby Friedl wieder.

»Wie bitte?«, fragte ich.

»Was?«, fragte Bobby.

»Hast du was gesagt?«

Bobby zuckte die Achseln und verschwand in der Menge. Ich fand es beruhigend, dass er da war, denn mittlerweile zog ich nicht mehr in Erwägung, mit meinem Auto heimzufahren. Da es schon egal war, stellte ich mich noch einmal an, um eine Runde Schnaps zu holen. Allerdings waren sowohl Forstmeister Moser als auch Bankdirektor Titsch verschwunden, als ich an unseren Tisch zurückkam, weshalb ich zwei Frauen meines Alters einlud, sich zu mir zu setzen. Sie trugen bunte Landhausdirndln, die mittlerweile recht derangiert aussahen, so wie die beiden Frauen insgesamt. Sie musterten mich unverblümt, nachdem wir uns zugeprostet hatten.

»Warst du das mit der Höhle?«, fragte ich. »Oder vielleicht du?«

Die beiden sahen einander an und prusteten los. Was ihnen alles zum Thema »Höhle« einfiel, bekam ich nur am Rande mit. Durch die Gnade eines kurzen luziden Moments durfte ich erkennen, dass ich vollkommen betrunken war. Ich befand mich auf einem Irrweg und sollte zusehen, heimzukommen, solange das unter Wahrung eines Restes von Würde möglich war. Ich verabschiedete mich also von den

Frauen und ihren Höhlen, was sie meiner Restwahrnehmung nach mit ebenso viel Enttäuschung wie Erleichterung registrierten. Dann wankte ich durch die wogende Menge, bis ich Bobby gefunden hatte, der an der Bar lehnte und Cola trank.

»Bringst mich heim?«, fragte ich.

»Freilich«, sagte er, nahm seinen Mercedes-Schlüssel vom Tresen und ging voraus. Als wir bei dem Tisch vorbeikamen, den ich zuvor frequentiert hatte, meinte er: »Und vergiss deinen Hund nicht.« Machtnix lag eingerollt unter der Bank, unter meinem Platz, und sah mich vorwurfsvoll an. Ich klatschte in die Hände, der Hund sprang auf und folgte uns.

Auf der kurzen Fahrt war Bobby Friedl still.

»Wahnsinnskonzert«, versuchte ich, eine Konversation in Gang zu bringen.

»Kann man so sagen.«

Ich kniff ein Auge zusammen, um die Straße halbwegs sehen zu können.

»Es gibt eine Höhle«, sagte ich.

»Aha«, gab er zurück.

»Mit einem schwedischen Namen«, sagte ich.

»Du meinst die Sundberg-Höhle?«

»Ja, was ist mit der?«, fragte ich.

»Keine Ahnung«, sagte Bobby, »du hast damit angefangen.« Jedenfalls glaube ich, dass er das gesagt hat.

Als ich in der Nacht aufwachte, fiel mir das Höhlenthema ein – doch ich wusste nicht mehr, warum. Hatte ich versucht, jemandem Platons Höhlengleichnis zu erklären? Warum hatte ich den Eindruck, das Ganze hätte mit Schweden zu tun? Hatte ich von Bergson erzählt und davon, dass Raum und Zeit reine Illusionen sind? Aber Henri Bergson war Franzose und kein Schwede, das hätte ich auch mit zwei Promille noch gewusst. Lindgren? Was verdammt hatte Astrid Lindgren mit all dem zu tun, fragte ich mich, als mein Telefon läutete.

Sonntag, 8. Juli 2018

23

Ich fische das Telefon aus meiner Jacke, die ich praktischerweise anbehalten habe. Lou ist dran. Sie klingt aufgeregt.

»Was ist los mit dir?«, fragt sie.

»Was soll mit mir los sein?«, frage ich zurück, beginne aber sofort, in meinem schmerzenden Schädel nach Gründen für ein schlechtes Gewissen zu suchen. Warum ruft Lou mitten in der Nacht an?

»Quintus, du bist in Gefahr«, sagt Lou.

Wenn Lou »Quintus« statt »Quint« sagt, bedeutet das allerhöchste Alarmstufe, da braucht es im Prinzip keinen Zusatz mehr. Ich setze mich mühsam auf. In meinem Kopf schwappen diverse Flüssigkeiten von rechts nach links und wieder zurück. Ich kann meine Alkoholfahne riechen, und Machtnix – seinem irritierten Blick nach zu schließen – kann das auch.

»Wieso bin ich in Gefahr, Schatz?« Das »Schatz« ist mir schon wieder herausgerutscht.

»Antão hat mir gesagt, dass der Mann, den ich liebe, in großer Gefahr ist.« Ich habe große Schwierigkeiten, diesen Satz zu verarbeiten.

»Antão?«

»Der Schamane!«, ruft Lou etwas entnervt. »Er findet jetzt endlich, dass die Zeit reif dafür ist, mit mir zu reden. Und was macht er? Er redet von dir!«

»Und wer ist der Mann, den du liebst?«

»Herrgott, Quint, darum geht es jetzt nicht. Er hat – er hat … Gewalt gesehen. Gewalt, Tod und schreckliche Geister.«

»Mir geht es gut, Lou. Wirklich. Ich bin nur ein bisschen … müde. Weißt du überhaupt, wie spät es hier ist?«

»Ich weiß es nicht, hier ist Nacht. Antão ist gerade von den Geistern zurückgekehrt und hat sich als Erstes mit dieser Nachricht an mich gewandt. Das ist sehr außergewöhnlich, weil er mich bis jetzt eigentlich ignoriert hat und …«

»Aber die Schamanen reden oft Unsinn, das hast du selbst gesagt. Mach dir keine Sorgen, Lou.« Wir hatten immer wieder Auseinandersetzungen gehabt, weil ich Lou zwar für ihr Engagement und ihre breit gefächerten Interessen bewundert, für ihre Geisterseher-Geschichten aber nie viel übriggehabt hatte.

Lous Stimme kippt in eine für sie ungewöhnliche Höhe, da mischen sich Tränen in die Worte: »Sie reden manchmal unverständliches Zeug, ja … aber Antão … Ich hab so etwas noch nie erlebt. Er ist anders. Er ist erstaunlich, einfach nur erstaunlich. Er hat ein Gewitter gesehen …«

Ich sehe aus dem Fenster, der Morgen dämmert, und graue, ufoartige Wolken verdunkeln den Himmel.

»Auf meiner Wetter-App kann ich auch sehen, wenn ein Gewitter kommt.«

»Ach sei nicht albern, er weiß ja nicht mal, in welchem Land du wohnst.«

Woher will er dann wissen, dass ich in Gefahr bin? Die Frage liegt mir auf der Zunge, aber ich spreche sie nicht aus.

»Schatz, ich danke dir. Ich melde mich am Abend und werde dir berichten, dass es mir sehr gut geht.«

»Noch etwas, Quintus. Bitte hör mir zu!« Es klingt so, als würde Lou gleich losheulen.

»Natürlich hör ich dir zu.«

»Antão hat eine Höhle gesehen.«

Zufälle gibt's, denke ich, doch beim Wort »Höhle« krampft sich mein Magen zusammen. Ich schicke Lou einen Kuss, stehe auf, stelle Teewasser auf und beschließe, unverzüglich aufzubrechen, um diese Höhle zu suchen.

24

Mein Gehirn ist wie verklebt, und ich frage mich, wie ich die Höhle suchen soll, wenn ich nicht einmal ihren Namen kenne. Und Höhlen gibt es in den Bergen rund um Stein am Gebirge mehr als genug. Der Tee bringt keine wesentliche Erleichterung. Meine Güte, was bin ich nicht für ein alter Trottel, so viel und so sinnlos zu saufen! »Jetzt ist aber wirklich und endgültig Schluss damit«, schreie ich Machtnix an. Er versteht mich zum Glück nicht falsch, nimmt es nicht persönlich, sondern wedelt begeistert.

Ich beruhige ihn mit einem Napf voll Futter und meinen flauen Magen mit einem Stück Knäckebrot und einer doppelten Ration Antibiotikum, das ich am Vortag vergessen hatte. Ich versuche, meine Gedanken irgendwie zu sortieren. Also: Ich kann definitiv nicht mit dem Auto fahren, weil ich erstens noch etwa zwei Promille Alkohol im Blut habe und zweitens alle Forststraßen, die ins Gebirge führen, mit Schranken versperrt sind. Und drittens steht mein Saab noch auf dem Parkplatz neben dem Festzelt. Ich werde also zu Fuß gehen, mir ordentliche Wanderschuhe anziehen und hoffen, dass die Seeigelstacheln, die momentan in den geschwollenen Füßen kaum spürbar sind, sich nicht übel bemerkbar machen, wenn die Betäubung des Gehirns nachlässt und all die weggesoffenen Schmerzen auf einmal zurückkehren.

Ich suche auf meinem Handy nach Höhlen in Stein am Gebirge, aber da es sich um ein Dorado für Höhlenforscher handelt, finde ich natürlich nichts. Höhle mit schwedischem Namen wiederum zeigt mir tausende schwedische Höhlen und Grotten an, das bringt auch nichts. Ich öffne die Tür, frische Luft tut gut. Ich hänge mir die Hundeleine um, und schon läuft Machtnix gutgelaunt durchs Gartentor und biegt rechts ab. Ich laufe ihm hinterher, wie immer macht er sich auf den wohlbekannten Weg Richtung Evelina. Macht nichts, denke ich, vielleicht treffe ich ja zufällig den Forstmeister. Der könnte mir einen Tipp geben.

Wir biegen nach Osten ab, die Umrisse des Anwesens der Zillners erscheinen vor einem eitrigen Morgenhimmel. Ich rufe Machtnix nach, der zu den Zillners abbiegt, aber wie so oft gehorcht er mir nicht. Auf der Hausbank vor der Tür sitzt Evelina und raucht. Der Hund und sie sehen mich erwartungsvoll an, als ich auf sie zukomme.

»Du rauchst schon?«, frage ich. »Um die Zeit?«

»Ich habe schlecht geschlafen«, sagt sie. »Ich habe … geträumt, dass du kommst. Du hattest rote Augen, und ich wusste nicht, ob du getrunken oder geweint hast.«

»Geweint habe ich nicht«, antworte ich etwas beschämt. »Ich habe auch schlecht geträumt. Von einer Höhle. Sagt dir das was?«

Sie dämpft ihre Zigarette aus, steht auf und sieht mich an. Da ist er wieder, dieser Blick. Als ob die Augen plötzlich umschalten würden, von Außensicht auf Innensicht. Ich weiß nicht, wie ich es beschreiben soll, weil es eigentlich unbeschreiblich ist: Dieser Blick, ruhig, neutral, aber grundsätzlich freundlich, scheint sich in mein System einzuloggen. Das Bild von der Fernwartung meines Computers taucht in mir auf. Wenn ich ein technisches Problem mit meinem Laptop habe, rufe ich den Administrator der Uni an. Kurz darauf hat er meinen Bildschirm übernommen, sieht sich aus der Ferne die Dateien an, der von ihm gesteuerte Curser klickt einmal dies und einmal jenes an, arbeitet sich in die Tiefen des Systems vor, ohne dass ich irgendetwas tun müsste, ohne dass ich irgendetwas tun könnte.

»Sundberg«, sagt Evelina.

»Was?«

»Sundberg.«

»Das stimmt«, sage ich, wie in Trance. »Wir müssen zur Sundberg-Höhle.«

Evelina nickt.

»Evelina, wie ist das möglich? Ich hatte den Namen vergessen und ...«

»Wir vergessen viel«, antwortet sie. »Aber im System ist alles gespeichert.«

»Warum weißt du das mit der Höhle nicht seit Wochen? Warum jetzt?« Ich bin laut geworden.

»Ich weiß es nicht und will nicht darüber nachdenken. Ich glaube, ich brauche eine Art ... Handymast. Jemanden, der die Informationen weitergibt.«

»Ich bin ein Handymast?« Sie hebt entschuldigend die Schultern.

»Julia und die Kinder sind da«, sagt Evelina. »Ich hoffe, ich bekomme den Vormittag frei. Gib mir zehn Minuten.«

Sie verschwindet im Haus, ich lasse mich auf die Bank fallen und verstehe die Welt nicht mehr. Ludwig Wittgenstein taucht in meinem benebelten Gehirn auf: »Wovon man nicht sprechen kann, darüber muss man schweigen.«

Worüber man nichts weiß, das muss man googeln, würde man heute sagen, weshalb ich – unphilosophisch wie die meisten Philosophen in ihrem Privatleben – Sundberg-Höhle in mein Handy tippe. Benannt ist sie nach dem schwedischen Höhlenforscher Jan Peterson Sundberg (1867–1950), der rund um das Jahr 1900, als Sigmund Freud in Wien das unterirdische Seelenleben der Menschen erforschte, in die Höhlen rund um Stein am Gebirge eindrang und sie als erster Mensch kartographierte. Der Name Sundberg leite sich vom »sprechenden Berg« ab, also einem Berg, der sozusagen einen Sound hat. Laut Wegbeschreibungen sollte die Höhle von unserem Standpunkt aus in knapp zwei Stunden erreichbar sein. Das scheint mir durchaus machbar, die Bewegung und die frische Luft würden mir guttun. Sicherheitshalber mache ich einen Screenshot von der Landkarte.

Evelina erscheint, in soliden Sportschuhen, einen kleinen Rucksack auf dem Rücken. Wir wandern schweigend los. Ich überlege, ob ich ihr vom gestrigen Abend erzählen soll und davon, dass ich nicht mehr genau weiß, wie das Wort »Sundberg-Höhle« zu mir gekommen ist, doch ich hege die Befürchtung, dass Evelina dann meinen gesamten Abend vor sich sieht, und das wäre mir peinlich. Wann ist das bloß passiert? Seit wann und vor allem warum glaube ich ernsthaft daran, ein anderer Mensch könne in meinen Gedanken und Erinnerungen lesen?

»Was erwartest du?«, frage ich. »Was werden wir in der Höhle finden?«

»Meine Schwester.«

Das schmutzige Morgenrot hat sich in einem grauen Himmel verloren. Am Eingang zu seinem Wald hat Herwig Zillner ein Schild aufstellen lassen: »Es wird um Ruhe und Ordnung gebeten.« Evelina ist ernst und schweigsam. Mir fehlt die Puste, ich kann ohnehin nicht reden. Schritt für Schritt gehen die alkoholischen Betäubungen von mir, Schritt für Schritt spüre ich mich selbst mehr, das Gift, den Schwindel, die Schwäche, die Verwirrtheit. Und die Stacheln des Seeigels.

Von einem Schotterweg, der zwischen Fichtenwäldern sanft bergauf führt, sind wir links abgebogen und einem Pfad durch einen Hain von merkwürdig niedrigen, verwachsenen Buchen gefolgt. Nun liegen steile Felswände vor uns, und es ist nicht erkennbar, wie man sie ohne Kletterausrüstung erklimmen könnte. In der Wegbeschreibung war von einem zwar steilen, aber für Wanderer tauglichen Weg die Rede gewesen – Trittsicherheit und Schwindelfreiheit vorausgesetzt. Und tatsächlich führt uns ein schmaler, gelegentlich mit Steinmännchen markierter Weg in Serpentinen an der Flanke des Bergs hinauf. Bei einer Kiefer, die wie ein Riesenbonsai wirkt, so schön ist sie gewachsen, bleibe ich keuchend stehen und sehe ins Tal hinunter.

Ich erzähle Evelina von Lous Anruf, von Antão, von den Ängsten meiner Frau und davon, dass der Schamane eine Höhle gesehen habe. Evelina holt zwei Wasserflaschen aus ihrem Rucksack und reicht mir eine. Ich trinke gierig – Wasser! Es gibt doch nichts Besseres als Wasser! Evelina faltet ihre Hände und beugt sich zu Machtnix hinunter. Ich leere Wasser in die Handhöhle und danke ihr, während Machtnix ebenso gierig trinkt wie ich. Als sie die Flaschen wieder in ihrem Rucksack verstaut, sehe ich, dass Evelina ihren Hund mitgenommen hat. Bruno. Ihren alten, zerlumpten Stoffhund.

Jetzt, da sich eine Art Nüchternheit eingestellt hat, scheinen mir die vergangenen Stunden wie ein einziger besoffener Traum. Wir wandern weiter. Der Weg führt nun über einen schmalen Grat. Links davon geht es senkrecht eine steile Felswand hinab, rechts könnte man sich im Fall eines Sturzes an den Latschenkiefern festhalten, die den Abhang eingenommen haben. Trittsicherheit und Schwindelfreiheit, die Worte spuken ständig durch meinen Kopf, Trittsicherheit und Schwindelfreiheit. Am Abhang. Am Grat zwischen den Welten. Ich muss an Sabines Geschichte von der Wilden Jagd denken, an all die verdammten Geister, die unter Führung des Teufels über das Gebirge ziehen. Ich würde es niemals wagen, mich über die Wilde Jagd lustig zu machen. Vor allem nicht jetzt, während dieser Gratwanderung.

»Wie ist es möglich«, schreie ich, damit Evelina, die hinter mir geht, mich hören kann, »dass ein Schamane, der mich nicht kennt und meine Sprache nicht spricht und viele tausend Kilometer entfernt im Urwald wohnt, meiner Frau etwas von einer Höhle erzählt, während mich gerade die Suche nach dem Namen dieser Höhle beschäftigt? Und wieso kannst du den Namen erraten? Das ist doch alles nicht erklärbar!«

Ich drehe mich nach Evelina um, wanke leicht, neige mich dem Abgrund zu. Sie hält mich fest.

»Schau geradeaus«, sagt sie, und ich folge ihrem Rat und dem Weg.

»Die Höhle ist in deinem Feld«, sagt sie. »Es ist alles in dem Feld, verstehst du? Und manche können es lesen. Der Schamane lernt lange und kann es besser lesen. Ich kann es manchmal lesen. Verstehst du, Professor? Wie eine Schrift, die man plötzlich entziffern kann.«

»Aber wo steht das geschrieben?«, schreie ich, ohne mich umzuwenden. Sie antwortet nicht.

Der schmale Grat ist zum Glück schnell überwunden. Meine Höhenangst äußert sich vor allem dadurch, dass ich Angst um andere habe. In diesem Fall war es eher Machtnix, weil ich Evelina nicht sah, nicht sehen musste. Aber Machtnix war fröhlich vorangelaufen, dann lief er, da wir bei weitem nicht so schnell waren, wieder zurück, und ich hätte ihn am liebsten in den Arm genommen, was seine Sicherheit allerdings nicht erhöht hätte. Nun steht er oben im Wald und wartet, dass wir endlich nachkommen. Mein Kreislauf macht langsam schlapp, ich bekomme kalte Schweißhände und Magenschmerzen. Das ist die Ernüchterung. Bei jedem Schritt spüre ich, wie die Seeigelstacheln sich in meine Fußsohle bohren. Zum Glück führt der Weg nun sanft bergab. Rechts von uns ein großartiger Blick auf die Gebirgskette, deren Felsen sich hellgrau vom dunkelgrauen Himmel abheben. Der Schweiß rinnt mir in Strömen über Gesicht und Oberkörper, und das geschieht mir recht, weil dieser Schweiß zum Großteil aus Alkohol besteht. Jedenfalls riecht er so. Ich entschuldige mich kurz, gehe hinter eine dicke Tanne und kotze. Es kommt nichts. Ich stinke. Mein Magen krampft sich zusammen, mein Herz rast, mein Gehirn ist verklebt. Wenn jetzt irgendein Blutklumpen eine Ader verstopfen würde oder ein Gefäß platzen, es wäre kein Wunder. Ein Wunder ist eigentlich, dass ich noch lebe. Ich halte mich am Stamm einer Fichte fest und sehe hinüber auf die Gipfel des Gebirges, auf deren Spitzen Schnee im diffusen Licht gleißt.

Quintus, du bist dreiundfünfzig Jahre alt, es ist Zeit, mehr auf dich selbst zu achten. Freundlicher mit deinem Körper umzugehen. Du bist Philosoph. Du weißt, was *mens sana in corpore sano* bedeutet. Du weißt, dass Platon in seinem Spätwerk »Timaios« den Philosophen Gymnastik empfiehlt, um auch der Bewegung des Leibes ihr Recht widerfahren zu lassen. Denk an Marc Aurel, der eine gelungene Existenz darin sieht, nach den Regeln der Philosophen Maß zu halten und Gelassenheit zu pflegen!

»Ich kann nicht mehr«, sage ich, als wir aus dem Wald treten und eine wüste Steinlandschaft sich ausbreitet, so weit das Auge reicht. Ich lasse mich auf einen Felsen sinken. Evelina setzt sich neben mich. Sie gibt mir zu trinken und reicht mir ein belegtes Brot.

»Hier«, sagt sie, »ist von gestern übrig geblieben.«

Ich erinnere mich an die belegten Brote und den Wein und Adrian Zillner und schlucke das Brot mit Widerwillen.

»Er ist ja nett«, sage ich zu Evelina. »Adrian. Und unterhaltsam. Aber irgendwie seltsam.«

»Siehst du, du spürst das auch.«

»Aber das hat nichts mit Hellsehen zu tun, sondern mit Beobachtung und Menschenkenntnis.«

»Und was bemerkst du? Wenn du ihn beobachtest?«

Ich denke nach. »Eigentlich nichts Besonderes. Höchstens, dass er reich ist. Und das nicht versteckt. Das kann man freilich auch als eine Art Ehrlichkeit interpretieren. Außerdem versucht er, alles zu kontrollieren.«

Wir essen schweigend.

»Die Höhle kann nicht mehr weit sein«, meint Evelina. »Wir sind seit zwei Stunden unterwegs.«

Ich sehe auf mein Handy. Auf die Landkarte kann ich nicht zugreifen, ich habe keinen Empfang. Nicht einmal ein bisschen. Null.

»Hast du Empfang?«, frage ich Evelina. »Ich meine, auf dem Handy.«

Sie sieht nach und schüttelt den Kopf.

Zum Glück habe ich den Screenshot und bin ganz gut im Kartenlesen. Egal ob Globus oder Wanderkarte: Ich könnte mich stundenlang in diese Welten der Zeichen, Linien, Zahlen und Namen vertiefen. »Wir müssen da lang. Richtung Nordosten.«

Wir sitzen noch ein paar Minuten schweigsam da. Es herrscht eine unheimliche Stille in dieser Mondlandschaft. Bis auf das Hecheln des Hundes ist nichts zu hören. Ich überlege, meinen Schuh auszuziehen und meine Fußsohle zu begutachten, verwerfe den Gedanken aber wieder, weil ich mir nicht sicher bin, ob ich den geschwollenen Fuß wieder in den Schuh zwängen kann. Wir klettern und stolpern über Steine und stehen plötzlich vor einer Forststraße. Einer richtig breiten Forst-Autobahn.

»Wir hätten die Straße nehmen können«, meint Evelina.

»Von der ist auf der Karte nichts zu sehen«, sage ich und sehe aufs Handy. »Die muss neu sein. Wir müssen hier runter.«

Wir überqueren die Straße und haben noch ein paar hundert Meter bis zu einer Felswand zurückzulegen. Dort muss sich der Höhleneingang befinden. Machtnix steht auf einer kleinen Erhöhung und schnuppert. Dann rennt er plötzlich, die Nase eng am Boden, auf die Felswand zu. Ich bleibe stehen, sehe ihm nach, rufe ihn nicht, weil es mir seltsam vorkäme, die Stille hier oben durch Lärm zu zerschneiden. Er wird doch nicht … er wird uns jetzt doch nicht zu einer Leiche führen? Nur, weil ein Schamane von Gefahr in einer Höhle träumt, werden wir doch jetzt keinen verwesenden Frauenkörper finden?

Evelina und ich sehen uns an. Sie scheint ähnliche Gedanken zu haben.

»Komm«, sagt sie.

Wir gehen weiter Richtung Felswand. Auf halbem Weg kommt uns Machtnix entgegen. Er hat einen Knochen im Maul.

»Um Gottes willen, Machtnix! Aus! Aus!« Mich hat ein unfassbares Grauen gepackt. Ich stehe erstarrt da. Nur die Gänsehaut, die mir den Rücken rauf- und runterläuft, fühlt sich lebendig an.

»Machtnix, gib das her … um Gottes willen, Machtnix …«

Ich greife nach dem Knochen in seinem Maul, was ist das … ein Oberschenkel? Kleine, faulig-braune Fleischstücke hängen daran, ich will das nicht anfassen, aber ich muss! Ich muss ihm den Knochen wegnehmen! Machtnix stemmt sich spielerisch gegen meine Versuche, ihm den Knochen zu entwinden. Er knurrt. »Machtnix!« Seine Augen lachen. Evelina lacht auch. Ich sehe sie an, fassungslos. Lacht sie nun, im Angesicht des Todes? Findet sie Vergnügen daran, Gewissheit über den Tod ihrer Schwester zu haben? Lacht sie, weil Leben und Tod eines sind, weil diese Welt von jener anderen nur durch einen manchmal durchsichtigen Vorhang getrennt ist? Lacht sie, weil sie einfach verrückt ist, wie ich es bei unserem ersten Treffen vermutet hatte?

»Das ist der Knochen eines Hirsches, denke ich.«

»Was?«

»Der Knochen von einem Hirsch oder einem Reh. Eher Hirsch, weil er so groß ist.«

»Du meinst …«

»Das ist definitiv kein menschlicher Knochen.«

»Woher weißt du das?«

»Wir hatten in der Pflegeschule Anatomie.«

Ich rieche an meiner Hand. Tod und Verwesung. Grauenvoll. Machtnix hat den Knochen vor sich hingelegt und wedelt. Wir gehen weiter. Das Grauen hat mich noch nicht verlassen, die Gänsehaut lässt mich frösteln. Am Fuße der Felswand finden wir den Kadaver: tatsächlich, ein Hirsch, ohne Haupt. Immer wieder hat man in der Gegend von Wilderern gehört, denen es nur um die Trophäen geht. Sie schleichen mit ihren Gewehren mit Schalldämpfer und Nachtsicht-Zielfernrohr durch die Gegend, erlegen kapitale Hirsche, schneiden ihnen Kopf und somit das Geweih ab und verkaufen das Ganze an wohlhabende Bayern, die gar keine Jäger sind, aber ihr Haus verzieren wollen.

Ich nehme Machtnix an die Leine. Als wir unter der Felswand entlanggehen, um den Eingang zur Höhle zu suchen, beginnt es zu regnen. Dicke Tropfen fallen aus dem grauen Himmel, sehr vereinzelt, aber bestimmt, in bedrohlich steigendem Takt. Das große Loch in der Wand scheint uns deshalb wie eine Rettung. Wir treten in das Innere des Bergs. Der Vorraum der Höhle ist großzügig, das Portal eines Palasts. Von hier führt ein Weg über steinigen Boden weiter, immer noch so großzügig, dass ich aufrecht gehen kann. Ein Donner lässt den Berg erzittern. Ich mache das Licht meiner Handy-Taschenlampe an. Ich sehe Evelina in die Augen. Sie wirkt ganz ruhig. Sie nickt, wir gehen weiter. Nach einigen Metern – waren es zehn, zwanzig? – teilt sich der Weg. Wir nehmen den breiteren und kommen in eine Halle. Es ist kalt im Berg.

Der Donner, den wir nun hören, klingt weit entfernt. Machtnix winselt leise. Er hat Angst vor Gewittern. Ich beschließe, dass wir nicht weitergehen werden. Schon klar, die Höhle gibt es wahrscheinlich seit hunderttausenden Jahren, aber ich möchte nicht derjenige sein, der nach all dieser Zeit als Erster hier eingeschlossen wird, weil sie einbricht. Was wollen wir hier, was haben wir hier verloren? Ich leuchte Evelina ins Gesicht. Sie hat ebenfalls das Licht ihres Handys angemacht. Sie deutet nach links. Im Lichtkegel meiner Lampe sehe ich, dass hier ein Loch in eine weitere Kammer führt. Evelina duckt sich, klettert hinein. Der nächste Donner, weit entfernt, aus einer anderen Welt. Machtnix winselt.

»Komm«, höre ich Evelina flüstern. Machtnix folgt ihr. Ich mache mich so klein wie möglich und klettere nach.

In der Mitte dieser Höhle steht eine Art Podest, aus Steinen erbaut. Darüber liegt ein Tuch aus hellem Leinen. Und auf dem Tuch liegt der Körper einer Frau. Die Frau trägt ein lavendelblaues Sommerkleid. Aus einer Art Turban fließt langes, blondes Haar und umrahmt ihr blasses, eingefallenes Gesicht. Ihre Augen sind geschlossen, ihre Lippen geschminkt. Um den Hals trägt sie eine silberne Kette mit einem silbernen Kreuz. Die tote Frau ist wunderschön. Evelina nimmt ihre Hand, hält sie, fragend, zärtlich. Sie murmelt etwas, fast lautlos. Ist es ein Gebet?

Ich glaube, ich stand unter Schock. Wenn ich daran zurückdenke, erstaunt mich an diesem Augenblick, da wir die Leiche von Angelika fanden, am meisten, wie ruhig wir beide blieben. Vor allem Evelina. Nun hat sie Gewissheit. Ihre Schwester ist tot. Ich fühle mich, als würde ich einen sehr intimen Akt stören, ein Wiedersehen, das nichts mit mir zu tun hat. Dennoch bleibe ich ruhig stehen, andächtig, wie wenn man in eine Kirche tritt, wo gerade ein Gottesdienst stattfindet.

Der nächste Donner holt uns aus der Erstarrung. Evelina legt Angelikas Hand zurück auf deren Bauch, dreht sich wortlos um und kriecht aus der Höhle. Machtnix und ich folgen ihr. Machtnix kennt den Weg nach draußen. Als wir im Eingangsportal der Höhle ankommen, sehen wir, dass der Weg ins Freie von einer Wasserwand versperrt ist: Die Schleusen des Himmels sind geöffnet. Ich gehe hinaus, strecke Kopf und Arme in die Höhe, lasse das Wasser an mir hinabfließen. Dann kauere ich mich neben Evelina in ein Eck der Höhle. Machtnix liegt vor uns, die Ohren angelegt. Ich lege den Arm um Evelina. Sie hat ihren Stoffhund aus dem Rucksack geholt und umklammert ihn. Sie weint nicht. Wir reden kein Wort. So sitzen wir da, bis das Gewitter vorübergezogen ist.

25

»Wir müssen die Polizei rufen«, sage ich und sehe auf mein Telefon. Noch immer nicht die leiseste Spur eines Empfangs, obwohl wir nun schon seit fast einer Stunde durch den Wald bergab steigen. Wir haben uns dafür entschieden, den gleichen Weg zurückzugehen, die uns unbekannte Forststraße schien uns zu unsicher. Wir müssen bei jedem Schritt aufpassen, denn der Pfad ist rutschig.

»Geh nicht zur Polizei, hat Angelika geschrieben.«

»Evelina, ich weiß, es ist deine Schwester … war deine Schwester. Aber wir haben eine tote Frau in einer Höhle gefunden, die nicht von selbst dorthin gekommen ist. Wir müssen die Polizei rufen! Es geht nicht anders! Es ist auch meine Pflicht als Staatsbürger!«

»Pflicht als Staatsbürger«, wiederholt Evelina spöttisch. Ich kann sie verstehen. »Pflicht als Staatsbürger«, so etwas sage ich normalerweise nicht.

»Evelina, ich werde das anzeigen, es führt kein Weg daran vorbei. Wir haben genug Detektiv gespielt, das hier ist zu ernst.«

Evelina widerspricht nicht. Entweder sie ist beleidigt, oder sie sieht ein, dass ich recht habe. Oder beides. Der schmale Grat, der an den Abgründen vorbei auf die andere Seite der Kluft führt, liegt vor uns. Die grauen Felsen schimmern feucht und glitschig. Ich hätte gute Lust, sofort die Polizei anzurufen und uns per Helikopter holen zu lassen, doch weiterhin: kein Empfang. Evelina geht selbstsicher über die Felsen, was heißt, sie schreitet fast. Ich zögere, verfolge sie mit den Augen, Machtnix läuft ihr nach. Nun gut, der hat wenigstens vier Pfoten, sozusagen Allrad, aber Evelina?

»Pass auf!«, rufe ich ihr nach, und in dem Augenblick beginnt sie zu rutschen. Sie wankt: rechts der Abgrund, der hunderte Meter in die Tiefe fällt, links der Steilhang mit den Bergkiefern. Sie stürzt, ich schreie auf, sie fällt zum Glück auf die Seite mit den Kiefern und kann sich nach wenigen Metern halten. Sie rappelt sich hoch, klettert zurück auf den Grat, sieht mich höhnisch an und sagt: »Danke für deine Hilfe, Professor!«

Ich lächle beschämt, gehe in die Knie und überquere den Grat auf allen vieren.

Als wir auf der breiten Schotterstraße im Tal angelangt sind und wieder Handy-Empfang haben, bittet mich Evelina, nicht sofort die Polizei zu rufen. »Angelika ist ohnehin schon tot und …« Evelina beginnt zu schluchzen. Ich möchte tröstend meinen Arm um ihre Schulter legen, doch sie macht zwei schnelle Schritte vorwärts, verbirgt ihr Gesicht in den Händen und läuft weinend weiter.

Später, als unsere Wege sich trennten, ließ sie sich umarmen. Sie hatte bereits mehrere Anrufe von Julia versäumt, man erwartete ungeduldig ihre Rückkehr. Ich verlängerte die Wanderung um eine halbe Stunde, Richtung Parkplatz des Zeltfests, holte den Saab und fuhr los. Machtnix blieb im Auto sitzen, als ich dem Polizeiposten Stein am Gebirge einen Besuch abstattete.

»Ich möchte den Fund einer Leiche melden«, sagte ich gestelzt. Seltsam, wie sich die Sprache verändert, nur, weil man einen Beamten vor sich hat. Immerhin, es war ein Beamter, der auch am Sonntag seinen Dienst verrichtete.

Bernhard Ebner saß vor dem Computer, die Brille war ihm an den unteren Rand der Nase gerutscht. Er schrieb mit zwei Fingern in völliger Ruhe einen Satz zu Ende und sah mich dann erstaunt an. Natürlich war ich auch mit Bernhard Ebner in der Schule gewesen. Revierinspektor Bernhard Ebner, wie ich dem Schild entnahm, das auf seinem Schreibtisch stand. Bernhard musste zwei Jahre älter sein als ich, er war »ein Großer« gewesen, jetzt hatten die Jahrzehnte den Altersunterschied zwischen uns verwischt. Auch Bernhards Vater war Polizist, besser gesagt Gendarm, wie die Landpolizisten damals hießen. Der Einfachheit halber war Bernhard Ebner ebenfalls Gendarm geworden. Was sollte man auch machen, in Stein am Gebirge gab es nicht so viele Möglichkeiten, Holzarbeiter, Verkäufer im Supermarkt, Skilehrer, das war es auch schon. Ach ja, und Fußpflegerin. Die würde morgen bei mir ganze Arbeit leisten müssen, so, wie die Sohle mich schmerzte.

Als um die Jahrtausendwende Gendarmerie und Polizei zusammengelegt wurden, stand die Schließung des Postens Stein am Gebirge vor der Tür, aber nach Protesten aus der Bevölkerung hatte man sich auf eine landesübliche Kompromisslösung geeinigt. So versah Bernhard Ebner nun allein seinen Dienst in der großen, aber wenig bevölkerten Gemeinde. Er organisierte die Suche nach vermissten Bergsteigern, leistete Erste Hilfe bei Unfällen, ermittelte bei Skidiebstählen und wartete auf seine Pensionierung. Ich habe nie etwas gegen die Polizei gehabt und finde die grundsätzliche Skepsis der Bevölkerung gegenüber ihrem »Freund und Helfer« albern. Polizisten haben den ganzen Tag, ihr ganzes Berufsleben lang mit unerfreulichen Dingen zu tun, sie müssen Schwerverletzte bergen, Selbstmörder vom Strick knüpfen, psychisch Kranke einweisen, Todesmeldungen überbringen. Dafür bekommen sie keine Anerkennung, keine psychologische Hilfe und ein mittelmäßiges Gehalt.

»Sie haben eine Leiche gefunden?«, fragte Ebner und sah mich an. Er schien weder überrascht noch erfreut, noch entsetzt. Ganz sachlich fragte er weiter, fragte die relevanten Ws durch, wo, wann, wie, mit wem. Ich antwortete ebenso sachlich, nur zur Frage nach dem »Warum« konnte ich keine Antwort liefern. Weil meine Frau mich im Morgengrauen vom Amazonas angerufen und mir berichtet hat, dass ein Schamane von einer Höhle geträumt hat? Weil mir beim Zeltfest irgendjemand irgendetwas von einer Höhle mit einem schwedischen Namen zugeraunt hat? Ich stotterte also herum, dass ich mit Frau Evelina Valentová bekannt geworden sei und ihr helfen wollte, nach ihrer verschollenen Schwester zu suchen.

»Und diese Schwester heißt?«, fragte Ebner.

»Angelika Kiss. Ich denke, dass es die Frau in der Höhle ist.«

»Sie denken? Ihre Schwester muss sie doch identifiziert haben?«

»Wir haben ehrlich gesagt nicht darüber geredet ... Das Ganze war ... schockierend. Aber sicher, es ist ihre Schwester.«

»Und Sie sind also zufällig in diese Höhle gestolpert?« Bernhard Ebner blieb beim Sie, das fand ich angemessen und richtig. Und ich zollte ihm Respekt dafür, dass er sofort den Schwachpunkt an meiner Erzählung gefunden hatte.

»Nun ja, Sie werden das vielleicht seltsam finden«, antwortete ich, um eine Erklärung zu liefern, »und ehrlich gesagt finde ich es auch sehr seltsam ... Aber Frau Valentová, also Evelina ... Sie kann hellsehen.«

»Professor«, sagte der Revierinspektor und sah spöttisch über den Rand seiner Brille. »Hellsehen? Wenn hellsehen funktionieren würde, könnten wir die Hälfte der Kriminalpolizei in die Rente schicken.«

Ich lächelte unsicher. »Nun ja, es funktioniert eben nicht immer, es ist ein bisschen komplizierter ...«

Ebner stand auf, drückte zwei Tasten an seinem Computer, steckte seinen Autoschlüssel ein und nahm mich freundlich am Arm. »Kommen Sie, Professor, beruhigen Sie sich erst mal, und dann sehen wir uns das vor Ort an.« Er sperrte die Tür ab, versicherte mir, dass ich mein Auto hier stehen lassen könne, allerdings nicht mit dem Hund, weil die Sonne wieder herauskommen würde und er heuer schon zwei Hunde aus überhitzten Autos gerettet habe, das sei sozusagen seine wichtigste Beschäftigung, denn er liebe Hunde. Ich durfte Machtnix also zu meinen Füßen sitzen lassen, wo es genügend Platz gab, denn immerhin hatte man dem Dorfpolizisten einen Geländewagen gekauft, Allrad konnte in der Gegend nicht schaden. Ebner steuerte auf Herwig Zillners Anwesen zu, die Zeugin müsse befragt werden, und das mache er am besten auf dem Weg zum Fundort der Leiche.

»Und woher wissen Sie, dass Evelina Valentová bei Herwig arbeitet?« Ebner sah mich kurz an, prüfend, ob ich nun Polizist spielen wolle, und antwortete: »Wenn ich solche Dinge nicht wüsste, müsste ich mir wirklich einen anderen Job suchen.«

Ich fragte noch, ob Ebner nicht andere verständigen wolle, die Kriminalpolizei, die Spurensicherung, den Bestatter, alle, die man so aus dem Fernsehen kannte. Er meinte, er würde sich einmal selbst ein Bild von der Lage machen und dann entscheiden.

In den meisten Fällen bedeutet es nichts Erfreuliches, wenn die Polizei vor deinem Haus hält. Bei Familie Zillner war das nicht anders. Julia warf mir einen bösen Blick zu, als sie den Polizisten in ihr Haus führte, als ob ich Schuld an dem ganzen Schlamassel hätte. Auch Evelina war keineswegs erfreut, als der Polizist sie aufforderte, als Zeugin mitzukommen. Aufgeregt und glücklich über die interessante Abwechslung kam Herwig Zillner angerollt.

»Ja was ist denn passiert? Hat sie was gestohlen?«

Schön, wenn einem so viel Wertschätzung und Vertrauen entgegengebracht wird, dachte ich.

»Nichts ist passiert, Papa«, sagte Julia, »eine reine Routine, nicht wahr?«

»Sozusagen«, sagte Ebner und wandte sich an Herwig. »Sie müssen sich keine Sorgen machen, Herr Zillner.« Auch die Kinder waren aus ihren Ecken gekommen. Sie schielten auf die Dienstpistole des Polizisten. Zum Glück sind wir Waffen nicht gewohnt in unserer Gesellschaft. Waffen haben eine unheimliche Aura.

Evelina nahm hinten im Auto Platz. Ebner fuhr ohne Eile und stellte ihr dieselben Fragen wie mir, die sie ganz ähnlich beantwortete. Vor einem Schranken hielt er, sperrte auf und nach dem Passieren wieder zu. Langsam schraubte sich der schwere Wagen über die Forststraße den Berg hinauf.

»Ist viel los momentan?«, fragte ich, um die Stille zu brechen.

»Wahnsinnig viel Bürokram«, antwortete Ebner. »Und was glauben Sie, ist hier in Stein am Gebirge unser Hauptproblem?«

»Wilderer?«, fragte ich und dachte an den Hirschkadaver.

Ebner lachte. »Internetkriminalität. Sie können sich nicht vorstellen, wie blöd die Leute sind, Professor. Die Woche habe ich drei Anzeigen gehabt: ein alter Mann, der dem Anwalt Dr. Freeman N'Bogdyan in Mombasa, Kenia, zwölftausend Euro überwiesen hat, damit der sein überraschendes Erbe von sieben Millionen Dollar verwalten kann. Ein Familienvater, der Erpresser in Bitcoins bezahlt hat. Die haben behauptet, sie sind in seinen Computer eingestiegen und haben ihn bei unzüchtigen Handlungen gefilmt. Er wollte, dass ich ihm diese Filme besorge!«

»Unfassbar«, sagte ich.

»Und ein minderjähriges Mädchen, das Nacktfotos von sich verschickt und daraufhin ebenfalls Nacktfotos geschickt bekommen hat, die allerdings eher verstörend waren.«

»Und was können Sie da machen?«

»Nichts«, sagte Ebner freimütig. »Aber ich muss es aufnehmen, niederschreiben, dokumentieren, weiterleiten. Na ja, außer das mit dem Familienvater. Dem hab ich gesagt, er soll nichts mehr zahlen und in Zukunft sicherheitshalber auf dem Klo onanieren. 'tschuldigung«, fügte er mit einem Blick in den Rückspiegel hinzu. Evelina saß unbeteiligt da und sah aus dem Fenster.

Wir hatten die Waldgrenze passiert. Vor uns lag in der Sonne des Spätnachmittags die Felswand, in der sich die Sundberg-Höhle befand. An der Stelle, wo wir vor ein paar Stunden die Straße gequert hatten, parkte Ebner den Wagen.

»Den Hund bitte an die Leine«, sagte er, während er aus einer Truhe mit allerhand Utensilien eine äußerst professionell aussehende Taschenlampe holte. Wir machten uns auf den Weg zur Höhle, Machtnix und ich gingen voran, dahinter Evelina, schweigsam und mit verschränkten Armen, dann der Polizist.

»Aber eines verstehe ich noch immer nicht, Frau Valentová«, sagte Ebner und zeigte rund um sich. »Hier in Stein am Gebirge gibt es über zweitausend Höhlen, erforschte und unerforschte, große und kleine, welche, die man leicht findet, und andere. Wie kommen Sie auf die Idee, ausgerechnet hier nach Ihrer Schwester zu suchen?«

»Herr Professor hatte es in seinem Kopf«, antwortete sie, und ihr Deutsch klang plötzlich viel schlechter als jenes, in dem sie mit mir sprach.

»Aha«, sagte Ebner und wurde ein bisschen lauter, damit ich seine nächste Frage hören konnte. »Und wie ist es in Ihren Kopf gekommen, Professor? Das Wort Sundberg-Höhle?«

»Ich weiß es nicht ... Es war ... Hab ich es geträumt?«

»Können Sie jetzt auch hellsehen?«, fragte der Polizist.

»Vielleicht hat es mir auch beim Zeltfest gestern jemand geflüstert.«

»Interessant. Und wer hat es Ihnen geflüstert?«

»Wenn ich das wüsste ...«

»Haben Sie ein paar Bier gehabt?«

»Leider mehr als das«, gab ich zu. Was ich im Nachhinein bereute.

Wir kamen am Eingang der Höhle an. Ebner blieb stehen, sah uns ernst an. »Professor, Sie müssen rein. Frau Valentová, schaffen Sie das noch einmal? Es wäre wichtig, die Leiche eindeutig zu identifizieren. Sind Sie dem gewachsen? Geht das?«

»Ich komme mit.« Mehr sagte Evelina nicht.

Wir machten unsere Taschenlampen an und betraten die Höhle. Sie schien mir größer und vor allem gruseliger, was wenig verwunderlich ist. Ich hörte mein Herz klopfen und ging vorsichtig voran. Als wir den Raum erreicht hatten, von dem die Abzweigungen ausgingen, blieb ich stehen und leuchtete auf den Durchgang.

»Da drinnen«, sagte ich. »Da drinnen ist es.«

Bernhard Ebner war für seine Größe ziemlich agil. Ohne zu zögern schlüpfte er in die Höhle. Er schwieg. Wir sahen den Lichtkegel seiner Lampe, unruhig den kleinen Raum absuchend.

»Kommen Sie bitte herein«, sagte er. »Beide.«

Wir krochen ihm hinterher. Leuchteten alle mit unseren Lampen auf das steinerne Podest, das offensichtlich von Menschenhand gemacht worden war. Auf dem steinernen Podest lag – nichts.

Die Leiche war verschwunden.

26

Der Polizist hielt seine Taschenlampe auf unsere Gesichter. In jenem von Evelina sah ich eine Mischung aus Erstaunen und Entsetzen.

»Das gibt es doch nicht«, flüsterte ich. Ich weiß nicht, warum, aber in einer Höhle flüstert man. Auch das Winseln von Machtnix klang leise. Warum winselte er? Erinnerte er sich an das Gewitter, oder wusste er auch, dass hier etwas nicht stimmte?

Bernhard Ebner schüttelte den Kopf: »Sicher, dass das hier war?« Er suchte den Boden nach Spuren ab.

»Ganz sicher«, antwortete ich, »da ist doch dieses – Podest … oder dieses Bett aus Stein, wie immer man das nennen will.«

»Hier war sie«, hauchte Evelina.

Wir krochen aus dem kleinen Felsraum. Ebner suchte in der Halle, in der wir nun standen, nach Hinweisen. Zwei weitere Eingänge zu kleineren Räumen zweigten von hier ab. Ebner kniete sich hin, leuchtet in den einen, suchte auch den anderen mit dem Licht seiner Taschenlampe ab.

»Nichts«, sagte er dann. »Hier ist nichts.«

»Waren wir weiter drin?«, fragte ich Evelina.

»Nein«, sagte sie. »Nein, wir sind sicher nicht weiter gegangen.«

»Wir gehen auch nicht weiter«, sagte Revierinspektor Ebner. »Viel zu gefährlich ohne Ausrüstung.«

Im Schein unserer Lampen gingen wir zurück Richtung Eingang. Ebner leuchtete die Wände der Höhle ab, untersuchte den Boden. Spuren waren auf dem steinigen Untergrund keine zu sehen, und an den Wänden fanden sich nur ein paar Spinnennetze.

»Wenn nicht Sie es wären, Professor, würde ich jetzt glauben, ich bin ganz gewaltig verarscht worden«, sagte der Polizist, als wir im Freien standen.

»Ich schwöre Ihnen, da ist die Leiche gelegen!«

»Es war meine Schwester«, bestätigte Evelina und schluchzte. »Wer macht so etwas? Wo ist sie jetzt?«

»Hatte die … Leiche … Verletzungen?«, fragte Ebner, aber Evelina konnte nicht antworten. Sie war auf den Boden gesunken und vergrub ihr Gesicht in ihren Händen und weinte.

»Nein«, antwortete ich auf die Frage, »jedenfalls keine offensichtlichen. Sie sah schön aus. Perfekt angezogen, geschminkt, wie für ein Begräbnis. Um den Kopf hatte sie eine Art Turban.«

»Welche Farbe?«, fragte Ebner schnell.

»Blau«, antwortete ich ebenso schnell, »blau wie ihr Kleid. Vielleicht diente der Turban dazu, Kopfverletzungen zu verstecken?«

»Und Sie haben nicht zufällig ein Foto gemacht?«

Evelina hob den Kopf und sah mich aus roten Augen an. »Wir haben kein Foto gemacht«, sagte ich fassungslos. Warum hatten wir kein Foto gemacht? Um die Totenruhe nicht zu stören, wahrscheinlich. Weil man einfach keine Fotos von Leichen macht. Dennoch, es war nicht besonders klug von uns, den Fund der Toten nicht dokumentiert zu haben.

»Na dann«, sagte Ebner, »fahren wir wieder.«

»Wir können doch jetzt nicht einfach fahren und so tun, als wäre nichts gewesen! Rufen Sie doch die Spurensicherung an! Die Mordkommission, was weiß ich!«

Ebner lächelte mich an: »Wir sind nicht im Fernsehen, Professor. Ich mach mich doch nicht lächerlich und rufe die Kollegen, damit sie Spuren sichern, die offensichtlich nicht da sind.«

»Aber dieses Steinbett! Sie haben es doch gesehen! Das wurde eindeutig von Menschenhand gebaut!«

»Ja«, gab mir Ebner recht. »Und? Was beweist das? Da haben vielleicht Wanderer oder Wilderer ihre Jausenbrote gegessen oder einen Mittagsschlaf gehalten.«

»Es lag ein Leintuch auf den Steinen. Die Tote lag auf einem Tuch! Es müssen doch Spuren von diesem Tuch auf den Steinen zu finden sein!«

»Und dann?«, fragte Ebner. »Wenn ich euch beiden glauben würde, und es wäre tatsächlich ein Tuch auf den Steinen gelegen, dann finden die Kollegen Fasern eines Tuchs. Und Sie glauben, dass wir deshalb Mordalarm ausrufen?«

»Was ist mit DNA-Spuren?«

Jetzt lachte Ebner: »Die DNA eines Tischtuchs? Sehr interessant! Kommen Sie, gehen wir. Ich habe wirklich Besseres zu tun.«

Evelina stand auf. Sie schien sich darin gefügt zu haben, dass Ebner nicht weiter nach ihrer Schwester suchen wollte.

»Evelina«, rief ich aus, »wir haben sie doch gesehen! Hier, mit unseren eigenen Augen!«

Evelina nickte. Ebner hatte bereits die Tür des Wagens geöffnet. »Mit Ihren eigenen Augen, ja«, höhnte er. »Mit welchen denn sonst? Ich werde jedenfalls sicher nicht die Spusi anrufen, damit die hier nackte Steine untersuchen. In Stein am Gebirge! Sie hätten vielleicht weniger trinken sollen, Professor.«

»Ich war doch nicht betrunken!«

»Gestern Abend schon. Haben Sie selbst gesagt.«

»Aber Evelina hat die Leiche auch gesehen!«

»Sie hat sie ja angeblich auch schon vorher gesehen, nicht wahr? In ihren Träumen oder so.« Der Polizist nahm mich am Arm und bugsierte mich sanft Richtung Beifahrertür. »Vielleicht ist Ihre kleine Hellseherin gar nicht so hell«, raunte er mir ins Ohr. Machtnix sprang ins Auto, als wollte er mir bedeuten, den Widerstand aufzugeben und einfach wegzufahren. Den ganzen Weg zurück ins Dorf ging ich Revierinspektor Ebner mit meinen Beteuerungen auf die Nerven, dass auf dem Steintisch eine Leiche aufgebahrt war. Ja, aufgebahrt – das war das richtige Wort. Jemand hatte sie dort aufgebahrt. Wer macht so etwas?

Ebner ließ Evelina aussteigen und rief Julia Zillner, die an der Tür stand, ein paar beruhigende Worte zu, alles sei in Ordnung, eine reine Routinegeschichte, kein Grund zur Aufregung. Machtnix und ich stiegen vor dem Polizeiposten aus dem Wagen.

»Ihnen gebe ich einen Rat, Professor. Rufen Sie nicht auf eigene Faust bei der Kriminalpolizei an. Die Kollegen können recht sauer sein, wenn sie das Gefühl haben, sie werden verarscht. Vor allem am

Sonntag. Und Sie wollen doch sicher nicht die Kosten für einen sinnlosen Polizeieinsatz übernehmen.«

»Aber man kann doch nicht einfach …«

»Auf Wiedersehen, Professor. Wenn Sie wollen, können Sie ja auf eigene Faust ermitteln. Viel Spaß!«

Mit diesen Worten wandte sich Ebner ab. Ich stieg in den Saab, Machtnix sprang auf den Beifahrersitz.

»Auf eigene Faust ermitteln?«, fragte ich ihn und streichelte über seinen Kopf. »Genau das werden wir jetzt tun!«

27

Zu Hause angekommen, gab es zuerst einmal Wasser für den Hund und für mich. Wasser! Daran würde ich mich auch in Zukunft halten! Dann stellte ich einen Topf mit Kartoffeln auf den Herd. Ich merkte erst jetzt, wie tief mir die Müdigkeit in den Knochen saß. Wie musste es erst der armen Evelina gehen? Ich konnte sie leider nicht unterstützen. Sie musste ihre Arbeit bei Herwig verrichten, und es schien mir nicht klug, den alten Herrn aufzuregen oder Julia Zillner durch meine Anwesenheit zu provozieren.

Lou nahm meinen Skype-Anruf sofort an, als ob sie vor dem Gerät gesessen wäre und darauf gewartet hätte. Die Erleichterung, die ich an ihr bemerkte, als sie mich sah, bewegte mich. Ich spürte die alte Vertrautheit zwischen uns, und auch das berührte mich sehr. Vielleicht war diese Vertrautheit nie verschwunden? Lou wollte alle Details hören, und so erzählte ich von der Wanderung, vom Hirschkadaver, der Höhle, der aufgebahrten Leiche von Angelika Kiss, dem Gewitter, dem Rückweg, dem Polizisten, der verschwundenen Leiche.

»Aber du glaubst mir doch?«, fragte ich.

»Warum sollte ich dir nicht glauben?«, fragte sie zurück, dabei hatte es in letzter Zeit genügend Gelegenheiten gegeben, mir nicht zu glauben.

»Jetzt frage ich dich: Wer macht so etwas? Ich meine, das gehört ja auch im weitesten Sinn zu deinem Forschungsfeld, Kulturanthropologie. Wer bahrt eine Leiche auf?«

»Nun«, sagte Lou und setzte ihre Brille auf, mit der sie noch klüger aussah, »zunächst einmal ist Totenkult eine Gemeinsamkeit aller menschlichen Kulturen. Menschen lassen ihre Toten im Normalfall nicht einfach liegen, sie lassen sie nicht verrotten und verfaulen, sie werden Mittelpunkt eines Kults. Das verbindet alle Menschen, und das reicht zurück bis in die tiefste Vergangenheit menschlicher Zivilisation. In diesem Fall ist es allerdings speziell. Du sagst, die Tote war geschminkt?«

»Geschminkt und einfach, aber fast festlich angezogen. Mit einer Kette um den Hals. Es hat alles sehr friedlich gewirkt.«

»Ich denke, wer so etwas macht, hat die Tote geliebt. Es war seine Art, die Tote zu ehren.«

»Wieso sagst du seine?«

»Weil so gut wie alle Morde an Frauen von Männern verübt werden.«

»Und du glaubst, dass der, der die Leiche aufgebahrt hat, ihr Mörder war?«

»Es ist jedenfalls nicht auszuschließen. Ich meine, wer kommt sonst in den Besitz einer Leiche?«, fragte Lou, und sie hatte recht. Wenn der Täter jemand anderer war, warum wurde der dann nicht angezeigt von dem, der die Leiche hier ... ja, ich möchte sagen, in Sicherheit gebracht hat? Das wäre nicht logisch.

»Er hat sie geliebt und ermordet?«, fragte ich.

»Menschliche Gefühle zeichnen sich in erster Linie durch ihre Ambivalenz aus. Viele Mörder bereuen ihre Tat. Ich denke mal, der Mörder wollte den von ihm geliebten Körper nicht verlieren. Hast du keine Verletzungen an der Leiche gesehen? Kampfspuren, Blutergüsse, Kratzspuren?«

»Nichts«, sagte ich. »Sie lag vollkommen unversehrt da. Natürlich, wie es unter dem Turban aussah, das weiß ich nicht. Es gibt schließlich auch das hier.« Ich öffnete die Schreibtischlade, holte das Haarbüschel heraus, das wir im Wohnzimmer von Herwig gefunden hatten, und hielt es in die Kamera meines Laptops.

»Hier«, erklärte ich, »ich denke, das ist Kopfhaut.«

»Warum hast du das nicht dem Polizisten gezeigt?«

»Ich habe daran gedacht, aber Bernhard Ebner würde wahrscheinlich sagen, dass es sich dabei um eine Haarsträhne handelt. Aus.«

»Also, ich fasse zusammen«, sagte Lou, »wir haben ein Haarbüschel mit ein wenig Kopfhaut. Eine Leiche mit einem Turban um den Kopf, also möglicherweise eine Tote mit schweren Verletzungen im cranialen Bereich ... Hast du ein Foto gemacht?«

»Nein! Leider! Ich kann es nicht fassen, aber es war ... der Schock.«

»Verständlich«, sagte Lou. »Wann ist Angelika Kiss verschwunden?«

»Das war ziemlich genau vor einem halben Jahr. Im Jänner.«

»Die Leiche wurde also offensichtlich konserviert. Es sei denn, Angelika wurde erst jetzt ermordet.«

»Ist es denn so leicht, eine Leiche zu konservieren?«

»Das ist nicht besonders schwer. Du ersetzt das Blut durch Alkohol und Formaldehyd. War die Gesichtsfarbe rosig?«

»Schwer zu sagen. Angelika war geschminkt.«

»Durch das Formaldehyd entsteht eine rosige, schöne Gesichtsfarbe. Natürlich, ewig hält so ein präparierter Körper auch nicht. Aber bei den gleichmäßigen Temperaturen in einer Höhle ...«

»Es war kühl da drinnen.«

»Dann ist es durchaus möglich, sie so zu präparieren. Ist Angelika damals nach ihrem Verschwinden gesucht worden?«

»Sie wurde nicht mal vermisst gemeldet.«

»Umso leichter für den Täter«, sagte Lou. »Es war ein relativ milder Winter mit wenig Schnee. Es wäre also möglich gewesen, die Leiche mit dem Auto auf den Berg zu bringen und zu verstecken. Wie lange, schätzt du, war der Hirsch, den ihr in der Nähe der Höhle gefunden habt, schon tot?«

»Keine Ahnung«, sagte ich. »Ich meine, der sah nicht so gut aus wie Angelika. Also eher schon totale Verwesung.«

»Möglicherweise ist der tote Hirsch vor der Höhle kein Zufall. Möglicherweise hat ihn der Täter dort hingelegt.«

»Warum sollte er das tun?«, fragte ich. »Wo ist der Zusammenhang?«

»Der Täter hat vermutet, dass man Angelika suchen würde, eventuell mit Hunden. Außerdem sind da oben immer Jäger mit Jagdhunden unterwegs. Die Gefahr, dass ein Hund die Witterung der Leiche aufnehmen könnte, ist groß. Da ist ein großes, totes Tier in der Nähe natürlich die perfekte Ablenkung. Suchhunde werden nervös, zeigen an, dass sie eine Spur verfolgen, und finden dann den Kadaver des Hirschs.«

»Meine Güte, bist du klug«, sagte ich.

»Aber natürlich kann das nur Zufall sein«, meinte Lou. »Was mich viel mehr beschäftigt: Warum ist die Leiche verschwunden?«

»Hast du auch darauf eine Antwort?«

»Natürlich nicht, aber lass uns nachdenken ... Quintus! Versuch dich doch zu erinnern, wie du auf den Namen der Höhle gekommen bist!«

Ich seufzte. »Ich weiß es wirklich nicht mehr. Leider.«

»Diese blöde Sauferei!«

»Ab jetzt gibt es nur noch Wasser.«

»Den Satz habe ich schon oft gehört.«

»Ich werde dich nicht mehr enttäuschen.«

»Es hat dir also jemand zugeraunt?«

»Es war heiß, es war laut, ich war mehr als nur besoffen, aber ja, ich glaube, es hat mir jemand zugeraunt.«

»Ein Mann oder eine Frau?«

»Ich habe keine Ahnung. Ich weiß nur, das Wort war plötzlich da. Und dann auch wieder weg.«

»Es wollte euch also jemand auf die Spur bringen ... Warum wollte er das?«

»Damit wir die Leiche finden.«

»Dieser Jemand hat euch beobachtet. Er wusste, dass ihr da hinaufgeht, er hat euch die ganze Zeit im Visier gehabt. Deshalb wusste er auch, wann ihr wieder abgestiegen seid. Er hatte Zeit genug, die Tote wieder verschwinden zu lassen.«

»Aber warum macht das jemand?«

»Das weiß ich auch nicht. Jemand, der euch in eine Falle locken will? Quintus?«

»Ja?«

»Bitte pass auf dich auf. Ich werde das Gefühl nicht los, dass das alles eine Nummer zu groß für dich ist. Du bist Philosoph, nicht Detektiv.«

»Aber ich kann Evelina nicht im Stich lassen.«

»Das könntest du schon. Wenn du nicht diese Unart hättest, Frauen nicht enttäuschen zu wollen.«

»Dich habe ich enttäuscht.«

»Ja.«

»Das tut mir leid.«

»Das ist gut, Quint.«

Wir verabschiedeten uns. Meine Kartoffeln aß ich mit Butter und Salz, eine Kindheitserinnerung. Und eine perfekte Entgiftungsmahlzeit. Machtnix bekam eine Dose. Ich sperrte die Tür ab. Ich wusste, dass Evelina das auch jeden Abend tun musste, und alle Fensterläden schließen. Lou hatte recht. Ich musste aufpassen. Wir mussten aufpassen. Irgendwo da draußen gab es einen Mörder, der uns beobachtete.

Montag, 9. Juli 2018

28

Am nächsten Morgen stachen mir zwei Mails ins Auge. Die erste Mail begann so: »Ich grüße Sie! Ich habe schlechte Nachrichten für Sie.

Ich habe Ihr Betriebssystem gehackt und vollen Zugriff auf Ihr Mailkonto erhalten. In der Software des Routers, mit dem Sie an diesem Tag verbunden waren, gab es eine Sicherheitsanfälligkeit.

Ich habe diesen Router zuerst gehackt und meinen bösartigen Code darauf abgelegt. Bei der Eingabe im Internet wurde mein Trojaner auf dem Betriebssystem Ihres Geräts installiert. Danach habe ich alle Daten auf Ihrer Festplatte gespeichert (ich habe Ihr gesamtes Adressbuch, den Verlauf der angezeigten Websites, alle Dateien, Telefonnummern und Adressen aller Ihrer Kontakte). Nehmen Sie sich in Acht. Sie hören von mir.« Die Mail war an meine Adresse gesendet worden, aber auch – und das machte mich stutzig – von meiner Adresse geschrieben. Wie war so etwas möglich? Und warum bekam ich diese Zeilen ausgerechnet jetzt zugeschickt? Ich leitete die Mail zu Michaela nach Vancouver weiter. Unsere Tochter war immer schon unsere IT-Spezialistin gewesen, die kannte sich mit so etwas aus.

Die zweite Mail stammte von Katia Kopf. »Lieber Prof, ich bin für ein paar Tage in Salzburg. Wollen wir uns sehen? Es gibt einiges zu besprechen. Könnte mich freimachen und dich in deiner Kemenate besuchen. KussKat.«

Das war typisch für sie. So harmlos, unbeschwert und charmant konnte sie an alles herangehen, was vielleicht auch daran lag, dass sie nichts zu verlieren hatte. Im Gegensatz zu mir, der ich schon einiges verloren hatte, zum Beispiel meine Frau. Hatte ich sie verloren? »Der Mann, den ich liebe«, das hatte sie gestern gesagt, aber genau genommen hatte nicht sie das gesagt, sondern dieser Schamane. Katia wusste genau, wie es um unsere Ehe stand, aber das war ihr offensichtlich egal, und irgendwie verstand ich das auch, denn es war ja nicht ihr Problem, dass ich verheiratet bin. Immerhin hatte sie dazugelernt und eine Mail geschrieben und keine WhatsApp-Nachricht. Durch eine bescheuerte WhatsApp-Nachricht war alles aufgeflogen. Ich war so blöd gewesen und hatte mein Handy auf der Kommode im Vorzimmer liegenlassen. Und Katia war so blöd gewesen, mir um vier Uhr früh zu schreiben: »Spüre dich noch überall auf meiner Haut.« Dazu noch zwei im Gleichklang pochende Herzen. Der Zufall war so blöd gewesen, dass Lou ausgerechnet um vier Uhr früh aufs Klo musste und just in dem Augenblick am Handy vorbeilief, als die Nachricht aufblinkte. Aber im Grunde war es gut, schicksalhaft gut, dass alles aufgeflogen ist, denn ein Leben in Heimlichkeit und Lüge, das war unserer Ehe, unserer Liebe nicht würdig. Und außerdem bin ich so gestrickt, dass ich ein Doppelleben gar nicht aushalte. Ich hatte in der Zeit dauernd Herzrasen, weil mein Herz zerrissen war. Und Schwindelgefühle vom Schwindeln. Es hatte etwas Heilsames, dass die Wahrheit herausgekommen war. Aber leider ist es halt so, dass Wahrheit sehr schmerzhaft sein kann.

Katia. Ich gebe zu, sie hat mich von Anfang an fasziniert. Darf das sein? Eigentlich sollte es nicht sein. Aber nach fast dreißig Jahren Partnerschaft – kann es da nicht passieren, dass einem ein anderer Mensch gefällt? Obwohl ich spürte, dass sich Katia auch für mich interessierte, habe ich meine Gefühle für sie so gut wie möglich unterdrückt, selbstverständlich, als sie meine Studentin war, und immer noch, als sie längst zur gleichgestellten Kollegin avanciert war, wobei sie mich, auch als wir längst per Du waren, immer noch »Prof« nannte.

Ich habe mich wochenlang am guten alten Stendhal festgehalten. In seinem Bericht *De l'amour* lässt er seine Protagonisten von der Liebe sprechen. Ja, heißt es da, Amors Pfeil kann dich treffen, und du kannst von ihm verletzt werden oder ihn einfach herausziehen, und damit dich aus der Affäre. Stendhal sagt, letztendlich ist es eine Frage der Entscheidung, ob du dich verliebst oder nicht. Ich habe Stendhal eigentlich immer recht gegeben. So gesehen muss ich die Verantwortung übernehmen, kann sie weder auf einen letzten Schub der Hormone noch auf Alkohol oder subtile Verführungskunst schieben. Ich muss eingestehen: Ich habe einen Riesenfehler begangen, meine beiden liebsten Menschen enttäuscht und verraten und mich selbst in dieses Schlamassel hineinmanövriert. Meine Lehre sei Reue. Aber: Wenn ich mich frage, ob ich die Erfahrung Katia Kopf gerne nicht gemacht hätte, komme ich zu keiner klaren Antwort. »Es ist eben passiert«, »es war schicksalhaft«, ja, ich weiß, das sind Ausreden. Mein Wille hätte stärker sein können. Aber was war mein Wille? Einer der klügsten Sätze von Arthur Schopenhauer lautet: »Der Mensch kann zwar tun, was er will; er kann aber nicht wollen, was er will.«

Was ich tatsächlich absolut nicht wollte, war, zur Fußpflegerin zu gehen. Aber da meine Fußsohle nach der gestrigen Wanderung ziemlich geschwollen war und schmerzte, blieb mir nichts anderes übrig. Ich druckte die erste Mail aus, sagte Machtnix, er solle brav warten, und machte mich auf den Weg zu Sabines Studio. Ich musste im Wartezimmer Platz nehmen, wo allerhand Zeitschriften herumlagen, überwiegend zum Thema Medizin und Gesundheit. Mein Blick fiel auf ein Journal, das obenauf lag und mit der Schlagzeile »Volkskrankheit Alkohol« aufwartete. Ich blätterte darin in der Hoffnung, Beruhigendes zu lesen, denn ich war ja kein Alkoholiker, ich trank nur gerne abends ein Bierchen und ein paar Gläser Wein. Alkoholiker, das sind die, die in der Früh damit beginnen, Schnaps zu saufen. Alkoholiker lungern auf der Straße herum, sind schlecht rasiert, nachlässig gekleidet und arbeitslos.

Zu meinem Leidwesen las ich ganz anderes. Ich absolvierte den angebotenen Schnelltest, natürlich, ohne die Punkte im Heft anzukreuzen. Es gab Fragen wie »Wie oft trinken Sie in der Woche?«, »Wie viel trinken Sie?«, »Haben Sie Schwierigkeiten, aufzuhören, wenn Sie einmal mit dem Trinken begonnen haben?« oder »Wie oft passiert es Ihnen, dass Sie sich am nächsten Tag nicht mehr an den vorangegangenen Abend erinnern?«. Ich zählte im Kopf die Punkte zusammen und kam auf siebzehn. Am Ende des Hefts fand ich die Auflösung. Alle Ergebnisse über acht Punkten wären äußerst problematisch. »Wir empfehlen Ihnen, sich mit Ihrem Hausarzt oder der Suchtberatung in Verbindung zu setzen.«

»Hallo, Professor!« Es war die rauchige Stimme von Herta Friedl, die mich hochschrecken ließ. Sie kam aus dem Behandlungszimmer und schüttelte mir die Hand. »Alles gut?«

»Freilich!«, antwortete ich, denn natürlich würde ich ihr nicht auf die Nase binden, dass ich gerade hochoffiziell die Diagnose »Alkoholiker« bekommen hatte, und zwar nicht knapp, sondern um mehr als das Doppelte der erlaubten Punkteanzahl. Dann winkte mich Sabine in das Behandlungszimmer.

»Na, Professor, wie sieht's denn aus?«, fragte sie und warf einen Blick auf meinen Fuß, den ich frei gemacht hatte. Sie befand, im Gegensatz zu mir, dass es gar nicht so schlimm war. Die Fußsohle sowieso, aber das andere auch. Sie machte sich am Fuß zu schaffen und begann, wie nicht anders zu erwarten, zu reden. Die Frage, die sie mir stellte, überraschte mich aber dann doch.

»Haben Sie die Broschüre gefunden, die obenauf gelegen ist?«

»Welche Broschüre?«, fragte ich und spürte, wie ich errötete.

»Na die mit dem Alkohol. Ich habe mir gedacht, das schadet vielleicht nicht, wenn Sie das lesen. Ich will Ihnen nicht zu nahe treten, Professor, aber man kann mit freiem Auge sehen, dass Sie besser in Form sein könnten.«

»Sie meinen, ich trinke zu viel?«

»Das müssen Sie wissen.«

»Und Sie können das aus meinen Füßen lesen? Weil der Stachel auf dem Herzen war?«

»Der heutige Stachel sitzt im Bereich Herz, Lunge. Aber das hat damit nichts zu tun.«

»Sie haben das beim letzten Mal aus meinen Füßen gelesen, dass ich zu viel trinke?«

»Nein.«

»Aber wie kommen Sie dann auf die Idee?«

»Wollen Sie es ehrlich wissen?«

»Ja!«

»Weil Sie aus jeder Pore nach Alkohol riechen.«

Wie war das mit den Wahrheiten, die schmerzhaft sein können? Ich war offensichtlich momentan darauf abonniert. Meine Frau ist weg, meine Tochter redet nicht mehr mit mir, mein Haus bricht zusammen, und ich stinke aus jeder Pore nach Alkohol. Nun ja, es gibt Schlimmeres. Ich dachte an Evelina und wie es ihr wohl heute ging.

»Und man sieht, dass ich besser in Form sein könnte?«, fragte ich nach, weil es auch schon egal war.

»Sie wirken unglücklich, Professor.«

»Wie soll ich auch glücklich sein, wenn Sie in meiner Fußsohle herumbohren?«, scherzte ich. Aber ich wusste, dass Sabine recht hatte. Was mir in letzter Zeit komplett fehlte (komplett und fehlen – was für eine Wortkombination!), war die Leichtigkeit des Seins. Die sprichwörtlich gewordene Leichtigkeit des Seins. Ich fühlte mich eher an das Rad der ewigen Wiederkehr geflochten und hörte ihn oft zu mir flüstern, diesen Dämon, den Nietzsche nachts auftauchen lässt und der sagt, dass du dieses Leben, wie du es jetzt lebst und gelebt hast, mit jedem Schmerz und jeder Lust und jedem Gedanken und jedem Seufzer, noch einmal und noch unzählige Male leben musst, und es wird nichts Neues daran sein – was für ein deprimierender Gedanke! Wo blieb sie, diese Verbundenheit mit allen Lebewesen, ja mit allem Sein, die Verbundenheit, die man spürt, wenn man verliebt ist? Dieses Strahlen von innen, diese Sicherheit, dieser Drang, alles umarmen zu wollen?

Als mir Sabine den Stachel zeigte, den sie aus dem Fuß operiert hatte, fing ich plötzlich zu schluchzen an. So etwas war mir noch nie passiert. Meine Brust zuckte, und seltsame gutturale Geräusche kamen aus meiner Kehle, mein Gesicht löste sich auf, und dann begann ich zu weinen. Und das hatte nichts mit den Schmerzen am Fuß zu tun, sondern mit der plötzlichen Erkenntnis, dass ich den Alkohol brauchte, um die verlorene Leichtigkeit des Seins künstlich herzustellen, was für ein paar Stunden gelingen konnte, mich aber letztendlich noch weiter hinunterzog. Der geborgene, der mit allem verbundene Mensch hat sie immer, die Leichtigkeit des Seins. Ich fühlte mich mit nichts verbunden, am wenigsten mit mir selbst. Außer meinem Fuß war gar nichts verbunden!

»Ist schon gut, Professor«, sagte Sabine. »Gefühle sind oft der erste Schritt zur Besserung. Ich finde Männer mit Gefühlen sehr sexy.«

»Wie war sie eigentlich, Angelika?«, fragte ich unvermutet, nämlich auch für mich selbst unvermutet. Ich hatte plötzlich so etwas wie Vertrauen in Sabine und Zuneigung zu ihrer mütterlichen Art gewonnen. »Sie wissen schon, die Pflegerin, die vor einem halben Jahr bei Herwig war … und die dann plötzlich verschwunden ist.«

»Die geht Ihnen wohl nicht aus dem Kopf, Professor«, stellte Sabine richtigerweise fest, während sie an meinen Zehennägeln feilte. »Das war eine Lustige. Ich hab mich jedes Mal, wenn sie da war, gewundert, wie jemand mit diesem Beruf so fröhlich sein kann. Und Herr Herwig macht es einem, glaube ich, nicht leicht, gute Laune zu haben, mit seinen ewigen Ängsten. Und sie war eine bildhübsche Frau. Also ist sie ja vielleicht immer noch. Mit diesen langen blonden Haaren … und eine Figur, ich sag Ihnen, eine Figur! Sie hat sie auch nicht besonders versteckt, diese Figur. Den Hintern hat sie ganz gerne betont, aber sie konnte sich das leisten. Und ihren Ausschnitt hat sie auch ordentlich präsentiert. Und immer perfekt geschminkt und herausgeputzt, aber so sind sie, diese slawischen Frauen. Na ja, vielleicht war sie manchmal ein bisschen zu lustig!«

»Wie meinen Sie das?«, fragte ich und dachte an Platon, der gemeint hatte, ein Philosoph sei in erster Linie eine Hebamme, eine Hebamme, die durch Fragen der Wahrheit zum Leben verhilft. Aber so wie die Hebamme nicht weiß, welcher Art von Mensch sie helfen wird, zur Welt zu kommen, so weiß der Fragende nicht, welche Art von Wahrheit er herausbringen wird. Du stellst deine Fragen in aller Unschuld, wie die Hebamme in aller Unschuld ihre Arbeit verrichtet, aber es kann sein, dass du unangenehme Antworten bekommst.

»Ach, ich will niemanden anschwärzen, aber sie hatte offensichtlich Spaß daran, den Männern den Kopf zu verdrehen.«

Ich lachte, oder ich tat jedenfalls so, als würde ich lachen, um meine nächste Frage mit Harmlosigkeit zu tarnen. »Und wer waren diese Männer?«

»So ziemlich alle. Aber Sie verstehen sicher, dass ich keine Namen nennen will …«

»So viele können es nicht gewesen sein«, sagte ich, »als Pflegerin kommt man ja nicht so viel hinaus. Also lassen Sie mich mal raten. Schönheit ist er keine, aber ein netter Mann. Bobby Friedl. Mit dem Taxifahrer hatte sie doch sicher oft zu tun?«

»Volltreffer, Professor. Der Bobby konnte seine Augen nicht von ihr lassen. Aber mehr hab ich nicht gesagt. Wissen Sie, ich gönn das ja den Männern, dass sie ein bisschen schauen. Überhaupt, wenn sie zu Hause nichts so Schönes haben …«

»Und wer noch?«

»Na jetzt hören Sie doch auf!«

Die ganze Zeit hatte ich im Hinterkopf überlegt, ob ich es machen sollte oder nicht. Ich entschied mich dafür. Was blieb mir anderes übrig? Wir mussten mit unseren Nachforschungen weiterkommen, und Sabine könnte sich als nützliche Helferin erweisen. Sie kannte alle im Ort, gehörte aber als Zugezogene nicht wirklich dazu.

»Wir haben die Leiche von Angelika gefunden.« Sabine stockte in ihrer Bewegung und sah mich an.

»Was sagen Sie da?« Und dann erzählte ich ihr – flüsternd – die ganze Geschichte, von der Höhle und der Leiche und dass die Leiche dann drei Stunden später weg war.

»Kein Wunder, dass Sie heute nah am Wasser gebaut sind, Professor. Das ist ja eine grauenvolle Geschichte«, sagte Sabine. »Und jetzt verstehe ich, warum Sie das alles wissen wollen. Aber ich kann Ihnen nur harmlose Dinge erzählen. Also den Ebner Bernhard hat sie einmal hier getroffen, zufällig, weil der lässt sich auch die Füße machen. Sie hat ihn angelächelt mit ihrem roten Mund, und er ist wie elektrisiert stehen geblieben. Ich seh das jetzt anders ... Plötzlich sind alle verdächtig, aber bleiben wir vernünftig! Es gibt nun mal nicht so viele tolle Weiber hier in Stein am Gebirge.«

»Und was war dann mit dem Polizisten?«

»Er starrt sie also an, und sie lächelt und legt den Kopf schief und sagt dann: *Eine schöne Uniform haben Sie da.* Mit so einem süßen slawischen Akzent hat sie das gesagt. Und ihm ist nichts anderes eingefallen, als *danke* zu sagen und zu gehen. Aber wo kann sie sein, Professor? Wer spielt Verstecken mit einer Leiche?«

»Das ist die große Frage. Und ich denke, dass es sich bei dem, der das tut, auch um den Mörder von Angelika handelt.«

»Und wenn es ein Unfall war?« Jetzt flüsterte Sabine auch. »Ein Unfall, und irgendwer konserviert die Tote, damit er sie nicht verliert?«

»Könnte sein, aber dagegen spricht ein Haarbüschel, das wir in Zillners Haus gefunden haben. Angelikas Haare, eindeutig. Mit Kopfhaut dran.«

»Das ist ja schrecklich!«

Ich nickte und sah Sabine aufmunternd an. Es wirkte.

»Da fällt mir noch etwas ein. Ich war einmal an einem Sonntag Schwammerln suchen ... also Pilze sammeln ... Von meinem Fundplatz bin ich zur Forststraße gegangen und dann die Straße entlang ins Tal hinunter, weil es bequemer ist. Da sind sie mir entgegengekommen. In so einem riesigen Auto, wie das die Jäger alle haben. Der Forstmeister und die Pflegerin.«

»Forstmeister Moser? Und Angelika?«

»Die beiden. Er sieht ja gut aus, ein schneidiger Mann ist das, und auch noch halbwegs jung. Also dass man mit dem flirtet, das kann ich schon verstehen.«

»Und dann?«

»Nix und dann. Ich hab gegrüßt, aber die beiden haben nicht zurückgegrüßt. Es schien ihnen peinlich, dass ich sie gemeinsam sehe.«

Die nächste Kundin kam, und wir mussten unser Gespräch beenden.

Ich verabschiedete mich, legte zur Erinnerung den Zeigefinger auf die Lippen, Sabine nickte.

»Wir sehen uns übermorgen, Professor«, sagte sie. »Dann ziehen wir den nächsten Stachel!«

Ich humpelte zum Saab, fuhr aber nicht gleich nach Hause, sondern steuerte die Polizeidienststelle an.

Bernhard Ebner saß in exakt der gleichen Haltung hinter seinem Computer, in der ich ihn bei meinem vergangenen Besuch angetroffen hatte. Wieder linste er unter seiner Brille hervor und sah mich fragend an. Ich legte ihm die ausgedruckte E-Mail auf den Tisch.

»Sie sind ja Spezialist für Internet-Kriminalität«, sagte ich, »vielleicht können Sie mir da weiterhelfen. Die Mail ist in meinem Posteingang gelandet … Sie wurde aber auch von meiner Mailadresse abgeschickt, das finde ich beunruhigend. Angeblich hat der Typ meinen Rechner gekapert und nun Zugriff auf alle Dateien.«

»Sie werden ja nichts zu verbergen haben, oder?«, fragte der Polizist.

»Ich glaube nicht, dass das die richtige Frage ist«, antwortete ich. »Die Frage ist, wer verfolgt mich und warum ausgerechnet jetzt?«

»Eine Verfolgung kann ich auf den ersten Blick nicht erkennen«, meinte Ebner. »Ich werde mir das in Ruhe ansehen.« Typisch Ebner. Er schien es nie besonders eilig zu haben.

»Gibt es etwas Neues von der Leiche?«, fragte ich. »Irgendwelche Spuren, Hinweise?«

Ebner seufzte und sah mich an. »Welche Leiche?«, fragte er, und die Ruhe, mit der er das tat, hatte etwas Provokantes.

»Sie sind wirklich eine große Hilfe«, sagte ich.

»Wie gesagt, solange Sie sich an die Gesetze halten, können Sie ja selber suchen, nach Ihrem Mädchen und seinem Mörder.«

»Gefallen hat sie Ihnen aber schon, nicht wahr?« Jetzt war ich es, der provozierte. Ebner ließ sich aber nicht aus der Ruhe bringen: »Sie war eine bildhübsche Frau«, sagte er, »und ich gehe davon aus, dass sie es immer noch ist.«

»Und die Mail? Was ist damit?«

Ebner kramte in seiner Schreibtischlade und holte einen Stempel hervor. »Posteingang«, las ich, als er ihn auf das Papier gedrückt hatte. Handschriftlich fügte er das Datum hinzu. »Ich werde mich darum kümmern.«

»Das ist alles?«

»Das ist alles. Außer, Sie wollen eine Anzeige gegen unbekannt machen. Ist aber eine Menge Papierkram und dauert.«

»Und würde es etwas an dem Ehrgeiz ändern, mit dem Sie an die Sache herangehen?«

»Nein.«

»Und wenn Sie die nächste Leiche finden, was machen Sie dann? Drücken Sie der einen Posteingangsstempel auf die Stirn?« Ich war laut geworden.

»Wenn jemand so lustige Fragen gestellt hat wie Sie«, sagte Ebner, »hat man bei dieser Person früher jeden Tag Verkehrskontrollen gemacht. Irgendwas findet man immer. Einen zu alten Verbandskasten, ein kaputtes Pannendreieck, ich denke, Sie verstehen, was ich meine. Aber ich habe vor zwei Wochen einen Deeskalationskurs gemacht. Der war wirklich gut.«

»Deeskalation erspart eine Menge Arbeit«, sagte ich süffisant.

»Sie wissen gar nicht, wie recht Sie haben, Professor.«

»Na dann … wünsche ich Ihnen einen ruhigen, beschaulichen Tag.« Mehr fiel mir leider nicht ein.

Auf dem Heimweg fuhr ich bei den Zillners vorbei. Vor der Tür stand noch immer der riesige Audi von Julia. Solange sie da war, sollte ich mich nicht blicken lassen. Dabei hatte sie sicher einiges über Angelika zu erzählen. Es schien mir allerdings ungeschickt, jetzt vorbeizukommen. Herwig würde sich aufregen, und wenn Evelina der Umgang mit mir verboten wurde, brachte das nur noch mehr Schwierigkeiten.

Als ich zu Hause ankam, sah ich einige mir unbekannte Männer, die auf dem Dach meines Schuppens herumkletterten. Sie waren dabei, die Dachziegel zu demontieren und in einen Container zu werfen.

»Was wird das?«, schrie ich aufs Dach hinauf.

»Neues Dach. Hat der Chef gesagt.«

»Aber doch nicht auf dem Schuppen. Auf dem Haus!« Sie machten unbeirrt weiter und warfen die schönen, alten bemoosten Heraklit-Ziegel in den Container. Nein, Eternit heißen die, nicht Heraklit. Ich hatte noch nie einen besonders glücklichen Umgang mit Handwerkern. Ich rief Rainy an. »Was ist da los?«, fragte ich. Er antwortete mit einem Redeschwall, ob es nicht wunderbar sei, dass er Zeit gefunden habe, meine Baustelle einzuschieben, ich könne mir gar nicht vorstellen, wie viel seine Leute gerade jetzt zu tun hätten, sie arbeiteten von fünf Uhr früh bis zehn Uhr abends, und eigentlich wäre von meiner Seite nur eine Reaktion angebracht: Dankbarkeit.

»Aber sie zerlegen den Schuppen! Der Schuppen war doch in Ordnung!«

Stille am anderen Ende. »Der Schuppen war auch im Arsch«, sagte Rainy dann. Dabei hatte er ihn sich nicht mal angesehen.

»Ich zahl das aber sicher nicht!«, sagte ich. Ein Versuch, Lou zu imitieren, die mit solcherlei Unbill viel besser umgehen konnte als ich.

»Wir werden das alles im Rahmen der Nachbarschaftshilfe regeln«, verkündete Rainy und legte einfach auf. Das Dach war inzwischen zu zwei Dritteln abgedeckt. Eines musste man ihnen lassen, sie waren schnell, diese jungen Männer, die sich mit der Sicherheit von Gämsen auf dem schrägen Dach bewegten.

Machtnix begrüßte mich aufgeregt. Er hatte die fremden Leute im Garten bemerkt, aber nichts gegen sie ausrichten können.

Ich legte mich kurz auf das Sofa, um den wehen Fuß hochzulagern, und beschloss, mir ein Bett zu kaufen. So konnte es mit mir nicht weitergehen. Ich war ja kein Teenager mehr und sollte meine Nächte wirklich besser verbringen als besoffen auf dem Sofa. Da ich im Saab ohnehin kein Bett und schon gar keine Matratze unterbringen konnte, bestellte ich ein ziemlich schönes und günstiges Massivholzbett im Internet. Samt Lattenrost und Doppelmatratze. Ich hatte den Glauben daran, Lou wieder zurückgewinnen zu können, noch nicht verloren.

»Hallo Katia ...« Nein, »hallo« klang schon ein klein wenig zu distanziert. Absichtsvoll distanziert, und das würde unentspannt rüberkommen. Also: »Liebe Katia, bin sehr in meiner Geschichte drinnen und brauche Ruhe und Konzentration. Hoffe, es geht dir gut. Alles Liebe, Quint.« Das war gut. Und nicht gelogen. »Hoffe, es geht dir gut« war freundlich, aber durch das fehlende »Ich« nicht zu empathisch. Und dass die Geschichte, in der ich drin war, sich nicht um Wittgenstein, den logischen Positivismus und den Wiener Kreis drehte, sondern um eine verschwundene Frauenleiche, musste ich ihr ja nicht unbedingt auf die Nase binden.

Eine Antwort von Michaela poppte auf: »Hallo Papa!« Sie schrieb also »Hallo«, und nicht »lieber«. Nun ja. »Hallo Papa! Wie geht es Machtnix? Warum schickst du mir nie ein Foto von ihm? Mama sagt, dass du in eine seltsame Geschichte verwickelt bist. Scary. Vielleicht hältst du dich da besser raus, weil der Cleverste bist du bei solchen Sachen nicht. No front, aber du verstehst ja nicht einmal den *Tatort*. Pass jedenfalls auf Machtnix auf. Wenn ihm was passiert, kann ich für nichts garantieren. Bu Mi« Das meinte Bussi, Michaela. Auf meine Frage hatte sie nicht geantwortet. Sie waren auf einem anderen Kontinent, meine beiden wichtigsten Frauen. Buchstäblich. Eine neue Mail poppte auf. »Ach ja, hab einen Buddy gefragt wegen der Drohmail. Er sagt, das ist Kinderkram. Kann jeder. Sollst weniger Pornos schauen.«

Ich hätte mich nie getraut, so mit meinen Eltern zu reden. Ich hätte nicht einmal in Erwägung gezogen, so mit ihnen zu reden. Seltsamerweise war ich aber nicht einmal beleidigt, sondern fand das normal.

Eigentlich war ich dankbar, dass sie mir überhaupt geantwortet hatte. In der Beziehung zwischen Eltern und Kindern hat sich einiges umgekehrt in den vergangenen Jahrzehnten. Ich finde das durchaus begrüßenswert, denn ich bin überzeugt davon, dass es vor allem die Erziehung war, die uns zwei Weltkriege beschert hat und die jene Menschen hervorgebracht hat, die bereit waren, sie mitzumachen.

Zum Arbeiten und zum Nachdenken war mein Haus kein geeigneter Platz mehr, weil mit einer beeindruckenden Regelmäßigkeit Dachziegel im Container detonierten. Ich beschloss also, mit Machtnix spazieren zu gehen. Da die ersten Schritte recht schmerzlos verliefen, schlug ich den Weg Richtung Wald ein. Wie immer, wenn ich mich bewegte, begann es in meinem Kopf zu arbeiten. Doch sosehr ich die Faktenlage auch überdachte – ich stand vor einem Rätsel. Ich musste Kontakt zu Evelina aufnehmen. Nur sie konnte uns weiterhelfen, sie und ihre hellseherischen Fähigkeiten, an die ich allerdings noch immer nicht glauben konnte. Ganz einfach, weil es so etwas nicht gibt.

Ich erschrak fürchterlich, als ich plötzlich eine Stimme hinter mir hörte. »Quintus!« Da stand sie, an einen Baum gelehnt – Evelina. Sie lächelte mich an. Ihr kurzes, lockiges Haar hatte dieselbe Farbe wie die Baumrinde, und das sah reizend aus. Auch Machtnix freute sich.

»Ich wusste, dass du heute hier vorbeikommst. Hab gerade Mittagspause.«

»Du hast mich vielleicht erschreckt!«

»Es gibt keinen Grund dafür!«

»Sind Julia und die Kinder weg?«

»Ja, zum Glück.«

Evelina schloss sich mir an, und wir spazierten weiter Richtung Fluss. Ich erzählte ihr, was mir Sabine, die Fußpflegerin, gesagt hatte. Ob das stimme, dass ihre Schwester gerne … geflirtet hat?

»Oh ja, das stimmt leider«, sagte Evelina und legte ihre Stirn in Sorgenfalten. »Und sie hatte ein richtig gutes Händchen für falsche Männer. Wir haben sogar gestritten deshalb. Weil ich sehen konnte, dass der Mann, mit dem sie eine Beziehung hatte, und den sie noch dazu später geheiratet hat, nichts anderes war als ein narzisstisches Monster.«

»Muss man dafür hellsehen können?«

»Bei Narzissten ist es hilfreich. Weil die sich gut verstecken können hinter einer wunderbaren Fassade. Alles Manipulation. Aber sag wem, er wird manipuliert, dann ist er natürlich sauer. Und Angelika war sehr sauer auf mich. Weil sie insgeheim wahrscheinlich wusste, dass ich recht habe. Glaub mir, Professor, hellsehen zu können ist mehr ein Fluch als eine Gabe. Alle wünschen sich, Gedanken lesen zu können. Bücher und Filme handeln davon. Wer Gedanken lesen kann, hat Macht über andere. Ist der Herr der Welt. In Wahrheit bist du der Abschaum der Welt. Du weißt plötzlich, wie die Menschen ticken. Du weißt, was schiefgehen wird. Du siehst die ganze Zeit, wie egoistisch, verlogen, böse, selbstbezogen, wie wahnsinnig einfach gestrickt die Menschen sind. Ausnahmen gibt es, dem Himmel sei Dank. Dich zum Beispiel. Aber im Großen und Ganzen ist es schlimm, was du siehst. Armselig auch. Und du kannst nichts dagegen tun. Du kannst nur versuchen, dich und deine Lieben zu retten. Aber viele Lieben hast du nicht mehr.«

»Okay, Evelina … Aber wir müssen jetzt in erster Linie herausfinden, wer deine Schwester umgebracht hat. Wenn du sonst alles siehst, warum siehst du das nicht? Hast du Bruno befragt?«

Ich konnte es selbst kaum fassen: Jetzt wollte ich allen Ernstes wissen, welche Geheimnisse ihr ein ergrauter, zerschlissener Stoffhund verraten hatte?

»Ich habe es dir schon zu erklären versucht, Professor. Es geht nicht auf Knopfdruck. Heute Nacht habe ich Geister gesehen. Meine Großmutter war dabei, aber als ich sie gefragt habe, wer das getan hat, ist sie verschwunden. Weg. Sie war einfach weg.«

»Du siehst auch Geister?«

»Ja, sicher sehe ich Geister. Oder was wir dafür halten. Irgendwo ist alles aufgeschrieben … die Vergangenheit, die Zukunft, sie sind eins. Es ist alles schon passiert, und es ist noch nicht passiert … Wie soll ich das sagen … Die Geister sind eigentlich unspektakulär. Man darf nur keine Angst bekommen.«

»Aber ich meine … wie siehst du die? Die Geister? Mit den Augen?«

»Es ist ein Gefühl, als würde mir jemand von hinten die Hand auf die Schulter legen. Verstehst du das? Sie haben ein Energiefeld wie ein Mensch. Ich sehe die Geister manchmal als Umrisse. Manchmal spüre ich auch nur, dass jemand da ist. Manchmal machen sie Klopfgeräusche oder amüsieren sich damit, Bücher aus dem Regal zu werfen. Ich rede gelegentlich mit ihnen, obwohl sie mir gar keine Frage stellen. In manchen Nächten gibt es richtige Gespensterpartys.«

»Und wo wohnen sie, diese Geister? Vielleicht nur in deinem Kopf?«

Evelina warf den Kopf nach hinten und lachte. »Ah, du glaubst, ich bin verrückt. Das dachte ich auch eine Zeitlang. Professor, wie kannst du nur verstehen? Schau, ich stelle mir das Ganze vor wie einen Fluss. Das Wasser bewegt sich, es ist immer das Gleiche und doch nicht das Gleiche. Ich kann in diesem Fluss lesen, egal, ob in der Vergangenheit, in der Gegenwart oder in der Zukunft.«

Natürlich musste ich jetzt an *panta rhei* denken, den berühmten Spruch von Heraklit: Alles fließt. Und an seinen Satz, wonach man nicht zweimal in denselben Fluss steigen könne. Weil, wenn alles fließt, der Fluss einerseits derselbe ist, aber immer auch ein anderer. Aber mir stand der Sinn nicht nach solchen Überlegungen, sondern nach Logik.

»Wenn ich ein Stück Holz in den Fluss werfe, dann legt es eine Strecke zurück. Ich kann berechnen, wann das Holz an welchem Platz vorbeischwimmen wird. Es gibt für alles eine Zeit, eine Strecke, Messergebnisse.«

»Jetzt verstehe ich nicht.«

»Das ist Wissenschaft. Logisches Denken, Vernunft. Sie verhilft uns auch dazu, dass wir die Beschaffenheit des Wassers analysieren können, Nitrat, Nitrit, Quecksilber, Colibakterien, ich meine, das hat uns das Leben gerettet. Wissenschaft rettet uns immer noch das Leben.«

»Ja. Wunderbar. Ich finde, Wissenschaft ist wirklich eine schöne Sache. Aber sie ist nicht alles.«

»Lass es uns jetzt ganz konkret versuchen: Was ist dein Gefühl zu Bobby Friedl? Zu Ferdinand Moser? Zu Bernhard Ebner?«

»Was ist dein Gefühl zu ihnen?«

»Ich habe viel über sie nachgedacht, und ich glaube ...«

»Siehst du, Professor, genau da ist schon der Fehler. Wenn man nachdenkt, verliert man die Fähigkeit, zu sehen. Überleg mal, du beobachtest ein Paar. Jeder sieht, er ist mit seinen Gedanken woanders, und sie träumt von etwas anderem. Da beginnt es interessant zu werden. Wo ist er mit seinen Gedanken? Wovon träumt sie? Ich glaube, viele könnten das erraten und würden richtigliegen. Wenn sie ihrer ersten Intuition vertrauen. Und ich meine wirklich: der ersten. Der, die schon da ist, bevor das Denken kommt.«

»Dann sag mir deine Intuition zu Bobby Friedl.«

»Er ist Taxifahrer.«

»Toll!«

»Nein, im Ernst, ich kann nicht in ihn sehen. Es geht nicht. Ich glaube, er ist ein lieber Kerl. Harmlos. Er träumt zwar manchmal von anderen Frauen, aber er denkt nicht daran, seine Herta zu verlassen.«

»Genauso denke ich auch über ihn«, sagte ich.

»Siehst du. Also stimmt es wahrscheinlich.

»Oder auch nicht«, gab ich zurück. »Was, wenn seine scheinbare Harmlosigkeit täuscht? So kommen wir nicht weiter, Evelina.« Wir hatten den Bach erreicht, und ich hielt nach meiner Forelle Ausschau.

»Was denkst du über den Polizisten? Bernhard Ebner?«, fragte ich.

»Das Problem ist, was ich über ihn denke, ist ziemlich uninteressant.«

»Was hast du für ein Gefühl zu ihm?«

»Er hat den richtigen Beruf für sich gefunden«, antwortete Evelina.

»Deine Schwester hat ihm gefallen. Sabine hat gesagt, er hat Angelika angestarrt.«

»Meine Schwester hat allen Männern gefallen.«

»Und was ist mit Ferdinand Moser? Dem Verwalter? Ich hab ihn beim Zeltfest getroffen …«

»Und was sagst du?«

»Ich kann mich leider nicht mehr so genau erinnern.«

Die Forellen schienen ausgestorben zu sein. Aber irgendwie war mir dieser Moser … unsympathisch? Vielleicht war er auch nur nüchtern gewesen. Nüchterne sind für Trinker immer unsympathisch.

»Er ist mit deiner Schwester im Wald gesehen worden. Im Pick-up sind sie gemeinsam gefahren.«

»Und warum glaubst du alles, was Sabine sagt, Professor?«

»Warum sollte sie mich anlügen?«

»Sie redet viel.«

»Schau«, sagte ich. »Dort, im Kehrwasser, siehst du ihn? Den Fisch!«

»Ein großer!«, flüsterte Evelina, als ob der Fisch sie hören könnte. Ich habe oft den Eindruck, Fische spüren, wenn man sie ansieht. Mit einer flinken Flossenbewegung schnellte die Forelle ins Tiefe und verschwand unter einem Felsen.

Wir gingen weiter, und ich fragte Evelina, welches Gefühl sie zu Sabine habe. »Ich weiß es nicht, Quintus«, antwortete sie. »Ich habe den Eindruck, seit ich hier bin, verliere ich nach und nach meine Intuition. Ich habe gar kein Gefühl mehr. Außer ein schlechtes, im Allgemeinen.«

Wir machten uns auf den Rückweg, weil Evelinas Pause endete. Wir schwiegen eine Weile, bis Evelina sagte: »Aber zu einem habe ich wirklich ein schlechtes Gefühl. Und das ist Adrian Zillner.«

Als wir bei meinem Haus ankamen, sah ich die Katastrophe schon von weitem. Tatsächlich, die Dachdecker arbeiteten sehr schnell, sie waren schließlich zu viert. Die Vorderseite des Schuppendachs war bereits neu eingedeckt und strahlte uns entgegen – in allen Farben des Regenbogens.

»Um Gottes willen, sieh dir das an«, sagte ich zu Evelina.

»Hast du das bestellt, Professor?«

»Sehe ich so aus?«

Evelina verabschiedete sich lachend von Machtnix und mir. Ich rief den Dachdecker an, und Rainer ging sofort ran.

»Rainer!«, rief ich. »Du hast gesagt, dass die Dachziegel nicht ganz neu aussehen. Du hast nicht gesagt, welche Farbe sie haben!«

»Sehen sie etwa zu alt aus?«

»Nein, sie sehen ganz im Gegenteil sehr neu aus.«

»Na dann!«

»Aber die Farbe!«

»Welche Farbe haben sie denn?«

»Viele! Sehr viele bunte Farben. Ich wüsste einen neuen Künstlernamen für dich: Rainy Rainbow!«

Rainer lachte. »Du wirst doch nichts gegen die Regenbogen-Bewegung haben?«, sagte er.

»Natürlich nicht. Aber doch nicht auf meinem Haus!«

»Aber beim eigenen Haus fängt alles an«, sagte Rainy. »Alle wollen, dass man bei den anderen anfängt und nicht bei sich selbst. Aber so wird sich nie etwas ändern!«

Ich wünschte in diesem Augenblick sehnlichst, Michaela wäre an meiner Seite, denn mir fiel leider nicht ein, was ich hätte erwidern können. Immerhin versprach Rainer, das Haus mit anderen Dachziegeln decken zu lassen.

Erschöpft ließ ich mich auf das Sofa fallen. Machtnix kam zu mir und legte seinen Kopf in meine Hand, sodass ich gar nicht anders konnte, als ihn zu streicheln. »Wie sollen wir bloß weitermachen?«, fragte ich ihn, aber da war mir die Antwort bereits selbst eingefallen. Ich musste mich um diesen Adrian Zillner kümmern und ihm ein bisschen auf den Zahn fühlen. Er würde zwar sicher nicht so blöd sein, irgendetwas Verräterisches zu sagen. Aber vielleicht würde ich einen weiteren Puzzlestein finden, um irgendwann das doppelte Verschwinden der Angelika Kiss zu einem vollständigen Bild zu machen.

Ich schrieb Adrian Zillner eine Nachricht: »Ich überlege, das Haus zu verkaufen. Können wir einmal reden?«

Tatsächlich dachte ich nicht im Traum daran, das Haus zu verkaufen. Was, wenn Lou tatsächlich wollte, dass ich aus der Salzburger Wohnung auszog? Im Kellerloch beziehungsweise in der Höhle, wie ich Michaelas Studentenbude nannte, konnte ich auf Dauer nicht bleiben. Und die Immobilienpreise in Salzburg und Umgebung waren derart gestiegen, dass ich mir eine schönere Wohnung mit meinem Professorengehalt zwar hätte leisten können – aber zum Leben wäre mir nicht mehr viel übrig geblieben. Glaubte mir Zillner, dass ich das Haus verkaufen wollte? Oder durchschaute er, dass es sich um ein taktisches Angebot handelte? Wie auch immer, es dauerte keine halbe Stunde, und Adrian Zillner rief an. Wir vereinbarten, uns anderntags in München zum Mittagessen zu treffen. Ich sah dem Termin mit gemischten Gefühlen entgegen, denn Evelinas Satz ging mir nicht aus dem Kopf: »Aber zu einem habe ich wirklich ein schlechtes Gefühl. Und das ist Adrian Zillner.«

Dienstag, 10. Juli 2018

29

»Ich hoffe, ich bin nicht allergisch!« Herwig Zillner beugte sich, so gut er konnte, zu Machtnix hinunter und gab ihm eines der Hundeleckerli, mit denen ich Evelina und ihn versorgt hatte. »Ein Hund ist gut für die Sicherheit«, fügte er hinzu.

»Auf jeden Fall«, bestätigte ich und zwinkerte Evelina zu.

»Pass auf dich auf«, raunte sie mir zu, als ich mich verabschiedete.

München ist nicht weit von Stein am Gebirge. In einer guten Stunde erreichte ich den Stadtrand. Als Kind war ich oft dort gewesen, weil Onkel Julius – der Bruder meines Vaters – in München gelebt hatte. Meine Erinnerungen an die Stadt oszillierten zwischen Entenfüttern im Englischen Garten, Weißwurstessen in der Großmarkthalle und Elefantenschauen in Hellabrunn. Im Gegensatz zu meinem Vater war Onkel Julius ein Genussmensch und ein rechter Spaßvogel, und ich verbinde mit München nur die allerbesten Gefühle. Das ist bis heute so geblieben, obwohl ich als Münchenliebhaber nicht anders kann, als mich von manchen Aspekten abgestoßen zu fühlen, von der ewig dumpfen Bierzeltpolitik etwa, vom Protzen mit riesigen Autos und von den Immobilienpreisen. Immobilienpreise, die ja nicht zufällig entstanden, sondern die gemacht wurden, weil man erlaubte, mit Immobilien zu spekulieren. Einen Vertreter der Spezies Protzautofahrer und Immobilienhai würde ich gleich treffen, und zwar in einem Luxusrestaurant, angesiedelt im obersten Stockwerk eines Hochhauses.

Mit ein paar Exemplaren der Gattung Münchner Jeunesse dorée, schön und reich, weil schon ihre Eltern schön und reich waren, und deren Eltern ebenso, fuhr ich in erstaunlicher Geschwindigkeit nach oben. Während meine Mitpassagiere nach Verlassen der Liftkabine selbstbewusst ihr Ziel ansteuerten, irrte ich hilflos herum, bis mich ein kleiner Mann in Anzug und Krawatte fragte, was ich wolle. Als ich sagte, dass ich eine Verabredung mit Herrn Adrian Zillner hätte, hob er eine Augenbraue und fragte: »Wen darf ich melden?«

»Doktor Quintus Erlach«, antwortete ich mit gebührender Arroganz, weil mir diese Mischung aus Oberkellner, Bodyguard und Bulldogge äußerst unsympathisch war. Man bedeutete mir mit einer herrischen Handbewegung zu warten und verschwand in einem Nebenraum. Ganz klar, in diesem Restaurant waren nur manche Gäste König, alle anderen verdächtig und die Kellner mit dem Charme von Geheimdienstmitarbeitern gesegnet. Man bedeutete mir mit einer ebenso herrischen Handbewegung zu kommen, und ich trat in einen von allem anderen abgeschotteten Raum. Auf einem Sideboard standen Bier, Saft, Wasser, auf einem Tischchen Champagnerflaschen in einer goldenen Eiswürfelbadewanne. Ein Tisch für zwei mit kunstvoll gefalteten Stoffservietten und goldenem Besteck war so gedeckt, dass beide den Ausblick genießen konnten.

»Professor, Quintus, was für eine Freude, dich so schnell wiederzusehen!«, rief Adrian Zillner aus, und entweder, er freute sich wirklich, oder er spielte gut. Er schüttelte mir überschwänglich die Hand und zeigte dann rund um sich. »Na, ist das ein Panorama?«

Tatsächlich, die Stadt lag uns zu Füßen, durch die dunkel getönten Scheiben in sepiafarbenes Licht getaucht, mit der Frauenkirche in der Mitte und den Alpen, aus denen ich gerade angereist war, im Hintergrund. Ich trat einen Schritt von der Panoramascheibe weg – auf keinen Fall durfte ich nach unten blicken. Wie kann man nur auf die Idee kommen, in solch schwindelerregender Höhe mittagessen zu wollen? Drüberzustehen, das war den Leuten wichtig, die hier ihren Businesslunch einnahmen, mehr noch: über allem zu thronen.

Ich gab ebenfalls vor, mich über das Wiedersehen zu freuen, spielte aber nicht so gut wie Adrian. Der merkte meine kleine Unsicherheit sofort und wollte mich mit Champagner trösten. »Sergej, seien Sie so nett«, sagte er, doch ich winkte ab, ich würde unter der Woche keinen Alkohol trinken, und wenn ich Auto fahre, schon gar nicht. Adrian gefiel das nicht, vielleicht, weil es meine Position stärkte. »Ein Gläschen zum Anstoßen« versuchte er noch, wissend, dass ich nach dem Gläschen verloren sein würde, doch seine Hartnäckigkeit bestärkte mich in der meinen.

»Wie geht es meinem Vater, hast du ihn gesehen?«, fragte er.

»Nur kurz …«

»Ich habe gehört, es gab Unannehmlichkeiten.«

»Das kann man so sagen.« Noch bevor ich etwas erzählen konnte, machte Adrian, an seinem Mineralwasser nippend, weiter.

»Die Polizei bei meinem Haus, das ist nicht gut, ich sag dir das in aller Offenheit, Quintus. Das macht keinen schlanken Fuß. Es regt vor allem meinen Vater sehr auf, deshalb – sei mir nicht böse – so etwas darf nicht mehr passieren. Wir müssen vor allem auf seine Gesundheit achten. Ich möchte dich um etwas bitten, lieber Quintus, und du kannst ruhig nein sagen, wir werden deshalb auf jeden Fall dennoch gute Freunde bleiben, aber es wäre mir sehr wichtig, dass du dich aus diesen Dingen raushältst.«

»Was meinst du denn für Dinge?«, fragte ich, in aller Unschuld ebenfalls an meinem Mineralwasser nippend.

Er seufzte, stellte sein Glas ab, schickte Sergej mit einer wegwerfenden Handbewegung hinaus, stellte sich mit dem Rücken zu mir an die Glaswand und starrte über die Skyline von München, Richtung Berge.

»Ich weiß, dass ihr glaubt, die Leiche der slowakischen Pflegerin gefunden zu haben. Ebner glaubt euch zwar nicht, aber ich bin geneigt, zwei Leute nicht für verrückt zu halten. Es passieren nun mal seltsame Dinge in Stein am Gebirge. Es passierten immer schon seltsame Dinge in Stein am Gebirge.«

Ich stellte mich neben ihn und versuchte, meine Höhenangst dadurch zu bezwingen, dass ich in die Ferne blickte, zu den Bergen.

»Bewundernswert, was du alles weißt«, sagte ich.

»Gute Kontakte sind alles im Leben«, gab er zurück.

»Ich verstehe, dass du deinen Vater schonen willst«, sagte ich, »aber es fällt mir schwer, mich da rauszuhalten. Immerhin, Evelina hat mich um Hilfe gebeten, und ich finde nicht, dass man eine verschwundene Pflegerin und die verschwundene Leiche einer Pflegerin einfach ignorieren kann.«

Adrian Zillner biss sich auf seine schmalen Lippen und sah mich an.

»Du kannst mir glauben, dass es mir sehr unangenehm ist, wenn solche Dinge passieren. Besonders auf meinem Grund und Boden. Aber manchmal ist es besser, Dinge einfach auf sich beruhen zu lassen«, flüsterte er, und mir lief ein kalter Schauer über den Rücken.

Die Suppe, die nun von livriertem Personal serviert wurde, machte mein inneres Frösteln um nichts besser. »Fenchelschaumsuppe. Noilly Prat. Gebeizter Alpenwildlachs. Wildklee. Pochiertes Wachtelei«, vermerkte die neben dem Gedeck liegende Tischkarte mit den sehr beliebten Punkten zwischen den einzelnen Zutaten. »Es ist, als hätte Marlene Streeruwitz die Speisekarte geschrieben«, versuchte ich einen Witz, aber da Adrian Zillner sich offensichtlich nicht für Literatur interessierte, ging mein Scherz ins Leere. Die Suppe schmeckte nicht schlecht, erfüllte allerdings den Hauptzweck einer Suppe nicht, nämlich warm zu sein. Adrian lobte sie trotzdem über den grünen Klee, der als Garnitur obenauf schwamm, schließlich aßen Leute wie er nur in den besten und teuersten Restaurants, und die waren gut, basta. Ich nickte zustimmend und überlegte währenddessen, wie ich auf mein Thema zurückkommen konnte. Denn ich wollte es absolut nicht auf sich beruhen lassen.

»Du bist erstaunlich gut informiert. Ich meine, über alles, was in Stein am Gebirge so passiert.«

Adrian lachte jovial. Er hatte eine tiefe, sonore Stimme, die nicht zu seinem kleinen, drahtigen Körper passte. »Mein Lieber, Information ist alles. Vor allem in meinem Business. Weißt du, unter uns, wenn ich dich ein wenig in die Geheimnisse meines Geschäfts einweihen darf, was ich sehr gerne mache, weil ich weiß, dass ich dir vertrauen kann … Immobilien liegen genau an der Schnittstelle von Raumplanung, also Politik, und Investment, also Finanz. Wenn du da nicht informiert bist und Kontakte in allen Bereichen hast, bist du aufgeschmissen. Und ich rede von guten Kontakten. Premium-Kontakten.«

»Zum Beispiel?«

»Außenpolitik. Stichwort Jugoslawienkrieg. Wenn du weißt, was die Politik vorhat, nämlich das alles früher oder später der EU einzuverleiben, dann ist das natürlich hilfreich. Wir haben Istrien, Dalmatien und Montenegro aufgekauft, da sind noch die Bomben gefallen.«

Sehr sympathisch, dachte ich, und Adrian plauderte unverdrossen weiter.

»Anderes Beispiel. Ein guter Freund von mir ist Vermögensverwalter. Wenn bei ihm was schiefgeht, was natürlich manchmal passiert, tröstet er seine Kunden mit den Worten: ›Machen Sie sich keine Sorgen. Ihr Geld ist nicht weg. Es gehört jetzt nur wem anderen.‹ Weißt du, da wird es interessant. Wenn man zum Beispiel zufällig erfährt, wer dieser andere ist.«

»Stimmt es, was man manchmal so liest, dass es im Baugeschäft so etwas wie Korruption gibt?«

Jetzt kannte Adrians Heiterkeit keine Grenzen mehr. Sein Lachen dröhnte durch den Raum. »Der ist gut«, sagte er, »so etwas wie Korruption … Ich meine, Quintus, wir reden vom Baugeschäft!«

»Und Immobilien?«, fragte ich nach.

»Immobilien? Da spielt Korruption keine Rolle. Immobilien, mein Lieber, Immobilien sind nichts anderes als sichtbar gewordene Korruption.« Ein hübsches Bonmot, dachte ich, und wunderte mich, warum dieser misstrauische Mensch so offen mit mir redete. Was, wenn ich die Diktierfunktion auf meinem Handy aktivierte und alles aufnehmen würde? Er nahm mich offensichtlich nicht ernst, aber bei genauer Betrachtung hatte er wahrscheinlich nichts von sich gegeben als einen branchenüblichen Aphorismus.

»Stein am Gebirge«, fuhr Adrian fort, »das sind Peanuts. Alles, was ich beruflich gelernt habe, weiß ich von Julias Vater. Er war mein Lehrmeister. Ich werde ihm immer dankbar sein, auch wenn er vielleicht – eine Spur zu bieder war bei seinen Visionen. Er hat mich damals, als ich begonnen habe, nach Saint-Tropez geschickt. Ich war jung und unfassbar beeindruckt von den prächtigen Villen mit Palmen und Infinity-Pools mit Meerblick. In Saint-Tropez habe ich meine erste Lektion gelernt.«

»Und die wäre?«, fragte ich nach, weil ich zu höflich war, es nicht zu tun.

»In Saint-Tropez kaufen nur Idioten. Aber die haben oft das meiste Geld.«

Und wieder dröhnte sein Lachen durch den Raum, während »Saibling vom Starnberger See. In Honigwabe gegart. Brunnenkresseschäumchen« serviert wurde.

»Am Starnberger See hast du auch was«, sagte ich, auf die Menükarte weisend.

»Im Grunde natürlich auch idiotisch. Viel Stress, viel Stress …«

»Und wie ist das mit der Politik? Hast du Kontakte zu allen Parteien?«

»Herrlich«, rief er aus und putzte seinen Fisch in zwei Bissen weg, »schmeckt das nicht herrlich?«

»Sehr gut«, antwortete ich.

»Politik? Ach, Politik ist so langweilig. Und so blöd. Sie hinkt den Entwicklungen immer drei Schritte hinterher. Während die Finanzleute schon die Pläne für das nächste Jahrzehnt gemacht haben, faseln diese Dummköpfe von Klimaschutz und sozialer Gerechtigkeit, und die noch größeren Dummköpfe glauben ihnen das. Weißt du, ganz unter uns, im Grunde meines Herzens war ich immer ein Roter.«

Kein Wunder, dachte ich, dass die Sozialdemokratie in einer Identitätskrise steckt, wenn solche Herzen für sie schlagen. Doch ich sagte es nicht.

»Aber ich muss natürlich mit allen im Gespräch bleiben. Man weiß ja nie, wer nächstes Jahr regiert. Die Demokratie ist ein Hund.«

Inzwischen wurde »Wildfasanbrust. Speckmantel. Steinpilz-Espuma. Getrüffeltes Püree« aufgetragen, und ich war glücklich, dass die Portionen nur aus wenigen Bissen bestanden, denn mir war übel von Zillners Ansichten. Ich versuchte es mit einem Themenwechsel.

»Du hast Immobilien in Saint-Tropez, am Starnberger See, in ganz Europa – warum in aller Welt interessierst du dich für mein baufälliges Haus?«

Adrian lachte: »Also Weltmeister im Verhandeln bist du wohl nicht! Du kannst doch nicht sagen, baufälliges Haus! Es ist ein Haus mit großem Potenzial, musst du sagen, an einem einmalig schönen Platz, zentrale Alleinlage, so würde ich das charakterisieren ...«

»Okay«, sagte ich schmunzelnd, denn es war schwer, sich seinem heiteren Charme zu entziehen, »aber warum interessiert dich dieses weder besonders große noch besonders mondäne Haus?«

»Ich will ganz ehrlich sein«, sagte Adrian, und immer, wenn jemand sagt, er wolle ganz ehrlich sein, werde ich sehr misstrauisch. »Mir gehört fast alles in Stein am Gebirge. Unser Häuschen, das Forsthaus, der Wald, der Steinbruch, sogar der See. Die Immobilien der meisten Gasthäuser, die Almhütten, der Skilift, den ich aber bald zusperren werde ... der Klimawandel, du weißt schon. Aber bitte kein Wort darüber im Ort, es wäre schlimm, wenn das jetzt herauskäme, dann machen mir die Druck oder was, Bürgerinitiative, wenn ich das Wort nur denke, bekomme ich schon die Krise, aber der Lift bringt nichts mehr, ich kann den nicht erhalten, das kostet natürlich Arbeitsplätze, also bitte wirklich streng vertraulich behandeln, das ist nur eine Information unter Freunden ... Ich sage dir das, weil ich weiß, dass ich dir vertrauen kann.«

Ich war schon ganz eingelullt von Adrians Sermon, glaubte mittlerweile selbst, dass ich sein Freund war und er mir vertrauen konnte, wusste aber noch immer nicht, warum er vorhatte, mein Haus zu kaufen. Ich fragte nach.

»Es ist wie bei einem Puzzle«, sagte er. »Natürlich ist dein Haus klein, ich zahl das aus der Portokassa, und ich vermiete es dir auch günstig, wenn du willst. Es interessiert mich nicht als Immobilie, sondern als Puzzlestein. Verstehst du, wenn ein Steinchen fehlt, da ärgert man sich einfach.«

Ich wusste genau, was er meinte. Auch mir fehlten Steinchen, um mir ein Bild über das doppelte Verschwinden der Angelika Kiss machen zu können – allerdings viele Steinchen.

Ich entschuldigte mich und ging aufs Klo. Überall in den Gängen und auf den Toiletten wurde man von Lounge-Musik eingelullt, die alle Emotionen tötet und die Gehirne gleichschaltet. Auf cool. Überall waren getönte Spiegel angebracht, bis hinein in die Klokabine, damit die Gäste sich immer selbst bewundern konnten.

Zum Dessert »Schokotörtchen. Minzgelee. Tonkareduktion« tranken wir Kaffee. Adrian Zillner sah auf die Uhr.

»Um noch einmal darauf zurückzukommen, lieber Quintus«, sagte er, »was wirklich wichtig ist: Ich bin bereit, dir einen Freundschaftspreis für dein Haus zu zahlen. Und ich rede jetzt nicht von zweihundertfünfzigtausend, die es jetzt in diesem Zustand vielleicht wert ist. Ich rede vom Dreifachen. Du hast mein Angebot. Eine Dreiviertelmillion. Überleg es dir ... So eine Sanierung kann unterm Strich sehr, sehr teuer werden.«

Ich muss gestehen, dass ich mich die ganze Zeit wie ein Schüler gefühlt hatte, der mit seinem Lehrmeister zu Mittag speist, ich, Universitätsprofessor Doktor Quintus Erlach. Dieser Adrian Zillner hat sich die Gesprächsführung nie aus der Hand nehmen lassen, hat verbale Finten geschlagen, mich eingewickelt in seinen Kokon aus Charme und scheinbarer Freundlichkeit. Und so endete auch unser Treffen. Er sagte, er habe noch eine Besprechung, eine sehr wichtige Besprechung, in der Zigarrenlounge, begleitete mich zum Lift, klopfte mir auf die Schulter, wobei er sich mit seiner kleinen Statur ziemlich bemühen musste. Er zog mich noch ein wenig beiseite, als der Lift kam und die Leute ausstiegen, sah mir ruhig in die Augen und sagte: »Und noch eine Kleinigkeit, Quintus – überschätz dich nicht.« Und damit verschwand er in den Weiten des Flurs.

Auf der Heimfahrt fühlte ich mich sehr ermattet. Ich hatte überhaupt nicht den Eindruck, mich selbst überschätzt zu haben, eher im Gegenteil. Und das Angebot, das er mir gemacht hatte, war tatsächlich sehr gut. Ich kam ins Schwanken. Um das Geld könnte ich mir eine schöne Wohnung in Grado kaufen, oder in Poreč oder in Rovinj, irgendwo, wo immer die Sonne scheint und die Leute fröhlicher sind als in Stein am Gebirge. Oder doch eine eigene Wohnung in Salzburg? Aber machte man mit solchen Leuten Geschäfte? War der gute Preis, den er mir versprach, an die Bedingung geknüpft, dass ich »die Dinge auf sich beruhen lassen« musste? Tatsächlich würde er es schaffen, mich zu einem Teil seiner Immobilien-Korruption zu machen, wenn ich sein Angebot annahm und mich einfach aus dem Staub machte. Nun ja, das wäre einfacher und lukrativer, als sich mit Handwerkern und Baufirmen herumzuschlagen. Aber Quintus … nein, so weit wird es nicht kommen. Es ist mein Elternhaus. Mein Herz hängt daran. Und ich werde nicht aufgeben, die Wahrheit über Angelika Kiss herauszufinden, auch wenn sein letzter Satz, ich solle mich nicht überschätzen, eine unverhohlene Drohung war.

Als ich mich meinem Haus näherte, sah ich das Blaulicht schon aus der Ferne. Bernhard Ebner sprach aufgeregt in sein Funkgerät. Neben seinem Polizeiwagen standen zwei Feuerwehrautos. Mein Schuppen stand in Vollbrand.

30

»Wo kommen wir denn her?«, fragte Bernhard Ebner und sah mich selbstzufrieden an.

»Woher wir kommen, das wird wohl ein ewiges Rätsel der Menschheit bleiben. Wo ich herkomme, spielt ja wohl keine große Rolle«, antwortete ich. Im Augenblick aber war ich nur froh, dass ich Machtnix zu Evelina gebracht und nicht im Garten gelassen hatte. Jemand, der ein Haus anzündet, und wenn es nur ein kleines aus Holz ist – so jemand wäre wohl auch imstande, einem Hund etwas anzutun. Ich näherte mich dem Schuppen, um zu sehen, ob ich etwas retten könnte, doch ein Feuerwehrmann hielt mich zurück.

»Das alte Rad von meinem Vater ist noch drinnen«, sagte ich.

»Tut mir leid, Professor, aber für Sachwerte riskieren wir kein Menschenleben«, erklärte der Hauptmann. Ach, wenn nur die ganze Welt so dächte wie die Freiwillige Feuerwehr!

»Ist Strom in dem Gebäude?«, fragte er.

»Nein.«

»Brennbare Flüssigkeiten?«

»Ich fürchte ... das Benzin für den Rasenmäher.«

»In welcher Menge?«

»Maximal fünf Liter.«

Er gab die Information per Funk an seine Männer weiter.

»Wie kann das passiert sein?«, fragte ich.

»Das kann ich im Augenblick nicht sagen«, antwortete der Feuerwehrkommandant. »Wir müssen jetzt als Erstes verhindern, dass der Brand über Funkenflug auf das Haus übergreift. Später kommt der Brandermittler von der Versicherung. Die sind gut. Der wird sicher rausfinden, was passiert ist.«

Im selben Augenblick hieß es »Wasser marsch«, und die Feuerwehrmänner begannen, das Gebäude aus zwei Schläuchen mit dicken Wasserfontänen zu bespritzen. Es zischte und rauchte, als ob sich ein Tor zur Unterwelt geöffnet hätte.

Ich ging zu Ebner zurück, der gerade sein Handy einsteckte. Der Polizist sah mich gleichzeitig misstrauisch und triumphierend an. »Hab gerade mit dem Dachdecker telefoniert. Er sagt, bei ihm hat es so was noch nie gegeben. Einen Baustellenbrand. Und seine Männer waren schon weg, mit ihrem ganzen Werkzeug.«

»Sie ermitteln ja schon«, sagte ich mit einer gewissen Ironie.

»Ermitteln ist meine Stärke«, gab Ebner zurück.

»Es kann kein Zufall sein, dass die Dachdecker da waren und es jetzt brennt«, meinte ich.

»Nein«, sagte Ebner. »Ich denke auch, dass das kein Zufall war. Rainer sagt, Sie waren nicht glücklich über die … Farben der Dachziegel?«

»Sehen Sie sich das an«, antwortete ich, »wären Sie mit diesem Regenbogendach glücklich?«

Ebner schmunzelte.

»Der Brandermittler der Versicherung wird sicher herausfinden, was passiert ist«, sagte Ebner. »Die sind gut.«

»Hab ich gerade gehört.«

»Überschätzen Sie sich nicht, Doktor Erlach«, sagte Ebner.

»Auch den Satz hab ich heute schon gehört.«

Ebner ging zu seinem Wagen, öffnete die Tür und wandte sich noch einmal nach mir um. »Sie schreien Rainer an, den Dachdecker, übrigens vor vier Zeugen, weil Sie das Dach hässlich finden. Gleich danach brennt die Hütte samt Dach ab. Professor, nichts für ungut, aber für mich sieht das nach einem astreinen Versicherungsbetrug aus.«

Noch bevor ich etwas antworten konnte, stieg er in sein Auto und fuhr los.

Ich setzte mich in den Saab und fuhr die kurze Strecke zu den Zillners, um meinen Hund wiederzuholen. Evelina saß vor der Tür und rauchte, Machtnix neben ihr auf der Bank. Sie lächelte, als ich aus dem Auto stieg.

»Da bist du, Gott sei Dank«, sagte sie.

Machtnix sprang auf und begrüßte mich. Ich setzte mich neben Evelina.

»Ich habe mir Sorgen gemacht«, sagte sie.

»Es war halb so wild.«

»Aber hier … Die Sirene, sie ist so laut. Und irgendwo brennt es. Riechst du das?«

»Das ist nur mein Holzschuppen. Der Polizist glaubt, ich habe ihn angezündet, weil mir das neue Dach nicht gefällt.«

Evelina war fassungslos über diese Idee. Ich erzählte ihr vom Mittagessen mit Adrian Zillner, dass er mich gewarnt hatte, mich weiter mit dem Verschwinden von Angelika zu befassen. Während wir redeten, sah ich einen Schatten bei einem der Fenster auftauchen. Ein Vorhang wurde vorsichtig beiseitegeschoben, und der Umriss von Herwig Zillners Gesicht tauchte auf. Arme Evelina, die hatte hier nicht die geringste Privatsphäre.

»Vielleicht macht er das wirklich nur, um seinen alten Vater zu schützen?«, fragte ich. »Ich meine, er regt sich ja sehr auf, der alte Herr.«

»Adrian Zillner macht nichts für seinen Vater. Er macht nichts für andere Menschen. Er macht alles nur für sich.« Evelina sah mich an. Ihre Züge waren hart geworden.

Ich erzählte ihr, dass Adrian mir eine Unsumme für mein altes Haus geboten hatte und dass ich das Gefühl hatte, das wäre eine Art Abfindung, damit ich mich aus allem raushalte.

»Er möchte dich weghaben aus Stein am Gebirge«, sagte Evelina. »Aber das wird ihm nicht gelingen, Professor. Du bist ein Mann mit Ehre.«

Ich dachte über den Ehrbegriff nach, der eigentlich etwas Edles war, aber wie so vieles in unserem Land durch die Nazis beschädigt worden war. Bin ich ein Mann mit Ehre, fragte ich mich, zweifelnd, denn der Gedanke, mit einer Dreiviertelmillion in der Tasche aus diesem Kaff zu verschwinden, schien mir plötzlich sehr verlockend. Ein Auto näherte sich und hielt vor dem Haus. Ein Pick-up, dessen gewaltige Reifen bis zu den Fenstern meines Saabs reichten.

Forstmeister Moser saß am Steuer. Mit den schweren Schuhen, der grünen Jagdhose, dem blau-weiß karierten Hemd und einem trachtigen Gilet sah er aus, als entstiege er einem Heimatfilm, und nicht einem Geländewagen. Mit seinen blonden, struppigen Haaren und den blitzblauen Augen war er das, was man landläufig einen feschen Mann nennt. Einen ganzen Kerl. Machtnix beschnupperte ihn misstrauisch. Moser wirkte um einiges jünger, als ich ihn vom Zeltfest in Erinnerung hatte. Wie alt mochte er sein? So alt wie Evelina? Auch ihr Alter war schwer zu schätzen.

»Alles in Ordnung bei euch?«, fragte er. Evelina verschwand im Haus, und wenig später öffnete sich das Fenster, an dem der Alte uns beobachtet hatte.

»Herr Ferdinand!«, rief er aus.

»Ich wollte nur nach dem Rechten sehen, Herr Zillner«, sagte Moser, etwas lauter und schöner betont, auf dass er auch gehört würde. »Ich bin verständigt worden, dass es brennt, aber das ist Gott sei Dank woanders«, sagte er. Ja, dachte ich, das ist Gott sei Dank nur bei mir.

»Furchtbar ist das«, klagte Herr Zillner, »so viele Aufregungen. Ich hab schon mit der Nachbarin telefoniert, aber die weiß auch nichts. Es ist halt so, seit die vielen Ausländer da sind, ist es nicht mehr ruhig hier im Ort.« Kopfschüttelnd wandte er sich ab, und Evelina schloss das Fenster. Moser hatte Herwigs Bemerkung nicht kommentiert und ihm vor allem nicht recht gegeben, was ich ihm hoch anrechnete – wie er wirklich darüber dachte, das wollte ich gar nicht wissen.

»Wir müssen auf der Hut sein«, sagte Ferdinand Moser, sah mir kurz in die Augen und ließ dann seinen Blick über den Ort schweifen. »Hier geht ein Brandstifter um.«

»Ja,«, sagte ich, »und ein Mörder.«

31

Zu Hause angekommen, fütterte ich den Hund und machte Tee.

Die Feuerwehr war abgezogen. Die Trümmer der Hütte rauchten noch. Der Kommandant hatte mich angerufen und gesagt, er würde später vorbeischauen, ob noch Brandherde glosten. Ich solle keinesfalls versuchen, Fahrräder oder anderes zu suchen, aber darauf hatte ich ohnehin keine Lust. Die Hütte und alles, was sie beherbergt hatte, war kaputt. Nur die bunte Farbe der Dachziegel schimmerte fröhlich unter dem Ruß hervor.

Ich suchte im Wohnzimmerschrank nach den Versicherungspapieren. Um all das Zeug hatte sich immer Lou gekümmert, obwohl es mein Elternhaus war. Lou war zwar üblicherweise gut organisiert, aber Papiere legte sie einfach irgendwo ab. Das hatte auch meine Mutter schon gemacht, und nach ihrem Tod mein Vater.

Nun zog ich fünf oder sechs dicke Ordner aus den Regalen, Ordner von dieser schönen altmodischen Sorte aus schwarzem Karton. Gleich im ersten Ordner, den ich durchsah, machte ich eine schockierende Entdeckung. Er war den Papieren meiner Mutter gewidmet: Ihre Schulzeugnisse waren darunter, in einer Schrift, die ich nur schwer lesen konnte; Schwarzweißfotos aus ihrer Jugend, die mir ihre Schönheit schmerzhaft in Erinnerung riefen; Geburtsurkunde, Staatsbürgerschaftsnachweis, Heiratsurkunde. Und dann, in einer vergilbten Klarsichthülle, drei Bestätigungen des Landeskrankenhauses über eine »Abrasio uteri post abortum«. Mein medizinisches Latein war nicht besonders gut, aber ein Blick in die Suchmaschine des Computers bestätigte meine Vermutung: Meine Mutter hatte drei Fehlgeburten gehabt, 1960, 1961 und 1963. Noch verstörender für mich war ein formloser Zettel, eine Sterbeurkunde aus dem Jahr 1964: Elisabeth Erlach war nur zwei Tage alt geworden. Todesursache: Frühgeburt.

Die Erkenntnis, eine große Schwester gehabt zu haben, erfüllte mich mit einer Mischung aus Trauer und Freude. Warum Freude? Es war die Freude darüber, sich die Möglichkeit vorstellen zu können, mit einer großen Schwester aufgewachsen zu sein. Die Erkenntnis, dass meine Eltern mir nie die Wahrheit gesagt hatten und mich in dem Glauben ließen, ich hieße Quintus, weil das eben ein schöner Name sei, machte mich wütend. Ja, ich konnte verstehen, dass man einem Kind so etwas nicht erzählt. Ich konnte verstehen, dass meine Mutter mir das nicht erzählt hat, weil sie den Schmerz nicht noch einmal aufrufen wollte. Aber warum hat mir mein Vater bis an sein Lebensende verschwiegen, dass ich eine Schwester hatte?

Das nächste Blatt Papier war eine Kostenaufstellung des Bestatters von Stein am Gebirge über das Begräbnis der Elisabeth Erlach im November 1964. Natürlich, ein gestorbenes Kind musste ja begraben werden! Und sie hatten mich jahrelang zu Weihnachten und zu Allerheiligen zum Friedhof geschleppt, wo ich der Großeltern und Tanten zu gedenken hatte, aber nie meiner großen Schwester!

»Komm«, sagte ich zu Machtnix. Ich nahm die Leine, sperrte, ganz gegen meine Gewohnheit, das Haus ab und machte mich auf den Weg. Es dämmerte bereits, und ich erschrak, als ich am Gartenzaun eine Gestalt sah. Es war aber nur der Hauptmann der Feuerwehr, der nach dem Rechten sah. »Es kommt kein Wind heute Nacht«, sagte er. »Das ist gut. Morgen sollten alle Brandherde erloschen sein.« Ich bedankte mich und fragte, wie ich mich erkenntlich zeigen könnte. Nur allzu oft wurden die Mitarbeiter der Freiwilligen Feuerwehr als Wichtigtuer verspottet. Ich hatte wirklich großen Respekt vor diesen Männern, die Tag und Nacht bereit waren, alles liegen und stehen zu lassen, um mit Höchstgeschwindigkeit zu einem in den allermeisten Fällen unerfreulichen Ereignis zu fahren. Zwei Kisten Bier und eine kleine Spende würden sie freuen, meinte der Kommandant. Das würde sicher eine kleine Herausforderung werden – zwei Kisten Bier zu kaufen und keine davon für mich.

Wir zogen weiter, Machtnix und ich, Richtung Pfarrkirche. Sie war der heiligen Barbara geweiht, Schutzpatronin der Bergleute, die von ihrem eigenen Vater enthauptet worden war. Früher hatte es viele Bergleute in Stein am Gebirge gegeben. Die Silberminen hatten einen gewissen Reichtum zutage gefördert, nicht nur für die Vorfahren der Familie Zillner, sondern vor allem für das Stift. Nun lohnte sich der Silberbergbau nicht mehr. Doch die Schottergruben und üppigen Wälder warfen allemal noch genügend Geld ab. Dementsprechend befand sich die Pfarrkirche mit dem weithin bekannten barocken Flügelaltar in einem ausgezeichneten Zustand. Ich leinte Machtnix an den schmiedeeisernen Gittern des Tores an und befahl ihm, zu warten.

Unterhalb der Kirche befand sich der Totenacker, wie mein Vater den Friedhof immer genannt hatte. Im dämmrigen Licht leuchteten die roten Grabkerzen. Ich hatte schon als Kind den Friedhof immer gerngehabt. Es war ein ruhiger Ort. Hier war alles klar, es gab keine Zweifel. Später mochte ich den Friedhof auch noch, aber ich ging selten zum Grab meiner Eltern, was eigentlich schade ist. Lou hatte mir oft genug erklärt, dass Rituale wichtig für die Psyche wären.

Nun sah ich wieder mit dem gewohnten Wohlgefallen auf den von einer Steinmauer gesäumten Totenacker, doch etwas war anders. Der Frieden, den ich empfunden hatte, war von einer Empörung vergiftet, der Wut darüber, dass man mir das Wissen über meine Schwester genommen hatte. Tot ist eben tot, wird sich mein Vater gedacht haben, der als Arzt den Naturwissenschaften verpflichtet war, so wie ich als Logiker in gewissem Maße auch. Vielleicht war es das, was mich ebenfalls irritierte: Nach allem, was ich in den letzten Tagen erlebt hatte, hatte sich ein Gefühl in mir eingeschlichen, wonach die Welt der Toten unglaublich wichtig ist für unser Leben. Vielleicht existiert diese Welt gar nicht, ja, aber in unseren Gedanken entsteht sie, also existiert sie doch, denn warum soll ein Gedanke weniger existieren als ein Stein oder ein Stück Holz?

Zu unserem Familiengrab würde ich blind finden: Nach dem Christus zweite Reihe links, dann lange geradeaus, beim Wasserhahn und Kompostmüll wieder links, dann gleich rechts. Da es in diesem kleinen Ort keine Friedhofsgärtnerei gab, hatten wir ein mit hellem Kies bedecktes Grab, gesäumt von einer Marmoreinfassung, der Grabstein ebenfalls aus hellgrauem Marmor. Nach dem Tod meines Vaters hatte ich die Namen in schwarzer Schrift nachziehen lassen, da manche Buchstaben nicht mehr gut leserlich waren. Unter den Namen der Großeltern väterlicherseits und mütterlicherseits standen die Namen meiner Mutter und meines Vaters. Elfriede Erlach, 1934–2004, Med.-Rat Dr. Anton Erlach, 1928–2010. Ich merkte, dass irgendetwas nicht stimmte, aber ich verstand nicht gleich, was es war. Dann erkannte ich, was falsch war. Unter dem Namen meines Vaters stand ein weiterer Name: Prof. Dr. Quintus Erlach, 1965–2018.

Ich hatte meinen Namen nie eingravieren lassen. Manche machen das ja, sozusagen vorsorglich, was ich eher geschmacklos finde. Und natürlich ist es kein besonders gutes Zeichen, wenn du auf einem Grabstein dein Todesjahr liest und dieses Todesjahr das aktuelle Kalenderjahr ist. Ich ging näher, rubbelte an den Buchstaben und Zahlen. Mein Name und die Daten waren nicht eingraviert worden, sondern mit einem Permanent Marker auf den Marmor geschrieben worden, die Schrift perfekt imitierend. Hier hatte sich jemand richtig Mühe gemacht. In der Ferne hörte ich Machtnix bellen.

Ich machte zwei oder drei Fotos vom Grabstein und dachte an meine große Schwester Elisabeth. Ich hätte ihr gerne Gedenkzeit gewidmet, war aber zu durcheinander. Wie in Trance ging ich zum Eingangsportal zurück.

Machtnix war weg. Und seine Leine auch.

Ich lief auf die Straße, sah panisch nach links und nach rechts. Nichts. Hatte sich der Hund einfach losgerissen? Er war doch so anhänglich, das passte überhaupt nicht zu ihm! Im Laufschritt bewegte ich mich Richtung Dorfzentrum, keine Spur von meinem Hund. Ach, wenn es bloß mein Hund gewesen wäre! Aber er war der Hund meiner Tochter!

Als ich die Hauptstraße entlanglief, zitterte ich vor Wut. Was für ein Scheißkaff! Was für üble Menschen! Ich konnte nicht mehr. Ich keuchte. Ich hielt mich an einer Hauswand fest. Zwei Gedanken gingen mir durch den Kopf: Ich würde morgen Adrian Zillner anrufen, um ihm zu sagen, dass ich aufgebe und ihm das Haus verkaufe. Der andere Gedanke war: Ich geh jetzt in die »Dorfschenke« und trinke ein Bier. Oder zwei. Auf meine tote Schwester. Auf meinen verschwundenen Hund. Auf meinen abgebrannten Schuppen. Auf mein verfallendes Haus. Auf Angelika Kiss.

32

»Sind die Läden alle geschlossen?«, fragt der alte Zillner.

»Natürlich, Herr Herwig«, antwortet Evelina.

Nun stehen die schwierigsten Aufgaben des Tages bevor: die Zähne von Herwig versorgen. Den Mund spülen. Waschen. Ihn zu einer Kontrollrunde durch das Haus schieben, ob auch alle Türen doppelt versperrt und alle Läden fest verschlossen sind. Zum Bett rollen. Rollstuhl fixieren. Das kleine abendliche Tänzchen, um Herrn Herwig ins Bett zu verfrachten. Das ewige Klagen – jetzt, im Hochsommer – über das Auskleiden. Er jammert, als ihm Evelina die dicke Wolljacke aufknöpft. »Es zieht«, wimmert Herwig, »es zieht entsetzlich. Ich werde mir noch den Tod holen!«

»Früher oder später müssen wir alle sterben, Herr Herwig«, sagt Evelina sanft. Herwig Zillner sieht sie entgeistert an. »Warum sagen Sie so etwas Entsetzliches?«, fragt er.

»Weil es stimmt«, antwortet Evelina.

»So etwas sagt man nicht zu einem alten Menschen«, sagt Zillner.

»Die Tabletten«, sagt Evelina. »Frau Julia hat gesagt, Sie sollen zum Schlafengehen die Tabletten nehmen.«

»Die machen mich ganz blöd im Kopf«, wehrt sich Zillner.

»Ist ganz harmlos«, sagt Evelina und kramt ihr rudimentäres Wissen aus der Pflegerinnenschule hervor. »Benzodiazepin, das beruhigt. Und ein bisschen Paracetamol. Für die Entzündungen, Herr Herwig, und gegen die Schmerzen.« Sie bringt ein Glas Wasser und hält Herwig die blaue Tablettenbox hin. Ungeschickt kramt der alte Mann mit seinen krummen Fingern darin, bis Evelina ihm zuerst die eine, dann die andere Pille auf die Zunge legt und ihm das Wasserglas reicht.

»Gute Nacht, Herr Herwig!«, sagt Evelina. Herwig antwortet nicht. Wenig später schläft er. Sollte Evelina vielleicht noch eine Runde gehen? Die kurze Zeit der Freiheit, die ihr Herwigs Schlafmittel gibt, nutzen?

Evelina geht in die Dusche. Danach gönnt sie sich die teure Bodylotion von Herwig, der hasst es ohnehin, eingecremt zu werden. Sie betrachtet sich im Badezimmerspiegel und findet, sie sieht immer noch gut aus. Ein bisschen abgenommen hat sie vielleicht, denkt Evelina. Das schadet aber nicht. Sie geht in ihr Zimmer, zieht einen Pyjama an und legt sich in ihr Bett. Bruno liegt auf dem Nachtkästchen. Sie möchte heute nicht mit der anderen Welt kommunizieren. Sie möchte auch nicht lesen. Sie macht das Licht aus und träumt von der Sandbank, die am Ufer ihres Bachs liegt. Hier, in der Hohen Tatra, gleich bei der Hütte ihrer Großeltern, wo sie als Kind so viele glückliche Stunden verbracht hat. Sie träumt sich jetzt auf diese Sandbank. Die Sonne scheint vom klaren Himmel, die Luft riecht nach Nadelbaum und Sommer. Das Handtuch schmiegt sich an ihren Körper, die Wärme umschmeichelt ihre Haut. Hier gibt es keine Gefahr, keine Menschen, höchstens Bären und Wölfe, und die fürchtet sie nicht. Das Bächlein wispert ihr zu: Alles wird gut, Evelina, alles wird gut, wispert es.

Später in der Nacht klopft jemand an ihr Fenster.

33

Als ich die »Dorfschenke« betrete, verstummen die Gespräche, und dutzende Augenpaare starren mich an, als wäre ich der erste Mensch, den sie je gesehen haben. Vielleicht bin ich auch der erste Mensch, den sie gesehen haben, diese Waldbewohner! Diese Bergneandertaler! An einem Tisch neben der Tür sitzt Bernhard Ebner, in Uniform. Vor ihm steht ein halb ausgetrunkenes Glas Bier.

»Wollen Sie wieder was zum Ermitteln haben?«, frage ich. »Ermitteln ist doch Ihr Spezialgebiet, nicht wahr?«

»Sie schon wieder, Professor«, antwortet er. »Bin außer Dienst.«

Ich hole mein Handy aus der Tasche, öffne das Foto und halte es ihm hin. Er seufzt. Ich zoome meinen Namen größer. »Mein Familiengrab. Und da steht mein Name. Da! Prof. Dr. Quintus Erlach, 1965–2018. Das ist eine Morddrohung!«

Ebner nimmt einen Schluck Bier. »Das ist ein Lausbubenstreich«, sagt er.

»Ein Lausbubenstreich?«, rufe ich aus. »In perfekter Schrift? Das ist eine gefährliche Drohung! Und außerdem wurde mein Hund entführt!« Ich werde jetzt richtig laut. Der Wirt baut sich vor mir auf. »Willst ein Bier?«, fragt er. »Ich möchte meinen Hund! Und Anzeige erstatten!«, schreie ich. »Hier läuft ein Mörder frei rum, und der ganze Ort tut so, als wäre nichts geschehen!!«

»Wenn du dich nicht beruhigst und kein Bier willst, muss ich dich bitten, das Lokal zu verlassen«, sagt der Wirt freundlich, aber bestimmt.

Soll ich mich beruhigen und mich an die Bar setzen? Ich kann das Bier bereits vor mir sehen, bernsteinfarben leuchtend in dem bauchigen Glas mit Henkel. Ich kann seine Kühle bereits in meiner Kehle spüren, das Prickeln der Kohlensäure, den süß-bitteren Geschmack auf meinem Gaumen, das wohlige Einverleiben in meinen Körper, und das köstliche Gefühl der Entspannung, das sich bereits kurz nach dem ersten Schluck einstellen würde.

Ich sehe in die verständnislosen, aber aufgeregten Gesichter der müden Männer, die in dieser Kaschemme sitzen. Endlich ist was los im Ort, denken sie. Bernhard Ebner sieht mich an und versucht, in meinem Gesicht zu lesen. Ich muss jetzt in erster Linie meinen Hund suchen. Michaelas Hund. Man hat den süßen, unschuldigen, entzückenden Hund meiner Tochter entführt! Ich spüre, wie ich vor Wut wieder zu zittern beginne.

»Ach leckt mich doch alle!«, schreie ich und schlage die Tür zu.

Ich stecke die geballten Fäuste in meine Hosentasche und laufe mit gesenktem Kopf die Hauptstraße entlang. Ich komme mir einerseits vor wie ein Boxer, der gerade schwere Prügel eingesteckt hat, aber andererseits – sehr jung. Nun habe ich den ganzen Ort gegen mich, was soll's? Ich werde eben den Kampf mit allen aufnehmen, und von mir aus mit der ganzen Welt! Ich trete mit dem Fuß gegen eine Straßenlaterne, deren Licht soeben angegangen ist, das tut weh, aber was macht das schon? Etwas langsamer folge ich der menschenleeren Straße, als ich plötzlich Schritte höre. Ich sehe eine Gestalt hinter mir, die offensichtlich versucht, sich mir zu nähern. Ich beschleunige. Seltsam, denke ich, gerade wollte ich den Kampf gegen die ganze Welt aufnehmen, und jetzt renne ich vor einer Gestalt davon, einem Schatten! Ich könnte mich auch ganz einfach umdrehen und die Gestalt nach ihrem Begehr fragen, aber anscheinend haben wir Menschen einen angeborenen Fluchtinstinkt, der uns leider auch leicht zur Beute macht, zum Opfer der Brutalen, der Schnellen und Gewalttätigen. Die Schritte kommen näher, immer näher, der Takt klingt gefährlich schnell, ich blicke über die Schulter, die Schattengestalt ist ebenfalls näher gekommen. Ich wage nicht, genauer hinzusehen, und laufe weiter. Bald würde ich das rettende Haus erreicht haben, ich sehe es schon in der Ferne. Warum habe ich kein Licht angemacht? Ich höre meinen keuchenden Atem, den panischen Takt meiner Schritte auf dem Asphalt. Ich muss die Straßenseite wechseln, um zu meinem Haus zu kommen. Ich darf mich nicht umdrehen zu dem Grauen, das mich verfolgt! Ich muss ihn tun, den Schritt, fast habe ich die andere Seite erreicht, da packt mich jemand von hinten, reißt mich zurück und wirft mich zu Boden. Im selben Augenblick höre ich den gellenden Ton einer Hupe. Zwei Autoreifen wummern Zentimeter neben meinem Gesicht vorbei. Ich werde unsanft auf den Rücken gedreht. Bernhard Ebner hockt auf mir.

»Professor! Sind Sie wahnsinnig?« Er rappelt sich auf und reicht mir die Hand. »Kommen Sie. Sie können nicht hier auf der Straße liegen bleiben!«

Widerwillig nehme ich seine Hand und lasse mir aufhelfen. Mein Knie schmerzt. Er zieht mich auf den sicheren Gehsteig. Ich lehne mich an eine Hausmauer und keuche. Ebner fischt eine Packung Zigaretten aus seiner Brusttasche und bietet mir eine an. Ich schüttle den Kopf.

»Jetzt hätte Sie um ein Haar dieser Tesla überfahren! Brandgefährlich, diese Dinger! Man hört sie nicht. Und man hat ja nicht viel davon, wenn man eine CO_2-neutrale Leiche ist.«

»Soll ich mich jetzt vielleicht noch bei Ihnen bedanken?«

»Wären Sie lieber tot?« Der Polizist sieht mich an, als wäre er mein Psychiater und besorgt über meinen Zustand.

»Ich bin überhaupt nur in diese Situation gekommen, weil Sie mich verfolgt haben!«, keuche ich.

»Verfolgt? Professor, es geht mich zwar nichts an, aber Sie sollten wirklich weniger trinken. Ihr Auftritt vorhin, der war grenzwertig.«

»Ich muss mir keine Freunde im Ort machen.«

»Sie glauben, Sie können alles allein machen? Ich hab's Ihnen schon gesagt, Professor – überschätzen Sie sich nicht.«

»Danke. Ich hab's verstanden. Als Drohung. Ich nehme an, so war es gemeint?«

»Kommen Sie, ich begleite Sie nach Hause«, sagt Ebner und wirft seine Zigarette wenig gesetzeskonform auf die Straße. Wir gehen hundert Meter schweigend nebeneinander her, dann bleibt Ebner stehen. »Meine hieß Daria. Eine bessere können Sie sich nicht vorstellen. Sie ist schon seit drei Jahren tot.«

»Daria?«

»Meine Hündin. Sie war ein Border-Collie Mischling, schwarz, mit weißen Pfoten und einer weißen Schwanzspitze. Sie hat mich den ganzen Tag angesehen aus ihren braunen Augen, hat immer mit mir – ja, geredet. Wissen Sie, Professor, es kann einsam werden, wenn man der einzige Polizist auf 245 Quadratkilometern ist. Daria wusste immer, was ich wollte, was ich brauchte. Es war, als ob sie hellsehen könnte.«

»Mir ist mein Hund auch ans Herz gewachsen«, sage ich und bemerke, dass ich es mir zum ersten Mal selbst eingestehe. »Es ist aber eigentlich der Hund meiner Tochter, die ihr Auslandssemester macht. Umso schlimmer für mich, dass er verschwunden ist.«

»Drum bin ich Ihnen ja nach. Wegen dem Hund«, sagt Ebner und geht weiter. »Wissen Sie, ein Hund, der verschwindet, in meinem Ort – das werde ich nicht tolerieren.«

»Und Menschen, die verschwinden? Die sind Ihnen egal?«

»Menschen kommen und gehen, Sie tauchen auf und sind wieder

weg. Aber ein Hund – ein guter Hund! – verschwindet nicht von selbst.«

Schweigend gehen wir weiter, bis wir mein Haus erreichen. Ebner betrachtet die Reste meiner Hütte, während wir durch den Garten gehen.

Auf der Terrasse liegt Machtnix und bewegt sich nicht.

34

Als er uns hört, springt der Hund auf, möchte auf mich zustürmen, aber er ist mit der Leine an der Tür festgemacht. Auf den Hinterbeinen stehend erwartet er mich, freudig winselnd. Ich leine ihn ab, er läuft dreimal im Kreis um mich, leckt meine Hände ab, geht dann zu Ebner, der sich auf die Holztreppe der Terrasse gesetzt hat, den Hund umarmt und sich dann verstohlen Tränen aus den Augenwinkeln wischt.

»Sie sollten wirklich weniger trinken, Professor«, sagt Ebner, und ich höre seiner Stimme an, dass er knapp davor ist, loszuheulen.

»Haben Sie einen Alkotest mit? Ich war in meinem Leben noch nie so nüchtern!«

»Sie vergessen Ihren Hund zu Hause – und sagen dann, er ist entführt worden? Das ist doch absurd!«

»Ich hatte ihn am Gitter des Kirchentors angeleint. Und jetzt ist er hier angeleint«, schreie ich, empört über die Unterstellung. »Das macht ein Hund nicht von allein!«

Ebner sieht mich an. Und ich sehe in seinen Augen mit einem Mal etwas anderes als Gleichgültigkeit.

»Das macht ein Hund nicht von allein. Da gebe ich Ihnen recht«, sagt Ebner. »Aber wie gibt es das ... Sind Sie sicher? Ganz sicher, dass Sie ihn beim Friedhof mithatten?«

»So sicher, wie man sich der Realität sicher sein kann.« Also nicht besonders, denke ich als Philosoph, aber das verschweige ich dem Polizisten. Eines ist klar: Ich habe Machtnix beim Friedhof mitgehabt!

Der Hund hat sich inzwischen neben Bernhard Ebner gesetzt, und der hat seinen Arm um ihn gelegt. Je besser ich Machtnix kenne, desto mehr muss ich Michaela recht geben: Hunde spüren wirklich, was Menschen gerade brauchen, und sie versuchen, ihnen zu helfen und ihre Gefühle zu regulieren. Ich setze mich nun ebenfalls auf die Treppe. Der Hund ist das Bindeglied zwischen uns.

»Und was – was ist mit Ihrer Daria geschehen?«

»Sie wurde vergiftet. Sie ist zu Hause in meinen Armen gestorben. Das sollte eine Warnung an mich sein.«

»Das tut mir leid«, sage ich. »Wer macht so etwas?«

»Er sitzt heute noch im Gefängnis. Ein Schlepper. Hat Flüchtlinge aus Italien über die Berge gelotst und den armen Schweinen noch das letzte Geld abgenommen. Ich hab ihn mit einer Gruppe Syrer oben am Pass erwischt.« Er schüttelt den Kopf und sieht zu Boden. »Ich war schon Monate hinter ihm her, aber ich konnte ihn nie fassen. Er war es, der meinen Hund vergiftet hat. Und als ich ihn verhaftet habe, am Pass oben, hat er mich noch verhöhnt und gefragt, na, wo ist er denn, dein Köter? Ist nicht schade um das dreckige Vieh!« Bernhard Ebner presst Daumen und Zeigefinger gegen seine Nasenwurzel. »Ich weiß nicht, Professor ... Wenn bei diesen Syrern keine Kinder dabei gewesen wären ... Ich glaube, ich hätte den Kerl erschossen.«

Ich seufze und weiß nicht, soll ich ihm jetzt auf die Schulter klopfen, irgendeine Geste machen, um ihm mein Verständnis zu zeigen, aber ich nehme meine Hand auf halbem Weg zurück, immerhin ist er Polizist.

»Ich kann Ihnen leider nichts zu trinken anbieten, ich habe nur Tee zu Hause.«

»Macht nichts«, sagt er. Der Hund horcht auf. Ebner lacht. »Macht nichts, Machtnix. Warum heißt er eigentlich so?«

»Meine Tochter – sie ist gerade auf einer Uni in Kanada – hat sich dringend einen Hund gewünscht, als sie vierzehn war. Ich hab gesagt, der ist nicht stubenrein, der wird unsere Kelims zerbeißen und die Nachbarn ärgern, und er hat dann natürlich ins Haus gemacht und unsere Teppiche zerbissen und das Abendessen der Nachbarn vom Fensterbrett gestohlen. Und Michaela hat immer gesagt: Macht nichts, macht nichts … Der Name hat einfach perfekt gepasst!«

Ebner starrt in die Dunkelheit. Ein paar eingerostete Grillen zirpen. Das hat es früher in Stein am Gebirge auch nicht gegeben.

»Stört es Sie, wenn ich noch eine rauche?«, fragt Ebner. Ich verneine und nehme diesmal auch eine. Wir rauchen schweigend. Als ich meine Zigarette ausdämpfe, fällt mir plötzlich etwas ein. Ich laufe ins Haus, öffne die Schreibtischlade und nehme etwas heraus.

»Hier«, sage ich und halte Ebner das blonde Haarbüschel vor die Nase. »Das haben wir in Zillners Haus gefunden.«

Der Polizist sieht sich die Haare an, nimmt sie in die Hand.

»Das ist eine blonde Haarsträhne«, sagt er.

»Ja!«, rufe ich triumphierend.

»Das ist eine blonde Haarsträhne«, wiederholt er und steckt sie in seine Jackentasche.

»Im Fernsehen werden Beweismittel anders gesichert!«, wende ich ein.

»Für die Plastikhülle ist später auch noch Zeit.«

»Ich kann mich des Eindrucks nicht erwehren, dass Sie mich nicht ernst nehmen«, sage ich und setze mich wieder neben Ebner.

»Professor«, fängt der Polizist dann an. »Also die Sache mit der Leiche … Ich muss sagen, ich hab mich verarscht gefühlt. Sie haben nach Zeltfest gestunken und nicht gerade klar gewirkt. Aber nach allem, was dann passiert ist …« Er deutet auf die Trümmer des abgebrannten Schuppens.

»Sie haben mich des Versicherungsbetrugs bezichtigt!«, sage ich.

»Sie hören nie genau zu, Herr Doktor Erlach«, meint Ebner. »Das meinte ich damit, dass Sie sich selbst überschätzen. Ich habe gesagt, das sieht nach astreinem Versicherungsbetrug aus. Ich hab nicht gesagt, dass Sie das waren.«

»Man konnte das aber so verstehen.«

»Ich dachte eher an jemanden, der Sie ordentlich rankriegen will.

Ihnen das in die Schuhe schieben. Ich hab nicht an Sie gedacht. So was machen Sie nicht.«

»Warum nicht?«

»Für so was sind Sie zu intelligent«, sagt Bernhard Ebner. »Und auch zu feig.«

»Gehört etwa Mut dazu, eine Holzhütte anzuzünden?«

»Natürlich«, antwortet Ebner. »Glauben Sie mir, ich habe die Menschen im Lauf der Jahre kennengelernt. Und ich lerne die Menschen immer dann kennen, wenn sie Stress haben. Da weiß man, wie sie wirklich ticken.«

»Wer war es dann? Wenn ich zu feig bin, es selbst gemacht zu haben?«

»Derselbe, der den Hund vom Kirchentor abgeleint und hier wieder angehängt hat. Macht das Ihr Hund? Mit wem anderen mitgehen?«

»Für ein Leckerli macht er alles.«

»Es muss jemand sein, der sich vor Hunden nicht fürchtet. Gut, Machtnix sieht nicht gerade angsteinflößend aus, aber wissen Sie – Hunde sind die besten Alarmanlagen. Die können noch so klein sein. Verbrecher fürchten Hunde, weil sie sie für unberechenbar halten. Es muss also jemand sein, der den Hund kennt. Oder jemand, der Hunde kennt und ihre Zeichen lesen kann. Hunde verstellen sich nicht. Wer hier im Ort kennt Machtnix?«

»Eigentlich nur Evelina«, antworte ich. »Aber das schließe ich aus. Warum sollte Evelina …«

»Die Erfahrung lehrt, Professor, dass man nie etwas ausschließen sollte. Verstehen Sie mich nicht falsch, ich möchte nichts unterstellen. Aber welchen Grund könnte die Pflegerin haben, Ihnen einen Schrecken einzujagen?«

Ich überlege kurz, aber der Gedanke ist einfach nur abwegig. »Keinen«, antworte ich.

»Was sagt Ihnen das, was will Ihnen das sagen: Jemand bringt Ihren Hund von A nach B? Es ist nicht strafbar, scheinbar harmlos, aber …«

»Ein Lausbubenstreich«, presse ich hervor.

»Seien Sie nicht schon wieder beleidigt, Professor. Ja, rechtlich gesehen ist es ein Lausbubenstreich. Aber was sagt uns der Streich? Da sagt Ihnen jemand: Ich überwache jeden einzelnen Schritt von dir. Ich weiß immer, wo du bist. Du kannst meiner Beobachtung nicht entgehen. Ich nehme deinen Hund, wenn ich das will, und ich mache mit ihm, was ich will. Genauso kann ich es mit dir machen.«

»Sind jetzt nicht Sie der, der ein bisschen übertreibt?«, frage ich.

»Oh nein. Als der Hund da auf der Terrasse gelegen ist, da dachte ich schon, er wäre ... Gut, da spielt natürlich meine Geschichte mit Daria hinein. Aber was hat Ihnen der Täter gesagt, Professor? Ich mache, was ich will, hat er gesagt, und ich bin noch nett, wenn ich den Hund am Leben lasse. Dasselbe gilt übrigens für dich.«

»Sie glauben, mir trachtet jemand nach dem Leben?«

Ebner lacht. »Wie Sie alles schön formulieren können! Sicher will Ihnen jemand nach dem Leben trachten.« Er nimmt die Formulierung in den Mund, als wäre es eine seltene Speise. »Denken Sie an den Grabstein!«

»Ebenfalls ein Lausbubenstreich, haben Sie gesagt!«

»Jetzt hören Sie doch auf! Natürlich habe ich im Wirtshaus abgewiegelt. Halten Sie es für klug, diese Dinge vor all den neugierigen Leuten zu besprechen? Noch dazu brüllend, wie Sie das gemacht haben?«

Ich denke kurz nach. Mich fröstelt. Es ist still. Die Grillen sind vielleicht schon erfroren. Es gibt nicht viele Abende in Stein am Gebirge, an denen man bei angenehmer Temperatur im Freien sitzen kann.

»Wer könnte es sein?«, fragt der Polizist, zündet sich noch eine Zigarette an und fährt mit seinen Überlegungen fort. »Zeigen Sie mir nochmal das Foto ... okay ... Prof. Dr. Quintus Erlach, 1965–2018. Es ist jemand, der in der Lage ist, akademische Titel fehlerfrei anzuführen. Es ist jemand, der schreiben kann. Der zumindest eine Schrift imitieren kann. Das ist keiner von den Holzköpfen hier. Verstehen Sie mich nicht falsch, Professor, ich unterschätze niemanden, ich blicke auf niemanden herab. Die Leute sind nicht dumm, aber sie haben eine andere Art zu denken. So etwas auf einen Grabstein zu schreiben, das ist geradezu feinsinnig.«

Ich muss lachen. Feinsinnig, ja, vielleicht. Aber gerade fein finde ich es nicht. Ebner lacht nicht. Er sieht mich ernst an.

»Wen haben Sie sich zum Feind gemacht?«

»Adrian Zillner möchte mein Haus kaufen«, sage ich und erzähle von meinem Mittagessen in München.

»Das Dreifache des Werts möchte er Ihnen zahlen?«, fragt Ebner erstaunt. »Ich meine, nicht, dass das viel wäre für Zillner, der nimmt eine Dreiviertelmillion aus der Hosentasche. Aber es ist eher unüblich für ihn. Meistens wartet er so lange, bis er die Häuser oder Grundstücke um ein Drittel ihres Werts bekommt. Vielleicht hat er ein anderes Motiv, Sie aus dem Ort haben zu wollen?«

»Er hat mich davor gewarnt, weiter nach Angelika zu suchen … Das würde angeblich seinem Vater Angst machen.«

»Nun ja«, sagt Ebner, »vielleicht hat er einen guten Grund, sich vor Nachforschungen zu fürchten?«

»Jetzt werden Sie mir als Nächstes die Geschichte mit der verschwundenen Leiche glauben«, sage ich mit einem ironischen Lächeln.

»Ich bin nah daran«, antwortet Bernhard Ebner.

35

Als ich allein war, ging ich ins Haus und versuchte sofort, Lou zu erreichen, um ihr von den neuesten Entwicklungen zu erzählen. Vielleicht konnte Lou mir helfen, meine Gedanken zu sortieren. Sie antwortete weder auf meine Skype-Anfrage noch auf meinen FaceTime-Anruf. Vielleicht hatten sie wieder mal keinen Strom am Amazonas. Ich versuchte, Evelina anzurufen. Ihr Handy war abgeschaltet.

Ich fütterte Machtnix, aß selbst eine Kleinigkeit und beschloss, zu

Evelina zu gehen. Wahrscheinlich würde sie schon schlafen, aber ich hatte das dringende Bedürfnis, mit jemandem zu reden. Ich befahl Machtnix, auf seinen Platz zu gehen, und überraschenderweise gehorchte er mir. Ich ließ ein Licht brennen, versperrte sorgfältig die Tür und sogar das Gartentor. Ich sah mich auf der Straße nach allen Seiten um, aber ich konnte nichts Verdächtiges sehen. Ich fühlte mich dennoch verfolgt. Ich schlich in den Garten der Zillners, am Rand der Allee entlang. Ein Käuzchen rief.

Ich vermied es, den Parkplatz vor dem Anwesen zu betreten, ganz sicher gab es dort Bewegungsmelder. Als wäre ich ein Verbrecher, schlich ich durch den Park und näherte mich dem Fenster, hinter dem ich Evelinas Schlafkammer vermutete. Alle Läden waren geschlossen, alle Fenster sahen gleich aus im milchigen Schein des Mondes, der hinter der Bergkette aufgegangen war. Ich klopfte an den Laden und erschrak selbst über das laute Geräusch, den mein Finger auf dem grün lackierten Holz erzeugte. Nichts. Ich klopfte abermals. Da hörte ich, dass sich im Haus etwas bewegte. Das Fenster wurde geöffnet, der Laden nicht. Evelinas Stimme: »Wer ist da?«

»Ich bin's«, antwortete ich. »Quint.«

Evelina öffnete den Laden. Sie trug einen Pyjama. In ihrem Gesicht zeichneten sich zwei Schlaffalten ab.

»Es tut mir leid«, sagte ich. »Aber morgen hast du wahrscheinlich keine Zeit, und ich möchte dir …«

»Es ist spät, Quint«, sagte sie. »Ich muss früh aufstehen. Was willst du?«

»Reden«, sagte ich.

»Vorne auf der Bank«, sagte sie und schloss Laden und Fenster.

Ich hatte ein schlechtes Gewissen, Evelina aufgeweckt zu haben. Ich sollte es doch wirklich schaffen, selbst mit meinen Problemen zurechtzukommen, ohne ständig Frauen anjammern zu müssen. Und wieso waren es immer Frauen? Wieso waren Frauen so wichtig in meinem Leben?

Ich wartete, bis Evelina aus dem Haus kam, und setzte mich dann zu ihr auf die Bank. Wie ich es vermutet hatte, hatten die Bewegungsmelder für Festbeleuchtung gesorgt. Aber was machte es schon, alle Läden waren fest verschlossen, Herwig Zillner würde davon nichts mitbekommen. Evelina trug einen rosa-lila Bademantel, der offensichtlich nicht ihr gehörte, weil er viel zu klein war.

»Ich muss dich warnen«, sagte ich, und das stimmte auch. Immerhin, ich hatte eine Rechtfertigung für meinen späten Besuch. Wer hinter mir her war, verfolgte auch Evelina. Ich zeigte ihr das Foto des Grabsteins. Prof. Dr. Quintus Erlach, 1965–2018.

Sie flüsterte etwas auf Slowakisch, das wie ein Fluch klang. Ich erzählte ihr, dass Machtnix entführt worden und wiederaufgetaucht war. Sie war entsetzt, fragte, wo der Hund jetzt sei. Wir rauchten eine Zigarette, und ich berichtete ihr von der Begegnung mit Bernhard Ebner. Sie kniff die Augen zusammen.

»Keine Polizei, hat Angelika gesagt«, flüsterte Evelina.

»Ich glaube, er ist jetzt unser Freund. Wir haben nicht viele Verbündete im Ort, Evelina.«

»Das stimmt«, gab sie zu, »aber warum hat meine Schwester uns vor dem Polizisten gewarnt? Irgendetwas stimmt vielleicht nicht mit ihm.«

»Aber was?«, wollte ich wissen. »Glaubst du, Ebner hat etwas mit Angelikas Verschwinden zu tun? Nur, weil sie ihm gefallen hat?«

»Ich weiß es nicht«, sagte Evelina und zog den Bademantel enger um sich, weil sie fror. »Aber man sollte vielleicht nicht allen trauen. Du bist so naiv, Professor!«

Ja, das bin ich, dachte ich. Ich bin wie alle im Grunde gutmütigen Menschen entsetzlich naiv. Leichtgläubig und wohlmeinend. Ohne Lous scharfen Verstand, ohne ihre Entschlossenheit war ich verloren. Das hatte ich immer geahnt, aber jetzt, da sie sich in jeder Hinsicht von mir entfernt hatte, erkannte ich erst, wie verloren ich tatsächlich ohne sie war. Ich musste unbedingt mit ihr reden.

»Und dann … Du hast einmal gesagt, dass du Kinder in meinem Haus siehst. Kannst du dich erinnern?«

»Ja«, sagte Evelina, und sie bekam in der Sekunde diesen eigenartigen Blick, den ich schon an ihr kannte. »Kinder …«

»Weißt du, wie viele Kinder?«

»Es sind … es sind … Ich kann es nicht sagen, Quint, sie rennen hin und her, ein Mädchen ist dabei, das sehe ich genau, aber ich kann nicht sagen, wie viele es sind … drei? Vier?«

Als sie das Mädchen erwähnte, durchfuhr mich ein Schmerz … Hätte ich doch jetzt bloß eine große Schwester! Sie wäre für mich da, sie würde mir helfen! »Geht es ihnen gut?«, fragte ich. »Den Kindern?«

»Sie spielen und lachen«, sagte Evelina, »aber sie haben ihr Zuhause nicht gefunden.«

»Sie sind doch zu Hause«, meinte ich.

»Ja, aber dort gehören sie nicht hin.«

»Wo gehören sie denn hin?«

Evelina sah mich an, und wie jedes Mal, wenn sie sich in diesem Zustand befand, rann mir ein Schauer den Rücken hinab.

»Zu den Engeln«, sagte sie.

»Kannst du ihnen helfen, dorthin zu kommen?«

»Ich weiß es nicht«, sagte sie. »Du kannst ihnen helfen. Bete, Quintus.«

»Ich weiß nicht, wie das geht.«

»Versuch es.« Und mit diesen Worten verschwand mit einem Mal der seltsame Blick. »Mir ist kalt«, sagte Evelina. »Ich muss jetzt schlafen. Wenn ich noch kann.«

»Entschuldige«, sagte ich, »aber ich wollte dich warnen. Jemand beobachtet uns. Pass auf dich auf.«

»Pass du auf«, antwortete sie und lächelte. »Du bist der Naive von uns.«

Damit verschwand sie im Haus. Als ich am Ende der Allee beim Portal angekommen war, sah ich zum Haus des Forstmeisters hinauf. Bei einem Fenster im zweiten Stock wurden gerade die Vorhänge zugezogen.

Als ich heimkam, begrüßte ich zuerst Machtnix. Der Hund war da, das Haus stand noch, ich bemerkte meine Erleichterung über diese an und für sich nicht weltbewegenden Tatsachen. Ich sah in meinen Computer – kein Rückruf von Lou. Ich merkte erst jetzt, wie müde ich war. Ich ging in die Dusche, um diesen Tag von mir abzuwaschen. Pyjama hatte ich zwar keinen, aber eine Jogginghose und ein T-Shirt. Der Gedanke an »ein Glas« Rotwein. Zum Glück hatte ich keinen zu Hause. Ich legte mich auf das Sofa, freute mich auf mein Bett, das hoffentlich demnächst kommen würde, und schlief sofort ein.

Anderntags fand ich einen Brief in meinem Postkasten.

Mittwoch, 11. Juli 2018

36

In der Früh war ich richtig froh, keinen Rotwein zu Hause gehabt zu haben. Ich war schon lange nicht mehr so erfrischt erwacht. Den Hund rauslassen, Tee machen, an den Computer setzen. Noch immer keine Nachricht von Lou. Sollte ich mir Sorgen machen? Blöder Gedanke, ich machte sie mir schon. Mein Buch fiel mir ein, aber den Gedanken daran verwarf ich sofort. Nein, ich war definitiv nicht in der Verfassung, über logischen Empirismus und über die Weltbilder von Ernst Mach und seinen Kollegen zu referieren, wonach die Erkenntnis über die Welt aus dem »Gegebenen« gezogen werden konnte, also aus Sinneseindrücken, außerhalb derer es keine Realität gab. Diese Philosophie, das endgültige Aufräumen mit der Metaphysik, war zu meinem Spezialgebiet geworden, und jetzt verstand ich nicht einmal mehr, warum. Ja, Neurath, Carnap, Schlick und Frank, und wie sie alle hießen, waren außerordentliche Denker gewesen. Nun schien mir plötzlich, ihr Denken hätte nichts mit der Realität zu tun.

Ich ging auf die Terrasse, machte ein paar Fotos von dem abgebrannten Holzschuppen und schickte sie meinem Versicherungsmakler. Sollte doch der Brandsachverständige kommen, vielleicht bekäme ich dann neue Indizien. Ich schlenderte zum Briefkasten. Es ist ein amerikanischer Briefkasten, diese längliche, verzinkte Box mit der netten roten Metallfahne, die der Postbote aufstellen kann, wenn er etwas gebracht hat, was der Postbote von Stein am Gebirge entweder nie verstanden oder immer verweigert hat.

Unter den üblichen Postwurfsendungen, die über tolle Angebote und Rabattaktionen informierten, befand sich ein Brief. Das Kuvert war handgeschrieben und adressiert an: »Evelina Valentová«, dazu eine Adresse in Trnava, Slowakei. Auf dem Briefumschlag befand sich keine Briefmarke, kein Poststempel. Ich wendete das Kuvert. Der Absender: »Angelika Kiss, c/o Zillner«, dazu die passende Adresse aus Stein am Gebirge.

Was war das nun? Wie fand ein Brief von Angelika an Evelina, der offensichtlich nie aufgegeben worden war, den Weg in meinen Briefkasten? Ich machte Fotos von beiden Seiten des Briefs und schickte sie Evelina als WhatsApp. Dazu die Frage: »Soll ich zu dir kommen, oder kommst du zu mir?« Es reizte mich, den Brief gleich zu öffnen, aber erstens gehörte sich das nicht, und zweitens würde ich ihn wahrscheinlich ohnehin nicht verstehen.

Ich setzte mich an den Computer und begann zu googeln. Seltsam, dass mir die Idee nicht früher gekommen war. Zu Angelika Kiss fand ich keine Einträge, jedenfalls keine, die auf Evelinas Schwester hindeuteten. Evelina fand ich tatsächlich als Deutschlehrerin eines Gymnasiums in Trnava, Slowakei, was mich sehr beruhigte. Denn im Gegensatz zu Ebner hatte ich das Gefühl, mich absolut auf sie verlassen zu können. Von Ebner fand man ein paar Statements in der lokalen Presse, einen Unfallbericht, die Geschichte von der Verhaftung des Schleppers. Adrian Zillner gab es im Internet nicht. Das fand ich interessant. Auf der Homepage seiner Immobilienfirma Dreamrealinvest kam er nicht vor, nur das öffentliche Firmenbuch wies ihn als Eigentümer aus. Sonst nichts. Ich hatte einmal gelesen, dass reiche oder einflussreiche Leute Firmen bezahlen, die darauf spezialisiert sind, deren Namen aus dem Internet verschwinden zu lassen. Diese Leute findet man naturgemäß auch weder auf Facebook, Instagram oder Twitter. Dementsprechend mager war meine Ausbeute. Aber was hatte ich erwartet? Die wirklich einflussreichen Menschen hinterlassen keine Spuren im Netz. Und wenn, dann nur solche, die sie hinterlassen wollen. Während Katia oder ich versuchen, möglichst viele Treffer in den Suchmaschinen zu generieren, um unsere Bücher zu verkaufen, zu Vorträgen eingeladen zu werden, unsere Wichtigkeit zu dokumentieren, trachteten die anderen danach, zu verschwinden. So gesehen, dachte ich, ist das Gerede von Demokratie im Internet eben nichts anderes als das: Gerede. Die Mächtigen beherrschen das Netz und gaukeln uns vor, wir hätten darin jede Freiheit und dieselben Rechte wie alle anderen. Die Parallele zu unseren demokratischen Gesellschaften war offensichtlich.

Ich erinnerte mich an den Vortrag von Katia Kopf anlässlich der Eröffnung einer großen Buchmesse. Ich hatte sie noch für das Schlagwort von der »postdemokratischen Gesellschaft« kritisiert und unsere westlichen Demokratien verteidigt. Allerdings hatte ich ihrer brillanten Analyse nicht viel entgegenzusetzen, wonach wir keine Gefühls-Demokraten mehr wären, sondern nur noch solche, die in einer hochkapitalistischen Gesellschaft versuchten, möglichst viele persönliche Rechte an sich zu raffen, woran das System früher oder später scheitern werde: an der vordergründig genialen, allerdings wenig weitsichtigen und unterm Strich selbstzerstörerischen Tendenz des Kapitalismus, alles zur Ware zu machen – die Menschen, die Natur, die Politik, und auch die Kritik am Kapitalismus selbst, die sich trefflich in Buchform verscherbeln ließ.

Das Klopfen an der Tür riss mich aus meinen Gedanken. Erst jetzt sah ich, dass Evelina geantwortet hatte: »Komme in der Mittagspause zu dir.« Ich reichte ihr den Brief. Als sie die Schrift sah, ließ sie sich auf einen Sessel fallen und brach in Tränen aus. Sie legte den Kopf auf die Knie und verbarg das Gesicht in ihren Händen. Als sie wieder aufsah, war die Schrift auf dem Kuvert verschwommen. Verwischte Spuren. Das erinnerte mich an etwas.

»Wir sollten das Kuvert der Polizei übergeben«, sagte ich. »Die Spurensicherung kann vielleicht ...«

»Das ist mein Brief, meiner!«, rief Evelina wütend aus. So hatte ich sie bislang noch nicht erlebt. »Spurensicherung – und dann verschwindet das alles irgendwo, wie meine Schwester!« Sie riss den

Brief auf, zerstörte dabei das Kuvert und hielt ein doppelseitig beschriebenes A5-Blatt in der Hand.

Sie las die Zeilen hastig durch, wischte sich Tränen aus den Augen und starrte auf den Holzboden. Ich war neugierig, hielt mich aber mit Fragen zurück.

»Sie hat immer alles mit sich machen lassen ... Das kommt wahrscheinlich von der schwierigen Kindheit. Wenn du keinen guten Start ins Leben hast, wirst du entweder gewalttätig – oder du machst alles brav mit, damit du keine Probleme bekommst.«

»Du hattest denselben Start ins Leben, und du bist weder gewalttätig noch angepasst.«

»Ich war die Ältere, ich hatte es leichter.«

»Es sagt gar nichts, dass du älter warst.« Ich dachte an manche Geschwister, die ich kenne. Obwohl sie zur etwa gleichen Zeit mit den gleichen Eltern am gleichen Ort aufgewachsen sind, sagen die einen, sie hätten eine vollkommen glückliche Kindheit gehabt – und die anderen, sie wären in schrecklichen Umständen aufgewachsen. Manchmal sind die Älteren die Glücklichen, manchmal die Jüngeren, und wovon es letztendlich abhängt, ob man eine glückliche Kindheit hat oder nicht, das habe ich nie durchschaut. Die romantische Ansicht, wonach es nie zu spät sei für eine glückliche Kindheit, kann ich jedenfalls nicht teilen.

»Sie hat sich ihr Handy von denen wegnehmen lassen«, sagte Evelina.

»Wer hat ihr das Handy weggenommen?«, fragte ich.

»Das weiß sie nicht. Es war plötzlich weg!«

»Das musst du doch damals mitbekommen haben?«

»Natürlich! Ich war in riesiger Sorge, weil ich keine Nachricht mehr bekommen habe. Die kam erst drei Wochen später, von der Firma, die Angelika vermittelt hat. Und die Nachricht war, dass sie verschwunden ist.«

»Hat der Brief ein Datum?«, fragte ich.

»Ja. 26. Dezember 2017. Sie schreibt, dass sie so traurig ist, Weihnachten nicht zu Hause zu verbringen. Aber ihre Zeit hier würde nicht mehr lange dauern, hoffentlich.«

»Sie hat also versucht, über Briefe mit dir zu kommunizieren.«

»Ja. Und offensichtlich hat sie dann bemerkt, dass die Briefe nie bei mir ankommen, weil ich nie reagiert habe. Dann hat sie begonnen, die Botschaften an mich in den Büchern zu verstecken. Ich muss sehen, ob ich noch weitere finde!«

»Darf ich fragen, was in dem Brief steht?«

Ich setzte mich gegenüber von Evelina auf den anderen Sessel. Mit leiser, monotoner Stimme las sie vor: »Meine geliebte Schwester! Ich kann mich nicht mehr bei dir melden, denn sie haben mir das mobilny … das Handy weggenommen. Bitte melde dich bei mir! Schreib mir oder komm mich besuchen! Es ist etwas Schreckliches passiert … Evelina, ich fühle mich in dem Haus wie eine Gefangene. Ich weiß nicht, wie lange ich das noch aushalten kann. Gott sei Dank gibt es auch nette Leute. Es gibt einen Ferdinand, er sieht sehr gut aus, aber vielleicht würdest du wieder sagen, er ist falscher Mann.«

»Ferdinand – Moser, der Forstmeister!«, rief ich aus. »Aber warum falscher Mann?«

»Ach, wir hatten oft Streit wegen ihrer Männer«, antwortete Evelina. »Das Problem war – ich konnte sie lesen. Ihre Gedanken sehen. Es war nicht besonders schwer. Bei meiner Schwester dachten sie immer nur an das eine. Aber sie hat ständig von der großen Liebe geträumt.«

»Was kann es sein?«, fragte ich. »Was kann das sein … das Schreckliche, das passiert ist?«

»Ich weiß es nicht!«, rief Evelina aus, fast empört. »Ich denke, es hängt damit zusammen, dass sie ihr das Handy weggenommen haben!«

»Wie geht es weiter?«, fragte ich. »In dem Brief?«

Evelina nahm den Brief zur Hand und übersetzte, stockend. »Oder der Taxifahrer, sie nennen ihn Bobby. Er ist auch ein netter Mann. Er bringt die Briefe für mich auf die Post. Ich darf nicht allein das Haus verlassen. Sie sagen, es ist zu gefährlich für mich. Am besten, du schreibst an Bobby Friedl, du findest seine Adresse im Internet, es gibt nur ein Taxi hier. Ihm kann ich vertrauen.«

»Offensichtlich nicht«, sagte ich. »Bobby hat den Brief nie aufgegeben!«

Der Brief war nicht lang. Evelina las zu Ende: »Ich muss noch drei Wochen hierbleiben, dann darf ich nach Hause. Ich freue mich auf dich, liebe Schwester …« An dieser Stelle brach Evelina erneut in Tränen aus. »… und ich werde sicher nie wieder hierher zurückkommen. Es ist kein guter Ort.«

Nach einiger Zeit legte ich meine Hand auf Evelinas Rücken. Das Zucken ihres Körpers ließ nach. Ich fühlte mich gleichermaßen hilflos wie wütend. Was hatten meine reichen Mitbürger mit dieser armen, traumatisierten Frau gemacht? Wie brutal, wie herzlos, wie kalt konnte man sein in Stein am Gebirge?

»Der Forstmeister und Bobby«, sagte ich. »Also Ferdinand Moser fand ich nie so … zugänglich. Aber der Taxifahrer? Du findest ihn doch auch nett, oder? Siehst du etwas anderes?«

»Ich sehe nichts zu ihm, ich habe es dir schon gesagt«, antwortete Evelina trotzig. Ich musste sie ihn Ruhe lassen, das spürte ich, sie war emotional an ihre Grenzen gelangt und blockte nun ab. »Ich muss gehen«, sagte Evelina plötzlich und sprang auf. Dann ging sie in die Knie und umarmte Machtnix, der dachte, jetzt würde man spazieren gehen. »Heute nicht, mein Süßer«, flüsterte Evelina, »muss arbeiten … arbeiten. Auf Wiedersehen, Quintus.«

Im Laufschritt verließ sie das Haus. Sie hatte Angst.

37

»Das sieht ja schon viel besser aus«, sagte Sabine, als sie meinen Fuß in die Wanne mit warmem Wasser bugsierte, wo er nun zehn Minuten lang aufweichen musste. »Ein Stachel ist freiwillig rausgekommen. Der ist einfach weg. Lag auch auf dem Herzpunkt. Da haben wir Fortschritte gemacht. Bleiben nur noch zwei. Bald haben wir's geschafft. Kaffee?«

»Gerne«, antwortete ich. »Und auf welchen Punkten sitzen diese letzten beiden Stacheln?« Seltsamerweise hielt ich nichts mehr für unmöglich, nicht einmal so etwas wie Fußreflexzonen, und auch nicht die Möglichkeit, dass mein Sprung ins Wasser genau auf diesen Seeigel kein Zufall war, sondern einer Bestimmung gehorchte. Ich hatte zwar mit meinen Philosophen des logischen Empirismus in der Hinterhand mein ganzes Leben lang ein metaphysisches Weltbild bekämpft, und erst recht ein magisches. Aber wenn man es ganz einfach betrachtete, gab es nicht tausend Möglichkeiten, sondern nur zwei: Entweder alle Ereignisse folgen der physikalischen Kausalität und ansonsten dem Zufall. Oder aber die physikalische Kausalität ist nur die Oberfläche eines größeren Sinnzusammenhangs, den wir mit unseren Mitteln der Naturwissenschaft nicht verstehen können. Dann wäre es kein Zufall, dass und wie ich auf den Seeigel gestiegen bin. Was das alles für den Seeigel bedeutet, ist wieder eine andere Frage.

Sabine zog meinen Fuß kurz aus dem Wasser, vergewisserte sich und sagte dann: »Der Stachel, den wir uns heute holen, liegt unterhalb der vierten Zehe. Im Bereich Lunge, so wie die meisten der Stacheln. Es geht also … vielleicht um Freiheit? Um etwas, das mit der Grundlage des menschlichen Lebens zusammenhängt, mit dem Atem. Mit Austausch, Kommunikation und Familie. Aber ich kann das nicht wissen, Professor, das müssen Sie selbst wissen.« Sie brachte den Kaffee, sah in ihre eigene Tasse, als würde sie den Sud lesen, und fügte hinzu: »Und vielleicht etwas mit der Zahl vier.« Ich sah verblüfft auf. »Ist da etwas mit der Zahl vier?«, fragte sie und nahm einen Schluck aus ihrer Tasse. »Na ja, war nur so eine Idee. Kann sein, muss aber nicht sein.«

»Glauben Sie an Zufälle?«, fragte ich Sabine.

Sie zögerte keine Sekunde: »Nein«, sagte sie.

»Dann glauben Sie also, dass alles vorbestimmt ist?«

»Auch nicht unbedingt«, antwortete Sabine. »Man merkt richtig, dass Sie ein Philosoph sind! Ehrlich, ich hab mir das noch nie so genau überlegt.«

»Wenn es keine Zufälle gibt, dann heißt es doch, dass alle erfreulichen Begegnungen oder Unfälle, dass jedes Zusammentreffen, jedes runtergefallene Glas oder jeder Telefonanruf bereits irgendwo festgeschrieben sind.«

»Und Sie wollen von mir wissen, wo?«, fragte Sabine und lachte.

»Ich kann mir das nicht vorstellen«, rief ich aus. »Und es hätte ja unerhörte Konsequenzen! Wenn alles determiniert ist, dann ist es ja im Prinzip egal, wie ich handle, weil alles, was mein Handeln beeinflussen könnte, ohnehin schon vorbestimmt ist. Dann gibt es keinen freien Willen!«

»Und Sie glauben, dass Sie den haben? Den freien Willen?«

Ich sah sie an und schmunzelte. »Ich weiß es nicht. Je älter ich werde, desto weniger verstehe ich das Leben.«

»Das ist ein gutes Zeichen. Es bedeutet, dass Sie lebendig geblieben sind. Wissen Sie, Professor, wenn Sie nicht so krampfhaft versuchen würden, zu sein, was Sie sind, hätten Sie bessere Möglichkeiten, zu werden, was Sie sein könnten. So, und jetzt bitte ich Sie um Ihren Fuß, Herr Philosoph.«

Ich hievte den Fuß auf den Hocker, den Sabine bereitgestellt hatte. Sie setzte ihre Brille auf, richtete Skalpell und Pinzette her und begann mit ihrer Arbeit. Gleichzeitig mit dem Blut begannen meine Tränen zu fließen.

Schluchzend erzählte ich Sabine von meinen vier Geschwistern, vor allem von Elisabeth, die geboren und begraben worden war, und von der ich all die Jahre keine Ahnung gehabt hatte.

Nachdem sie – auch das konnte sie! – still zugehört und die Wunde auf meiner Fußsohle versorgt hatte, strich mir Sabine über den Kopf. Sie sah mir tief in die Augen und sagte: »Wissen Sie, was Sie tun sollten? Sie sollten Ihre verstorbene Schwester auf den Grabstein schreiben lassen.« Das ist eine gute Idee, dachte ich sofort. Und erzählte Sabine von der Inschrift mit meinem Namen auf dem Grabstein, von der Entführung meines Hundes und von dem Brief, der in meinem Postkasten gelandet war.

»Sie sind mir einer, Professor«, sagte Sabine. »Geheimnisse über Geheimnisse.«

»Ja«, sagte ich, während ich mir vorsichtig den Schuh zuschnürte, »aber was steckt dahinter? Wer steckt dahinter?«

»Wenn man das wüsste.«

»Sie haben doch so eine tolle Intuition.«

»Herta«, sagte sie. »Spontan fällt mir Herta ein.«

»Herta?«

»Die Frau von Bobby. Die auch Taxi fährt. Also offensichtlich sollte Bobby die Briefe aufgeben, hat es aber nicht getan. Warum nicht? Vielleicht war er in Angelika verliebt, wollte nicht, dass sie wegfährt. Er war vielleicht Nutznießer ihrer Gefangenschaft bei den Zillners.«

»Kann man es Gefangenschaft nennen?«

»Nun ja, wenn sie das Haus nur in Begleitung verlassen durfte … jedenfalls eine Art Gefangenschaft.«

»Welchen Nutzen sollte Bobby daraus ziehen?«

»Dass sie in seiner Nähe bleibt. Dass er sie immer ansehen kann.«

»Und als sie doch wegwollte, hat er sie umgebracht … damit er sie auch als Leiche noch ansehen kann?«

Sabine seufzte. »Ich weiß nicht, ich traue ihm das nicht zu.«

»Und die Briefe?«

»Von denen wollte er sich auch nicht trennen. Verstehen Sie, Professor … das war für ihn eine Art Erinnerung.«

»Ein Fetisch«, sagte ich.

»Vielleicht hat Herta die Briefe gefunden. In irgendeinem Versteck in ihrem Haus. Und sie möchte, dass endlich Licht in die Sache kommt. Und ihr Mann von dem Wahn geheilt wird. Vielleicht war sie es, die den Brief in Ihren Postkasten gelegt hat.«

Die Tür ging auf, die nächste Kundin kam herein. Wir konnten nicht weiterreden. Aber ich fand Sabines Mutmaßungen recht überzeugend.

Zum Glück war ich mit dem Saab gekommen, denn der frisch operierte Fuß tat ganz schön weh. Ich fuhr in den Baumarkt und kaufte eine Wildkamera samt Batterien. So eine Kamera hätte ich schon seit langem gerne besessen, aber ich hatte nie einen Grund dafür gefunden. Die Dinger kosten nicht mehr viel, überhaupt im Baumarkt von Stein am Gebirge. Wildkameras montiert man an einem Baum, und bei jeder Bewegung im Wald oder auf einer Lichtung wird ein Foto gemacht. Solcherart konnten in Stein am Gebirge Bären, Luchse und Wölfe fotografiert werden, bevor sie auf mysteriöse Art und Weise verschwanden und später teilweise und in Teilen in den Tiefkühltruhen von Jägern wiederauftauchten. Berühmt in Stein am Gebirge wurde auch der Fall des Bürgermeisters der benachbarten bayerischen Kreisstadt. Dieser Bürgermeister, weithin bekannt für seine vehemente, in Weißbier getränkte Verteidigung der Werte unserer christlich-katholischen Kultur, war auf einer kleinen Sandbank am Ufer des Schwarzenbachs bei Intimitäten mit einer Frau fotografiert worden, wobei diese Frau nicht seine Ehefrau war. Wer auch immer die Wildkamera aufgestellt hatte, konnte sich wohl einer hübschen Summe erfreuen, die die deutsche Boulevardzeitung gezahlt hatte, auf deren Titelseite die Fotos erschienen.

Vom Baumarkt fuhr ich in den Supermarkt, wo ich unter anderem zwei Kisten Bier für die Feuerwehr erstand, und von dort zum Steinmetz, dessen Schauraum in der Nähe des Friedhofs lag. Der Mann war gut organisiert, kannte die Nummer unseres Familiengrabs und versprach, sich des Grabsteins gleich anzunehmen.

Weil ich in der Nähe war, schaute ich bei der Dachdeckerei vorbei. Rainer saß in seinem Büro und telefonierte. Er deutete mir, hereinzukommen, sprang aber dann gleich auf und nahm mich mit auf das weitläufige Gelände, wo er mir einen Haufen Dachziegel zeigte.

»Schau sie dir gut an«, sagte er, »nicht, dass du dann wieder zu quengeln beginnst.« Ich drehte ein paar Ziegel um. Es waren rote, klassische Dachziegel, genau das, was ich mir vorgestellt hatte.

»Perfekt«, sagte ich.

»Sicher? Vielleicht werden wir dich am Wochenende einschieben und schon mal anfangen. Hängt vom Wetter ab. Sonst können wir spätestens in KW dreißig starten.«

»Super«, sagte ich, obwohl ich keine Vorstellung davon hatte, in welcher Jahreszeit sich KW dreißig befindet. »Ach ja, Rainer, eine Frage habe ich noch ... Du bist doch damals in der Früh einfach in meinem Haus gewesen ... Wie bist du da reingekommen?«

»Über die Balkontür. Die war offen. Über das Dachfenster wäre es aber auch gegangen.«

»Und wie kommt man über das Dachfenster in ein Haus?«

»Möchtest du wo einbrechen?«

Ich lachte. »Aber nein doch, es interessiert mich nur. Als Philosoph muss ich doch alles hinterfragen, nicht wahr?«

Wir gingen zu seinem Wagen, aus dem er eine leere Klopapierrolle holte, die an einer Schnur hing. Solcherart ausgerüstet, näherten wir uns dem Firmengebäude und fanden sogleich ein gekipptes Fenster. Er warf die Schnur mit der Kartonrolle über das Fenster, brachte die Rolle auf den Fenstergriff, zog das Fenster zu und stellte danach mithilfe der Schnur und der Rolle den Griff quer – offen ist das Fenster. Es war wahnsinnig einfach, und ich schwor mir, nie wieder ein Fenster gekippt zu lassen, wenn ich wegfuhr.

»Ist ja toll«, sagte ich.

»Aber jetzt ehrlich – warum brauchst du das?«, fragte Rainer.

»Leibniz hat gemeint, Menschen wären fensterlose Monaden«, antwortete ich. »Im Zuge der Diskussion des Leib-Seele-Problems, das Descartes in dem Satz *Ich denke, also bin ich* zu subsumieren gedachte, übrigens der etwas arrogante Satz eines Menschen, der anscheinend noch nie Zahnschmerzen gehabt hat, denn wenn man Zahnschmerzen hat, weiß man auch, dass man existiert, das aber nur nebenbei, wollte ich einfach mal sehen, ob die Monade, also jenes metaphysische Atom, das über ein Lichtfluidum mit dem Physischen verbunden ist, tatsächlich so hermetisch abgeschlossen und fensterlos ist.«

»Du mich auch«, sagte Rainer lachend.

Er klopfte mir auf die Schulter, und ich machte mich auf den Heimweg.

Machtnix sprang an mir empor und lief wie aufgezogen im Kreis, als ich heimkam. Ich erklärte ihm, dass ich heute nicht mit ihm spazieren gehen könne, weil ich meinen Fuß noch schonen sollte. Er legte den Kopf schief, zeigte sein Augenweiß und winselte leise. Ich musste lachen. »Du bist ein Clown«, sagte ich, »ein richtiger Kasperl.« Ich gab ihm einen wunderschönen Kauknochen. Aus dem Augenwinkel sah ich, dass der Bildschirm meines Laptops sich aktivierte. Gott sei Dank! Endlich! Lou!

Ihr Gesicht glänzte, sie schwitzte, ihr Blick wirkte glasig.

»Was ist los?«, fragte ich. »Wie geht es dir?«

»Es ist so unerträglich schwül«, sagte sie, »und ich glaube, ich habe auch ein bisschen Fieber.«

»Es gibt diese praktischen Dinger aus der westlichen Welt, Fieberthermometer sagen wir dazu ...«

»Ach die! Nein, so was brauche ich nicht, mein Geistführer sagt mir ohnehin, wie es weitergeht. Okay, Quint, ich hab ein bisschen über achtunddreißig, aber das geht schon.«

»Was hast du dir eingefangen?«

»Wenn ich das wüsste ... Ich glaube, der Urwald macht uns krank. Es geht uns allen so, die wir nicht von hier sind. In den ersten beiden Wochen finden wir es toll, und dann zehrt diese gewaltige Übermacht der Natur an deinen Kräften. Du schwitzt, auch wenn du dich nicht bewegst. Du hast keinen Hunger. Du erschrickst zu Tode, wenn ein paar

Vögel schreiend auffliegen. Das Schlimme sind aber nicht die Feuchtigkeit und die Insekten. Das Schlimme sind die Menschen, die so anders leben als wir. Die dir beim Schlafen und beim Waschen zuschauen, die keine Privatsphäre und kein Eigentum kennen. Sie nehmen sich, was sie wollen, umgekehrt kannst du dir auch nehmen, was du willst, es gibt keinen Besitz. Es gibt in ihrer Sprache keine Possessivpronomen. Ich kann nicht sagen: mein Körper, oder meine Privatsphäre, das ergibt für sie keinen Sinn. Ruhe findest du höchstens im Schlaf. Aber wenn du endlich mal schläfst, träumst du von Jaguaren oder von seltsam zugerichteten Leichen. Antão ist in die Stadt gefahren.«

»Das heißt, du kannst gar nicht wirklich arbeiten?«

»Momentan nicht.«

»Und wann kommt er wieder, der große Schamanenhäuptling?«

»Tja. Die Leute im Dorf sagen, er ist meistens ein paar Tage weg. Manchmal auch ein paar Wochen. Man weiß es nicht.«

»Und was macht er in der Stadt?«

Lou lächelt schwach. »Er sauft sich an. Er tauscht Amulette gegen Tabak. Vor allem geht er ins Puff.«

»Passt das zu einem heiligen Mann?«

»Das sind sie eben nicht. Heilige Männer in unserem Sinn. Sie können sich zwar mit ihren Spirits verbinden ...«

»Aber auch mit Spiritus«, warf ich ein.

»Du musst dir vorstellen, Quint, die Gesellschaft hier hat nie so etwas wie Christentum gekannt. Begriffe wie Keuschheit oder Hölle oder Sünde, das sagt ihnen einfach nichts.«

»Die Glücklichen.«

»Hör zu, Quint ... Antão ist sehr unruhig wegen dir.«

»Das ist jetzt nichts Neues.«

»Er hat ... nein, Quintus, ich mag dir das nicht sagen, aber ich muss ...«

»Sag bitte, ich halt schon was aus.«

»Antão ... Also, er nimmt Paricá ...«

»Paricá?«

»Er sagt Paricá dazu … Im Prinzip ist es das, was die amerikanischen Schamanismus-Touristen als Ayahuasca kennen, ein braunes, scheußliches Gebräu aus einer Lianen-Art.«

»Moment, du hast das auch gekostet?«

»Ja, klar.«

»Und was unterscheidet dich von den Schamanismus-Touristen?«

»Der wissenschaftliche Anspruch. Ich möchte wissen, wie es funktioniert. Antão sagt, es sind die Pflanzengeister, die ihn mit seinen Spirits in Kontakt kommen lassen. Wir sagen, im Prinzip ist es nichts anderes als Dimethyltryptamin.«

»Di was?«

»Dimethyltryptamin. DMT. Ein stark halluzinogen wirkendes Alkaloid.«

»Und wie hat das bei dir gewirkt?«

»Ich habe nur wenig davon genommen. Die Dosis macht riesige Unterschiede. Du kannst damit bis zu Nahtoderfahrungen gehen. Bei mir war es so, dass ich alles wie von einem höheren Standpunkt aus gesehen habe. Sehr klar. Ich habe trotz dieser Sicht von oben eine große Verbundenheit mit allen lebenden Wesen empfunden. Du hast tolle Intuitionen, was andere Menschen betrifft. Und du weißt plötzlich Geschichten oder Worte, die heilen können.«

»Mir sind zwei Flaschen Wein lieber.«

»Ich weiß. Aber von denen bekommst du noch keine Halluzinationen, die dich die Welt als eine andere erleben lassen. Du wirst ein anderer Mensch, das ist das Spannende.«

»Kann man das Zeug kaufen?«

»Klar. Man kann alles kaufen. Aber legal ist es nicht.« Immerhin, jetzt lächelte Lou ein bisschen, bevor sich ihre Gesichtszüge wieder verdüsterten. »Hör zu, also Antão, er macht Reisen, wenn er seine Lianen-Medizin trinkt. Ich habe ihn gestern begleitet, mit meinen Geräten, Herzfrequenz, Blutdruck, Gehirnströme. Vielleicht war er mit dir verbunden, weil ich direkt neben ihm saß? Er hat wieder von dem Mann geredet, den ich liebe … o homem que você ama … Er hat gesagt, er sieht dann andere Menschen wie in einem Film ... Tumba!, hat er gerufen. Er sah ... ein Grab. Eine Gruft. Dann hat er gekotzt. Er kotzt oft, wenn er Visionen hat. Das kommt von den fremden Energien, die er aufnimmt.«

»So, er kotzt also, wenn er einen Film mit mir sieht«, sagte ich.

»Du scheinst deinen Humor nicht verloren zu haben.«

»Nach allem, was ich gestern erlebt habe, erschreckt mich das nicht wirklich ... Oder gab es noch etwas anderes als die Sache mit dem Grab ... für den homem que você ama?«

»Mir hat das schon gereicht«, sagte Lou.

Die Verbindung war gerade sehr stabil, jedenfalls rein technisch gesehen, also erzählte ich Lou alles, was sie noch nicht wusste: dass jemand meinen Namen samt aktuellem Sterbedatum auf unseren Grabstein geschrieben hatte, dass Machtnix entführt worden und wiederaufgetaucht war, dass Ebner nun mein Freund war.«

»Du sollst nicht *ingênuo* sein, hat Antão gesagt.«

»*Ingênuo*?«

»Leichtgläubig. Unbedarft. Naiv.«

»Der Mann scheint eine hohe Meinung von mir zu haben.«

»Ich gebe dir nur weiter, was er gesagt hat.« Lou rieb sich die Augen. Sie wirkte sehr müde. Der Bildschirm begann zu zucken. Die üblichen Stromschwankungen. Bevor die Verbindung abbrach, erzählte ich ihr noch, dass ich eine Schwester hatte. Und drei ungeborene Geschwister.

»Erinnerst du dich«, fragte ich Lou, »als Evelina zum ersten Mal im Haus war, da hat sie Kinder gesehen? Weißt du das noch?«

»Ja«, antwortete Lou, »ich weiß das deshalb so genau, weil ich selbst immer so etwas gespürt habe. Für mich warst du nie ein Einzelkind. Ich weiß nicht, warum. Aber man muss kein Hellseher sein, um davon ausgehen zu können, dass ein Quintus kein Einzelkind ist. Mein Gott, wie dumm kann man sein? Zu glauben, dass du Quintus heißt, weil der Name so schön ist!«

»Ja«, sagte ich. »Das ist in der Tat leichtgläubig. Unbedarft. Naiv.«

»Die Verbindung wird schlecht«, sagte Lou.

»Hast du von Michaela gehört?«, fragte ich.

»Alles okay bei ihr«, sagte sie.

»Erzähl ihr nichts davon, dass Machtnix verschwunden war!«

»Pass auf dich auf, Quintus, pass auf …«

Mit dem seltsamen Geräusch, den ein Stein macht, der ins Wasser fällt, wurde das Bild schwarz.

Ich öffnete ein alkoholfreies Bier, das erstaunlicherweise gar nicht so übel, sondern ganz im Gegenteil durchaus tröstlich schmeckte, und studierte die Gebrauchsanleitung der Wildkamera. Diese war von einer Online-Übersetzungsmaschine vom Chinesischen ins Englische und danach ins Deutsche übertragen worden und enthielt so interessante Informationen wie: »Drücken Sie Knopf. Die Kraft ist an.« Im Prinzip war das Ding aber leicht zu verstehen. Mit dem mitgelieferten Riemen montierte ich die Kamera an einem Pfeiler des Gartenzauns, und zwar so, dass sie genau meinen amerikanischen Postkasten ins Visier nahm. Ich drückte den Knopf. Die Kraft war an.

Ich checkte noch einmal meine Mails. Katia hatte geschrieben. »Hi Quint, ja, es geht mir gut, obwohl dein personalpronomenloses und ergo emotionsbefreites *hoffe, es geht dir gut* nicht dazu beigetragen hat. Finde, wir hatten eine zu gute Zeit, um auf dem Niveau zu kommunizieren. Schicke dir dennoch mein neues Buch. Genug. Lieber Quint, ich bin gerade fertig geworden, und es würde mich wirklich sehr interessieren, was du dazu sagst. Zögere nicht, mich zu kritisieren. Deine Meinung, dein Wissen, dein Blick auf mein Werk sind mir einfach ungeheuer wichtig. KussKat.«

Ich fühlte mich ertappt, denn mein lakonisches »hoffe, es geht dir gut« gehörte wirklich nicht zu meinem Stilrepertoire, und letztendlich sollte man sich zu keinen Handlungen hinreißen lassen, die nicht zu einem passen. Wie aber sollte Katia sonst verstehen, dass ich die Geschichte mit ihr nicht weiterlaufen lassen wollte? Auch nicht so, wie ihr das offensichtlich vorschwebte, mal on und mal off, je nach Lust und Laune, die Liebe ist an, die Liebe ist aus?

Ich druckte zwei Kapitel ihres Manuskripts aus: »Über wahre Freundschaft« und »Von Recht und Gerechtigkeit«. Wie nicht anders zu erwarten, hatte Katia die Themen von allen Seiten und mit allen Scheinwerfern der Philosophiegeschichte beleuchtet, inklusive Literatur, Psychologie und Film. Die Vielfalt ihrer Quellen ließ mich staunen, und noch mehr, wie sie es vermochte, die Inhalte in einer klaren, verständlichen Sprache zu vermitteln, was mich nicht daran hinderte, inmitten des zweiten Kapitels in einen ohnmächtigen Schlaf zu sinken. Von der Wildkamera träumte ich nicht.

Donnerstag, 12. Juli 2018

38

Ich stellte Teewasser auf und ging mit Machtnix zum Gartentor. In der Postbox lag ein weiterer Brief. Adressiert an Evelina Valentová in Trnava, Slowakei. Ich weiß nicht genau, warum, aber ich hatte vermutet, dass der erste Brief nicht der einzige bleiben würde. Nun wandte ich mich neugierig der Wildkamera zu. Ich hatte sie wohl zu offensichtlich montiert. Sie war nicht mehr auf den Postkasten, sondern auf mein Haus gerichtet. Die Botschaften waren klar. Erstens: Ich bin schlauer als du. Zweitens: Ich beobachte dich.

Ich goss den Tee auf, fütterte Machtnix und sah die Bilder auf der Kamera durch. Vielleicht hätte ich doch ein kostspieligeres Gerät wählen sollen. Bei jedem kleinsten Lufthauch, der die Äste eines Baums oder Strauchs bewegte, hatte die Kamera ausgelöst. Noch dazu – weil ich das falsch eingestellt hatte – mit Blitzlicht. Die Batterien waren nahezu leer.

Das Interessanteste, was ich zu sehen bekam, war die schwarzweiße Katze des Nachbarn, der einige hundert Meter entfernt wohnte und mir auch nichts über den Besuch bei meinem Briefkasten erzählen konnte. Immerhin, eines wusste ich jetzt: Wer auch immer den Brief gebracht und bei der Gelegenheit die Kamera gedreht hatte, war gegen Mitternacht unterwegs gewesen. Davor gab es nur ein paar Bilder, auf denen ich nichts erkennen konnte als meine vom Blitz hell erleuchtete Postbox. Wollte ich von Philosoph auf Detektiv umsatteln, ich müsste noch einiges lernen.

Ich schickte Evelina eine WhatsApp: »Nächster Brief ist gekommen. Wann sehen wir uns?«

Dann untersuchte ich den Badezimmermülleimer und fand, was ich brauchte: eine leere Klopapierrolle. Ich machte mich auf zum Holzschuppen, um ein Stück Schnur zu suchen, da fiel mir ein, dass der Schuppen abgebrannt war. Interessant, bis zu welchem Grad Menschen Gewohnheitstiere sind. In einer Lade der Küchenkommode fand ich einen altmodischen Spagat, der einem Risstest standhielt. Ich fädelte die Schnur durch die Rolle, maß etwa zwei Meter ab und machte einen Knoten.

Evelina hatte geantwortet. Ob ich sie in der Mittagspause abholen könne, um zwölf. Das war mir recht. Die Wunde auf meiner Fußsohle hatte sich nicht entzündet. Eine kleine Runde würde Machtnix erfreuen und mir guttun.

Ich setzte mich mit meinem Tee auf die Terrasse und dachte darüber nach, wer uns die Briefe zuspielte. Da Angelika sie Bobby Friedl anvertraut hatte, musste er es gewesen sein, der sie verschwinden ließ. Oder Herta, seine Frau. Warum aber sollte Bobby nun nach dem Verschwinden von Angelika Interesse daran haben, dass die Briefe wiederauftauchen? Zumal ja durch dieses Auftauchen herauskommen konnte, dass er sie hatte verschwinden lassen?

Je länger ich die Möglichkeiten hin und her dachte, desto logischer wurde für mich, was Sabine spontan dazu eingefallen war: dass Herta die Briefe entdeckt hatte. Herta wollte vielleicht die seltsame Verehrung ihres Mannes für Angelika sabotieren, oder aber sie fand, dass die Briefe der rechtmäßigen Adressatin zukommen sollten. Sie wussten wohl, dass Evelina mit Nachnamen Valentová hieß – aber konnten sie wissen, dass sie die Schwester von Angelika Kiss war? Und warum legten sie die Briefe nicht gleich bei Herwig in den Postkasten?

Ich untersuchte den Brief. Als Kinder waren wir ja alle kleine Detektive und wussten, dass man Briefkuverts über Wasserdampf öffnen konnte. Einen fremdsprachigen Text in die Übersetzungsmaschine eingeben konnte auch jedes Kind. Vielleicht wussten also die Friedls von dem schrecklichen Ereignis, das in dem ersten Brief angesprochen worden war. Aber wie konnte man nachweisen, dass ein Kuvert geöffnet und wieder zugeklebt worden war? Ich konnte es jedenfalls nicht. Sollte ich Bernhard Ebner fragen? Lieber zuerst einmal abwarten, was diesmal in dem Brief stand. Und später dann eventuell bei den Friedls Nachschau halten. Falls die überhaupt Kippfenster hatten. Und falls ich mich das traute.

Ich bemerkte eine Charaktereigenschaft an mir, die für einen Philosophen eher merkwürdig ist – ich dachte nicht wahnsinnig gerne nach. Wobei ich theoretisch ein Verfechter des Denkens bin, weil es manchmal helfen kann. Im täglichen Leben aber macht mich Nachdenken nervös. Deshalb hatte ich mich mit dem logischen Empirismus wohl auf eine philosophische Richtung spezialisiert, die sich gegen Spekulationen richtet. Und was die Taxifahrerfamilie Friedl nun mit dem Brief gemacht hatte oder nicht – das blieb letztendlich reine Spekulation.

Ich nahm Machtnix an die Leine, versperrte das Haus sorgfältig und machte mich auf den Weg zum Haus der Zillners.

Evelina wartete bereits vor der Mauer des Parks auf mich. Ich schielte hinüber zum Forsthaus von Ferdinand Moser. Doch sein Auto stand nicht in der Einfahrt. Er konnte schließlich nicht Tag und Nacht hinter seinem Fenster stehen, um uns zu beobachten.

Evelina schien nervös. Sie begrüßte mich mit einem beiläufigen Küsschen auf die Wange. Wir nahmen die Straße Richtung Gebirge. Evelina erzählte, dass Herwig Zillner sehr schlecht geschlafen hatte in der vergangenen Nacht, und dass sie gerädert war, weil sie deshalb selbst auch wenig geschlafen hatte.

»Professor, und ich habe dich da in etwas hineingezogen, was viel zu gefährlich wird. Du musst aufhören, zu suchen. Wir müssen aufhören. Ich habe so ein schlechtes Gefühl! Am besten, ich haue ab, bevor es zu spät ist. Und du auch. Bevor noch ein Unglück geschieht.«

»Du willst aufgeben?«

»Wollen, wollen … Ich will nicht, aber ich will schon. Quintus, unsere Feinde sind stärker als wir. Wir werden hier untergehen.«

»Das wollen wir sehen«, sagte ich. Es war schon als Kind so, dass mich Warnungen immer anspornten. Greif diese Pflanze nicht an, du kannst Allergien davon bekommen! Was machte ich in der nächsten Sekunde? Fahr da nicht runter, die Piste ist zu steil für dich! So etwas musste man mir nicht zweimal sagen. Studier nicht Philosophie, davon kann man nicht leben! Man sieht, was aus den guten Ratschlägen geworden ist.

Nach dem ersten Forstschranken und dem Schild »Es wird um Ruhe und Ordnung gebeten« stand links neben der Schotterstraße eine Bank an einem netten Aussichtsplatz mit Blick auf Stein am Gebirge. Das Dorf wirkte friedlich, wie es so in der Ferne im Talkessel lag, und mit dem runden Zwiebelturm der Kirche fast schon idyllisch. Ich drückte Evelinas Hand. Sie war eiskalt.

Ich nahm den Brief aus meiner Jackentasche und reichte ihn ihr. Sie riss ihn auf und nahm fünf Blätter Papier heraus. Die Schrift darauf wirkte viel hässlicher als jene des ersten Briefs, größer, eckiger, nervös. Der Brief war datiert mit 05/01/2018.

Evelina las den Brief auf Slowakisch, übersetzte ihn simultan auf Deutsch, und gleichzeitig geschah etwas Merkwürdiges, obwohl ich keineswegs Schamane geworden war: Ich konnte die Szene wie einen Film vor mir sehen.

»Es ist ein schrecklicher Tag heute, Schwester. Sie ziehen durch die Straßen der Stadt, Geister, Perchta, sagen sie, Hexen und schrecklich maskierte Gestalten. Sie rasseln mit Ketten und trommeln und geben grauenvolle Geräusche von sich. Sie wollten hier ins Haus kommen, aber der Alte fürchtet sich vor ihnen, wie ein kleines Kind fürchtet er sich. Die Wilde Jagd, sagt er, die Wilde Jagd muss draußen bleiben. Und so blieb zum Glück alles verriegelt.

Weihnachten war die traurigste Zeit bis jetzt für mich. Ich bin krank, ich habe Husten, und ich war froh, dass ich eine gute Ausrede hatte, schlafen zu gehen. Angelika, sagen sie, feiere doch mit uns, aber ich mag nicht zusehen, wie sie sich Berge von Fleisch und fetten Würsten hineinstopfen und Käseplatten und dann noch eine Torte, und ich möchte auch keinen Wein trinken, obwohl Adrian mich fast zwingt dazu, also stoße ich mit ihnen an, während Julia und die Kinder Weihnachtslieder singen und Herwig gerührt in seinem Rollstuhl sitzt. Ich serviere das Essen und ziehe mich zurück. Ich schlafe unruhig, habe geschwitzt, gehe duschen in der Früh. Adrian, Julia und die Kinder sind auf dem Weg zum Skifahren. Du sollst wissen, liebe Schwester, falls mir etwas passiert, die Leute dürfen nicht davonkommen, bitte! Julia sagt, ich soll mich auskurieren, kein Problem, sagt Julia, und dann fahren sie los zum Skifahren. Es ist der 25. Dezember 2017, gegen elf Uhr. Ich gehe in die Küche, um mir Tee zu machen, und sehe den Alten. Er sitzt in seinem Rollstuhl … in der Bibliothek … Er hält ein Buch in der Hand, aber es ist kein gedrucktes Buch, es ist ein Tagebuch. Ich schleiche mich von hinten an den Alten heran. Ich reiße ihm das Buch aus der Hand. Evelina! Es ist das, was wir gesucht haben. Der alte Zillner schreit ganz aufgeregt, ich blättere, lese, ich finde die Seite, ich finde diese Seite!«

»Was ist das für ein Buch?«, rufe ich dazwischen.

Evelina hält inne, macht eine fast theatralische Pause und liest dann weiter.

»Das Buch ist weg. Mein Handy ist weg. Ich traue mich nicht, zur Polizei zu gehen. Sie werden nicht mir glauben, sondern den Zillners, denen alles hier im Tal gehört. Ich habe Angst, Schwester. Die können mich einfach verschwinden lassen. Ich würde keinem fehlen. Dir hoffentlich, Evelina. Ich küsse und umarme dich.«

Ich sah Evelina an. Ich erwartete, sie würde mir nun etwas erklären. Aber das tat sie nicht. Sie wirkte kalt. Versteinert.

»Wir müssen es finden«, flüsterte sie.

»Was?«, fragte ich. »Was steht in diesem Buch?«

»Es ist besser, wenn du es nicht weißt«, antwortete Evelina entschlossen. »Sonst wirst du mir nicht glauben. So, wie uns niemand geglaubt hat.«

»Du weißt, dass ich dir vertraue!«, rief ich aus, fast beleidigt.

»Professor«, sagte sie, »ich vertraue dir. Aber du musst mir helfen und darfst nicht davonlaufen und die Augen verschließen wie alle.«

»Ich laufe nicht davon.«

»Danke«, sagte sie und nahm meine Hand.

»Du glaubst, dass das Verschwinden deiner Schwester mit diesem Buch zusammenhängt?«

»Ja«, sagte sie kurz, stand auf, steckte den Brief ein, und wir machten uns auf den Heimweg. Sie lehnte es ab, mir das Schreiben auszuhändigen, denn ich würde damit vielleicht zur Polizei gehen. »Und dann«, fügte sie hinzu, »ende ich wie meine Schwester.«

»Okay, wir müssen also das Buch finden«, rekapitulierte ich.

»Wenn es Herwig versteckt hat, haben wir eine Chance«, meinte Evelina. »Der kommt nicht weit. Dann ist es irgendwo im Haus. Wenn Adrian es hat, dann liegt es auf dem Grund des Schwarzensees.«

»Ich kann dir bei der Suche helfen«, sagte ich.

»Wir dürfen das nicht auffällig machen«, erwiderte sie. »Ich fange einmal an. Dann sehen wir weiter.«

Machtnix stürmte über ein Feld, auf eine Gruppe von Krähen zu, die schimpfend aufflogen. »Wenn er nicht so verspielt wäre«, sagte ich, »könnte der Hund vielleicht das Buch finden.«

Evelina lachte. »Ich glaube, damit hätte sogar ein Spürhund seine Schwierigkeiten.«

»Hast du eine Idee, wer die Briefe ins Postfach legt?«, fragte ich, als wir beim Gartenportal angekommen waren.

»Herr Bobby hat sie nicht zur Post gebracht. Aber wir können ihn schlecht fragen. Er hat die Briefe verschwinden lassen, vielleicht steckt er hinter der ganzen Sache. Wir dürfen denen nicht verraten, was wir wissen, sonst …«

»Sonst?«

»Pass auf dich auf, Quintus«, sagte Evelina, drückte mir einen Kuss auf die Wange und lief eilig die Allee entlang auf das Haus zu.

Machtnix und ich sahen ihr nach. »Pass auf dich auf, Quintus«, den Satz hatte ich in letzter Zeit oft gehört.

39

Ich mache mich zu Fuß auf den Weg. Machtnix muss zu Hause bleiben. Ich trage eine grüne Schirmkappe und eine Sonnenbrille, was mich vielleicht nicht unauffällig, aber immerhin nicht auf den ersten Blick erkennbar macht. Ich greife in meine Jackentasche. Die Klopapierrolle ist da.

Der frühe Nachmittag scheint mir ein passender Augenblick zu sein, da sind die beiden sicher unterwegs. Tatsächlich stehen weder der schwarze Vito noch der graue Citroën vor der Tür.

»Robert & Herta Friedl. Taxiunternehmen« verkündet ein großes Schild, das am Gartenzaun hängt.

Ich gehe über die Wiese neben dem Haus in Richtung Wald, ein ganz normaler Spaziergänger. Ich steuere den Hügel hinter dem Haus an, vermeide es jedoch, auf dessen Gipfel zu steigen. Ich schmiege mich an der Flanke entlang und sehe von hinten in den Garten. Eine Hecke aus Kirschlorbeer grenzt den Garten an dieser Seite ab. Es ist ein leichtes, zwischen zwei Sträuchern hindurchzuschlüpfen.

Im Garten ist niemand, und auch das Haus scheint verlassen. Als ich das Fenster sehe, weiß ich nicht, ob ich mich freuen soll oder nicht. Der feige Anteil in mir hat insgeheim gehofft, es würde keines geben. Aber da ist es, direkt vor mir: ein gekipptes Fenster. Ich werfe sogleich die Schnur mit der Klopapierrolle darüber. Nun muss ich nur noch die Rolle über den Fenstergriff ziehen und …

Was bei Rainer so spielerisch leicht ausgesehen hat, entpuppt sich nun als äußerst schwierige Übung, die sowohl Geschicklichkeit als auch Geduld erfordert, zwei Eigenschaften, bei deren Verteilung ich nicht in der ersten Reihe stand. Wie ein Marionettenspieler ziehe ich die Rolle in Position, aber kurz, bevor sie sich über den Griff stülpen kann, fällt sie an der Seite vorbei. Und noch ein Versuch … und der nächste … Ein Straucheln, ein kleines Zögern, ein letztes kleines Zittern der Rolle vor dem Metallhaken, ein straffer Zug – dann ist es geschafft. Ich habe die Rolle über den Griff gebracht. Jetzt: das Fenster schließen. Mit einem lauten Rums fällt es in den Rahmen. Als Nächstes: den Griff auf die Seite drehen, sodass ich das Fenster öffnen kann. Aber leider klemmt die Schnur. Wieso hat bei Rainer die Schnur nicht geklemmt? Ich muss das Fenster wieder einen Spaltbreit kippen, und dann … dann sehe ich in den Lauf einer Pistole.

»Auf den Knien bleiben. Und Hände hoch!« Die rauchige Stimme von Herta Friedl. Ich nehme die Hände hoch, und in diesem Augenblick wird mir klar, wie unfassbar blöd ich bin und wie sehr ich mich – ja!! – selbst überschätzt habe. Frau Friedl reißt das Fenster auf.

»Keine Bewegung, du Lump!« Sie fuchtelt mit der Pistole herum, und ich hoffe, dass sie mit der Waffe umgehen kann, damit sich nicht zufällig ein Schuss löst. Sie richtet den Lauf weiter auf mich und greift nun in ihre Hosentasche, um ihr Telefon herauszufischen.

»Vielleicht können wir kurz miteinander reden, bevor Sie die Polizei rufen? Ich könnte Ihnen eine Interpretation für die von Ihnen vorgefundenen Fakten anbieten«, sage ich in meinem schönsten Deutsch.

Sie sieht mich fassungslos an und lässt die Pistole sinken. Ich nehme die Kappe und die Sonnenbrille ab.

»Professor! Das glaub ich jetzt nicht! Was machst du denn da?«

»Dein Haus weist erhebliche Sicherheitslücken auf«, antworte ich.

»Ich weiß«, sagt sie. »Aber du hättest dir die Mühe sparen können. Die Eingangstür war offen. Jetzt schau nicht so blöd und komm schon rein.«

»Durchs Fenster?«

»Du kannst auch rundherum gehen.«

Ich folge der freundlichen Einladung und klettere ins Haus. Genau genommen in den Keller.

»Hier wäre für dich Endstation gewesen«, sagt Herta und raucht sich eine Zigarette an. »Die Tür zum Heizkeller ist immer zugesperrt. Aber jetzt kommst du mit und sagst mir, was du bei uns zu suchen hast.«

Wir steigen eine Treppe hinauf und landen im Vorzimmer. Herta öffnet die Lade eines Kästchens und legt die Pistole hinein.

»Wir sind beim Schützenverein, mein Mann und ich«, erzählt sie in ihrem breiten Dialekt, der durchaus eine bayerische Färbung aufweist, weshalb sie eigentlich »mei Mo und i« sagt. »Also sei froh, dass ich dich nicht erschossen hab.«

»Es waren keine Autos da und ...«

»Weil mei Bua heit fohrt! Und dass keine Autos da sind, ist das ein Grund, in ein fremdes Haus einzusteigen, Professor?« Jetzt ist Herta Friedl doch etwas lauter geworden. »Was hast du hier zu suchen?«

»Es geht um ... Angelika Kiss. Weißt du, wen ich ...«

»Das Flittchen! Jetzt wirst du auch schon ganz narrisch wegen dem Luder! Na komm mit, dann zeig ich dir was, da wirst du staunen, Professor.«

Wir gehen zurück in den Keller. Neben dem Heizraum befindet sich eine Art Werkstatt oder Hobbyraum, anscheinend das Reich von Bobby Friedl. Und in diesem Raum säumt eine Reihe von Metallschränken die Wand. Herta greift in eine Lade der Werkbank, nimmt einen doppelten Boden heraus, schnappt sich einen Schlüssel.

»Glaubt jo immer, dass er gscheit is, der Mo«, sagt sie. »Überhaupt glaubt's ihr das alle. Aber ich sag dir eins, Professor: A so was Blödes wie an Mo, das gibt es normal in der Natur gar nicht.«

Mit diesen Worten öffnet sie die Tür des Spinds auf der rechten Seite. Die Tür und das gesamte Innere sind zugeklebt mit Fotos, zum Teil entwickelten, zum Teil selbst ausgedruckten, fein säuberlich auf das Metall geklebt: Fotos von Angelika Kiss. Ich erstarre.

»Und dann schau dir das an«, sagt Herta und hält mir ein rotes Kleid hin, das in dem Schrank hängt. »Das hat er ihr wahrscheinlich gestohlen, dieser Trottel. Damit er daran schnuppern kann! Ich hab ihn ja gesehen, da durchs Fenster, wie er vor dem Schrank steht und sein Gesicht ins Kleid hineingräbt. Und da hinein natürlich auch!« Sie hält mir vorwurfsvoll einen schwarzen BH unter die Nase. »Blonde Haare, blaue Augen und Körbchengröße MB. Monsterbusen. Was soll ich dir sagen, Professor! Ein Mo eben!«

»Wo sind die Briefe?«, frage ich.

»Welche Briefe?« Herta Friedl wirkt tatsächlich überrascht.

»Angeblich hat Angelika deinem Mann Briefe mitgegeben. Er sollte sie aufgeben, das hat er aber nicht.«

»Und woher willst du das wissen?«

»Ich weiß es eben.«

Ein bisschen beleidigt nimmt Herta einen anderen Schlüssel aus dem Bund heraus und öffnet einen weiteren Spind. »Das Schriftliche hat er hier«, sagt sie und zieht einen Karton hervor. Sie wirft eine erkleckliche Sammlung von *Hustler, Playboy, Penthouse* und *Praline* vor mir auf den Boden. »Nein, da sind keine Briefe. Tut mir leid. Aber du kannst ihn ja ganz einfach fragen. So macht man das normalerweise bei uns auf dem Land.«

Sie räumt alles fein säuberlich in die Schränke zurück, sperrt ab und legt den Schlüssel wieder in sein »Versteck«. Dann öffnet sie die Tür des Heizkellers: »Nimm dein Häuslpapier wieder mit, Professor. Gibt's sonst noch was?«

»Nächstes Mal frag ich gleich. Versprochen.«

»Na dann ist es ja gut. Und jetzt putz dich heim, mei Mo kann jeden Augenblick zurück sein.«

Ich schlich wie ein geprügelter Hund nach Hause und ärgerte mich vor allem über meine eigene Dummheit. »Überschätzen Sie sich nicht, Professor!«, sagte ich mir selbst. Immerhin, eines musste man mir lassen: Durch meine Naivität war es mir gelungen, genau jene Informationen zu bekommen, die ich gesucht hatte. Offensichtlich schwärmte Bobby Friedl in einer fetischhaften Verehrung für Angelika Kiss. Wer die Briefe hatte verschwinden lassen, wusste ich noch immer nicht. Hatte er sie besser versteckt, als seine Frau glaubte, die alle seine Geheimnisse zu kennen schien? Hatte Herta Friedl mir etwas vorgemacht? War sie es, die die Briefe insgeheim gestohlen und mir zugespielt hatte, um der verrückten Verehrung ihres Mannes für diese junge Frau ein Ende zu bereiten? Sollte ich sofort zu Evelina gehen, ihr von den neuen Erkenntnissen berichten und ihr helfen, das verschwundene Handy ihrer Schwester zu suchen? Aber sie hatte gemeint, wir sollten nicht zu auffällig sein, womit sie zweifellos recht hatte.

Ich versuchte, auf andere Gedanken zu kommen, legte mich in den letzten Sonnenstrahlen in den Liegestuhl und las ein weiteres Kapitel aus Katias Buch. Neben mir döste Machtnix im Gras; der Abendwind strich durch das Laub der Birke. Das Leben könnte so einfach sein!

Immer wieder ließ ich die Papierblätter auf meinen Schoß sinken, starrte träge ins Leere, und die Bilder der Geschichte mit Katia stiegen in mir auf. Es war nach einem Symposion in Wien geschehen, das Thema lautete: »Chancen und Nutzen – Philosophie heute«, und wir hatten beide referiert. Katia war damals bereits Dozentin in Berlin. Ich habe erzählt, warum Kant und Schopenhauer heute immer noch wichtig sind, und Katia hat über ein paar moderne Themen improvisiert, zum Beispiel *political correctness*, die sie äußerst witzig und dennoch differenziert durch den Kakao gezogen hat. Wie immer in Wien gab es nachher einen großen Empfang, der wesentlich besser besucht war als die Vorlesungen selbst. Der Bürgermeister spendierte ein ordentliches Buffet und sorgte dafür, dass der Grüne Veltliner in nie versiegenden Strömen floss. Katia und ich amüsierten uns wunderbar, und ich genoss den Austausch mit den Hauptstadt-Intellektuellen, die ich als Salzburger viel zu selten traf. Da wir im selben Hotel untergebracht waren, teilten Katia und ich uns ein Taxi. Wir nahmen auf der Rückbank Platz, ausgelassen ließen wir den Abend Revue passieren. Und irgendwann geschah es plötzlich, dass unsere Fingerspitzen sich berührten. Ja, tatsächlich, es »geschah«, ich schwöre, dass ich es nicht absichtlich gemacht habe, und ich bin mir ziemlich sicher, dass Katia ihre Hand ausgelegt hatte, aber ob das mit Absicht geschehen war oder nicht, ich weiß es nicht. Da waren jedenfalls zuerst diese Fingerspitzen, die sich zufällig berührten, doch schon bald begannen diese Fingerspitzen, einander zu umkreisen, zu streicheln, und als sie nicht mehr verbergen konnten, dass es sich definitiv um keinen Zufall handelte, fanden zwei Hände zueinander, und wir wurden still. Die Hände lagen ineinander, doch die Finger streichelten einander in kleinen, entschlossenen Bewegungen weiter, und als ich meine Erregung spürte, wusste ich, dass es um mich geschehen war. Und ich wusste, dass ich meine Frau liebte, und ich wusste, dass ich überhaupt kein Bedürfnis hatte, meine gesamte Existenz in die Luft zu jagen, und ich wusste, dass wir uns im Lift des Hotels küssen und dann die Nacht gemeinsam verbringen würden. Übrigens waren wir in dieser ersten Nacht beide zu betrunken, um richtig Sex zu haben. Ja, wir hätten noch die Kurve kratzen und uns bestätigen können, dass ja nichts passiert ist, doch unsere Körper, unsere Haut, unsere Hände und Gerüche und Lippen hatten es anders beschlossen. Und so kam es, dass die alles durchschauende Philosophin und der weise Professor, ferngesteuert wie die Figuren einer antiken Tragödie, gleich am nächsten Tag die Sache mit dem Sex nachholten.

Der Wahn ist kurz, die Reu ist lang. Ich zwang mich, an etwas anderes zu denken, und nahm das Manuskript wieder zur Hand. Später schob ich eine Tiefkühl-Pizza ins Rohr und schrieb, während ich darauf wartete, dass sich der Duft von knusprigem Teig und warmem Käse im Haus breitmachte, ein paar Zeilen an Katia. Es war ja tatsächlich kindisch, so zu tun, als wäre nichts zwischen uns gewesen, und ich wusste, dass Katia auf mein Feedback wartete, so wie alle, die gerade ein frisch fertiges Manuskript verschickt haben.

»Liebe Katia, ich hab schon einige Kapitel deines neuen Buchs gelesen. Interessant, die Themen beschäftigen mich gerade auch persönlich, zum Beispiel das alte Problem der deontologischen Ethik, wonach eine Handlung intrinsisch gut sein kann – während die Konsequenzen, die aus dieser Handlung entstehen, durchaus katastrophale Ausmaße annehmen können. Elegant, wie du diesen moralischen Absolutismus zuerst mit Schützenhilfe des guten alten Hobbes zerlegst (Einhaltung von Verträgen, Rechtspositivismus), um dann wiederum Hobbes alt aussehen zu lassen, indem du ihm mit Walter Benjamin und seiner Kritik der Gewalt kommst. Sehr schön, wie du die Paradoxie herausgearbeitet hast, dass Recht sich gegen unrechtmäßige Gewalt wehren muss, weil es sonst kein Recht mehr ist, dass es allerdings, um sich zu wehren, selbst Gewalt ausüben muss. Du wirst dich jetzt fragen, warum mich dieses Thema beschäftigt … Ich bin hier in Stein am Gebirge in eine seltsame Geschichte verwickelt worden, und ich bekomme immer mehr das Gefühl, mich gegen eine unsichtbare, aber sich mehr und mehr verdichtende Gewalt wehren zu müssen. Das ist auch der Grund, warum ein Treffen momentan nicht klug wäre, auch wenn du im nahen Salzburg weilst.

Das andere Kapitel, das mich persönlich berührt hat, ist jenes über wahre Freundschaft. Ich weiß nicht genau, ob ich alles unterschreiben kann, was du schreibst, aber originell ist es allemal. Nicht das übliche Zeug, wonach man als echter Freund bereit sein muss, die Freundschaft selbst zu opfern, wenn es dem Freund dient. Dass du die Lüge als Basis der Freundschaft darstellst und postulierst, dass es ohne die Gnade der Lüge weder Freundschaften noch einen funktionierenden Gesellschaftsvertrag geben würde: Das ist schon stark! Und noch stärker fand ich deine Theorie, wonach eine platonische Freundschaft zwischen Mann und Frau nicht möglich sei – wobei du das ausgerechnet mit Platons Schriften untermauerst. Sehr clever. In diesem Punkt widerspreche ich dir allerdings. Ich glaube schon daran, dass Freundschaft zwischen Mann und Frau möglich ist. Auch wenn ich zugebe, dass wir wohl ein schlechtes Beispiel dafür abgeben. Ganz ehrlich, wenn ich an dich denke, kommen mir immer noch ganz andere Gedanken …«

Es roch seltsam. Um Gottes willen! Ich stürmte in die Küche, wo es wild aus dem Backofen rauchte. Ich machte den Herd aus und öffnete das Rohr. Das Stück Kohle, das darin gloste, würde ich später entfernen.

Ich ging zurück zum Schreibtisch und löschte den letzten Satz, den ich geschrieben hatte. Nein, ich würde sie nicht mit solchen Eingeständnissen locken. Ich würde die Beendigung unserer Affäre nicht in Frage stellen. Ich brauchte nur noch einen passenden, krönenden Abschluss für meine beste ehemalige Studentin, die mich inzwischen in jeder Hinsicht übertroffen hatte.

»Dein neues Buch ist, wie nicht anders zu erwarten, von einer unübertrefflichen Brillanz. Es ist aber, da es sich um ein Buch von dir handelt, keine äußere Brillanz, kein billiger Schein, der uns zuruft: Schaut her, wie toll ich glänze. Nein, diese Brillanz entsteht aus der Luzidität deiner Gedanken. Bravo, Katia. Ganz liebe Grüße, dein Prof.«

Senden.

Statt der Pizza teilte ich mit Machtnix eine Dose Gulaschsuppe, Jahrgang 1998. Ich schrieb noch eine WhatsApp an Michaela, mit einem Foto von Machtnix, der sich genüsslich auf dem Teppich wälzte. Wenig überraschend bekam ich erst Tage später eine Antwort. Ich versuchte, Lou zu erreichen, doch im Urwald gab es anscheinend keinen Strom. Ich legte mich auf das Sofa und las noch ein Kapitel aus Katias Buch, in dem sie die Frage nach den Unterschieden zwischen biologischem und gesellschaftlichem Geschlecht provokant als letztes Scheingefecht zwischen Patriarchat und Feminismus zu entlarven versuchte. Ich glaube, als alter, weißer Mann hätte ich das in dieser Art nicht schreiben dürfen, aber im Prinzip hatte ich ohnehin noch nie große Lust verspürt, mich in diese aufgeheizte Debatte einzumischen. Manchmal war es besser, als alter, weißer Mann einfach zu schweigen. Wir hatten ohnehin lange genug das Sagen. Ich schwieg also und schloss die Augen. Jetzt schnell schlafen! Ich wollte frühmorgens aufstehen. Ich hatte einen – nicht ganz ungefährlichen – Plan gefasst.

Freitag, 13. Juli 2018

40

Ich gehe Richtung Morgendämmerung. Am Horizont zieht ein Adler seine erste Runde im Himmel über dem Gebirge. Nebelschwaden schweben aus den Wäldern, zerfließen, lösen sich auf im Blau. Unter meinen Füßen knirscht der Schotter. Ich verlasse die Forststraße bald und nehme den Wanderweg durch den Wald. Eine gute Entscheidung, findet Machtnix. Hier gibt es interessantere Spuren zu erschnüffeln. Die Luft riecht wie frisch gewaschen. Der weiche Untergrund lässt mich meine Wunden auf den Füßen und den letzten Stachel, der noch in der Sohle steckt, weniger spüren.

Ich höre meinen Atem, ich sehe meinen Atem, so kalt ist es noch. Ich komme zügig voran. Mache kurz Rast an einem Aussichtsplatz, von dem aus man die ganze Gebirgskette überblicken kann. Berückend, das ist vielleicht das richtige Wort für die Landschaft rund um Stein am Gebirge. Betörend, ja, betörend schön, aber auch sehr nahe rückend, geradezu bedrängend. Steinern kalt sehen die schneebedeckten Berggipfel streng auf uns herab. Später verengt sich der Weg, verläuft durch eine schmale Schlucht, bevor er sich auf dem Hochplateau verzweigt. Ich beginne zu schwitzen. Die Sonne ist steil gestiegen und brennt von einem gnadenlos blauen Himmel.

In der Nähe der Höhle steht der monströse Pick-up von Forstmeister Ferdinand Moser in einer Ausbuchtung der Schotterstraße. Es ist gewiss nicht ungewöhnlich, dass ein Forstmeister sich, nun ja – im Forst befindet. Dennoch beschleicht mich ein ungutes Gefühl. Aber es muss sein. Ich muss noch einmal in die Höhle gehen. Vielleicht haben wir etwas übersehen. Vielleicht sind wir mit dem Polizisten innerhalb des Höhlensystems falsch abgebogen. Möglicherweise hat jemand Angelikas Leiche an jenem Nachmittag versteckt – und danach wieder in der Grabkammer aufgebahrt. Ich brauche Gewissheit, bevor wir alles in die Waagschale werfen, um den Mörder von Angelika der Gerechtigkeit zuzuführen.

Machtnix hechelt heftig und sieht mich fragend an. Auch ich habe brennenden Durst. Wir haben uns an einem Rinnsal in der Schlucht gelabt, doch hier in dieser steinernen Wüste wird es schwer sein, Wasser zu finden. Ich gehe zu Mosers Pick-up. Auf der Ladefläche befinden sich zwar Kanister, aber die enthalten kein Wasser, sondern Sägekettennöl oder Benzin. Ich sehe in die Fahrerkabine. Nichts, was nach Trinkbarem aussieht. Aber etwas anderes erweckt meine Aufmerksamkeit – und lässt meinen Atem stocken. Auf dem Beifahrersitz liegt eine Reisetasche. Nichts Besonderes, eine braune Reisetasche aus Kunstleder. Der Reißverschluss ist nicht ganz zugezogen, und aus der Tasche quillt ein Stück Stoff. Der Stoff ist lavendelblau und hat exakt dieselbe Farbe wie das Kleid, das man der aufgebahrten Leiche von Angelika Kiss angezogen hatte.

Ich sehe mich um. Ich öffne die Tür des Wagens, die wie erwartet nicht versperrt ist. Ich nehme mein Handy, um ein Foto zu machen. In diesem Augenblick fällt ein Schuss. In Panik werfe ich die Tür wieder zu und sehe an mir herab. Ich habe gelesen, dass Menschen mit einer Schussverletzung in ihrem Schock oft gar nicht merken, dass sie eine Schussverletzung haben, bevor sie nicht das Blut aus der Wunde fließen sehen. Aber da ist nichts. Machtnix! Er ist auf der anderen Seite des Wagens im Schatten geblieben. Ich stürme hin. Da liegt er. Sieht mich aus flehenden Augen an. Der Blick mit dem Augenweiß. Machtnix! Der Hund springt auf und hechelt. Er hat Durst.

Wir sind beide unverletzt und stürmen los, weg von dem Auto. Wir erreichen den Wanderweg und schnappen nach Luft. Ich gehe in die Knie und umarme Machtnix. Mein Gott, kann man blöd sein, wenn man sich in Panik hineinsteigert! Es war ganz sicher reiner Zufall, dass ein Schuss gefallen ist, als ich die Autotür geöffnet habe. Wir sind in einem zivilisierten Land im Herzen von Europa, nicht im Wilden Westen! Zeit, sich wieder zu beruhigen.

An einer Gabelung des Pfades sind gelbe Wegweiser montiert. »Finstermoorsee 15 Min.« steht auf dem einen, und das bedeutet: Wasser in der Nähe. »Gleich, mein Süßer, gleich!«, muntere ich Machtnix auf, und wir folgen dem Pfad, der über grobes Geröll in Richtung einer kleinen Oase führt, die ich aus der Ferne grün leuchten sehe. Dort ist im Windschatten eines Hügels ein kleiner Wald aus Lärchen entstanden. Unweit davon sehe ich den Finstermoorsee, gesäumt von Zwergkiefern, in der Sonne glitzern.

Machtnix läuft begeistert voraus, und als ich den kleinen Bergsee erreiche, kommt er bereits von seiner Schwimmrunde zurück, beutelt sich und wälzt sich im feinen Kies des Ufers. Ich ziehe mich aus, springe in den See und trinke gierig während des Schwimmens. Das Wasser des Moorsees legt sich weich und bernsteinfarben auf meine Haut. Was für eine köstliche Erfrischung!

Ich lasse mich von Wind und Sonne trocknen, ziehe mich wieder an und beschließe, vor meiner neuerlichen Untersuchung der Höhle einen kleinen Abstecher zu der Oase unter dem Hügel zu machen. Das Wäldchen ist schnell erreicht. Im Gras, das unter den Lärchen dicht und in einem leuchtenden Grün wächst, sehe ich einen Pfad. Ich folge ihm und entdecke, versteckt zwischen Bäumen, eine kleine Holzhütte. Sie sieht aus, als wäre sie hunderte Jahre alt. Sie ist aus halben, von Wind und Wetter ausgeblichenen Stämmen gezimmert. Die Tür ist aus Brettern und das Dach mit Moos bedeckt. Die zwei kleinen Fenster wirken, als wären sie nachträglich eingebaut worden.

Ich sehe durch die blank geputzte Scheibe ins Innere der Hütte: Ein kleines Holztischchen steht neben einem Kachelofen, davor die Ofenbank, zwei Stühle. Im Hintergrund eine geschlossene Tür, die vielleicht in eine Schlafkammer führt. Ich versuche, die Hüttentür zu öffnen, doch sie ist verschlossen. Ich greife auf den Balken über dem Eingang, dort liegen üblicherweise die Schlüssel für solche Jagdhütten, doch da ist nichts. Ich umrunde die Hütte, versuche, in die Kammer zu spähen, aber die Vorhänge sind zugezogen. Ich entdecke an der Rückseite der Hütte eine kleine Holztür, die nur durch einen Balken verschlossen ist, und öffne sie. Das Holzlager. Ich bücke mich und trete ein. Hier sieht es nicht so aufgeräumt aus, überall hängen Spinnweben, und Mäuse haben den Karton mit den Holzspänen angenagt. In einer Nische führt eine Art Durchschlupf weiter, vielleicht ins Innere der Hütte. Ich überlege, ob ich versuchen soll, ihn zu öffnen. Nicht schon wieder ein Einbruch! Allerdings möchte ich wissen, was sich in der Schlafkammer verbirgt. Der lavendelblaue Stoff, der aus der Tasche im Auto des Forstmeisters hervorgeschaut hat, kann doch kein Zufall gewesen sein! Moser muss es gewesen sein, der Angelikas Leiche angekleidet, aufgebahrt und nach ihrer Entdeckung wieder versteckt hat. Vielleicht hier – in der Schlafkammer der Hütte. Ich zucke zusammen, als ich Machtnix bellen höre. Wahrscheinlich hat er wieder eine Krähe oder eine Bergdohle entdeckt, mit der er sich anlegen muss. Ich begebe mich auf alle viere und klettere am Boden entlang zu der Luke. Ich rüttle daran. Sie ist geschlossen, aber nicht gut. Ich kann durch einen Spalt ins Innere der Hütte spähen und sehe, dass die kleine Holztür von innen mit einem Sturmhaken befestigt ist. Den zu öffnen sollte wohl wirklich kein Problem sein. Ich drehe mich herum, um einen halbwegs stabilen schmalen Ast zu suchen, mit dem ich den Haken aufdrücken kann – und sehe zwei Dinge, die mir überhaupt nicht gefallen. Erstens kommt eine Art Ast auf mich zu, grau, gebogen, ziemlich schnell: eine Schlange von nicht unerheblichem Ausmaß. Und zweitens verfinstert sich das Innere des Holzlagers durch den Schatten eines hünenhaften Mannes, der in der Tür steht. Der Mann packt die Schlange am Schwanz, zieht sie an sich, tritt einen Schritt zurück und schreit.

»Raus da!« Ich erkenne die Stimme von Forstmeister Moser.

Mein zweiter missglückter Einbruch binnen wenigen Stunden. Bravo, Quintus. Ich lasse mich entmutigt auf den Bauch sinken und denke nach, welche Ausrede ich mir diesmal einfallen lasse, aber nach diesen Schrecksekunden ist meine Vorstellungskraft ein wenig blockiert. Für einen Gedanken jedenfalls reicht es – ich darf Moser nicht mit meiner Entdeckung des lavendelblauen Stoffs konfrontieren. Denn wenn er der Mörder von Angelika Kiss ist, ein Mörder, der nicht davor zurückschreckt, die Leiche zu schmücken und wieder verschwinden zu lassen, dann würde er auch nicht davor zurückschrecken, mich verschwinden zu lassen. Er kennt sicher alle Dolinen, Felsspalten und Höhlen der Umgebung, und ich hege nicht den geringsten Zweifel daran, dass er es schaffen würde, meine Leiche hier so zu entsorgen, dass keine Menschenseele sie jemals finden würde.

Ich krieche also zurück, richte mich auf, trete aus dem Verschlag – und sehe einer züngelnden Schlange in die schwarzen, starren Augen.

»Der Professor, schau, schau …«, sagt Moser. Seine Stimme klingt kalt und ausdruckslos. Er kommt mit der Schlange näher an mein Gesicht, ich weiche entsetzt zurück. Will er mich durch einen Schlangenbiss vergiften? Das wäre natürlich die beste Art, mich loszuwerden – spurlos! Ich schaue Moser an, und mein Entsetzen muss mir ins Gesicht geschrieben stehen.

Moser lacht. Er hat die Schlange mit einer Hand an seinem Bauch fixiert, mit der anderen hält er ihren Kopf fest. Es sieht so aus, als könnte er diesen Kopf mit den tückischen Augen und dem tödlichen Gebiss jederzeit auf mich zuschnellen lassen.

»Darf ich fragen, was Sie in der Hütte verloren haben?«

»Ich … ich habe meinen Hund gesucht.«

»Soso, Sie haben Ihren Hund gesucht.«

»Ich wusste nicht, dass die Hütte wem gehört, und …«

»Alles gehört wem, Professor. Zumindest hier in Stein am Gebirge.«

Er musterte mich, wie man einen schlimmen Schuljungen mustert, dabei könnte er mein Sohn sein. Er warf einen Seitenblick auf Machtnix, der wie das Kaninchen vor der Schlange saß und das züngelnde Reptil fasziniert beobachtete. Warum bloß hatte Michaela keinen

Kampfhund, der sich jetzt auf den Forstmeister stürzte? »Übrigens, Herr Professor Erlach, sind Hunde im gesamten Gemeindegebiet an der Leine zu führen.«

»Gilt das, Herr Forstmeister Moser, für Schlangen auch?«

Ein Lächeln entwich ihm.

»Ach, die ist harmlos«, sagte er und hielt sie mir wieder ins Gesicht. Ich wich noch einen Schritt zurück. Ich wollte auch von einer harmlosen Schlange nicht gebissen werden. »Sollten Sie kennen, ist das Wahrzeichen der Ärzte. Eine Äskulapnatter. Ungiftig. Die wohnt beim See unten, und hier bei der Hütte fängt sie gerne Mäuse. Oder Schnüffler.« Er starrte mich an, mit leblosen Augen, wie die Schlange. Ich wusste nicht, wohin ich meinen Blick richten sollte. Mit einer schnellen Bewegung warf er mir die Schlange vor die Füße, genoss es sichtlich, dass ich abermals zu Tode erschrak, und sagte dann: »Und jetzt muss ich Sie bitten, das Grundstück von Herwig Zillner zu verlassen. Ich kann Sie natürlich nicht daran hindern, weiter hier im Wald und in den Bergen herumzuschnüffeln. Aber raten würde ich es Ihnen nicht.« Ich machte einen Schritt zur Seite, um die Schlange vorbeizulassen. »Und der Hund, nicht wahr? An die Leine, Sie erinnern sich?«

Ich würdigte den arroganten Kerl keines Blickes mehr und wanderte los Richtung See. Ich musste Machtnix gar nicht rufen, er folgte mir von selbst. Ganz ohne Leine. Wenig später hatten wir den Eingang der Höhle erreicht. Ein rundes, gelbes Schild steckte davor in der Erde: »Forstliches Sperrgebiet. Betreten bei Strafe verboten«. Ich sah mich um. Sollte ich bei einem dritten Einbruch, diesmal in eine verbotene Höhle, scheitern? Ich hatte das unangenehme Gefühl, dass Ferdinand Moser mir gefolgt war. Was, wenn ich in die Höhle kletterte und er den Höhleneingang versperrte? Meine Schreie da drinnen würde niemand hören. Und das Handy funktionierte nicht einmal außerhalb der Höhle. Plötzlich vernahm ich, noch in weiter Ferne, das Schlagen von Stein gegen Stein, es kam näher, die Abstände zwischen den Schlägen wurden kürzer. Ich sah die Steilwand hinauf, zu deren Füßen sich der Höhleneingang befand, und spürte links von uns bereits die ersten Brocken zerschellen.

»Machtnix!«, rief ich in Panik und lief so schnell ich konnte von der Felswand weg, er huschte mir nach. Als ich uns in Sicherheit wähnte, ließ ich mich auf den Boden fallen, schnappte den Hund am Halsband, und wir beobachteten, wie eine Steinlawine krachend und punktgenau vor dem Höhleneingang zu liegen kam. Ich atmete schwer. Zum Glück hatte mich mein Instinkt diesmal rechtzeitig gewarnt. Oder waren es die guten Geister? »Danke, Elisabeth«, sagte ich unvermutet und wunderte mich über mich selbst. Ein letzter Stein fiel von oben auf den Haufen, eine lapidare Schlusspointe.

Zufall oder nicht? Die Möglichkeit, dass Ferdinand Moser, der die Gegend hier oben kannte wie kein Zweiter, diesen Felssturz ausgelöst hatte, musste zumindest in Erwägung gezogen werden. Ich nahm also den Wanderweg durch den Wald in Angriff und Abstand davon, noch einmal seinen Wagen zu inspizieren, obwohl ich gerne sichergegangen wäre, dass ich tatsächlich dieses blaue Stoffstück aus der Tasche hatte ragen sehen.

Was war das bloß, dass ich mir im Nachhinein nie ganz sicher war, ob ich tatsächlich gesehen hatte, was ich gesehen hatte? Gut, bei der Leiche in der Höhle, da war Alkohol im Spiel, aber Evelina hatte sie eindeutig identifiziert, es gab also keine Zweifel! Doch Evelina sah viele Dinge, auch solche, die andere nicht sehen konnten, also welche ihrer Wahrnehmungen konnten überhaupt als sicher gelten? Leider hatte mein Erschrecken über den Schuss verhindert, dass ich ein Foto des Stoffstücks gemacht hatte.

Sobald ich wieder nennenswerten Empfang hatte, schrieb ich Lou eine WhatsApp, ob sie abends Zeit für ein Skype-Gespräch habe. Irgendwann musste es doch auch im Urwald wieder Strom geben! Aber – wie auch bei meinen letzten Versuchen: Es blieb bei einem Haken unter meiner Nachricht, und dieser Haken blieb grau.

Als der Empfang besser wurde, rief ich Evelina an.

»Kannst du sprechen?«, fragte ich.

»Moment«, antwortete sie, und ich hörte, dass sie in ein anderes Zimmer ging.

»Was gibt's? Ich kann nur kurz …«

»Pass auf, das Kleid, das deine Schwester getragen hat … in der Höhle … welche Farbe hatte das?«

»Irgendwie – lila«, sagte Evelina. »Ist das wichtig?«

»Ja«, sagte ich und erzählte ihr, was ich im Wagen von Forstmeister Moser gesehen hatte. Sie fand das anscheinend nicht so alarmierend wie ich. »Blau, lila, violett – vielleicht hast du ein Stück von einem Handtuch gesehen? Oder von seinem Hemd? Die Farbe ist nicht gerade ungewöhnlich.« Auch meine Entdeckung der Hütte ließ sie kalt. Ein geschlossener Vorhang? Na und? Das sei doch normal bei einer unbewohnten Hütte.

»Ob meine Schwester in einer anderen Höhle oder im Keller einer Hütte begraben ist«, flüsterte sie ins Telefon, aber mit hörbarer Erregung, »das ist doch jetzt egal. Wir müssen das Buch finden – und den Beweis dafür, warum sie verschwunden ist.«

»Ich helfe dir heute Nacht suchen, sobald Herr Zillner schläft«, versprach ich.

»Er hat so einen unruhigen Schlaf in letzter Zeit. Schreib bitte vorher, Professor.« Ich versprach es und stieg weiter ins Tal hinab. Vielleicht hatte sie ja recht – und ich bildete mir das alles ein? Aber der Schuss, der gefallen war, als ich mich dem Pick-up genähert hatte … und der Steinschlag bei der Höhle … Sehr unwahrscheinlich, dass es sich dabei um Zufälle gehandelt haben soll. Vielleicht hatte es nichts anderes zu bedeuten, als dass Ferdinand Moser den Besitz seiner Chefs Herwig und Adrian Zillner vor herumstreunenden Philosophie-Professoren freihalten wollte – und das Ansehen des alten Herrn von Skandalen.

Dementsprechend unsicher präsentierte ich die neuen Erkenntnisse – oder besser: die neuen Rätsel – meinem Verbündeten bei der Polizei. Ich rief Ebner an und erzählte ihm meine Erlebnisse.

»Toll«, sagte Ebner nur. »Freitag, später Nachmittag, kurz vor dem

Wochenende. Und ich soll jetzt Ihrer Meinung nach einen Großeinsatz in die Wege leiten, weil Sie einen lavendelfarbenen Rockzipfel gesehen haben, und zwar von einem Rock, den eine nicht vorhandene Leiche getragen haben soll. So ein Lavendel!«

Ich widersprach, brachte noch einmal den Schuss, die versperrte Hütte, die Schlange, den Felssturz ins Spiel, aber Ebner blieb pragmatisch: »Professor, der einzige dringende Tatverdacht, der sich für mich ergibt, ist ein versuchter Einbruch, den Sie begangen haben. Ich kann Moser natürlich befragen, ja, aber Sie kennen ja diesen Schlag Mensch mittlerweile ... Da beißt man sich die Zähne aus. Granit aus Stein am Gebirge. Wenn wir Pech haben, zeigt er Sie an, dann muss ich außer Ihrer Brandstiftung noch einen Einbruchsversuch in den Papierbergen auf meinem Schreibtisch verschwinden lassen, das wird dann ein bisschen viel.«

Ebner versprach mir, sich am Wochenende ein wenig umzusehen, aber unauffällig, »nicht so wie Sie. Und ich sage Ihnen eines, Professor ...«

»Ja, ich weiß«, unterbrach ich ihn, »ich soll auf mich aufpassen.«

»Sie scherzen ... Aber wer auch immer es ist, und warum auch immer er das tut: Sie haben einen Gegner, der Ihnen immer einen Schritt voraus ist. Und deshalb gnadenlos überlegen.«

41

»Sabine's Fußpflege. Ich steh auf Füße«. Das Schild wird mir fehlen. Sabine wird mir fehlen. Heute ist der letzte Stachel dran, und ich bin schon gespannt, welche Geschichte mir Sabine erzählen wird. Wobei sich ja im Laufe unseres Kennenlernens einiges umgekehrt hat – zuletzt war ich es, der deutlich mehr erzählt hat als Sabine. So auch diesmal.

»Haben Sie gewusst, Frau Sabine, dass Herta Friedl beim Schützenverein ist? Und einen Waffenbesitzschein hat?«

»Freilich hab ich das gewusst, Professor! Sie war siebenfache Landesmeisterin! Ich weiß doch alles, was im Ort geschieht. Auf jeden Fall mehr als der Pfarrer, Beichte hin, Beichte her.«

»Eines wissen Sie nicht«, sagte ich triumphierend, »und wenn ich es Ihnen verraten soll …«

»Ja!«

»Dann muss es ganz unter uns bleiben«, flüsterte ich. Während mein Fuß im Bad aufweichte, erzählte ich also, wie ich in das Haus der Friedls eindringen wollte, wobei ich nichts beschönigte, weil Herta Friedl es bei ihrem nächsten Besuch ohnehin berichten würde. Sabine lachte Tränen über meine Blödheit. Auch über das rote Kleid und den Monster-BH lachte Sabine.

»Finden Sie das nicht gruselig?«, fragte ich.

»Schon«, antwortete sie. »Aber Fetischisten sind meistens harmlos.«

Ich sah sie groß an. Offensichtlich gelang es mir nicht, meine Überraschung zu verbergen, denn Sabine sagte: »Goi, Professor, da staunen Sie. Aber manche Worte kenne ich eben auch. Und Fetischismus ist eine interessante Sache, ich hab da unlängst im Fernsehen eine Sendung … Also diese Leute, vor allem Männer natürlich, was denn sonst, die verehren diese Gegenstände wie Kleider oder Unterwäsche so, als ob es die Frau selbst wäre. Weil sie sich meistens nicht trauen, mit den Frauen direkt, Sie verstehen? Davor fürchten sie sich. Drum meine ich, das ist eher harmlos.«

Ich dachte nicht einmal nach, nein, ich hatte plötzlich eine Art Eingebung – das Ganze hatte vielleicht mit dem ominösen Buch nichts zu tun!

»Sie könnten sich vorstellen, dass Bobby ein Mittäter ist?«, fragte ich.

»Mittäter?«

»Wenn er Angelika so geliebt hat, dann war er es vielleicht, der die Leiche sauber angekleidet und geschminkt hat. Denn vor einer toten Angelika musste er sich nicht fürchten.«

»Möglich ist das schon, Professor, aber wer soll sie umgebracht haben? Und warum?«

»Ferdinand Moser«, sagte ich.

»Der junge Forstmeister?« Sie schien perplex. Ich berichtete von der abgesperrten Hütte; von der Höhle, deren Eingang nun verschüttet war; und vom blauen Stoffstück, das aus der Tasche gehangen war. Ich fragte Sabine nach ihrer Meinung.

»Ich kenne den Moser nicht«, sagte sie, »der kommt nicht zu mir. Noch nicht. Er ist noch zu jung. Aber die Leute erzählen nichts Übles über ihn. Er ist halt eher der stille, zurückgezogene Typ. Manche sagen, dass er heimlich Holz abzweigt, aber die Leute reden viel, Professor, und sehr gescheit ist das meiste nicht. Aber dass jemand den einen oder anderen Festmeter Holz verschwinden lässt, macht ihn noch lange nicht zum Mörder. Da wäre es doch wahrscheinlicher, dass Bobby Friedl selbst ... Aber das glaub ich auch nicht! Der Mann kann doch keiner Fliege was zuleide tun!«

»Er ist beim Schützenverein!«

»Hat Ihre Leiche eine Schussverletzung gehabt?«

»Jedenfalls keine große. Und ich glaube eher, dass Angelika an einer Kopfverletzung gestorben ist.«

»Erschlagen?«, fragte Sabine nach.

»Ja. Wir haben schließlich Haare gefunden«, antwortete ich.

»Also, wie soll das vor sich gegangen sein?« Sabine sah mich erwartungsvoll an.

»Ferdinand Moser hat Angelika geliebt. Aber sie hat seine Liebe verschmäht ... vielleicht hat sie ihn verspottet ... oder er hat versucht, sie zu küssen, und als sie ihn weggestoßen hat, hat er sie in seiner Wut erschlagen. Die Leiche musste natürlich schnell weg, das konnte nicht warten. Ich denke, Bobby Friedl ist Moser blöderweise über den Weg gelaufen, als der die Leiche in sein Auto verfrachtet hat. Und Bobby hat dann Moser erpresst – er wird ihn nicht verraten, aber er muss ihm die Leiche überlassen – seinen ultimativen Fetisch!«

»Na Sie sind mir einer, Professor«, sagte Sabine und holte den wehen Fuß aus dem Wasser. »Da kann einem ja ganz gruselig zumute werden, wenn Sie solche Geschichten erzählen. Beim ersten Mal hab ich ja geglaubt, Sie sind fad. Aber langweilig wird mir nicht mit Ihnen!«

Sie trocknete den Fuß ab, bog ihn zurück, sah ihn sich bei Licht an. »Tadellos«, meinte sie. »Heute holen wir uns den letzten Stachel.«

»Und was erzählen Sie mir zu dem, Frau Sabine?«

»Dieser Stachel sitzt auf der großen Zehe. Das ist interessant. Die anderen waren alle im Bereich des Herzens und der Lunge, und dieser hier ist mitten im großen Zeh.«

»Und was soll mir das sagen?«

»Es sagt Ihnen so viel, wie es Ihnen sagen will. Die große Zehe steht für den Bereich des Kopfs. Der Stachel sitzt ganz schön tief, und ich bereite Sie schon mal darauf vor, dass es wehtun wird, ihn zu entfernen.«

»Es schmerzt, ihn zu entfernen – so wie es schmerzt, sich von einer fixen Idee zu verabschieden?«

Sabine lachte. »Sie werden immer besser, Professor«, sagte sie. »Fixe Idee, das waren genau die Worte, die mir auch dazu eingefallen sind.«

Als ich den alten Saab vor meinem Gartenzaun parkte, war die Sonne bereits hinter den Berggipfeln untergegangen. Federwolken im Westen bestätigten, was ich gerade im Wetterbericht gehört hatte – in der Nacht würde Regen kommen. Und Herwig Zillner würde hoffentlich gut schlafen.

Ich stieg aus dem Auto und hörte Machtnix bellen.

Vor der Tür standen zwei sehr große Kartons und eine ziemlich große Frau. Merkwürdig, wie sich eine fixe Idee so schnell materialisieren konnte. Mein Herz machte ein paar bedenkliche Extrasprünge. Ich musste versuchen, cool zu bleiben.

»Du kommst wie gerufen! Du kannst mir helfen, das Bett zusammenzubauen.« Leider stand in diesem Fall im Vorhinein fest, wer cooler sein würde.

»Gerne helfe ich dir … wenn wir das Bett dann gemeinsam einweihen«, sagte Katia Kopf und hauchte mir einen beiläufigen Kuss auf die Wange.

42

Ich bereute, Katia so übermäßig freundlich geschrieben zu haben – denn tatsächlich hatten sie meine »gleichermaßen einfühlsamen wie humorvollen Zeilen« dazu veranlasst, den Bus von Salzburg nach Stein am Gebirge zu nehmen. Und ich bereute, ein Massivholzbett gekauft zu haben, das in Einzelteile zerlegt geliefert wurde, wodurch man es irgendwie gerade noch tragen konnte – aber danach zusammenbauen musste. Für das Zusammenbauen von Möbeln bin ich – wie die meisten Männer – absolut nicht geeignet. So etwas hat bei uns immer Lou gemacht. Aber so lange wollte ich nicht warten. Ich wusste ja nicht einmal, ob Lou jemals zu mir zurückkehren würde.

Es half aber nichts, wir mussten die Einzelteile ins Haus tragen.

»Mein letztes Bett ist ersoffen«, erzählte ich Katia. »Weil ich einen Dachschaden habe.«

»Ich weiß, Prof, dass du einen Dachschaden hast.«

»Und ich will nicht, dass dieses Bett hier heute Nacht dasselbe Schicksal erleidet, bevor es überhaupt noch ausgepackt ist.« Ich beschloss daher, das Bett nicht im immer noch feuchten Schlafzimmer, sondern im ehemaligen Kinderzimmer aufzubauen, wo der Platz dafür schnell geschaffen war, da Michaela ihr Bett und andere Möbel nach Salzburg gebracht hatte.

Katia war nicht nur gescheit, sie war auch geschickt. Sie kannte Worte wie »Inbusschlüssel« und konnte mir den Umgang damit in einer Art und Weise erklären, dass ich verstand, was sie meinte. Wir schleppten die Holzteile ins Zimmer, und sie legte sie so auf, dass wir das Gestell im Nu zusammengeschraubt hatten. Die Lattenroste legte sie mit einer Selbstverständlichkeit auf, die mich staunen ließ. Die Anstrengung zauberte ein feucht schimmerndes Rot auf ihre Wangen. Ich strich über ihr Haar, ordnete die Locken, die noch mehr in Unordnung geraten waren. Sie sah mich fragend an mit ihren sanft-braunen Augen, beobachtend, und wie immer mit leisem, freundlichem Spott.

»Jetzt kommt das Schwerste, die Matratzen«, sagte ich und war froh, einen Grund gefunden zu haben, mich aus dieser Nähe zu lösen und den Zauber, den Katias Wesen auf mich ausübte, zumindest kurzfristig in Arbeit zu bannen.

Die Matratzen waren noch schwerer, als befürchtet. Katia war so schlau, sie vorläufig in der Schutzfolie zu belassen, denn wir mussten sie über die Treppe, die noch dazu kein Geländer mehr hatte, schleifen. Nachdem wir auch die zweite erfolgreich nach oben geschleppt hatten, sah mich Katia zufrieden an.

»Stanleymesser«, sagte sie keuchend, und als sie meinen Blick bemerkte, fügte sie hinzu: »Das sind diese Messer, die eine Klinge zum Ausfahren haben …« Ich verstand, lief zum Schreibtisch, brachte das Stanleymesser, und Katia schnitt die Plastikfolien auf, die wir aus dem Fenster in den Garten warfen. Wir legten die Matratzen auf die Lattenroste und sahen einander an. Wir waren beide ziemlich außer Atem geraten. Katias Brustkorb senkte sich auf und nieder, und an den beiden Spitzen, die sich auf ihrem dünnen Pullover abzeichneten, erkannte ich, dass sie – wie meistens – keinen BH trug. Ihre wilden, stets ein bisschen schmollend wirkenden Lippen waren halb geöffnet. Diese Vertrautheit, diese ungeheure Vertrautheit zwischen uns war immer noch da. Und ich spürte, dass sie ebenso fühlte.

»Und jetzt?«, fragte ich, und ich gebe zu, dass ich nicht weiß, welche Antwort ich erwartet habe und wie ich darauf reagiert hätte.

»Und jetzt trinken wir was«, sagte Katia. Ich war über diese Antwort ebenso enttäuscht wie erleichtert.

Wir gingen in die Küche hinunter. Katia setzte sich im Schneidersitz auf den Boden und liebkoste Machtnix, während ich zwei große Gläser Holundersaft mit einem Schuss Zitrone vorbereitete. Ist es möglich, zwei Menschen zu lieben, fragte ich mich, und in diesem Augenblick war ich der Überzeugung, es wäre möglich. Lou und Katia, das musste doch gehen! Allerdings wusste ich, dass weder Lou noch Katia meinen infantilen Wunsch dulden würden. Üblicherweise lernt man ja mit etwa drei Jahren, dass man nicht alles haben kann. Ich war aber nicht drei, sondern dreiundfünfzig, und ich wusste, dass ich mich entscheiden musste. Nein, ich wusste, dass ich mich bereits entschieden hatte. Nach all den Verwirrungen mit der vorläufigen Trennung von Lou und der nachfolgenden Trennung von Katia staunte ich darüber, wie es möglich war, dass ein Teil von mir sich diese anstrengende Zeit der Verwirrung zurückwünschen konnte. Ja, es war anstrengend gewesen, wild und verwirrt und wunderbar, und ja, ich hatte mich schrecklich lebendig gefühlt. Doch als Lou in den Urwald floh und unsere Tochter ans andere Ende der Welt, und als Lou mir riet, in mein Elternhaus in Stein am Gebirge zu gehen, weil ich dort vielleicht viel Zeit verbringen würde, wenn sie mich in der Salzburger Wohnung nicht mehr haben wollte, verwandelte sich dieses Gefühl der Lebendigkeit zuerst in kindlichen Trotz und dann in dunkelgraue Trauer. Und das mitten im Frühling. Während das Leben rund um mich erblühte, bemitleidete ich mich inmitten meiner »Höhle«, wie ich Michaelas kleine Parterrewohnung nannte, in die ich mich vorübergehend zurückgezogen hatte und in der ich der Empfindung erlag, zu verdorren und zu ersticken.

»Danke«, sagte Katia und stand auf. Wir prosteten uns zu.

»Danke für deine Hilfe«, sagte ich.

»Du solltest einen Matratzentopper kaufen«, antwortete sie.

»Einen was?«

»Eine gefütterte Auflage, die du über beide Matratzen legst. Sonst landet immer irgendwer im Spalt. Und ohne Topper rutschen beim Sex die Matratzen auseinander.«

»Was du alles weißt!«

»Ich bin eben nicht nur sehr gescheit, sondern auch sehr praktisch. Und jetzt, wo der erste Durst gestillt ist, lass uns eine Flasche Wein trinken, Prof.«

»Ich hab keinen Wein.«

»Was?! Du machst Witze.«

»Nein, ich …«

»Ich fahre fast zwei Stunden mit dem Bus hierher, entsetzliche Stopps in jedem entsetzlichen Kuhdorf, und dann hat Professor Quintus Erlach keinen Wein?«

»Ich habe das Sein gewählt und wollte nicht in der Geworfenheit des Nichts enden«, sagte ich mit einer kleinen ironischen Anspielung auf unseren Kollegen Martin Heidegger, »deshalb habe ich nicht einmal Birnenschnaps zu Hause.«

»Die Birne birnt. Aber der Mensch menscht nicht«, parodierte Katia.

»Sie bekommen ein Sehr gut«, gab ich zurück.

»Aber der Wein weint«, rief sie aus, in Fahrt gekommen, »und ein Mensch ohne Wein weint auch.«

»Ja«, sagte ich, »das ist mir tatsächlich passiert. Zu weinen. Und es war gut so.«

»Also willst du jetzt einen auf Heidegger machen? Und glaubst, ich liege dir still bewundernd als Hannah Arendt zu Füßen?«

»Wie wäre es mit Simone de Beauvoir?«, meinte ich. »Die passt heute besser zu dir!«

Katia lachte ihr Sonnenschein-Mädchenlachen. »Auch eine *Liaison dangereuse*«, konterte sie. »Du bist zwar nicht mehr der Jüngste, aber du siehst definitiv besser aus als Jean-Paul Sartre.«

»Das ist nicht schwer«, sagte ich. »Kennst du die Geschichte, als er sein erstes Date mit Simone de Beauvoir in einem Pariser Café hatte? Simone hatte plötzlich Angst bekommen und deshalb ihre Schwester Hélène geschickt, um Sartre zu sagen, dass sie nicht kommen könne. Sartre hat gefragt, wie Hélène ihn erkannt habe, und die hat unverblümt geantwortet: ›Simone hat gesagt, ich soll den hässlichsten Mann im Kaffeehaus ansprechen.‹«

»Se non è vero, è ben trovato«, gab Katia zurück. Dann klagte sie über Hunger. Da ich nicht wollte, dass man uns gemeinsam in einem der Gasthäuser von Stein am Gebirge sah, was ich freilich vor Katia verheimlichte, bereiteten wir ein klassisches Studentenessen zu, Spaghetti aglio e olio, bis heute eines meiner Lieblingsgerichte. Als es finster wurde, drehten wir eine kleine Runde mit Machtnix. Wir kamen bei der Bushaltestelle vorbei und sahen, dass der nächste Bus erst anderntags fahren würde. Zu Hause tranken wir noch eine Tasse Tee, redeten über Katias Buch und das Buch, das ich nicht geschrieben hatte und vielleicht nie schreiben würde. Katia sagte, sie würde ein Zimmer im »Auerhahn« nehmen, aber es war schon spät und fraglich, ob die Rezeption dort noch besetzt war.

»Du kannst gerne das Bett nehmen«, sagte ich, »auch wenn ich noch keinen Topper habe.«

»Prof«, sagte sie und wirkte plötzlich sehr ernst. »Das ist dein Ehebett, das wir da zusammengebaut haben. Dass wir es gemeinsam gebaut haben, ist von der Symbolik her schon einmal nicht so optimal. Aber ich kann nicht da drin schlafen. Das käme mir sehr, sehr falsch vor.«

»Soll ich dir was sagen, Katia? Du behauptest zwar, dass Freundschaft zwischen Mann und Frau nicht möglich wäre, aber …«

»Aber?«

»Du bist ein richtiger Freund für mich.«

»Ohne Gendern, soso. Nun ja. Solange ich dir noch ein klein wenig gefalle …«, gab sie ironisch zurück.

Ich richtete mein Bett oben und eines für Katia auf dem Sofa.

»Machtnix schnarcht manchmal«, sagte ich.

»Du hast dich verändert, Prof«, meinte sie.

»Ja«, sagte ich.

Samstag, 14. Juli 2018

43

So gut hatte ich schon lange nicht mehr geschlafen. Ich erwachte ohne steifen Nacken und ohne Kreuzschmerzen, die mir die gekrümmte Stellung auf dem Sofa stets eingebracht hatte. Ich streckte mich im Bett aus und genoss das Prasseln des Regens auf dem Dach. Dem Dach, das Rainer zum Glück provisorisch geflickt hatte. Wollte er nicht mit seinen Leuten kommen und die Reparaturarbeiten beginnen? Hatte er nicht etwas von »am Wochenende einschieben« gesagt? Aber bei dem Wetter war das wohl nicht möglich.

Die schlafende Katia Kopf sah engelhaft aus. Wenn sie wach war, strahlten ihre Augen und ihre Haltung oft etwas leicht Gehetztes aus, als wäre ihr Körper von ihren schwirrenden Gedanken unter Strom gesetzt. Nun, in der Entspannung des Schlafs, war ihre Stirn frei von Falten und Sorgen, und ihre ausgeprägten Kieferknochen, die sonst permanent ihre Muskeln spielen ließen, mündeten in ihren Lippen, die in der Ruhephase noch voller wirkten. Machtnix lag ebenso entspannt zu ihren Füßen. Als er mich erblickte, gähnte er, bequemte sich aufzustehen, streckte sich und gähnte noch einmal ausführlich, bevor er sich zur Tür stellte und hinausgelassen werden wollte. »Wochenende«, schien er mitzuteilen.

Ich sah auf mein Handy und geriet in Panik. Drei Nachrichten von Evelina. Die ignorierte ich aber, denn auch von Lou war eine WhatsApp eingetroffen: »Bin gerade in München gelandet und nehme den nächsten Zug nach Salzburg. Hab schon mit Friedl telefoniert, die holen mich ab. Auf bald!« Dazu ein Küsschengesicht. Uhrzeit 6.42 Uhr. Wenn sie einen Zug um sieben Uhr erwischte, war sie um halb neun in Salzburg, war sie um halb zehn in Stein am Gebirge. Das natürlich nur im besten, also im schlimmsten Fall, aber ein weiterer Blick auf mein Handy verriet mir, dass es kurz nach neun Uhr war. Ich freute mich unglaublich auf Lou, auf ein Wiedersehen nach all den Wochen, auf unsere Gespräche, und ich würde alles daransetzen, sie wiederzugewinnen, für mich zu gewinnen, für uns zu gewinnen! Aber warum hatte sie mich nicht informiert? Und wenn sie einen schnelleren Zug ... oder wenn Friedl sie gar schon aus Rosenheim abholte oder abgeholt hatte ... dann konnte sie jeden Augenblick hier sein. Und wenn sie Katia Kopf hier entdeckte, dann würden mir wohl alle meine Beteuerungen, dass es sich um ein rein kollegiales, freundschaftliches Treffen gehandelt habe, wenig helfen.

Nun wusste ich aus Erfahrung, dass es fast unmöglich war, Katia zu wecken. Sie dreht sich gerne noch mal um, hängt ihren Träumen nach, bringt einfach die Augen nicht auf. Und wenn sie – wie sie es nennt – »mit Gewalt« aus dem Schlaf gerissen wird, etwa von einem Wecker, dann kann sie äußerst unwirsch reagieren. Ich musste es also sachte angehen.

»Hallo Katia«, wisperte ich, doch ich wisperte mit Nachdruck, »wir müssen aufstehen!« Ich fand, »du musst aufstehen« klang irgendwie anklagend, weshalb ich mich für das Krankenschwestern-Wir entschied. Katia brummte, verzog aber keine Miene. Ich ging möglichst lautstark in die Küche, ließ einen Espresso herunter und hielt ihn Katia unter die Nase. Sie brummte wieder, aber diesmal etwas freundlicher.

»Guten Morgen!«, sagte ich. Sie wollte sich, wiederum brummend, umdrehen, doch das konnte ich verhindern, indem ich mit meiner Hand ihre Schulter festhielt. Wenn sie einmal mit dem Gesicht zur Sofalehne lag, würde ich keine Chance mehr haben, sie zu wecken. »Ich bin gerade im Bus gefahren«, murmelte sie, »aber der Bus war nicht hier, der war in Indien ... Es war eine Bergstraße, und man hat weit ins Land gesehen … und am Straßenrand waren Elefanten. Aha, ja, mit … Rüsseln … Rüssel sind ziemlich eindeutig …«

»Katia! Du musst bitte aufstehen. Meine Frau ist im Anmarsch!«

»Sie soll doch die Wahrheit wissen. Sie soll wissen, dass ich dich liebe.«

»Katia! Im Namen Platons, Kants, Hegels und aller anderen Heiligen, ich bitte dich, meine Ehe zu retten! Mich zu retten!«

Katia setzte sich auf, sah mich spöttisch an, schlürfte ihren Espresso und schlurfte ins Bad. Durch das Fenster spähte ich alle paar Sekunden hinaus, ob der Mercedes-Van der Friedls oder ihr grauer Citroën auftauchte. Was, wenn Lou jetzt kam? Wo sollte ich Katia verstecken? Oder mich? Und war das alles nicht schrecklich unwürdig?

Lässig kam Katia aus dem Bad, zog ihre Jeans und ihren Pullover an, hängte sich ihre Jacke um und gab Machtnix einen Kuss auf die Schnauze. Mir gab sie einen Kuss auf die Wange und sagte: »Muss ich mich verkleiden, oder darf ich so bei der Bushaltestelle stehen?«

»Katia!«, rief ich aus und dachte nach, ob die Bushaltestelle auf Lous Weg lag … Nun ja, hing davon ab, welche Bushaltestelle. »Lass uns nicht so auseinandergehen. Katia, bitte!«

Sie drehte sich zu mir um, ihre Züge wurden weicher. Sie ließ sich von mir umarmen. Wir sahen einander in die Augen, ich strich durch ihr Haar. »Danke, Katia.«

»Wiedersehen, Prof.«

Als Katia auf das Gartentor zuging, näherte sich ein schwarzer Mercedes-Van. Er hielt vor dem Haus. Katia sah mich fragend an. Ich ahnte, nun würde einer dieser Augenblicke kommen, die zwar kurz sind, die aber ein ganzes Leben zerstören. Warum nur war ich nicht zehn Minuten früher aufgestanden? Alles hätte anders kommen können!

Die Beifahrertür des Mercedes öffnete sich. Katia war hilflos stehen geblieben. Ich fügte mich in mein Schicksal, demütig abwartend, was jetzt auf mich zukommen würde. Doch wer auf mich zukam – war Evelina.

Evelina bedankte sich bei Bobby Friedl, der das Fenster heruntergelassen hatte, um besser sehen zu können, wer da im Garten stand.

»Ah, deshalb hast du keine Zeit mehr für mich!«, sagte Evelina, als sie grußlos an Katia vorbeistürmte.

»Ah, deshalb muss ich fluchtartig das Haus verlassen!«, warf mir Katia entgegen, wobei sie ironisch lächelte. Ich hätte mich in diesem Augenblick gerne in Luft aufgelöst, denn immer noch fürchtete ich, dass Lou jeden Augenblick auftauchen könnte, und wenn sie mich mit Katia und einer anderen Frau erwischte, machte es das um nichts besser. Katia stapfte erhobenen Hauptes aus dem Gartentor. Der Regen hatte zum Glück nachgelassen.

»Ich hab dir drei Nachrichten geschrieben«, sagte Evelina, »aber du hast sie ignoriert.«

»Entschuldige, aber ich hatte Besuch von meiner Kollegin«, erwiderte ich, während ich endlich meinen Tee aufgoss.

»Aha, Kollegin«, sagte Evelina spitz. Das geht sie ja nun wirklich nichts an, dachte ich, aber das sagte Evelina selbst: »Das geht mich wirklich nichts an, Quintus … Ich habe gerade Herrn Herwig mit Bobby in sein Kaffeehaus begleitet. Wir haben zwei Stunden Zeit, das Buch zu suchen.«

»Das ist gut«, sagte ich.

»Jetzt!«, gab sie ungeduldig zurück.

»Ich trinke ganz schnell meinen Tee aus, und dann sind wir schon unterwegs.«

Ich rief Lou an. Sie war gerade erst in Salzburg angekommen. Herta Friedl hatte an diesem Tag einen Krankentransport in die Stadt, sie würde Lou zu einem Freundschaftspreis auf dem Rückweg mitnehmen. Ich atmete durch. Sie würde also nicht auf Katia treffen! Ich erklärte Lou in Kürze, dass ich Evelina helfen würde, ein wichtiges Indiz zu suchen, das mit dem Verschwinden ihrer Schwester zu tun hatte, dass ich aber spätestens zu Mittag wieder zu Hause wäre. Den Hund würde ich im Haus lassen und den Schlüssel in die Vase vor dem Klofenster legen. Und ich fügte hinzu, dass ich mich unglaublich darauf freute, sie zu umarmen. Lou klang etwas müde, kein Wunder, sie war zwei Tage auf Reisen gewesen.

Ich trank meinen Tee aus, sagte Machtnix, er solle brav auf mich warten, nickte Evelina zu, und wir machten uns auf den Weg.

44

»Okay, wo hast du schon gesucht?«, fragte ich.

»In der Küche, überall. In jedem Topf, in der Dose mit den Weihnachtskeksen, zwischen den Vorräten ...«

»Die Bibliothek«, fragte ich. »Vielleicht gibt es ein Buch, das gar kein Buch ist, sondern eine Box, und darin ...«

Wir gingen in die Bibliothek. »Versuch es«, sagte Evelina. »Ich habe drei halbe Nächte hier verbracht, auf der Suche nach weiteren Nachrichten meiner Schwester. Aber ich habe keine Nachrichten gefunden und auch kein Buch in einem Buch.«

»Wenn du mir sagen würdest, was genau wir suchen, hätte ich es erheblich leichter.«

»Quintus – wir suchen ein Tagebuch. Ein altes Tagebuch«, flüsterte Evelina.

Ich sah mir die Bücher in den Regalen genau an und versuchte, Unregelmäßigkeiten zu entdecken. Welches Buch stand etwas vor, welches hatte keine Staubschicht? Ich begann, die verdächtigen Schriftwerke aus den Regalen zu nehmen und zu untersuchen.

»Das sind genau die, die ich mir auch angesehen habe«, sagte Evelina. »Und so hoch kann Herwig im Rollstuhl nicht greifen.«

»Was ist mit Bruno?«, fragte ich. »Hast du nicht versucht, in der Nacht Botschaften zu bekommen? Als ich dich kennengelernt habe, konntest du so viel sehen, und jetzt ...«

Evelina unterbrach mich: »Ich verliere in diesem Haus meine Gabe.« Sie klang gereizt. Ich hatte schon gemerkt, dass man ihr mit ihren hellseherischen Fähigkeiten keinen Stress machen durfte.

»Im Badezimmer?«, fragte ich.

»Da kenne ich jeden Winkel«, antwortete Evelina.

»Und wenn er es einfach in den Müll geworfen hat? Dann finden wir es nie wieder!«

»Herr Herwig wirft nichts weg, was noch einen Wert haben könnte. Und ich glaube, dieses Tagebuch hat einen großen persönlichen Wert für ihn.«

»Und wenn er eine Ausnahme gemacht hat? Und es doch vernichtet hat?«

»Dann war alles umsonst! Alles! Aber es ist unsere einzige Chance.«

Mir fiel ein, wo meine Mutter ihre Sparbücher versteckt hatte. Das wiederum hatte sie von ihrer Wiener Mutter gelernt, denn so hatte die ihre paar Habseligkeiten im Jahr 45 vor den herannahenden Russen in Sicherheit gebracht. Oder zumindest geglaubt, sie in Sicherheit gebracht zu haben.

»Die Matratze«, sagte ich, »vielleicht hat er das Buch in seine Matratze eingenäht.«

»Herr Herwig und nähen? Selber nähen? Das kann ich nicht glauben«, meinte Evelina, führte mich aber sogleich ins Schlafzimmer. Der Geruch nach altem Menschen hing in den Mauern. Hier durfte nie gelüftet werden, denn der Wind konnte tödlich sein, wie das Licht, wie überhaupt die Welt da draußen. Auf der Vorderseite wies die uralte Rosshaarmatratze keinerlei Spuren auf. Ich hob sie an. Der Mief von Jahrzehnten strömte mir entgegen. An der Rückseite, zur Wand hin, entdeckte ich eine etwa zehn Zentimeter lange Naht. Ich versuchte zu ertasten, ob sich etwas darunter verbarg, aber das war bei dem verklumpten, harten Innenleben der Matratze nicht möglich.

»Wir müssen das aufschneiden«, sagte ich.

»Und wer näht es wieder zu?«, fragte Evelina.

»Keiner wird es merken. Hast du ein Stanleymesser?« So leicht war es, mit gerade erworbenem Wissen anzugeben.

»Wir machen das mit einer Schere«, antwortete Evelina unbeeindruckt. Sie fischte eine Nagelschere aus der Lade des Toilettentischs und begann, vorsichtig die Naht der Matratze aufzutrennen. Ich sah aus dem Fenster, um mich zu vergewissern, dass Herwig nicht frühzeitig heimkehrte. Wenn wir sichergehen wollten, nicht entdeckt zu werden, hatten wir noch eine halbe Stunde Zeit.

Evelina war geschickt. Sie griff in das Innere der Matratze, sah mich erstaunt an und holte eine schwarze Kassette hervor.

»Wir haben es wirklich gefunden!«, rief sie aus und reichte mir die Kassette. Ich öffnete sie. Auf einer samtenen Innenverkleidung lagen ein paar Gold- und Silbermünzen.

»Okay«, sagte ich, »das bringt uns leider nicht weiter.« Evelina steckte die Kassette in das Innere der Matratze zurück und verbarg die aufgeschnittene Naht unter dem Spannleintuch.

»Können wir uns sicher sein, dass Herwig das Tagebuch versteckt hat?«

»Nein. Vielleicht hat es zuerst Herwig versteckt, und dann Adrian? Oder Adrian hat es entsorgt. Ich weiß nicht, ob er davon weiß. Adrian. Aber wenn er es gefunden hat, dann wird es nie wieder auftauchen.«

»Weißt du, wo Adrian Zillner ist?«, fragte ich, vielleicht, weil ich insgeheim davon träumte, ihm irgendwie ein paar Auskünfte zu entlocken.

»Es ist Wochenende«, antwortete Evelina. »Ich weiß, dass Julia mit den Kindern einen Segelkurs macht, aber Adrian? Er könnte jederzeit vorbeikommen.«

»Dann werde ich ein paar Flaschen Wein mit ihm trinken und alles aus ihm herausholen«, sagte ich. »Da fällt mir etwas ein. Als ich hier war, bei dem kleinen Essen … da hast du doch gefragt, ob du noch eine Flasche Wein aus dem Keller holen sollst. Erinnerst du dich?«

»Ja«, antwortete Evelina.

»Und er hat gesagt: Nein, in den Keller gehe nur ich! Vielleicht sollten wir dort nachsehen!«

»Ich weiß nicht … uns läuft die Zeit davon«, sagte Evelina, folgte mir aber doch.

Einen so großen und wohlsortierten privaten Weinkeller hatte ich noch nie gesehen. Ziegelgewölbe über mehrere Räume, durch indirektes Licht an den Wänden herab stilvoll beleuchtet. Die Flaschen nach Ländern und Jahrgängen sortiert, wobei allein die Franzosen einen ganzen Raum füllten. Romanée-Conti. Château Margaux. Cheval Blanc. Mouton Rothschild. Château d' Yquem.

»Die kann man ja in einem Leben nicht austrinken!«, rief ich aus. »Und wie, um Himmels willen, sollen wir hier ein Tagebuch finden? Herwig kann es nicht hier versteckt haben, weil er nicht herunterkommt. Und von Adrian – wenn er überhaupt davon weiß! – kann ich nicht glauben, dass er es nicht einfach entsorgt hat!«

Dennoch beginne ich, die Holzkisten, in denen einige der Flaschen gelagert sind, zu durchsuchen, mit zunehmender Aufregung, denn unsere Zeit läuft ab, und dennoch komme ich aus dem Staunen nicht heraus. Ich durchsuche die Barolo-Kisten, danach jene mit dem Brunello aus Montalcino. Weiter zu den Österreichern. F. X. Pichler. Hirtzberger. Kracher. Knoll. Bründlmayer. Nichts. Das Fehlen der einen oder anderen Flasche würde nicht auffallen, denke ich, als ich zu den Franzosen zurückkehre. In einer Kiste der Domaine Vincent Gaudry stoße ich auf einen verdächtigen Gegenstand. Ein Buch! Ich rufe nach Evelina. Die Enttäuschung ist groß, als wir sehen, dass es sich um einen Weinführer handelt.

Wir laufen die Treppe hinauf. Ich gehe noch mal in die Bibliothek, nehme wahllos Bücher aus dem Schrank. Nichts. Nichts! Es ist zum Verzweifeln.

»Das Ding ist weg«, rufe ich verzagt.

»Aber sie hat es gesehen!«

»Verdammt noch mal, was steht denn da drin? Jetzt sag es mir doch endlich!« Ich schlage vor Zorn mit der flachen Hand gegen den Bücherschrank, der plötzlich nachgibt. Jetzt habe ich noch den verfluchten Bücherschrank zerstört, denke ich zuerst, doch dann sehe ich, dass sich die Bücherwand bewegen lässt. Ein weiterer fester Druck, die Wand steht schräg – und eröffnet den Eingang in einen kleinen Raum.

Evelina ist sofort bei mir. Wir betreten die fensterlose Kammer. Evelina findet den Schalter, macht das Licht an. Was uns als Erstes ins Auge springt, ist eine rote Fahne mit weißem Kreis, und in der Mitte des weißen Kreises befindet sich ein Hakenkreuz. An der Wand hängen, adrett gerahmt, Fotos von Hitler, Goebbels, Göring, Hess. Tatsächlich wundere ich mich nicht besonders, denn seit ich mein Buch über die esoterischen Nazis geschrieben habe, »Pentagramm und Hakenkreuz«, weiß ich, welch merkwürdige Denkweisen in den Köpfen durchaus unauffälliger Landsleute florieren, und nicht nur bei den Alten, wie Herwig Zillner einer ist, sondern auch bei deutlich Jüngeren.

Evelina hat mittlerweile begonnen, die Bücher in einem Regal, das sich rechter Hand befindet, zu untersuchen. Auf den ersten Blick erkenne ich »Mein Kampf« sowie »Der Mythus des 20. Jahrhunderts« von Alfred Rosenberg. Evelina hat mittlerweile begonnen, die Laden aufzureißen und zu durchwühlen. Sie stößt einen kleinen Schrei aus, als sie ein in Leder gebundenes Buch entdeckt. Triumphierend hält sie es mir entgegen. »Schuss- und Jagdtagebuch« steht in Frakturschrift darauf.

»Komm, schnell«, flüstert Evelina, und wir huschen aus der Kammer in die Bibliothek zurück. Ich schließe die Geheimtür, während Evelina aus dem Fenster sieht und flucht. Ich höre das Auto, das sich vor dem Anwesen der Zillners einparkt. Ich werfe einen Blick aus dem Fenster: Bobby Friedl ist gerade dabei, Herrn Zillner in den Rollstuhl zu verfrachten.

»Du gehst in mein Zimmer, Quintus! Du versteckst dich und überlässt das jetzt mir.« Sie nimmt ihr Handy, macht zwei Fotos von einer Seite des Buchs und fügt mit eisiger Ruhe hinzu: »Das ist jetzt mein Augenblick. Hör gut zu, gleich weißt du alles.«

45

Ich zögere kurz, ob ich Evelinas Befehl, denn es war nichts anderes als ein Befehl, wirklich nachkommen soll. Aber ihre Entschlossenheit überzeugt mich, und so verschwinde ich in ihrem Zimmer, lasse die Tür halb geöffnet und lausche. Bobby Friedl wird fürstlich entlohnt, der alte Zillner bei der Tür hereingeschoben.

»Na, was meinst du«, fragt Herwig fröhlich, »sehen so Sieger aus?«

»Beim Kartenspiel haben Sie vielleicht gewonnen, Herr Zillner«, sagt Evelina förmlich, als die beiden an meiner Zimmertür vorbeikommen, »aber ich denke, dass es trotzdem kein guter Tag für Sie wird.«

»Wie können Sie so etwas sagen?«, fragt Herwig wehleidig. »So etwas sagt man zu einem alten Menschen nicht!«

Ich luge aus meinem Versteck heraus, die beiden sind mittlerweile in der Bibliothek angekommen. Evelina hat den Rollstuhl vor dem Kamin platziert. Ich höre, wie sie einen Sessel nimmt und sich neben Herrn Zillner setzt.

»Soll ich Ihnen ein wenig vorlesen, Herr Zillner?«, fragt sie, und das klingt bedrohlich. Ich höre ein entsetztes Grunzen. Der Alte muss das Buch in Evelinas Händen gesehen haben.

»Gib das her«, sagt Herwig Zillner.

»Sie kennen das, nicht wahr, Herr Zillner. Es ist das Jagdtagebuch Ihres Vaters. Jagd- und Schusstagebuch, um genau zu sein …«

»Her damit«, herrscht Zillner sie an.

»Was ich nicht verstehe, Herr Herwig … Wieso hebt man so etwas auf?«

»Das geht dich nichts an! Gib das jetzt her?«

»Wie ist das passiert? Sag's mir!«

»Ich bin … ich bin nicht … Was hast du denn für eine Ahnung?« Zillners Stimme klingt nun so von Angst erfüllt, dass mir der alte Mann leidtut. Was passiert hier gerade? Welches Spiel hat Evelina ge-

gespielt, und welche Rolle fällt mir darin zu? Herwig Zillner jammert: »Frau Evelina, bitte lassen Sie das, ich möchte nicht …«

Ich gehe in den Flur. Ich muss Herwig Zillner beschützen, denn irgendetwas Schlimmes geschieht gerade. Ich schleiche bis nahe an die Wohnzimmertür und verstecke mich in einer Nische. Evelina hat ihren linken Arm um Herrn Herwigs Schulter gelegt, aber die Geste wirkt nicht fürsorglich, sondern bedrohlich. In der rechten Hand umklammert sie das Tagebuch, das sie Herwig vors Gesicht hält.

»Ich möchte damit nichts mehr zu tun haben … Ich bin ein alter Mann, ich habe nicht mehr lange zu leben. Ich möchte meine Ruhe haben«, sagt Herr Herwig, und ich überlege, ob ich eingreifen soll. Aber Evelina wendet keine Gewalt an, und so beschließe ich, weiter zu lauschen.

»Was wollen Sie, Evelina?«, fragt Herwig, zunehmend verzweifelt.

»Jetzt haben Sie keine Waffe in der Hand, nicht wahr, Herr Zillner? Wo ist er denn, Ihr Totschläger?«

»Ich habe doch keinen …«

»Sie haben meine Schwester damit bedroht … Sonst hätte sie Ihnen das Tagebuch weggenommen.«

»Ich habe noch nie …« Zillner verstummt, dann fragt er, mit einer Stimme, als ob er bereits schwer dement wäre: »Welche Schwester?«

»Angelika.«

»Angelika? Die andere kleine … Angelika war deine Schwester …« Zillners Erstaunen lässt ihn verstummen. Evelina hält ihm das Tagebuch vor das Gesicht. Es wirkt, als müsste sie sich sehr zurückhalten, ihn damit nicht zu schlagen. »Noch einmal«, schreit sie, »wieso hebt man so etwas auf? Wie gibt es das?«

Zillners Stimme wird brüchig, er wimmert: »Mein Vater war – mein Vater war alles für mich. Und hier hat er mich … einmal hat er mich, verstehst du das? Einmal! Kannst du dir das vorstellen?«

»Ja, kann ich«, sagt Evelina. »Schwarz auf weiß, hier steht es, er hat Sie gelobt. Hier! Sind Sie stolz darauf?«

»Was wollen Sie, Evelina?«, fragt Herwig Zillner, der nun überraschend gefasst wirkt.

»Diesmal entkommst du nicht, du Schwein«, flüstert Evelina, und mir läuft ein Schauer über den Rücken, so kalt hat das geklungen.

Zillner verhandelt säuselnd: »Ist es Geld? Ist es das, was du willst? Geld?«

Evelina kann nur noch schreien, aber sie ist nicht laut, diese Stimme, die schreit. »Ich will euer Scheißgeld nicht! Ich will Gerechtigkeit! Ich möchte, dass du im Gefängnis landest!«

»Zehntausend?«, fragt Herwig Zillner, »Zehntausend, reicht das für Gerechtigkeit?«

Ich luge aus meiner Nische heraus und sehe, wie Evelina dem alten Zillner ins Gesicht spuckt.

Herwig sieht sie an, schüttelt den Kopf. Und dann passiert etwas, das mich in meinem Versteck versteinern lässt.

Herwig Zillner steht auf.

Er erhebt sich ohne größere Schwierigkeiten aus dem Rollstuhl. Er schlägt Evelina mit solcher Wucht ins Gesicht, dass sie zu Boden geht. Herwig geht zur Kommode, und während Evelina sich die Hände vors Gesicht hält, packt Herwig die schwere Marmorskulptur. Den Engel aus Stein, der auf der Kommode steht. Er macht einen Schritt auf Evelina zu, und noch einen, er hebt die Skulptur über Evelinas Kopf, sie schreit auf, er gibt ein bestialisches Grunzen von sich.

Ich falle ihm in den Arm.

Evelina hat sich mit einer schnellen Bewegung zur Seite gerollt und sieht Herwig Zillner mit weit aufgerissenen Augen an.

»Und so hast du es auch mit Angelika gemacht, du Monster!«

»Ach Kindchen«, haucht der Alte und lässt sich ohne Gegenwehr den Engel aus Stein aus der Hand nehmen. »Was redest du denn für Unsinn!« Herwig Zillner scheint tatsächlich überrascht zu sein von Evelinas Anschuldigung. Und noch mehr von meinem Eingreifen. Ich stoße ihn unsanft in seinen Rollstuhl.

Evelina hat sich aufgerappelt. Ihr Gesicht ist auf der linken Seite geschwollen. »Aber jetzt haben wir dich. Diesmal wirst du nicht entwischen.«

In diesem Augenblick hören wir das Röhren in der Einfahrt. Ich greife nach dem Telefon in meiner Jackentasche. Wenn das tatsächlich Adrian Zillner ist, könnte die Situation eskalieren, und Gewalt gab es für meinen Geschmack bereits mehr als genug heute. Ich suche verzweifelt nach Inspektor Ebners Telefonnummer, kann sie aber nicht gleich finden, also schreibe ich an Lou: »Komm direkt zu Zillners Haus. Dringend!« Ich kann gerade noch auf »Senden« drücken, da steht Adrian Zillner in der Tür. Ich mache zwei Schritte ins Wohnzimmer hinein. Evelina weicht zurück, ich reiche ihr die Hand. Sie versteckt das Jagdtagebuch hinter ihrem Rücken.

»Was ist denn hier los?«, fragt Adrian ruhig. »Ihr wirkt alle … ein bisschen aufgeregt.« Sein Lachen dröhnt nicht so laut wie üblich.

Evelina und ich starren ihn an.

»Oder gibt es Grund zur Aufregung? Vater? Was ist?«

»Sie haben dieses … dieses … du weißt schon.«

»Du bist so ein Idiot«, sagt Adrian leise zu seinem Vater. »Wie oft hab ich dir gesagt, du sollst dieses Ding verschwinden lassen.«

Eine tiefe Stille steht im Raum. Adrian Zillner sieht ins Leere, aber am Zucken seiner Gesichtsmuskeln sehe ich, dass er verzweifelt nach einem Plan sucht.

»Nun ja … dann können wir nun wohl gehen, Evelina und ich«, versuche ich, den Moment der Verwirrung für uns zu nutzen.

»Moment, Moment«, sagt Adrian Zillner, »Frau Valentová ist immer noch meine Angestellte, und sie geht, wenn ich es ihr erlaube.«

»Mit Geld habe ich es schon versucht«, sagt Herwig Zillner kleinlaut.

»Du bist so ein Schwächling«, sagt Adrian zu seinem Vater. »Das warst du immer schon.« Und mit Blick auf uns fügt er fast entschuldigend hinzu: »Mein Vater, eine jämmerliche Figur.« Er lässt das wirken und sagt dann ruhig: »Und jetzt, Frau Evelina, möchte ich Sie bitten, mir unser Eigentum auszuhändigen.«

Evelina umklammert das Lederbuch und weicht einen Schritt zurück. Adrian Zillner streckt die Hand aus. Gleichzeitig schließt er die Tür.

»Zehntausend«, sagt er. Evelina schüttelt den Kopf.

»Die wollen mich vor Gericht sehen, Adrian, stell dir vor«, murmelt Herr Herwig und schüttelt ungläubig den Kopf.

»Das Buch«, sagt Adrian und streckt noch einmal die Hand aus.

»Wissen Sie eigentlich, dass Ihr Vater gehen kann?« Ich versuche, Zeit zu gewinnen. Adrian lacht. Diesmal dröhnt es wieder.

»Natürlich weiß ich das. Aber das ist nichts, was man diesen kleinen Pflegerinnen auf die Nase binden muss.«

»Aber warum sitzt er im Rollstuhl, wenn er gehen kann?«, frage ich.

»Na, willst du nicht antworten, Papa?«

»Ach, das interessiert mich alles nicht.«

»Vor zehn Jahren, als er Ende siebzig war, ist er gestürzt und hat sich das Schienbein geprellt«, erzählt Adrian, fixiert dabei aber unentwegt Evelina. »Und er hat Angst, mein Vater, vor allem und jedem hat er Angst, immer schon Angst gehabt ...«

»Er hat sich also das Schienbein geprellt, und ...«, mache ich weiter. Wir müssen Zeit gewinnen. Versuchen, hier rauszukommen. Doch Adrian steht vor der verschlossenen Tür, blockiert unseren Fluchtweg.

»Und dann hast du überlegt, dass du dir das Schienbein nicht nur prellen, sondern auch brechen hättest können, nicht wahr, Papa? Nun, und um sicherzugehen, sich nicht zu verletzen, sich nie wieder etwas brechen zu können, hat er es vorgezogen, sein Leben im Rollstuhl zu verbringen.«

Diese Erklärung verblüfft mich doch einigermaßen. Wie kann man sein Leben so jämmerlich verbringen, so von Angst gesteuert? Oder handelt es sich um eine Art von Narzissmus? Eine Möglichkeit, im Mittelpunkt zu stehen?

»Verstehe ich das also richtig ... Ihr Vater sitzt im Rollstuhl, damit er nicht eines Tages im Rollstuhl landet?«

Jetzt dröhnt Adrian Zillners Lachen richtig durchs Haus, doch als es verhallt, dieses Lachen, zieht er ein Messer aus seiner Hosentasche, ich erkenne sogar das Modell, weil Lou mir auch einmal ein solches gekauft hat, auf einem Frankreich-Urlaub. Es ist immer noch das schärfste Messer, das ich habe.

»Oh, ein Laguiole«, sage ich. »Schön.«

Er klappt es auf. »Schön, ja. Sehr schön sogar. So. Das Buch her.«

Evelina schüttelt den Kopf.

»Es wird euch nichts anderes übrigbleiben«, sagt Adrian Zillner. »Ihr kommt hier nicht raus, wenn ihr mir das Buch nicht gebt.«

Ich mache – zugegeben, ohne Plan – einen Schritt auf ihn zu, doch Adrian ist blitzschnell, geht zu Evelina, fasst sie von hinten mit dem Arm um den Hals und hält ihr das Messer an die Kehle. In Panik lässt Evelina das Buch fallen.

»So, Professor. Und du kommst jetzt vorsichtig näher. Hebst das Buch auf. Und gibst es mir«, zischt der junge Zillner.

»Tu's nicht, Quintus!«, ruft Evelina, doch dann röchelt sie nur noch, weil Adrian die Klinge fester an ihren Hals gedrückt hat. In Zeitlupe mache ich einen Schritt auf Evelina zu, als mit einem lauten Krachen die Tür aufgeht: Herta Friedl und Lou stehen da, Schulter an Schulter. Lou sieht mich entsetzt an. Herta Friedl zieht, als wäre es das Selbstverständlichste auf der Welt, ihre Pistole aus der Jackentasche. Den Lauf hat sie auf den Boden gerichtet.

»Ich werde nicht auf dich zielen, Adrian«, sagt sie mit ihrer rauchigen Stimme. »Noch nicht. Aber denk halt kurz nach, du dummer Bub, du dummer.«

Und tatsächlich: Adrian überlegt. An Intelligenz fehlt es ihm ja nicht. Und wenn er alle möglichen Szenarien durchspielt, kann er eigentlich nur zu einem Ergebnis kommen … Er könnte versuchen, mit dem Buch zu flüchten, aber Herta würde ihn nicht entkommen lassen. Er könnte Evelina die Kehle aufschlitzen, aber darauf hatte er wenig Lust, und darauf, von Herta erschossen zu werden, auch nicht. Sie war siebenfache Landesmeisterin, das wusste jeder im Ort. Wenn er also nachdachte, konnte er nur zu einem Ergebnis kommen, und zwar dass alles außer aufgeben seine Situation nur wesentlich verschlimmern würde.

Adrian lässt das Messer sinken. »Das alles hier ist nur ein großes Missverständnis«, sagt er. »Meine Anwälte werden sich darum kümmern.«

»Messer wegwerfen«, herrscht Herta Friedl ihn an. »Nach hinten. Los.«

Adrian schupft das Messer Richtung Bibliothek.

»Auf den Boden«, sagt Herta Friedl. Adrian sieht sie zögernd an. Sie zuckt kurz mit dem Arm, an dessen Ende ihre Waffe baumelt. Adrian legt sich bäuchlings hin. Ohne, dass Herta noch etwas sagen muss, verschränkt er seine Hände im Nacken.

Ich rufe Revierinspektor Ebner an, während Herta Friedl ihre Pistole wegsteckt und sich eine Zigarette anzündet.

46

Ebner war sehr schnell gekommen, hatte sich ein Bild von der Situation gemacht und Verstärkung angefordert. Adrian Zillner und sein Vater Herwig wurden in die Justizanstalt Salzburg gebracht. Nach Evelina war ich auf dem Polizeirevier von den Beamten aus Salzburg vernommen worden. Lou hatte mir Beistand geleistet und war dadurch über viele Einzelheiten der Geschichte informiert. Bei einem konnte ich den Beamten aber auch nicht helfen: Ich wusste nicht, was in dem Jagdtagebuch stand. Das konnten sie ja nun selbst lesen. Und ich hatte keine Ahnung, was mit Angelika Kiss geschehen war.

Es war später Nachmittag, als wir nach Hause kamen.

Lou war ziemlich überdreht. Der Jetlag und die Aufregungen der letzten Wochen und erst recht der letzten Stunden hatten sie in einen fast manischen Zustand versetzt.

Als Erstes fiel Lou auf, dass der Holzschuppen nicht mehr existierte. Und als Nächstes, dass Machtnix, der sie überschwänglich begrüßte, fröhlich und schlank war. Den Schuppen, meinte sie, könne man wiederaufbauen, schöner und hochwertiger. Vielleicht könne man aus einem Teil davon ein Arbeits- oder Gästezimmer machen. Der Tischler, der die Fenster fertigt, solle bei der Gelegenheit das Treppengeländer neu gestalten. Aha, das macht also ein Tischler. Ich konnte mich glücklich schätzen, dass meine Baustellenleiterin wieder da war. Vorerst jedenfalls.

Mein Telefon läutete. Bernhard Ebner fragte, ob Evelina bei mir sei, was ich verneinte.

»Ich war in Zillners Haus, um Evelina zu fragen, ob sie psychologische Unterstützung durch das Krisenteam des Roten Kreuzes braucht«, sagte Ebner.

»Und?«

»Sie ist nicht da. Das Gepäck fehlt auch. Sie ist spurlos verschwunden.«

Diesmal war ich derjenige, der Ebner beruhigte – es wäre doch normal, dass Evelina nicht in dem Haus bleiben wolle, sie habe sich wahrscheinlich auf den Heimweg gemacht. Ebner murmelte etwas Unverständliches und wünschte ein friedliches Wochenende.

Lou wollte Wein. Oder Bier. Oder wenigstens Schnaps? Ich sagte ihr, dass ich diesen Getränken – jedenfalls für eine Zeitlang – abgeschworen hatte. Ich bot ihr an, im »Auerhahn« zwei Flaschen Wein zu holen, aber das lehnte sie ab, sie wolle mich nicht in Versuchung führen. Leider.

Also bereitete ich uns Spaghetti, diesmal mit Pesto aus dem Glas, und kredenzte Zitronenwasser dazu. Lou packte inzwischen ihren Koffer aus. »Schau«, sagte sie, »das hat Antão für dich gemacht.«

Sie zeigte mir eine kleine Holzschnitzerei, die etwas unbedarft aussah, und die eine menschenähnliche Figur mit erhobenen Armen darstellte. In die Mitte der Figur waren ein Pentagramm – ausgerechnet! – und eine Spiralform eingekerbt. Die Schnitzfigur war an einem Lederband befestigt, das Lou mir um den Hals band.

»Das ist ein Amulett«, sagte sie. »Es stellt einen von Antãos Spirits dar. Es soll dich vor bösen Geistern beschützen.«

»Wie es aussieht, sind die bösen Geister nun aus meinem Leben verschwunden«, sagte ich. »Und die guten wieder zurückgekehrt.« Ich gab Lou einen Kuss und umarmte sie.

Sie erzählte mir von ihrer verfrühten Abreise. Sie hatte sich Sorgen um mich gemacht.

»Man kann sagen, dass du genau im richtigen Augenblick heimgekommen bist«, bemerkte ich, während ich die Spaghetti ins kochende Wasser legte.

»Es war tatsächlich so, dass mich Antão weggeschickt hat«, erzählte Lou. »Er hat aus der Stadt angerufen. Du bist am falschen Platz, hat er gesagt. Ein Mensch muss auf dem richtigen Platz sein.«

Lou berichtete von ihren Forschungen, dass sie wieder einen Schritt vorangekommen war, es aber noch lange dauern würde, bis sich die Wissenschaft so etwas wie Schamanismus erklären konnte. Aber sie würde sicher wieder in den Regenwald fahren, vielleicht wolle ich ja nächstes Mal mitkommen? Das Angebot rührte mich. Natürlich würde ich mitkommen.

Wir sprachen über meine toten Geschwister, und Lou beteuerte noch einmal, dass sie es immer geahnt hatte.

»Du solltest einmal deine Familie aufstellen«, sagte sie. »Vielleicht kannst du mehr über sie erfahren.« Sie empfahl mir einen Salzburger Psychotherapeuten, der viel Erfahrung mit diesen systemischen Aufstellungen habe, und erklärte mir, dass andere Menschen aus der Gruppe meine Geschwister darstellen würden – ich müsse sie an den für mich richtigen Platz stellen, und sie könnten mir dann einiges über meine Familie erzählen. »Ich habe immer daran gezweifelt, dass so etwas möglich ist«, sagte ich, »aber nach allem, was geschehen ist, glaube ich vielleicht doch daran.«

»Das ist keine Glaubensfrage«, meinte Lou, die immer munterer zu werden schien, »die systemische Aufstellung ist ein anerkannter Zweig der Psychotherapie. Was die von dir aufgestellten Menschen fühlen, nennt man repräsentierende Wahrnehmung. Und weißt du, das Beste ist: Forscher, die das Ganze als Humbug entlarven wollten, haben eine Studie gemacht und dieselbe Familienkonstellation von verschiedenen Menschen aufstellen lassen – und die Empfindungen dieser Menschen haben sich so sehr geähnelt, dass Zufall ausgeschlossen werden musste. Repräsentierende Wahrnehmungen sind überindividuell reproduzierbar, verstehst du? Das ist so. Aber warum es so ist, kann niemand erklären. Das ist wie mit meinen Schamanen. Die können was. Warum? Weil es Götter und Geister gibt? Oder sind diese Götter und Geister nur Bilder für eine übergeordnete Realität? Weißt du, Quint, ich neige immer mehr zu der Annahme, dass alles, was wir gedacht oder getan haben, real ist. Über Zeit und Raum hinweg.«

Lou machte sich mit Heißhunger über die Spaghetti her und lobte mit einem Augenzwinkern das köstliche Pesto, das ich »gekocht« hatte. Nach dem Essen war sie schlagartig müde, und auch mir hatte dieser lange Tag ordentlich zugesetzt.

»Es wartet noch eine Überraschung auf dich«, sagte ich, nachdem Lou ausgiebig geduscht hatte. Sie war richtiggehend begeistert von dem Bett, von dem massiven Holz und den hochwertigen Matratzen.

»Nur eines fehlt«, sagte sie.

»Und zwar?«

»Ein Topper«, meinte sie, und ich tat nicht so, als ob ich nicht wüsste, was das ist, sondern sagte nur: »Bestelle ich morgen.«

Wir lagen im Bett, und ich sah, wie schön sie war. Mir wurde so bewusst wie nie zuvor, dass sie der Mensch war, dem ich wirklich vertrauen konnte, der Mensch, der mich nie verraten würde und den zu verraten die schlechteste Idee meines Lebens gewesen war. Und mir wurde so klar wie nie zuvor, dass hier mein Zuhause war. In diesem Menschen.

»Lou?«

»Ja?«

»Ich liebe dich«, sagte ich.

Sonntag, 15. Juli 2018

47

Wir schliefen lange, tranken Tee, wuschen Wäsche, beantworteten Mails, werkten im Garten und skypten mit Michaela, die sehr erfreut schien, Mama, Papa und ihren Hund gemeinsam zu sehen, aber dann dringend zu einer Party musste. Wir fuhren in den Talschluss zum Schwarzensee und umrundeten ihn, zur großen Freude von Machtnix. Wir aßen, ganz bürgerliches Ehepaar, im »Auerhahn« zu Mittag und dösten danach ein wenig in unseren Liegestühlen, im flirrenden Schatten der Birkenblätter.

Und so kehren wir zurück an den Anfang dieser Niederschrift. Es ist später Abend. Ich sitze auf der Veranda vor meinem Haus. Vor mir stehen eine Tasse Tee und ein Laptop, zu meinen Füßen liegt ein mittelgroßer Mischlingshund, der schnarcht. Lou hat sich in unser neues Bett zurückgezogen, um zu lesen. Ich versuche, ein wenig Ordnung in meine Gedanken zu bekommen, was mir nicht besonders gut gelingt.

Die Zillners sind außer Gefecht gesetzt und werden, wenn wir der Justiz vertrauen dürfen, nicht mehr so schnell irgendwen »verschwinden« lassen können.

Bobby Friedl mag außerhalb seiner Ehe nach seltsamen Abwechslungen suchen, ein Verbrecher scheint er nicht zu sein.

Herta Friedl hat mich auf ziemlich rustikale Weise bei einem Einbruch ertappt und uns am Ende gerettet.

Aus Revierinspektor Ebner werde ich nicht wirklich schlau, aber er dürfte bei all den unterschiedlichen Facetten seiner Persönlichkeit ein guter Kerl sein. Manchmal muss man sich den eben dazudenken. Aber das ist bei vielen Menschen so.

Ferdinand Moser? Steckte er mit den Zillners unter einer Decke? Von ihm fühlte ich mich immer bedroht, und die Episoden mit der Schlange und dem Schuss und dem lavendelblauen Kleid in seinem Wagen ließen mich vermuten, dass er tief in das Verschwinden von Angelika Kiss verstrickt war.

Mit Sabine hatte ich einen schwierigen Beginn, doch am Ende wurde sie fast so etwas wie eine Vertraute. Außerdem hat sie eine tolle Intuition. Und sie ist eine großartige Fußpflegerin. Tatsächlich habe ich nun begonnen, in Erwägung zu ziehen, dass es Fußreflexzonen, Hellseherinnen, Geister, Gespenster und Untote gibt. Was mich am meisten bewegt: Ich hatte vier Geschwister.

Von meinem einst so gefestigten Weltbild ist wirklich nicht viel übrig geblieben. Mein Buch über logischen Empirismus? Das werde ich nicht schreiben. Nach allem, was ich erlebt habe, fände ich es absurd. Nun ja, vielleicht wäre es auch nicht absurd, schließlich hat der genialste Mathematiker und Logiker der Welt, Kurt Gödel, auch an Gespenster geglaubt.

Die Wahrheit ist, ich habe einfach keine besondere Lust, es zu schreiben. Ich habe keine Freude mehr daran, mir wichtig vorzukommen. Das sollen jetzt die Jungen übernehmen. Viel Spaß, liebe Katia! Ich bin mir sicher, von dir wird man noch viel hören, und ich gönne es dir von Herzen.

Meine Gedanken sind bei Evelina. Und bei Angelika. Was war mit ihr geschehen? Wer hatte sie ermordet? Der alte Zillner? Oder Ferdinand Moser? Oder Adrian? So, wie ich ihn erlebt hatte, war es ihm durchaus zuzutrauen. Ich überlege, Ebner anzurufen, lasse es aber bleiben. Er würde mir gewiss nichts über laufende Ermittlungen verraten. Eines Tages würde ich erfahren, welches Geheimnis sich in dem Jagdtagebuch verbarg. Und was es mit dem Verschwinden von Angelika Kiss auf sich hatte.

Ich hoffe, bis jetzt ein verlässlicher Chronist der Ereignisse gewesen zu sein. Manch kleine Ausschmückung sei mir verziehen. Hat meine Niederschrift ihren Zweck erfüllt? Ich muss gestehen: für mich nicht. Ich kenne mich noch immer nicht aus, in dieser Geschichte nicht und nicht in meinem Leben. Was bleibt, ist ein Rätsel, die große Verstörung darüber, was Menschen einander antun können, und die Trauer um eine tote junge Frau, eine vielleicht geborgte Trauer, weil es Evelinas Trauer ist, die ich teile.

Ich nehme einen Schluck Tee, streichle Machtnix mit dem Fuß, damit er zu schnarchen aufhört, und hänge meinen Gedanken nach, als ich höre, wie sich Schritte nähern. Der Kies auf dem Gartenweg knirscht. Eine zarte Gestalt nähert sich langsam dem Haus. Als sie aus dem Schatten ins Licht der Veranda tritt, sehe ich, wer es ist. In diesem Augenblick bin ich mir sicher, endgültig verrückt geworden zu sein.

Vor mir steht Angelika Kiss.

Ich spüre, wie mein Atem schneller geht. Nicht nur, weil Angelika eigentlich tot ist. Sondern auch, weil sie im wahrsten Sinne des Wortes atemberaubend schön ist in ihrem lavendelfarbenen Kleid, das ihre Figur betont, mit ihren langen, blonden Haaren und den großen, blauen, von markanten Wimpern behüteten Augen.

»Angelika?«, hauche ich ins Dämmerlicht.

»Der Engel aus dem Stein ist da«, sagt Angelika mit einem Hauch von Selbstironie.

Machtnix stellt die Nackenhaare auf, ohne den Kopf zu heben, und knurrt leise. Dann springt er auf und rennt bellend auf eine weitere Gestalt zu, bremst abrupt und kommt wedelnd zu mir zurück. Jetzt erkenne ich im Schein des Verandalichts, dass es Evelina ist. Ihre Backe ist blaugrün. Ich hätte dem alten Zillner nicht zugetraut, so fest zuschlagen zu können.

»Guten Abend, Professor, stören wir?«

Ich fühle mich wie gelähmt, vielleicht gelingt deshalb meine bemüht gelassene Antwort: »Kommt drauf an. Ich bin gerade mit der

Niederschrift der Ereignisse der letzten Tage beschäftigt. Ich habe mit dem Ende begonnen. Man muss immer mit dem Ende beginnen.«

»Na dann kannst du heute noch ein Kapitel hinzufügen.« Evelina winkt Richtung Gartenzaun, und Ferdinand Moser erscheint.

»Guten Abend«, sage ich. »Ich hoffe, Sie haben Ihre Schlange im Auto gelassen.«

Moser sieht wirklich gut aus. Das männliche Pendant zu Angelika. Er kommt unbefangen auf mich zu, schüttelt mir die Hand, klopft mir auf die Schulter und sagt: »Professor, es tut mir richtig leid, dass ich Sie so quälen musste. Entschuldigung für die Schlange, für den Warnschuss, für den Steinschlag, der ein bisschen heftig geraten ist. Aber wenn Sie Angelika an diesem Tag gefunden hätten – dann ...«

Die drei setzen sich auf die Korbstühle, die ich ihnen mit einer Handbewegung angeboten habe. Ferdinand hat sich neben Angelika gesetzt. Er nimmt ihre Hand, küsst sie und lässt sie nicht mehr los. Angelika sieht ihn strahlend an. Ich weiß nicht, was ich sagen soll. Ich glaube, ich stehe unter Schock. »Dann ...«, geht es mir durch den Kopf, »dann was?« Aber ich bin zu verwirrt nachzufragen, was denn gemeint sei.

»Wir sind gekommen, um Danke zu sagen«, sagt Angelika, die einen stärkeren Akzent hat als ihre Schwester.

»Wir sind auch gekommen, um Lebewohl zu sagen«, fügt Evelina hinzu.

»Lebewohl?«, frage ich. »Ihr verreist?« Ich kneife mich in den Oberschenkel. Ich habe das Gefühl, mitten in einem seltsamen Traum zu sein, wobei mir klar ist, dass man sich auch in einem Traum schmerzhaft in den Schenkel kneifen kann.

»Es ist keine Reise«, sagt Moser. »Wir übersiedeln. Das heißt, ich übersiedle. Zu Angelika. In die Slowakei.«

»In die Slowakei?«, frage ich ungläubig nach.

»Hohe Tatra«, erzählt Moser, »kennen Sie? Ist der höchste Teil der Karpaten, liegt zwischen der Slowakei und Polen. Also ganz ehrlich, bei allem Patriotismus oder was ... Die Berge dort! Die Wildnis!

Die gigantischen Waldflächen! Wölfe, Bären, Adler … Das ist Natur. Da können wir einpacken mit unserem *Ruhe und Ordnung.*«

»Ferdinand hat schon einen Posten bekommen«, erzählt Angelika. »Er wird Ranger, im Nationalpark.«

»So eine Mischung aus Förster und Naturvermittler«, erzählt Moser begeistert.

»Sie werden nicht mehr verdienen als hier …«, wende ich ein.

»Mit Angelika würde ich auch ans Ende der Welt gehen«, sagt Ferdinand. »Geld ist nicht alles. Schauen Sie sich die Zillners an. Denen hat all ihr Geld und Besitz am Ende nur Unglück gebracht.«

»Gut«, sage ich, »das ist jetzt das Ende der Geschichte …« Mehr fällt mir nicht ein.

»Du hast gerade gesagt, man muss immer mit dem Ende beginnen, Professor«, wirft Evelina ein.

»Schon … Aber mich würde jetzt auch der Anfang interessieren. Und der Mittelteil.«

»Okay«, beginnt Evelina. »Möchtest du wirklich alles wissen? Hast du so viel Zeit und Geduld?«

»Geduld zu haben musste ich in den letzten zwölf Tagen üben, mehr, als mir lieb war. Und Zeit … Zeit ist sowieso eine Illusion.«

Evelina holt Luft. »Also, der Anfang«, sagt sie. »Es ist wirklich der Anfang der Geschichte.«

»Erzähl. Bitte.«

»Vor drei Jahren ist unsere Mutter Ivana gestorben, in einer psychiatrischen Anstalt in einem Kaff in der Nähe von Košice.«

»Eure Mutter … die begonnen hat, Stimmen zu hören … und schwer an Schizophrenie erkrankt ist?«, frage ich nach.

»Genau. Ich habe dir von ihr erzählt. Ihr Nachlass bestand aus zwei Kartonkisten, mehr war es nicht. In einem dieser Kartons haben wir Briefe gefunden. Briefe aus den Jahren 1944 und 1945. Unsere Mutter war damals ein Kleinkind. Sie kam 1943 auf die Welt. Im selben Jahr haben ihre Eltern geheiratet, Jana und Michal Palička. Unsere Großeltern. Sie hat nur ein Jahr mit ihren Eltern gelebt.«

»Nur ein Jahr?«

»Nicht einmal ein ganzes Jahr. Denn dann sind Jana und Michal verschwunden … Unsere Mutter blieb allein zurück. Das Baby wurde zuerst bei einer Tante untergebracht, schließlich im Heim.«

»Wieso konnte eure Mutter nicht bei der Tante bleiben?«

»Weil die nach dem Krieg geheiratet hat und ihr Mann kein fremdes Kind im Haus haben wollte.«

»Furchtbar«, sage ich.

»Ja«, sagt Evelina. »Kannst du dir vorstellen, wie es in einem Kinderheim in der Slowakei zuging, im Jahr 1945 und danach?«

»Nein.«

»Das Verschwinden ihrer Eltern hat das Leben unserer Mutter zerstört. Und unseres beschädigt … nun ja, ich habe dir die Geschichten erzählt. Sie war psychisch krank. Schwer krank.«

Ich fühle mich, als wäre ich betrunken, so lange brauche ich, um die Fakten zu verstehen. »Sie sind verschwunden?«, frage ich. »Die Großeltern? Und diese Briefe, die waren …«

»Die waren an die Tante gerichtet, bei der sie etwa ein Jahr lang lebte. Jana und Michal berichten darin von ihrem Leben in Österreich.«

»In der Ostmark, wie es damals hieß«, sagt Ferdinand.

»Ja«, fährt Evelina fort. »Jana und Michal wurden 1944 aus der Slowakei verschleppt. Aus einem Zwischenlager für Zwangsarbeiter in Saalfelden wurden sie nach Stein am Gebirge gebracht, offensichtlich, weil Bedarf für Arbeitshilfen angemeldet worden war. Das konnten wir recherchieren. Wir wussten also, dass sie hierher verschleppt wurden. Wir wussten, wo sie gearbeitet haben.«

»Bei Familie Zillner«, rate ich.

»Genau, Professor«, wirft Angelika ein.

»Die Briefe endeten 1945, was in den Kriegswirren nicht unüblich war. In unserer Familienerzählung hieß es immer, unsere Großeltern sind verschollen. Als wir die Briefe gelesen haben, waren wir uns sicher, sie wurden ermordet.«

»Wieso ermordet?«, will ich wissen.

»Sie klagten über die rohen Leute und die schlechte Behandlung. Auf Slowakisch. So sind die Briefe wahrscheinlich durch die Zensur gekommen. Aber zwischen den Zeilen – spürt man die Todesangst.«

Angelika holt ein Foto aus ihrer Tasche. Darauf zwei junge Leute. Die junge Frau hat Blumen in den Haarkranz geflochten und trägt ein weißes Kleid. Der junge Mann lächelt sanft, trägt Krawatte, weißes Hemd und dunklen Anzug. Offensichtlich ein Hochzeitsfoto, denke ich. Darunter steht, in akkurater Handschrift:

Jana Paličko (1912–1945)
Michal Paličko (1910–1945)

Angelika wischt sich eine Träne von der Wange. Sie ist es, die nun die Erzählung weiterführt: »Ich habe eine Ausbildung gemacht, Pflegerin, aber nur gelegentlich gearbeitet. Ich hab gefragt die Leute bei der Agentur, ob jemand gesucht wird, in Stein am Gebirge. Da könnte ich forschen, habe ich gedacht. Man hat mir Posten angeboten. Was glauben Sie ... was glauben Sie, zu welcher Familie ich bin gekommen?«

»Zu Familie Zillner«, sage ich noch einmal. Angelika nickt. Ferdinand reicht ihr ein Taschentuch.

»Es war eine schreckliche Zeit«, erzählt sie. »Es ist eine furchtbare Familie. Ich habe in meiner freien Zeit gesucht, immer gesucht, gesucht. Dokumente suchen. Beweise. Fotos. Und eines Tages habe ich Herwig gesehen, da ist er gesessen in seinem Rollstuhl und hat ... in dem Tagebuch blättert. Ich habe mich angeschlichen, von hinten ... Auf einem Bild habe ich unsere Großeltern erkannt. Also ich will ihm nehmen das Tagebuch, da wird alte Mann brutal, schreit mich, schlägt mich.«

Sie ringt nach Atem, fängt an zu weinen. Ferdinand streichelt zärtlich ihren Arm.

»Der alte Zillner hat Angelika so heftig attackiert, dass sie geflüchtet ist. Er hat ihr das Handy abgenommen, das bis heute verschwunden ist. Das Jagd- und Schusstagebuch hat er nach diesem Vorfall wieder versteckt«, erzählt Evelina.

»Geflüchtet ist sie zu mir«, übernimmt Ferdinand Moser. »Angelika und ich – das war … wir haben diese Verbindung zwischen uns immer gespürt. Schon beim ersten Sehen. Und weil ich wusste, dass die Zillners sehr ungut sein können, habe ich versucht, Tag und Nacht über sie zu wachen, so gut es ging. Als sie, geschockt und verletzt, in mein Haus gekommen ist, habe ich sie sofort in Sicherheit gebracht. Oben, in der Jagdhütte. Ab Jänner ist Schonzeit, da kommen keine Jäger. Hier war sie in Sicherheit, und wir konnten oft zusammen sein. Ich habe sie mit allem versorgt, was sie brauchte … Und Holz zum Heizen gibt es genug.«

»Und jetzt möchte ich wissen, was in diesem Tagebuch steht. Bitte, Evelina.«

Evelina holt ihr Handy aus der Jackentasche und öffnet eine Fotodatei. Sie reicht mir das Handy. Ein Schwarzweißfoto. Es zeigt eine Grube im Wald. Vor der Grube knien zwei Menschen, zwei junge Menschen, und obwohl sie im Vergleich zum Hochzeitsfoto stark abgemagert waren, erkenne ich sofort, dass es sich um Jana und Michal handelt. Hinter ihnen steht ein Junge. Er mag vierzehn oder fünfzehn Jahre alt sein. Er sieht schmächtig aus. In der Hand hält er ein Jagdgewehr. Er zielt auf Jana und Michal.

Darunter steht, in ordentlicher, strammer Schrift: »1. Mai 1945. Aus Herwig ist ein Mann geworden. Ich hatte schon befürchtet, es stimmt etwas nicht mit ihm, aber er hat die Prüfung bestanden. Nur bei der Frau musste ich nachschießen. Weidmanns Heil, Herwig. Ich bin stolz auf dich!«

Stille macht sich breit. Dann spüre ich eine unbändige Wut in mir aufsteigen: »So ein Wahnsinn«, rufe ich aus, »weil die Amerikaner vor der Tür gestanden sind, wollten sie alles loswerden, was sie belasten könnte. Und dieses Schwein zwingt seinen Sohn, und … Wie alt war er?«

»Fünfzehn«, schluchzt Angelika.

»Egal«, sage ich, »er muss büßen! Diese Leute dürfen nicht immer davonkommen!« Ich wische mir eine Wut-Träne aus dem Augenwinkel und versuche, sachlich zu sein: »Auch wenn er erst fünfzehn war, verjährt ist der Mord nicht.«

»Ja, das wissen wir auch«, sagt Evelina.

»Ihr hättet zur Staatsanwaltschaft gehen müssen«, sage ich aufgeregt. »So etwas muss angezeigt werden, wir dürfen solche Geschichten nicht totschweigen!«

»Genau das haben wir gemacht«, erzählt Evelina. »Aber wir hatten das Tagebuch nicht, und Angelika war nicht dazu gekommen, ein Foto zu machen. Wir konnten nur behaupten, dass es dieses Bild gibt, ein paar kleine Indizien dazu liefern. Die Leute dort waren alle sehr nett. Aber sie haben gesagt, dass ein Verfahren aussichtslos wäre und uns sehr viel Geld kosten könnte.«

»Kleine Anmerkung«, fügt Ferdinand Moser hinzu, »den Staatsanwalt aus Salzburg und den Landespolizeidirektor begleite ich regelmäßig bei der Jagd in unserem Revier.«

»Ja, so läuft das«, sage ich, »genauso ist es in den meisten Fällen gelaufen, seit den fünfziger Jahren. Unsere Keller und Kammern sind voll mit Nazi-Zeug.«

»Ja«, stimmt Ferdinand zu, »der Vater von Herwig war zu dieser Zeit Bürgermeister von Stein am Gebirge. Der Mann war hemmungslos. Überlegen Sie, er hat ein Foto von der Hinrichtung von Michal und Jana gemacht! Hat sich im Tal unten einige Villen unter den Nagel gerissen, mitsamt Bildern, Teppichen und Möbeln. Sie wissen schon, Stein am Gebirge war als erste Gemeinde im Reichsgau Salzburg *judenfrei*. Im Vorfeld hat er seinen Waldbesitz gewaltig vergrößert. Er war schon ein illegaler Nazi, als die Bewegung noch am Anfang war. Seine Freunde in der Partei haben ihn immer gut versorgt. Mit dem Bürgermeisterposten. Oder mit Zwangsarbeitern. Im Gegenzug durften die Bonzen vom Gauleiter abwärts die schönsten Hirsche und Steinböcke schießen.«

Ich schüttle den Kopf. Es ist doch immer dasselbe! Auf welch grauenvolle Art und Weise sich diese Geschichten gleichen!

»Wir wollten nur eines«, sagt Evelina in die Stille hinein. »Gerechtigkeit. Nur Gerechtigkeit. Auch wenn wir unsere Großeltern nicht mehr lebendig machen können. Auch wenn wir unserer Mutter keine schöne Kindheit mehr schenken können.«

»So!«, rufe ich in das Schweigen, das entstanden ist. »Und jetzt möchte ich wissen, welche unglückselige Rolle mir in diesem Spiel zugedacht wurde!«

»Das war sehr einfach«, erzählt Evelina. »Wir brauchten jemanden, der unserer Forderung Nachdruck verleihen würde. Eine Respektsperson. Eine berühmte Persönlichkeit. Es war nicht schwer, auf dich zu kommen. Ferdinand wusste, dass du ein Buch über die Nazizeit geschrieben hast. Nachdem Angelika sich bei Ferdinand versteckt hatte, habe ich in kürzester Zeit meine Ausbildung zur Pflegerin gemacht. Die Agentur hat mich auf meinen Wunsch zu den Zillners geschickt, und die haben keinen Verdacht geschöpft, weil ich anders heiße als Angelika. Und anders aussehe.«

»Die ganze Geschichte mit dem Hellsehen? Was sollte das?«, frage ich. Ich will nun Punkt für Punkt alles aufklären.

»Es sollte dich neugierig machen, Quintus«, erzählt Evelina. »Und das ist auch gelungen. Du hältst es für Hokuspokus, aber diese Phänomene interessieren dich, sonst hättest du ihnen kein Buch gewidmet. Wobei, weißt du … als Kind und Jugendliche hatte ich tatsächlich so etwas wie die Gabe, in andere hineinsehen zu können. Ich glaube, das haben alle Menschen. Jedenfalls als Kinder. Später vergessen sie es.«

Ich brumme unwillig. »Der erste Brief, den du angeblich zwischen den Büchern gefunden hast?«

»Wie sagt man?«, fragt Evelina. »Das war, um dich bei der Stange zu halten.«

»Das Haarbüschel? Das grauenvolle Haarbüschel?«

»Dein Interesse hat nachgelassen, Professor. Es brauchte ein Indiz, damit du nicht aufgibst, uns zu helfen! Und ich war mir sicher, der Hund würde es früher oder später finden. War doch gut, nicht wahr?«

»Du hast mich die ganze Zeit … getäuscht!«

Evelina nimmt meine Hände in ihre … »Quintus«, sagt sie, »das ist das Einzige, was mir leidtut bei der ganzen Geschichte. Aber es war notwendig.«

»Die Tote im Berg!«, rufe ich aus, und ganz kann ich meine Wut nicht verbergen.

»Du hast zu viel getrunken, Quintus. Wer trinkt, vergisst. Wer trinkt, besänftigt seine Wut. Es musste etwas Starkes her!«

»Und der Name der Höhle? Woher hatte ich den?«

»Den habe ich Ihnen ins Ohr geflüstert«, gibt Ferdinand Moser zu. »Beim Zeltfest. Ein Wunder, dass Sie das überhaupt bemerkt haben, so wie Sie beieinander waren.« Ich spüre, wie ich rot werde. Nein, das war keine gute Zeit. Doch ich habe es diesen merkwürdigen Täuschungen zu verdanken, dass ich selbst – verstört durch diese Irrwege – der Wahrheit näher gekommen bin. Meiner Wahrheit. Oder vielleicht sogar meiner Wahrhaftigkeit.

»Die Briefe, die beiden Briefe?«, frage ich, aber die Antwort kenne ich selbst: »Das Tempo musste erhöht werden.«

»So ist es«, sagt Evelina.

»Okay«, rekapituliere ich, »die Briefe hast du also selbst geschrieben oder von Angelika schreiben lassen … Aber … Aber wer hat meine Hütte abgefackelt? Wer hat meinen Familien-Grabstein geschändet? Wer hat Machtnix entführt?«

Ferdinand Moser rutscht unruhig in seinem Korbstuhl hin und her. Er räuspert sich. »Das war ich. Aber diese drei Ereignisse haben mit dem Rest nur am Rande zu tun. Es tut mir leid, aber ich musste das machen. Und zwar auf Anweisung von – Adrian Zillner. Er hat gewittert, dass Sie an dieser alten Geschichte dran waren, und er wollte Sie aus dem Ort raushaben. Er hat mich beauftragt, Ihnen Angst einzujagen.«

»Und das haben Sie einfach so gemacht?«, frage ich entsetzt.

»Aus zwei Gründen«, antwortet Ferdinand Moser ruhig. »Erstens durfte ich unseren eigenen Plan nicht gefährden. Zweitens: Wenn ich es nicht gemacht hätte, hätte Adrian jemand anderen beauftragt. Und das wäre dann vielleicht nicht so glimpflich verlaufen.«

»Die Ausrede ist nicht schlecht«, sage ich nach kurzem Nachdenken, »auch wenn sie einer moralphilosophischen Überprüfung kaum standhalten dürfte.«

Jetzt lächeln die drei milde. Der Professor in Quintus hat sich zu Wort gemeldet. Ich starre vor mich hin und wundere mich, wie es möglich war, dass ich nichts, aber auch gar nichts von all dem durchschaut habe. Ich hole noch einmal tief Luft.

»Und warum, das möchte ich nun als Letztes wissen, warum hat es immer geheißen – keine Polizei?«

»Weil Bernhard Ebner intelligenter ist, als er wirkt«, rutscht es Ferdinand heraus. »Die Gefahr bestand, dass er den Plan durchschaut. Und wir wissen nicht, auf welcher Seite er am Ende steht.«

»Soso, er ist also jedenfalls intelligenter als ich«, stelle ich fest. Die drei lachen auf.

Evelina steht auf. Sie drückt mir einen Kuss auf die Stirn. »Du bist naiv, Quintus«, sagt sie sanft. »Aber ich kann nur wiederholen, was ich bei unserem ersten Treffen gesagt habe. Im Wald. Du erinnerst dich? Du hast ein gutes Herz, habe ich gesagt. Danke für alles, Professor. Ohne dich hätten wir es nicht geschafft.«

Das ist das Zeichen zum Aufbruch. Angelika und Ferdinand schütteln mir die Hand. Evelina umarmt mich. Wenig später höre ich den Wagen starten, der die drei in ein neues Leben bringt.

48

»Išlo nám o spravodlivosť alebo o pomstu?«, fragt Evelina.

»Záleží na tom?«, fragt Angelika zurück.

»Könntet ihr so nett sein, und Deutsch sprechen? Bitte! Ich bemühe mich sehr, aber wenn ihr so schnell redet, verstehe ich kein Wort!«

Ferdinands Pick-up brummt über die Autobahn. Ferdinand am Steuer, neben ihm Angelika, die seine Hand hält, Evelina in der zweiten Reihe. Sie nähern sich der slowakischen Grenze, die keine mehr ist, und passieren dabei Orte mit seltsamen Namen wie Gattendorf und Potzneusiedl.

»Meine Frage war, ob es uns um Gerechtigkeit gegangen ist … oder um Rache?«, erzählt Evelina.

»Und?«, will Ferdinand wissen.

»Angelika meint, das wäre egal.«

»Für Gerechtigkeit müssen jetzt die Gerichte sorgen«, sagt Ferdinand. »Rache … Rache wäre gewesen, wenn du den alten Zillner die Kellertreppe hinuntergestoßen hättest. Oder ihm eine Überdosis Insulin verabreicht hättest. Ehrlich, manchmal hab ich mir so etwas gewünscht.«

Schweigend fahren sie durch die Nacht und lassen die Vergangenheit hinter sich.

»Wir haben keine Schuld auf uns geladen«, sagt Evelina nach einer Weile. »Nur ein wenig vielleicht … Wir haben den Professor völlig verwirrt zurückgelassen.«

»Das stimmt«, bestätigt Ferdinand.

»Ich werde ihm einen Brief schreiben, wenn wir zu Hause sind.«

»Das ist eine gute Idee«, meint Angelika.

»Er ist ein Narr«, sagt Evelina, »aber ohne ihn hätten wir es wirklich nicht geschafft.«

»Es ist schade«, sagt Angelika, »dass ich ihn nur einmal getroffen habe. Er ist sympathisch.«

»Dvakrát. Du hast ihn zweimal getroffen. Einmal heute. Und einmal als Leiche in der Höhle.«

»Erinnere mich daran nicht«, ruft Angelika aus. »Es war so schwer, so stillzuliegen. Das war schwerer, als die Haare auszureißen.«

»Ihr habt es hinter euch«, sagt Ferdinand.

»Slovenská Republika« steht auf dem Schild mit den europäischen Sternen, und im Hintergrund leuchtet die Skyline von Bratislava. Hier würden sie heute übernachten, in der Wohnung von Freunden. Und davor würden sie noch in den tollsten Club der Stadt gehen und tanzen und sich jung fühlen, und vor allem lebendig.

Montag, 16. Juli 2018

Epilog

Lou reichte mir ein Glas Tee. Assam, mit einem Wölkchen Milch. Ich gab ihr einen Kuss. Über uns hämmerte und polterte es. Heute in der Morgendämmerung hatten mich eigenartige Geräusche aus meinen mindestens ebenso eigenartigen Träumen gerissen. Auch Lou war aufgewacht. Wir hörten Schritte auf dem Dach, eine Motorsäge, einen Lastwagen, etwas Riesiges, das krachend neben dem Haus landete. Ich sah aus dem Fenster: ein Container.

Wir setzten uns an ein Gartentischchen in die Morgensonne und sahen auf unser Haus. Mindestens sieben Männer kletterten wie die Gämsen auf dem Dach herum.

»In drei Tagen sind wir fertig«, sagte plötzlich jemand hinter uns.

»Eine Tasse Tee?«, fragte ich. »Darf ich vorstellen, das ist Dachdeckermeister und Meistersinger Rainer. Lou, meine Frau.«

»Verehrung, Frau Professor«, sagte er, »und danke, aber ich muss gleich zur nächsten Baustelle schauen. Wie ist es gelaufen mit meinen Tipps und Tricks? Stichwort Klopapier?«

»Tadellos«, antwortete ich. »So manche Erkenntnis hat sich eröffnet.«

»Das ist für uns Philosophen das Wichtigste«, sagte Rainer. »Übrigens, kommenden Samstag spielen wir im Stiftsbräu in Salzburg. Das Beste von Sunny & Rainy. Soll ich euch Karten reservieren?«

Ich sah auf das Haus und dachte, es wäre klug, sich das Konzert anzusehen – wenn ich wirklich wollte, dass das Dach fertig wird. Wer weiß, vielleicht würde der gekränkte Künstler sonst seine Leute wieder abziehen?

»Auf jeden Fall«, sagte ich, »Lou, die beiden darfst du nicht versäumen! Ich kann dir jetzt schon versprechen: So etwas hast du noch nie gesehen!«

»Danke, danke.« Rainer freute sich aufrichtig. »Und wie ist es mit der Gartenhütte? Brauchen wir da auch wieder …«

»Wir gehen dann zum Zimmermann«, sagte ich. »Das wird ein neues kleines Haus, und eine Sauna bauen wir auch ein. Es wird noch richtig schön hier.«

»Und weiß man schon, ob es …«

»Ja«, sagte ich, »das war es eindeutig. Aber vom Täter oder der Täterin gibt es keine Spur. Zum Glück hatte ich Brandstiftung in meinem Versicherungspaket dabei.«

»Fein«, sagte Rainer und sah sich um. »Ich reserviere euch also zwei Karten. Schön ist der Garten jetzt wieder … Man merkt, da hat die Frau gefehlt!«

Er zwinkerte Lou zu und ging eiligen Schritts zu seinem Auto.

Und dann berichtete ich ihr alles, was ich am Vorabend erfahren hatte. Auch wenn es mir schwergefallen war, ich hatte sie in der Nacht nicht wecken wollen. Lou schüttelte immer wieder ungläubig den Kopf. Am Ende zollte sie Evelina und Angelika Anerkennung für ihre Leistung. Aber auch mir. »Du hast mich wirklich überrascht, Quintus. Weißt du, erst wenn Menschen im Stress sind, in einer Krise, weiß man, wie sie wirklich ticken. Und auf dich – kann man sich verlassen.«

»Nun ja«, schränkte ich, wenngleich geschmeichelt, ein, »ich war so leichtgläubig, auf eine angebliche Hellseherin reinzufallen. Und auf den ganzen Rest.«

»Was wiederum Antão gewusst hat – dass du *ingênuo* bist. Ich bleibe dabei, was ich gestern gesagt habe. Ich glaube, dass alles, was wir gedacht oder getan haben, real ist. Es ist einfach da. Über Zeit und Raum hinweg.«

Sie stand auf, holte eine Gartenschere aus dem Verandatisch und schnitt ein paar besonders schöne Rosen – weiße, rote, gelbe.

»Komm«, sagte sie.

Lou, Machtnix und ich machten uns auf den Weg zum Friedhof. Der Steinmetz hatte schnell und gut gearbeitet. Statt meines Namens stand nun am Ende der Totenliste einfach nur: »Elisabeth«. Sie war sozusagen die Basis, auf der all die anderen Namen standen, und mich überkam die Eingebung, dass sie vielleicht so etwas sein konnte wie unser Schutzengel. Lou reichte mir eine weiße Rose, und ich legte sie auf die Gruft.

Machtnix schien nicht besonders traumatisiert davon, wieder am Gitter des Kirchenportals angeleint worden zu sein. Umso größer war die Freude des Hundes, als wir nun den Wald ansteuerten. Wir kamen bald zu der Lichtung, auf der ich Evelina zum ersten Mal begegnet war. Hier waren Jana und Michal ermordet worden. Wir bauten einen Kreis aus Steinen und legten die Rosen in die Mitte. Obwohl wir nicht besonders gläubig sind, sprachen wir eine Art Gebet.